Margit Steinborn
Ein neuer Horizont

AF176915

TINTE
& 🖋
FEDER

Das Buch

Die Geschichte der Jüdin Hannah Rosenberg und ihrer Tochter Melina geht weiter.

Nach den Schrecken des Krieges schauen die Menschen in Deutschland nach vorn. Auch auf dem Sandnerhof ist man froh, dass endlich Frieden ist. Doch die Wunden der Vergangenheit sind allgegenwärtig. Während der älteste Sohn der Sandners noch immer in Gefangenschaft ist, verzweifelt Tristan fast an den Taten seiner Familie im Dritten Reich. Aber es gibt auch Momente großen Glücks. Denn Hannah Rosenberg hat endlich ihre Tochter Melina wiedergefunden. Als sie dem charmanten, aber verschlossenen Rektor Lorenz begegnet, beginnt sie sogar an eine neue Liebe zu glauben.

Die Autorin

Margit Steinborn wurde 1964 geboren und ist in einem kleinen idyllischen Ort in Bayern aufgewachsen. Nach Abschluss ihres Fremdsprachenstudiums arbeitet sie als Übersetzerin und lebt mit ihrer Familie in der Nähe von Frankfurt am Main. In ihrer Freizeit begeistert sich die Autorin für Musik, Geschichte, Malerei und Literatur. Nach dem Bestseller »Ein neuer Himmel« ist »Ein neuer Horizont« ihr zweiter Roman.

MARGIT STEINBORN

Ein neuer Horizont

ROMAN

Deutsche Erstveröffentlichung bei
Tinte & Feder, Amazon Media EU S.à r.l.
38, avenue John F. Kennedy, L-1855 Luxembourg
Mai 2021
Copyright © der deutschsprachigen Ausgabe 2021
By Margit Steinborn

Umschlaggestaltung: zero-media.net, München
Umschlagmotiv: © H. Armstrong Roberts / Getty Images; © Frank Bach /
Shutterstock; © Triff / Shutterstock; © Lukasz Szwaj/ Shutterstock;
1. Lektorat: Ute Köhler
2. Lektorat und Korrektorat: VLG Verlag & Agentur, Haar bei München,
www.vlg.de
Gedruckt durch:
Amazon Distribution GmbH, Amazonstraße 1, 04347 Leipzig /
Canon Deutschland Business Services GmbH, Ferdinand-Jühlke-Straße 7,
99095 Erfurt /
CPI books GmbH, Birkstraße 10, 25917 Leck

ISBN 978-2-49670-728-1

www.tinte-feder.de

In diesem Roman sind die Protagonisten Hannah und Melina Rosenberg, Peter Hagen, Friedrich und David Sandner, Simon Petersen und die Familie von Schönwald fiktive Figuren, die eingebunden sind in historische Ereignisse. Auch den Sandnerhof sowie das Dorf Erlenthal gibt es nicht in Wirklichkeit, ebenso wenig wie ihre Bewohner. Doch stehen diese Romanfiguren beispielhaft für Millionen von Menschen, die in der Zeit des Dritten Reiches Ähnliches wie sie erlebt haben.

PROLOG

Hannah spürte den leichten Wind, der in den Ästen raschelte, und fühlte den weichen Waldboden unter ihren Füßen, als sie unter den Bäumen entlangging. Es roch nach feuchter Erde, Laub und Tannennadeln, und Staubkörner tanzten in den ersten Strahlen der Morgensonne, die das Dunkel des Waldes zerteilten. Sie erreichte den Saum des Waldes und trat auf eine Lichtung. Vor ihr erstreckte sich der Waldsee, in dem sich das erste Licht des Tages spiegelte, und der Friede, der auf diesem Ort lag, nahm sie sofort gefangen. Sie lauschte in die Stille. Würde er auch heute wieder kommen? Seit einigen Nächten suchte er sie in ihren Träumen auf, in den frühen Morgenstunden, wenn die Nacht dem Tag wich. Er erschien immer bei den Bäumen am gegenüberliegenden Ufer des Sees und schaute zu ihr herüber, doch er kam nie näher. Hannah hörte ein Rascheln. Sie erkannte ihn, seine Gestalt, sein Gesicht, das ihr so vertraut war, als er aus dem Schatten der Bäume trat, und ihr Herz schlug schneller. Würde er näher kommen? Er schaute sie an, und seine Lippen formten Worte, die der Wind mit sich nahm. Hannah verstand sie nicht, doch sie sah das Lächeln in seinen Augen, und sie wusste, sie sprachen nicht von Abschied. Sie sprachen von Neubeginn.

TEIL I
1952–1953

KAPITEL 1

Die Sonne schien von einem wolkenlosen Himmel an diesem Sommertag, als Hannah im Garten Rosen von einem Strauch schnitt und sie in einen Korb legte. Sie wählte die weißen, die Melina so liebte, denn sie waren für die Feier gedacht, die sie seit Tagen für ihre Tochter vorbereitete. Wehmut beschlich sie bei dem Gedanken, dass Melina, die doch gerade erst in ihr Leben zurückgekommen war, morgen wieder für ein Jahr nach München zurückgehen würde, um dort ihr Abitur zu machen. Leicht war ihr die Entscheidung nicht gefallen, und auch Melina hatte lange gezögert, denn zu schmerzhaft waren die Jahre der Trennung gewesen, die hinter ihnen lagen. Es war für Melina so das Beste, sprach Hannah sich innerlich Mut zu. Das Wichtigste war doch, dass Melina überhaupt auf den Sandnerhof zurückgekehrt war.

Hannah wandte sich vom Rosenstrauch ab und ließ ihren Blick über den kleinen Weiler schweifen, die Sägemühle mit dem Wohnhaus der Sandners, den Arbeiterhäusern und den Stallungen, umgeben von einem ausgedehnten Waldgebiet. Vor Jahren hatten sie und Melina hier Zuflucht gefunden, als sie nicht mehr gewusst hatten, wohin sie vor der Verfolgung durch die Nazis noch fliehen konnten. Und doch hatte dieser versteckte Ort sie nicht schützen können; letzten Endes war

11

sie dennoch in ein Konzentrationslager deportiert worden. Sie hatte Melina auf ihrer Flucht fremden Menschen anvertrauen müssen, und ihre Tochter war erst vor wenigen Wochen zurückgekehrt. Hätte David, der Sohn der Sandners, nicht zufällig bei einer Romreise Melina erkannt, wüsste Hannah bis heute nicht, wo ihre Tochter geblieben war. Und nun sollte Hannah sich schon wieder von Melina trennen! Dieses Mal war es anders, dachte Hannah bei sich und legte eine letzte Rose in den Korb. Dieses Mal wusste sie, wohin Melina gehen würde und dass sie bei ihren Pflegeeltern Kurt und Emma, die während der vergangenen acht Jahre gut für ihre Tochter gesorgt hatten, in den besten Händen war.

Schade, dass David bei Melinas Abschiedsfeier nicht dabei sein konnte, ging es Hannah durch den Kopf. Ihm hätte bei der Feier ein Ehrenplatz zugestanden. Ja, David fehlte heute Abend.

Doch die anderen auf dem Sandnerhof würden sich alle Mühe geben, Melina ein schönes Fest zu bereiten. Allen voran Georg, der Sohn von Maria Sandner, und Matilda und Matys. Hannah seufzte. Was für warmherzige Menschen lebten hier auf dem Sandnerhof, die damals nicht nur sie und Melina aufgenommen hatten, sondern auch noch Josefa mit ihrer Enkelin Matilda und dem kleinen Matys, den sie bei ihrer Flucht aus Schlesien ihrer toten Tochter aus den Armen genommen hatte.

Drei Kinder kamen auf Hannah zugerannt und rissen sie aus ihren Gedanken.

»Hannah, wir müssen im Wohnzimmer noch die Girlanden aufhängen, wie schaffen wir es nur, dass Melina nichts mitbekommt?«, fragte Georg. »Es soll doch eine Überraschung werden.«

»Vielleicht können wir sie ins Dorf schicken«, schlug Matilda vor, und ihr Bruder Matys, der neben ihr stand, nickte.

»Das ist eine gute Idee, Matilda. Dann können wir auch noch mal unser Lied üben, und wenn wir den Tisch gedeckt haben, sind wir fertig. Jetzt müssen wir nur noch Melina ablenken. Achtung, da kommt sie schon.«

Hannah wurde das Herz weit, als sie Melina durch den Garten auf sich zukommen sah. Das junge Mädchen war so erwachsen geworden, dachte sie insgeheim. Sie hatte so vieles in Melinas Leben verpasst. Stunde um Stunde hatten sie sich in den zurückliegenden Wochen von ihren Erlebnissen seit ihrer Trennung erzählt, doch würden sie die Lücken jemals wirklich schließen können?

»Da seid ihr ja«, sagte Melina. »Ich suche euch schon überall. Ich wollte Klara und Annie in der Küche helfen, aber sie haben mich zu euch geschickt.«

»Ich bräuchte tatsächlich deine Hilfe, Melina. Es fehlt einiges, was im Dorf eingekauft werden müsste, und Rosa würde sich sicher sehr freuen, wenn du dich noch von ihr verabschiedest.« Hannah wusste, dass die Wirtin im Goldenen Krug Melina bestimmt nicht unter einer halben Stunde wieder gehen lassen würde.

»Stimmt. Jedes Mal, wenn sie mich im Dorf sieht, ruft sie mich und lädt mich auf ein Stück Kuchen ein. Sie sagt, sie hat die ganzen Jahre dafür gebetet, dass ich zurückkomme. Also, was soll ich alles besorgen?«

Hannah zählte verschiedene Dinge auf, die man bei Bäcker und Krämer kaufen konnte. »Geld und Einkaufskorb findest du im Schlafzimmer. Auf dem Rückweg kannst du am Pfarrhaus klingeln. Pfarrer Petersen wollte heute noch einmal vorbeikommen und nimmt dich bestimmt gern im Auto mit.« Melina nickte und ging durch den Garten davon.

»Nun aber los, wir haben viel zu tun«, sagte Hannah zu den Kindern, und sie eilten ins Haus.

Die Kinder waren mit Feuereifer dabei, das Wohnzimmer mit Girlanden und Blumen zu schmücken und den Tisch festlich zu decken. Als Melina zwei Stunden später in Begleitung von Pfarrer Simon Petersen zurückkehrte, blieb sie an der Schwelle des Wohnzimmers für einen Moment wie angewurzelt stehen. Die ganze Familie saß um den großen Tisch versammelt, und quer durch das Zimmer hingen bunt bemalte, aus Papier ausgeschnittene Buchstaben an einer Schnur, die den Satz bildeten: »Komm bald wieder, Melina«.

»Meine Güte, das ... das ist ja wunderschön!«, stammelte Melina.

»Gefällt es dir?«, fragte Matilda aufgeregt. »Die Buchstaben haben Georg und ich ausgeschnitten, und Matys hat sie bemalt!«

»Ja, und wie!« Hannah sah die Freude in Melinas Gesicht, die völlig überwältigt davon zu sein schien, wie sehr sich alle bemüht hatten, ihr eine schöne Abschiedsfeier zu bereiten. »Dafür habt ihr sicher ganz schön lange gebraucht! Und ich hab gar nichts davon mitbekommen.« Sie setzte sich auf den freien Platz neben Matilda.

»Wir haben jede Minute genutzt, in der du mit etwas anderem beschäftigt warst«, antwortete Matilda und lächelte verschmitzt.

»Nach dem Essen haben wir noch Spiele vorbereitet«, verkündete Georg. »Und ich habe extra ein paar Kartentricks gelernt.«

»Da bin ich ja mal gespannt!«

Friedrich Sandner erhob sich, und aller Augen richteten sich auf ihn, als er sich Melina zuwandte. Er als Familienoberhaupt wollte es sich offensichtlich nicht nehmen lassen, eine kleine Ansprache zu halten.

»Als du damals als dreijähriges Mädchen zu uns auf den Sandnerhof gekommen bist, haben wir dich alle sogleich ins Herz geschlossen. Später haben wir lange Jahre nicht gewusst, wo du warst, und wir haben gehofft und gebetet, dass du wiederkommst. Wie groß unsere Freude war, dich wiederzusehen, weißt du ja ...«

Hannah bemerkte, dass Friedrich bei der Erinnerung an diesen Moment kurz aus dem Konzept kam.

»Wir lassen dich morgen nur ungern wieder ziehen, Melina, aber die Zukunft wartet auf dich da draußen. Doch du sollst wissen, dass der Sandnerhof immer dein Zuhause bleiben wird.«

Hannah klatschte mit den anderen am Tisch zu Friedrichs passenden Worten und sah, wie Melina um den Tisch eilte und Friedrich umarmte.

»Danke, Opa Friedrich!«

»Nun greift zu, damit das Essen nicht kalt wird!«, rief Hannah, was sich niemand zweimal sagen ließ.

Hannah schaute in die Runde und blickte in strahlende Gesichter. Ja, Melinas Rückkehr hatte viele Menschen glücklich gemacht. Friedrich und Klara, die Besitzer der Sägemühle, die Melina wie ihre eigene Enkelin ins Herz geschlossen hatten, stand die Freude über ihre Rückkehr ins Gesicht geschrieben. Annie, die Schwiegertochter der Sandners, deren Kinder Hans und Maria und natürlich Esther, mit der sie die Zeit im Konzentrationslager überstanden hatte – sie alle hatten in den letzten Jahren um Melina gebangt.

»Schade nur, dass David fehlt«, sagte Melina in die Runde. »Aber er musste ja schon wieder zu seinem Studium zurück nach Berlin.« Es war Melina anzusehen, wie sehr sie ihn vermisste.

»Er kommt ja an Weihnachten wieder«, versuchte Hannah, Melina zu trösten.

Als das Essen beendet war, gab sie Matilda, Georg und Matys ein Zeichen, die daraufhin vom Tisch aufstanden und zum Klavier gingen.

»Liebe Melina, Matilda, Matys und Georg haben in den letzten Tagen jede Minute genutzt, in der du aus dem Haus warst, um ein Abschiedslied für dich vorzubereiten. Es ist ein Lied von Werner Richard Heymann aus einem Film von vor dem Krieg, das dich immer daran erinnern soll, dass es für jeden Menschen irgendwo auf der Welt einen Ort gibt, an dem er glücklich sein kann. Lass dich überraschen.«

Sie setzte sich zu den Kindern ans Klavier und drückte Matys ein Paar Bongos in die Hand. Als sie die ersten Töne des altbekannten Schlagers anschlug, nickte sie Matys zu, der mit den Bongos einsetzte, und die Zuhörer wurden gefangen genommen von Matildas Stimme, die zu singen begann:

»Irgendwo auf der Welt gibt's ein kleines bisschen Glück, und ich träum' davon in jedem Augenblick.«

Dann setzte Georg ein: »Irgendwo auf der Welt gibt's ein bisschen Seligkeit, und ich träum' davon schon lange, lange Zeit.«

Hannah warf Melina einen Blick über die Schulter zu und sah, wie sie gegen die Tränen der Rührung kämpfte, denn der weitere Text des Liedes war auf Melina umgedichtet worden und erzählte aus ihrem Leben. Es endete mit dem zuversichtlichen Zuspruch:

»Und du weißt, wo das ist, du bist niemals ganz allein, denn bei uns da kannst du immer glücklich sein.«

Alle applaudierten den jungen Künstlern, und Melina sprang von ihrem Stuhl auf, eilte zu ihnen und drückte sie alle drei fest an sich.

»Wir haben dir den Text des Liedes aufgeschrieben!« Matilda überreichte Melina ein beschriebenes und bemaltes Blatt Papier.

»Danke. Ein Lied ganz für mich allein! Ihr seid einfach wunderbar. Was werde ich euch alle vermissen!«

»Das war eine großartige Überraschung für Melina«, sagte Pfarrer Petersen, als Hannah wieder an den Tisch zurückkehrte. Etwas leiser fügte er hinzu: »Vor allem, dass es euch gelungen ist, Matys an dem Ständchen zu beteiligen, da er ja sprachbehindert ist.«

»Ja, ich habe mir lange überlegt, welche Rolle er übernehmen kann«, gab Hannah leise zurück. »Es ist so schwer mit anzusehen, wie sehr ihn diese Behinderung beeinträchtigt. Wenn ich ihn nur noch mehr fördern könnte, aber wir haben ja keine Sonderschule in unserer Nähe. Ich unterrichte ihn nachmittags hier zu Hause, er rechnet und schreibt sehr schön, aber das Sprechen wird er wohl nie lernen. Als Josefa damals nach ihrer Flucht aus Schlesien mit ihm und Matilda hier ankam, war Matys ja ein völlig unterernährtes Baby.«

Simon Petersen nickte. »Gut, dass Sie so viel nach dem Jungen schauen, Hannah. Aber vielleicht sollten Sie dennoch einen Antrag beim Schulamt stellen, dass Matys die Schule in Erlenthal besuchen darf.«

»Meinen Sie wirklich?«, fragte Hannah. Diesen Gedanken hatte sie auch schon gehabt.

Pfarrer Petersen zuckte mit den Schultern. »Einen Versuch wäre es wert.«

Es wurde ein vergnüglicher Abend, den Hannah in vollen Zügen genoss, und als Melina gegen Mitternacht im Bett neben ihr eingeschlafen war, strich sie behutsam mit der Hand über das Haar ihrer Tochter. Mit einem Mal kam ihr Melinas Vater in den Sinn, und sie verspürte einen Stich im Herzen. Es tat immer noch weh, an ihn zu denken. Peter war der einzige Mann, den sie je geliebt hatte, doch er hatte sie für eine andere Frau und eine politische Karriere in Berlin verlassen. Er hatte Clarissa von Schönwald geheiratet, mit der er einen Sohn hatte, Tristan. Für einen Augenblick kam Hannah der Traum der vergangenen Nacht in den Sinn, in dem sie ihn am Ufer des Sees hatte stehen sehen. Seine Augen hatten von Neubeginn gesprochen, und den ganzen Tag rätselte sie schon, was der Traum wohl bedeuten mochte. Es konnte doch gar keinen Neubeginn geben, denn Peter war tot, hingerichtet in Plötzensee nach dem gescheiterten Attentat auf Hitler. Nein, der Traum wollte ihr etwas anderes sagen, dessen war Hannah sich sicher. Doch was war dann die Botschaft ihres Traumes?

* * *

Der Abschied am nächsten Morgen fiel Hannah schwer. Alle umarmten Melina, gaben ihr noch unzählige Ratschläge mit auf den Weg und versicherten ihr, wie sehr sie sich jetzt schon darauf freuten, dass sie an Weihnachten wiederkam. Sie winkten ihr nach, als Hans den Koffer in das Auto lud und mit ihr hupend vom Hof fuhr.

»Pass auf dich auf und komm gut in München an«, sagte Hans, nachdem sie am Bahnhof angekommen waren, drückte Melina zum Abschied an sich und reichte ihr den Koffer ins Abteil.

Melina winkte ihm durch das Fenster zu, als der Zug den Bahnhof Erlenthal verließ. Als Hans aus ihrem Blickfeld verschwand, lehnte sie sich in der Bank zurück und ließ die letzten Wochen, die ihrem Leben eine komplett neue Wendung gegeben hatten, noch einmal Revue passieren. Ohne die Klassenfahrt nach Rom, die ihre Pflegeeltern ihr ermöglicht hatten, hätte sie David dort nicht getroffen. Bis zu der Reise war die Erinnerung an den Sandnerhof und damit auch an den letzten Aufenthaltsort ihrer Mutter tief in Melinas Kopf verschlossen gewesen – wie mit einer dicken Decke umhüllt, die sie trotz aller Anstrengung nicht hatte heben können. Erst das Zusammentreffen mit David, der mittlerweile Kunst studierte, hatte den Schleier lüften können. Er hatte sie erkannt und ihr auch ihren richtigen Namen zurückgegeben: Melina Rosenberg. Sie lächelte bei dem Gedanken an ihren Freund aus Kindertagen, der nicht länger der kleine Junge war, mit dem sie damals über die Wiesen gesprungen war und Verstecken gespielt hatte. Bei dem Gedanken daran, wie überrascht David sie bei ihrem Zusammentreffen in Rom vor wenigen Wochen angeschaut hatte, begann ihr Herz heftig zu klopfen. Was bedeutete ihr David heute? Sie holte den Zeichenblock, den er vor Jahren für sie angefertigt hatte, aus ihrer Tasche. Wie oft hatte sie mit Kurt und Emma die Zeichnungen darin angeschaut, in der Hoffnung, dass sie sich an die Namen der Menschen und den Ort, an dem sie gelebt hatte, erinnern könnte! Und nun wusste sie wieder jedes Detail. Die Puzzleteile ihres Lebens ergaben wieder ein Bild.

Je weiter der Zug fuhr, desto mehr freute sie sich auch wieder auf München. Die Menschen, die während der letzten Jahre ihre Familie geworden waren, warteten dort auf sie, wie auch ihre beste Freundin Lea. Sie hatte ihnen so viel Neues zu erzählen! Melina wechselte in Nürnberg den Zug, und als sie den Münchner Hauptbahnhof erreichte und Emma, Kurt und deren Sohn Christian am Bahnsteig stehen sah, die gekommen waren, um sie abzuholen, stiegen ihr Tränen in die Augen.

»Wie schön, dass du wieder da bist!« Kurt umarmte sie und griff nach ihrem Koffer.

»Wir waren so froh, als Hannah uns geschrieben hat, dass du die Schule hier beenden möchtest!« Emma drückte Melina ganz fest an sich.

»Es war ganz schön langweilig ohne dich«, sagte Christian, und sogleich spürte sie seine kleine Hand in ihrer.

Nun hatte sie zwei Familien, die sie liebte, ging es Melina durch den Kopf, als sie den Bahnsteig entlanglief.

Kaum hatte sie begonnen, ihren Koffer auszuräumen, da klopfte es auch schon an der Tür, und ihre Freundin Lea streckte den Kopf herein. »Bin ich froh, dass du wieder da bist!«

»Ja, ich bin wieder da! Komm rein, Lea, such dir einen Platz.« Melina schob auf ihrem Bett ein paar Kleidungsstücke und Bücher zur Seite, und Lea setzte sich.

»Erzähl! Was hast du erlebt?«, fragte Lea ungeduldig. »Es ging damals alles so schnell. David hat dich in Rom wiedererkannt, du wusstest mit einem Mal wieder, wer du wirklich bist und dass du auf dem Sandnerhof gewohnt hast. Du bist mit deinen Pflegeeltern dorthin gefahren. Und dann? Wie ging es weiter?«

»Wo soll ich bloß anfangen?« Melina setzte sich auf ihren Schreibtischstuhl. »Es ist so viel passiert. Am schönsten war der Moment, als wir auf dem Sandnerhof ankamen. Mama stand auf der Treppe vor dem Haus, Emma war bereits ausgestiegen, und Mama muss sie sogleich erkannt haben. Sie hat später gesagt, sie hätte jeden Tag an die Frau gedacht, zu der sie mich am Nürnberger Hauptbahnhof geschickt hatte, und ihr Gesicht hätte sich ganz tief in ihr Gedächtnis eingeprägt. Dann hat Mama mich gesehen und ist losgerannt, und wir lagen uns in den Armen.« Melina merkte, wie ihr die Tränen kamen. »Wir hatten uns danach so viel zu erzählen, tage- und nächtelang haben wir geredet, um die verlorenen Jahre aufzuholen. Mama war ganz gerührt, als sie erfuhr, dass Emma und Kurt mir Geigenunterricht ermöglicht haben. Wir haben zusammen Geige gespielt, Lea, es war richtig toll! Opa Friedrich und Oma Klara haben geweint, als sie es gehört haben.«

»Du nennst sie Oma und Opa?«

»Natürlich. Sie waren von Anfang an wie Großeltern für mich. Es war alles noch wie früher. Ich habe Oma Klara in der Küche geholfen, mit Opa Friedrich und Hans habe ich abends oft Schach gespielt ...«

»Wer ist Hans?«, wurde sie von Lea unterbrochen.

»Davids Bruder.«

»David hat einen Bruder?« Leas Augen wurden weit. »Nimmst du mich mal mit zum Sandnerhof?«

Melina lachte. »David hat einen Bruder, Hans, und eine Schwester, Maria. Aber bei Hans hast du leider keine Chancen mehr, Lea, er ist schon vergeben. Er liebt Esther.«

»Und wer ist Esther? Mein Gott, wer wohnt denn da noch alles auf dem Sandnerhof?«

Melina wurde ernst. »Esther ist die Frau, die mit Mama in Auschwitz war.«

»Deine Mutter war in Auschwitz?«

»Ja, aber sie redet nicht darüber.« Melinas Stirn legte sich in Falten. »Sie sagt, über diese Zeit kann sie nur mit Esther reden. Aber da wir uns auf dem Sandnerhof ein Zimmer geteilt haben, habe ich mitbekommen, wie oft sie von Albträumen heimgesucht wird. Lea, es muss schrecklich gewesen sein!«

Für einen Moment herrschte betroffenes Schweigen.

»Und David?«, fragte Lea schließlich. »Was ist mit David? Ich werde nie vergessen, wie er in der Sixtinischen Kapelle plötzlich vor dir stand und deinen Namen gerufen hat!«

Melina musste sich kurz sammeln. »David? – Ach Lea, du glaubst ja gar nicht, wie nett er ist. Er hat nichts aus unserer Kindheit auf dem Sandnerhof vergessen. Und dann noch sein künstlerisches Talent! Er ist ein begnadeter Maler! Aber weißt du, es ist schon seltsam, wenn man jemanden als Kind gekannt und dann jahrelang nicht mehr gesehen hat. Er ist mir vertraut und trotzdem fremd. Als er wieder zu seinem Studium zurückmusste nach Berlin, da hat er so eine Andeutung gemacht.«

»Eine Andeutung? Was hat er gesagt, Melina?«

»Er hat gesagt, er hoffe, dass seine Prophezeiung wahr wird, die er mir an dem Tag gemacht hat, an dem seine Schwester geheiratet hat.«

»Was für eine Prophezeiung? Nun mach es doch nicht so spannend!«

»Wir waren noch kleine Kinder«, sagte Melina und sah die Szene vor sich, als wäre es gestern gewesen. »David hat mit mir getanzt. Und plötzlich sagte er, er wisse genau, dass er mich einmal heiraten werde.«

Leas Augen leuchteten. »Wenn David das sagt, dann kommt es auch so.«

KAPITEL 2

»Kunst und Wahrheit«. Diesen Titel hatte David Sandner für seine Seminararbeit in Kunstgeschichte gewählt. Er saß in seinem Zimmer im Studentenheim in Berlin-Charlottenburg, vor ihm auf dem Schreibtisch türmten sich Lehrbücher, und er blätterte gerade durch einen Bildband über den Maler Pablo Picasso.

Muss Kunst wahr sein, fragte er sich, als er Picassos Bild »Die weinende Frau« eingehend betrachtete. Kalte, dissonante Farben verstörten den Betrachter, der in dem Gemälde vergeblich nach harmonischen Elementen suchte. Das Gesicht der dargestellten Frau schien in eckige, spitze Formen zu zersplittern, die die Schärfe des Schmerzes erahnen ließen, den diese Frau verspürte. Ein fürchterliches Leid hatte sie getroffen, das ihr ehemals schönes Angesicht entstellte. Das Bild der Frau entsprach keinem realen Frauenbildnis, und dennoch barg es eine innere Wahrheit.

David legte das Buch zur Seite und zog einen anderen Bildband aus seinem Bücherstapel. Michelangelo. Unwillkürlich blätterte er so lange in dem Buch, bis er sein Lieblingsbild seit Kindertagen fand, die »Erschaffung Adams«. Obwohl er dieses weltberühmte Bild schon so oft betrachtet hatte, nahm es ihn sofort wieder gefangen. Mit unnachahmlicher Schönheit hatte

Michelangelo Gottvater gemalt, auf einer Wiese ihm gegenüber erwachte gerade der erste Mensch zum Leben. Zwei Augenpaare ineinander versunken, während Hände sich einander entgegenstrecken, ohne sich zu berühren. Die biblischen Worte, denen zufolge es Gottes Atem war, der dem Menschen das Leben eingehaucht hatte, waren von dem florentinischen Maler abgewandelt worden. Bei Michelangelo geschah die Menschwerdung durch Gottes Hand. Entsprach diese Interpretation des Malers dennoch der Wahrheit?

David musste lächeln. Er dachte an den magischen Moment, als er vor wenigen Wochen unter diesem Deckengemälde in der Sixtinischen Kapelle in Rom völlig unerwartet Melina gegenübergestanden hatte, dem Mädchen mit den honigfarbenen Haaren, das er jahrelang gesucht hatte. Er nahm einen Brief zur Hand, den er vor einigen Tagen erhalten und seither ein Dutzend Mal gelesen hatte. Der Brief von Melina aus München.

»Ich musste sie einfach wiederfinden«, murmelte er vor sich hin, als er die Seiten ihres Briefes vor sich ausbreitete. Sie schrieb von der bewegenden Abschiedsfeier auf dem Sandnerhof, ihrem Schulalltag, den Vorbereitungen für die anstehende Abiturprüfung und ihrer Vorfreude auf das Weihnachtsfest. David nahm einen Briefblock aus der Schublade und seinen Füllfederhalter und schrieb:

Ich kann es auch kaum erwarten, an Weihnachten nach Hause zu kommen, nun, da ich weiß, dass du wieder da bist. Wir haben so viel nachzuholen.

Er lehnte sich zurück. Eine leise Angst beschlich ihn. Was hatten diese fehlenden Jahre, in denen sie sich beide weiterentwickelt hatten, aus ihnen gemacht? Schon im Sommer hatte er die Fremdheit gespürt, die zwischen ihnen entstanden war. Würden sie einen Weg finden, diese zu überbrücken?

Er wollte sich gerade wieder seinem Brief zuwenden, als es an der Tür seines Zimmers klopfte. Als David öffnete, blickte er in ein breit grinsendes Gesicht, umrahmt von dunklen Locken. »Hallo, Viktor. Komm herein.« David bemerkte die Briefumschläge und ein Päckchen, die sein Freund in der Hand hielt. »Bringst du meine Post?«

»Ich war gerade bei der Verwaltung, und da du deine Briefe nicht abgeholt hast, muss ich mal wieder Briefträger spielen.« Viktor legte David die Umschläge und das Päckchen auf den Tisch.

»Gib's zu, du hoffst, dass in dem Päckchen wieder ein Stollen von Oma Klara ist«, meinte David.

»Stimmt«, gestand Viktor grinsend.

»Außerdem irrst du dich«, sagte David und deutete auf den Brief auf seinem Tisch. »Die wichtigen Sachen habe ich schon abgeholt.«

»Post von Melina?«, fragte Viktor, und David nickte.

»Ich schreibe ihr gerade zurück.«

»Na, da will ich mal nicht länger stören. Aber sag mir Bescheid, wenn du den Kuchen deiner Oma anschneidest. Dann komm ich sofort.«

»Natürlich. Wie könnte ich dich vergessen?«

Viktor wandte sich zum Gehen und öffnete Davids Zimmertür. Im selben Augenblick vernahm David im Flur die Stimme einer Frau: »Guten Tag!«

»Hallo«, hörte er Viktors überraschte Antwort und sah, dass sein Freund sein bezauberndstes Lächeln aufsetzte. »Sie suchen bestimmt mich?«

»Nein, ich suche David Sandner.«

»Wäre ja auch zu schön gewesen«, hörte David Viktor sagen, als er hinter ihm zur Tür trat. Er erkannte sofort die Frau auf dem Flur, die er vor Kurzem auf dem Sandnerhof kennengelernt hatte. Es war Melinas Tante, die Schwester ihres Vaters.

»Linda!«, rief er überrascht aus und schob Viktor ein Stück zur Seite. »Das ist schön, dass du mal vorbeischaust. Komm herein.«

»Schade, dass unser Zusammentreffen so kurz war«, versuchte Viktor nochmals sein Glück bei der hübschen Frau mit dem braunen Pferdeschwanz. »Und falls du dich doch noch umentscheiden und mich suchen solltest, dann findest du mich zwei Zimmer weiter.«

Linda lachte bei seinen Worten.

»Viktor, nun lass es aber gut sein«, unterbrach ihn David und schob ihn endgültig aus der Tür. »Hast du nicht noch eine Menge zu tun mit deiner Seminararbeit?«

Viktor machte ein zerknirschtes Gesicht. »Tschau, Linda, war nett, dich kennengelernt zu haben«, sagte er und ging davon.

»Hallo, David«, sagte Linda und trat ins Zimmer. »Dein Studentenheim ist gar nicht weit von meiner Wohnung und meiner Arbeitsstelle entfernt. Deshalb dachte ich mir, ich schau mal kurz vorbei.«

»Das freut mich.« David räumte einen Rucksack von einem Stuhl und bot ihn Linda an.

Linda ließ ihren Blick durch das Zimmer schweifen. Überall an den Wänden hingen Bilder, die David gemalt hatte.

Landschaften, Porträts, Stadtansichten.

»Meine Güte, die sind aber schön!« Staunend ging sie von Bild zu Bild. »Wo ist das?«, fragte sie und deutete auf die Zeichnung eines historischen Gebäudes.

»Die Kathedrale Santa Maria del Fiore in Florenz«, erklärte David. »Und dort ist das Forum Romanum in Rom. Und daneben der Petersdom.«

Auf einem Schränkchen lagen einige Abzüge von Fotografien.

»Darf ich?«, fragte Linda.

»Natürlich.«

Linda betrachtete die Fotos. Sie zeigten Ansichten der Stadt Berlin, die auch sieben Jahre nach Kriegsende noch unzählige Zeichen der Zerstörung trug.

»Ich sehe diese Stadt jeden Tag«, sagte Linda überrascht, »doch deine Fotos zeigen sie in einem ganz anderen Licht. Der Sonnenstrahl, der durch die Balken des zerstörten Reichstagsgebäudes fällt; die Blume, die auf diesem Schuttberg blüht; lachende Kinder auf dem Karussell eines Jahrmarkts vor dem Hintergrund zerbombter Häuser – David, ich wusste gar nicht, dass du so hervorragend fotografieren kannst. Du verstehst es einfach, den richtigen Moment mit der Kamera festzuhalten! Ich glaube, ihr Künstler seht die Welt mit anderen Augen.«

»Danke, es freut mich, dass du das so siehst. Die Redaktion der *Berliner Illustrierten* fand meine Fotos auch gelungen, und im nächsten Monat werden sie dort veröffentlicht.«

Linda machte große Augen. »Wirklich? Das ist ja toll! Du wirst sehen, eines Tages hängen deine Fotos und Gemälde in berühmten Galerien auf der ganzen Welt. Und ich kann dann sagen, ich habe dich gekannt!«

David lachte amüsiert. »Bis dahin dürfte es jedoch ein ziemlich weiter Weg sein. Ich bin ja noch Student. Und ohne meine Arbeit bei einem Berliner Restaurator, dessen Werkstatt angefüllt ist mit kriegsgeschädigten Kunstwerken, könnte ich mir das Studium gar nicht leisten.«

Linda blieb vor dem Porträt eines jungen Mädchens stehen. Ihre Nichte Melina.

»Diese Geschichte glaubt uns auch kein Mensch«, sagte sie.

»Ja, vielleicht sollte man einen Roman darüber schreiben«, meinte David schmunzelnd.

»Da wären wir schon fast beim Thema, weshalb ich heute hier bin.«

»Du willst einen Roman über mich schreiben?«, fragte David belustigt.

»Nicht ganz«, erwiderte Linda, setzte sich und holte einen Stoß beschriebener Blätter aus ihrer Tasche.

»Ich habe für die Kleinen in meinem Kindergarten ein paar Geschichten geschrieben. Die Kinder halten nach dem Essen ihren Mittagsschlaf, und vor dem Einschlafen lese ich ihnen Bücher vor. Wir haben hauptsächlich Märchenbücher, aber für viele Märchen sind die Kinder einfach noch zu klein. Deshalb habe ich selbst einige Geschichten verfasst, und sie sind ganz begeistert davon. Nach unserem Zusammentreffen auf dem Sandnerhof ist mir der Gedanke gekommen, dass ich dich um ein paar Zeichnungen dazu bitten könnte.«

Davids Interesse war geweckt. »Worum geht es in deinen Geschichten?«

»Um eine Bärenfamilie, die in einem Holzhaus im Wald lebt. Einer der Bärenjungen, der kleine Frieder, ist sehr vorwitzig und erlebt mit seinen Geschwistern viele Abenteuer. Ich dachte mir, wenn ich ein oder zwei Bilder von Frieder für meine Kleinen im Kindergarten hätte, wären sie hellauf begeistert.«

»Aber klar doch.« David blätterte durch den Stoß der handschriftlich geschriebenen Geschichten. »Kannst du mir die mal dalassen? So ein bis zwei Tage? Dann würde ich dir die Bilder vorbeibringen.«

»Natürlich!«, rief Linda begeistert. »Ich schreib dir meine Adresse und die des Kindergartens auf. Es ist kaum ein Umweg für dich, wenn du zur Uni gehst.«

David gab ihr Papier und Stift. Als sie sich über den Tisch beugte und ihr Pferdeschwanz über ihre Schulter nach vorn fiel, stellte David wieder die verblüffende Ähnlichkeit zwischen ihr und Melina fest. Die mandelförmigen Augen, die dunklen Bogen der Augenbrauen, der geschwungene Mund, die leicht gewellten Haare.

»Wie ähnlich du ihr siehst«, murmelte er gedankenverloren vor sich hin.

Linda schaute auf. Sie lächelte, denn sie musste gar nicht fragen, wen er meinte.

»Du solltest erst mal Tristan sehen, Melinas Halbbruder. Der schaut ihr zum Verwechseln ähnlich. Als mir Pfarrer Petersen im Sommer ein Bild von Melina zeigte, dachte ich im ersten Moment, es wäre Tristan. Wann wirst du Melina wiedersehen?«

»An Weihnachten, auf dem Sandnerhof.«

»Hannah hat mir auch eine Einladung geschickt«, sagte Linda.

»Toll! Das wird das beste Weihnachtsfest aller Zeiten!«

David saß die halbe Nacht über Lindas Aufzeichnungen. Auf einem Zeichenblock, der vor ihm lag, entstanden dabei Bilder des kleinen Bärenjungen Frieder, der jeden Tag ein anderes Abenteuer im Wald erlebte. Er fiel beim Fischfang in den Bach, setzte sich beim Picknick in einen Ameisenhaufen oder verlief sich beim Versteckspiel im tiefen Wald. Doch was auch immer Frieder anstellte, abends lag er friedlich schlafend neben seinen Geschwistern im Bett.

Sie schrieb wirklich schön, stellte David fest, der sich gut vorstellen konnte, wie sehr die Kinder Lindas Geschichten liebten. Eine Idee nahm in seinem Kopf Gestalt an. Lindas Geschichten und seine Bilder – daraus konnte man doch etwas machen, oder?

Die Kinder jubelten und umringten David, als er einige Tage später in den Kindergarten kam und Linda die Bilder vorbeibrachte.

»Eigentlich ist es schade, dass nicht mehr Kinder die Geschichten hören und die schönen Bilder anschauen können«, sagte sie, als sie in die leuchtenden Kinderaugen um sich herum blickte.

David schaute sie einen Moment nachdenklich an. »Linda, wäre es dir möglich, diese Geschichten mit einer Schreibmaschine abzutippen?«

»Klar, das ist kein Problem. Ich darf mir bestimmt mal übers Wochenende die Schreibmaschine aus dem Büro ausleihen. Aber warum fragst du?«

»Mir ist da gestern Nacht eine Idee gekommen.«

Linda schaute ihn interessiert an. »Was meinst du?«

»Nicht nur deine Kleinen hier brauchen kindgerechte Erzählungen. Sollte man deine Geschichten und meine Bilder nicht einmal einem Verlag anbieten?«

»Nicht dein Ernst?«

»Ich kann natürlich nicht versprechen, dass was daraus wird«, sagte David, »aber einen Versuch ist es wert.«

»Da bin ich ja mal gespannt!«

Linda brachte David noch zur Tür. Als sie sich von ihm verabschiedete, fiel ihr Blick auf die gegenüberliegende Straßenseite.

David bemerkte, wie sie kurz stutzte, bevor sie den Kopf schüttelte.

»Ich glaube, ich sehe schon Gespenster«, sagte sie, als sie Davids fragenden Blick auffing. »Ich dachte gerade, ich hätte meinen Neffen Tristan dort drüben bei der Mauer gesehen.«

»Tristan? Hast du ihn mal wieder getroffen?«

Linda schüttelte den Kopf. »Nein, leider nicht. Seine Mutter Clarissa und deren Eltern haben jeglichen Kontakt zu mir abgebrochen, weil sie meinen verstorbenen Bruder Peter wegen seiner Beteiligung am Attentat auf Hitler für einen Vaterlandsverräter hielten. Ich vermisse Tristan sehr, und ich glaube, er mich auch.«

»Willst du nicht versuchen, wieder Kontakt zu ihm aufzunehmen? Er war doch wie ein kleiner Bruder für dich.«

Linda zuckte ratlos mit den Schultern. »Ich habe Angst, dass ich ihn damit in Schwierigkeiten bringe. Er hat mit seinen jetzt dreizehn Jahren schon genug in seinem Leben mitgemacht. Nicht nur, dass er damals nach dem Attentat in ein Kinderinternierungslager kam – nein, hinterher musste er sich wieder die Reden seines Großvaters anhören, in dessen Kopf noch immer die Naziparolen vom Großdeutschen Reich herumspuken.«

»Aber gerade dann braucht er dich, Linda! In so einer Umgebung sollte der Junge doch nicht groß werden!«

Linda nickte nachdenklich. »Vielleicht hast du recht, David. Ich werde mir etwas überlegen.«

»Gut. Sag Bescheid, wenn ich dir helfen kann.«

KAPITEL 3

Aus sicherer Entfernung warf Tristan das brennende Holzscheit Richtung Eimer und rannte los. Der Knall, der einige Sekunden später die nächtliche Stille zerriss, war ohrenbetäubend. Die Hände noch immer auf die Ohren gepresst, drehte Tristan sich im Lauf um und sah mit weit aufgerissenen Augen im Licht des Mondes, wie der Blecheimer durch die Luft flog. Aufgeschreckt aus dem Schlaf flatterten Vögel aus den wenigen Bäumen, die hier im Berliner Tiergarten noch wuchsen. Die Explosion hatte Tristans kühnste Erwartungen übertroffen. Wenn eine so kleine Menge Kalziumkarbid vermischt mit Wasser ein solch explosives Gas ergab, was für einen Schatz barg dann die Blechdose unter seinem Bett, die randvoll war mit den graubraunen Klumpen aus Kalziumsalz? Es war ja nicht seine Schuld, dass seine Chemielehrerin Frau Behr immer vergaß, den Schrank mit den Chemikalien zu verschließen.

»Unglaublich!«, rief er atemlos und verfolgte mit leuchtenden Augen den Blecheimer, der scheppernd auf einem Schutthaufen landete und von dort polternd weiterrollte.

»Einfach unglaublich!«

Es war mitten in der Nacht. Außer ein paar streunenden Katzen begegnete Tristan um diese Zeit niemandem in dem ehemals prächtigen Landschaftspark Berlins, der während des

Krieges durch die alliierten Bombardements völlig zerstört, von Panzern und Granaten umgepflügt und in den Kriegswintern von der frierenden Berliner Bevölkerung abgeholzt und verheizt worden war. Im Mondlicht sah Tristan in der Ferne die Ruine des Reichstags, die sich wie ein Skelett über dem Brachland in den Himmel erhob. Genauso zerrissen wie dieses Gebäude fühlte er sich manchmal, wenn er hier stand und in den nächtlichen Himmel blickte, als könnten ihm die Sterne dort oben Antworten geben auf die Fragen, die ihm keine Ruhe ließen. Warum hatte sich sein Vater damals zu dem Attentat entschieden? Warum hatte er die Familie in Gefahr gebracht? Hätte er nicht wissen müssen, was mit ihnen allen geschehen würde, wenn der Anschlag auf Hitler misslang?

So langsam wurde es Zeit, sich auf den Heimweg zu machen. Tristan ging vom Tiergarten zur Budapester Straße. Dabei beobachtete er genauestens seine Umgebung, denn er durfte in seinem Alter nicht mehr draußen unterwegs sein. Er wollte auf keinen Fall einem Polizisten in die Arme laufen, denn er konnte sich lebhaft ausmalen, was ihn dann zu Hause erwartete. Er überquerte den Breitscheidplatz, lief an der Ruine der Kaiser-Wilhelm-Gedächtniskirche vorbei, die mit ihren zerbombten Türmen und leeren schwarzen Fensterhöhlen an ein weidwund geschossenes Tier erinnerte, und erreichte bald sein im Villenstil errichtetes Zuhause. Im Mondlicht glänzte das Namensschild: Familie von Schönwald. Er betrat die Villa jedoch nicht durch das Haupttor, sondern schlich durch die Hofeinfahrt, deren Tor dank eines kaputten Schlosses Gott sei Dank bei Nacht nicht verriegelt werden konnte, in den Hinterhof des Hauses. Dort schlüpfte er unbemerkt durch ein angelehntes Fenster in eine Vorratskammer. Bevor er die Treppe hinaufging, die in die obere Etage mit den Schlafzimmern führte, zog er seine Schuhe aus, denn sein Großvater hatte einen leichten Schlaf. Und das Letzte, was er jetzt brauchte, war eine Begegnung mit

Großvater Klaus. Die Standpauke am Nachmittag hatte ihm gereicht. Einen Herumtreiber hatte er ihn genannt, weil er herausgefunden hatte, dass er die Schule geschwänzt hatte, und ihm Hausarrest gegeben.

Hausarrest! Dafür hatte er nur ein gequältes Lächeln übrig gehabt. Mochte sein Großvater auch über seine Tage bestimmen, die Nächte gehörten ihm. Und in den Nächten streifte er durch die Straßen Berlins.

Mit angehaltenem Atem schlich Tristan an den Schlafzimmern vorbei, bis er die hinterste Tür erreichte und ins Zimmer schlüpfte. Als er seine Kleider abstreifte und unter die Bettdecke kroch, spürte er erst, wie durchgefroren er war.

Wie ungern lebte er hier in dem Haus der Großeltern, in das seine Mutter und er nach dem Tod seines Vaters gezogen waren. Die Erinnerung an den Tag, an dem seine heile Welt zerbrochen war, kam ihm in den Sinn. Er war erst fünf Jahre alt gewesen, als er an jenem heißen Tag im Juli 1944 völlig überstürzt mit seinen Verwandten, jedoch ohne den Vater, verreist war an einen kleinen Ort am Schliersee im Süden Bayerns. Er hatte das alte Häuschen, in das sie eingezogen waren, vom ersten Moment an geliebt und von morgens bis abends mit den Kindern aus der Nachbarschaft draußen gespielt. Tristan sah das schilfbewachsene Ufer des Sees, auf dessen Wasseroberfläche die Sonnenstrahlen tanzten, und hörte die fröhlichen Stimmen der Kinder, als er in einen unruhigen Schlaf fiel.

Das Bild des Sees verschwamm vor ihm, und das besorgte Gesicht der Mutter erschien, die mit den Großeltern und seiner Tante Linda in der Stube saß, die Nachrichten im Radio verfolgte, die Hände vors Gesicht schlug und ungläubig den Kopf schüttelte. Tagelang redeten die Erwachsenen aufgeregt miteinander, manchmal fiel der Name seines Vaters, und in der Nacht hörte er das Weinen der Mutter. Tristan spielte am Ufer des Sees, als er die schwarzen Autos vor dem

Haus vorfahren sah, aus denen Männer in dunklen Uniformen sprangen. Starr vor Schreck sah er, wie sie in das Haus stürmten. Alle Familienmitglieder wurden herausgeführt und in die Autos gestoßen. Auf einmal deuteten die fremden Männer auf ihn am See, und einer der Männer rannte auf ihn zu.

Tristan konnte nicht davonlaufen, denn er war vor Angst wie gelähmt. Er sah, wie seine Tante Linda, die in eines der Autos gezerrt worden war, eine Wagentür aufriss und ihm zurief: »Lauf weg, Tristan, lauf weg!« Mit vor Angst weit aufgerissenen Augen sah Tristan, wie der uniformierte Mann immer näher kam und bereits die Hand nach ihm ausstreckte.

Mit einem Schrei wachte Tristan auf.

* * *

»Männer wie er haben den Untergang Deutschlands zu verantworten«, hörte Clarissa wie so oft die Stimme ihres Vaters. Sie saßen am Frühstückstisch, doch Clarissa rührte nur in ihrer Tasse.

»Wie kannst du das über Peter sagen?«, entgegnete sie. »Deutschland war militärisch am Ende, in die Knie gezwungen von den Alliierten. Was hat Peter damit zu tun?«

Sie hatten diese Diskussionen in den letzten Jahren schon so oft geführt, und Clarissa war es leid, immer als Unterlegene daraus hervorzugehen.

»Er hat sein Volk verraten. Und es gab viele wie ihn. In den Wochen nach dem Attentat wurden in ganz Europa Tausende Helfershelfer aufgespürt und hingerichtet, und ich möchte nicht wissen, wie viele Generäle an der Front ebenfalls von diesem Gedankengut durchdrungen waren und ihr Vaterland dem Untergang preisgegeben haben.«

Clarissa stellte empört ihre Kaffeetasse ab. »Vater, deine Theorien sind völlig haltlos, du steigerst dich da in etwas hinein. Du erfindest eine zweite Dolchstoßlegende wie die nach dem Ersten Weltkrieg aufgekommene. Damals wurde den Sozialisten, den Kommunisten und den Juden die Schuld am verlorenen Krieg zugeschoben, heute den Attentätern.«

Sie sah den verächtlichen Blick in den Augen ihres Vaters.

»Als ob du das beurteilen könntest. Ich war lange im Reichsinnenministerium, ich werde das wohl besser einschätzen können als du. Hitler hätte den Krieg nie verloren, wären ihm nicht seine eigenen Leute in den Rücken gefallen. Und uns alle hat Peter in Sippenhaft gebracht.«

»Müsst ihr beiden denn immer streiten?«, mischte sich nun ihre Mutter Therese in das Gespräch ein, die ins Esszimmer getreten war. »Man hört euch ja im ganzen Haus! Du bist kein Politiker mehr, Klaus, und du, Clarissa, hast du nicht noch eine Menge zu tun für die Wohltätigkeitsveranstaltung morgen Abend?«

Clarissa schaute ihre Eltern an. Sie sah zwei Menschen, die krampfhaft versuchten, ihre in Scherben zerschlagene Welt wieder zusammenzusetzen, und die nicht glauben wollten, dass sie nicht nur Risse bekommen hatte, sondern gar nicht mehr zu reparieren war. Sie hatte ihren Vater kaum jemals anders gesehen als in diesem Moment, da er in dem steifen weißen Hemd, einer Krawatte und einem dunklen Anzug vor ihr saß, als wartete er nur auf den Fahrer, der ihn ins Reichsinnenministerium chauffieren würde. Ihre Mutter hatte sie selten über etwas anderes als Gala- und Wohltätigkeitsveranstaltungen reden hören. Waren die letzten Jahre an den beiden unbemerkt vorbeigegangen? Hatten sie eigentlich mitbekommen, dass Deutschland den Krieg verloren hatte? Hatte es für sie jemals eine Stunde null gegeben, einen Schlussstrich, einen Neuanfang?

»Es hat keinen Sinn, mit euch zu reden!« Clarissa trank ihre Kaffeetasse aus, verließ den Raum und ging in ihr Zimmer.

»Ich werde noch irre!«, rief sie verzweifelt aus und trat ans Fenster. »Was ist die Wahrheit? Was ist wirklich geschehen, wer hat was zu verantworten?«

Sie lief im Zimmer auf und ab, doch ihre Gedanken kamen nicht zur Ruhe. Parolen von »Führer, Volk und Vaterland« und vom »Kampf bis zum Endsieg«, die jahrelang das Denken ihrer Familie bestimmt hatten, hämmerten in ihrem Kopf, unterbrochen nur von Peters letztem Satz: »Du musst heute packen, Clarissa«, als er sie und ihre Familie vor dem Attentat in Sicherheit bringen wollte. Für dieses Attentat wurde er von den einen hoch gelobt, von den anderen aufs Schärfste verurteilt. Was war die Wahrheit? Hatte Peter richtig gehandelt oder tatsächlich sein Volk verraten? Sie selbst war jahrelang glühende Anhängerin der Ideologie der Nationalsozialisten gewesen, hatte in dem Glauben gelebt, nach dem Endsieg die Frau eines hochrangigen Politikers im Großdeutschen Reich zu werden. Doch von einer Sekunde auf die andere war dieser Traum wie eine Seifenblase zerplatzt.

Peters Beteiligung am Attentat auf Hitler hatte sie anfangs nicht wahrhaben wollen, doch schlimmer als die Tatsache, dass er die Seiten gewechselt hatte, traf sie die Erkenntnis, dass sie den Mann, den sie geheiratet hatte, überhaupt nicht gekannt hatte. Wie sonst hätte er ihr über einen so langen Zeitraum sein Doppelleben verheimlichen können? War ihr ganzes gemeinsames Leben eine Lüge gewesen?

»Ich werde wirklich bald verrückt«, seufzte sie zum wiederholten Male. Wie nur sollte sie ihre Gedanken ordnen? Ihr Blick fiel auf ein Schränkchen, und sie hielt inne. Mit einem Lächeln ging sie hin, holte den klobigen Kasten heraus und stellte ihn auf den Tisch. Sie nahm den Deckel der Schreibmaschine ab, holte aus einer Schublade einen Stoß weißes Papier, spannte einen Bogen ein und begann, die ersten Worte zu tippen.

Mein Leben mit einem Unbekannten

Als sich Wort an Wort und Zeile an Zeile reihten, fühlte Clarissa, wie sie zum ersten Mal seit Jahren wieder freier atmen konnte. Sie begann, sich ihre Zweifel und ihren Kummer von der Seele zu schreiben.

KAPITEL 4

»Deine Schwester Gerda ist deine einzige lebende Verwandte. Da ist es doch verständlich, dass es dich jedes Mal aufwühlt, wenn du einen Brief von ihr erhältst«, sagte Hannah zu Esther. »Noch dazu, wenn sie dich fragt, ob du nicht zu ihr und ihrem Mann nach Israel kommen willst.« Sie gingen nebeneinander den Waldweg entlang, und ein leichter Wind raschelte in den Baumkronen. Es war erfrischend kühl hier an diesem heißen Augusttag, und das grüne Blätterdach der Bäume dämpfte die hellen Sonnenstrahlen zu einem angenehm warmen Licht. Es roch nach feuchtem Waldboden, Pilzen, Tannennadeln und modrigem Holz. Sie erreichten den Waldsee, an dessen Ufer gelb blühende Goldrute und rosa Weidenröschen bunte Schmetterlinge anlockten. Über der Wasserfläche schwirrten schillernde Libellen.

»Gerda schreibt, sie leide sehr darunter, dass unsere Eltern damals zu lange gezögert haben, Deutschland zu verlassen. Ansonsten wären sie wahrscheinlich heute noch am Leben.«

Hannah nickte verständnisvoll. Sie wusste genau, was in Esther vorging. »Ich kann wirklich gut verstehen, dass du Sehnsucht nach deiner Schwester hast. Ich habe nur noch Melina, und ich würde vieles dafür geben, wenn ich noch

Geschwister oder andere nahe Verwandte hätte. Könntest du dir denn vorstellen, nach Israel auszuwandern?«

»Ich bin hin- und hergerissen«, gab Esther zu. »Der Sandnerhof ist zwar wirklich zu meiner Heimat geworden, und du weißt, wie schwer es mir fallen würde, dich zu verlassen. Unsere Zeit in Auschwitz hat uns zusammengeschweißt. Aber meine Schwester ist meine Familie.«

Hannah nickte. »Das ist eine sehr schwere Entscheidung für dich. Und doch hoffe ich, dass du bei uns bleibst.«

Und Hans Sandner hofft das auch, dachte Hannah bei sich. Ihr war bereits seit einiger Zeit aufgefallen, dass Hans, Davids älterer Bruder, großes Interesse an Esther zeigte. Im Gegensatz zu seinem Großvater Friedrich Sandner, der ganz in seiner Arbeit als Sägemüller aufging und der um Schreibarbeiten und das Bürozimmer, in dem Esther neben ihrer Tätigkeit in der Schule die Buchhaltung für das Sägewerk erledigte, einen großen Bogen machte, zog es seinen Enkel Hans immer wieder unter einem Vorwand dorthin. Mal suchte er ein Formular, mal eine Rechnung, oder er führte ein Telefonat, und immer nutzte er dabei die Gelegenheit, sich mit Esther zu unterhalten. Ja, Hannah war sich sicher, Hans Sandner hätte Esther sehr vermisst.

Gemeinsam gingen sie eine Weile schweigend weiter, bis das Gebell eines Hundes sie aus ihren Gedanken riss. Sie hatten eine Lichtung erreicht. In der Sonne lag eine Wiese mit einem kleinen Aussiedlerhof. Den Mittelpunkt des Hofs bildete ein Sandsteinhaus, das von einer breiten Terrasse mit Holzgeländer umgeben war, daneben befanden sich eine Scheune und ein Schuppen. Ein großer brauner Hund sprang Hannah und Esther bellend über den Hof entgegen, wurde jedoch von einer lauten Männerstimme zurückgerufen. Hannah erblickte neben dem Wohnhaus einen Mann in einem karierten Hemd und brauner Hose, der ein Beil in der Hand hielt und gerade Holz hackte. Der Hund blieb stehen, bellte noch ein letztes Mal in ihre Richtung, drehte sich dann jedoch um und lief zurück zu dem Mann.

»Ich dachte, der Auenhof sei zur Zeit unbewohnt«, sagte Hannah, deren Blick noch immer auf den Mann gerichtet war. Er war ein großes Stück von ihr entfernt, aber etwas an ihm kam ihr vertraut vor.

»Das dachte ich auch. Wer zieht denn bloß in einen solchen Hof ein? Er ist doch ziemlich heruntergekommen und wenig komfortabel.«

»Und sehr abgelegen.« Hannah nickte dem Mann zu, der mit einem Kopfnicken herübergrüßte und dann das nächste Holzstück ergriff. »Morgen besucht Pfarrer Petersen die Kranken auf dem Sandnerhof. Ich habe ihn gebeten, auch nach Josefa zu schauen, da sie schon seit einigen Wochen nicht mehr zur Kirche gehen kann. Vielleicht weiß er, wer auf dem Auenhof eingezogen ist«, sagte Hannah mit einem letzten Blick auf den Fremden. An wen erinnerte sie dieser Mann bloß?

* * *

»Auf dem Auenhof wohnt der neue Schulleiter, Herr Lorenz Richter«, wusste Simon Petersen am nächsten Tag auf Hannahs und Esthers Frage zu berichten, als er nach der Krankenkommunion aus Josefas Zimmer kam. Er setzte sich zu ihnen an den Küchentisch und ließ sich eine Tasse Tee einschenken. »Er hat den leer stehenden Hof gekauft und ist letzte Woche dort eingezogen.«

»Ein neuer Schulleiter?«, fragte Hannah überrascht. »Hat das Schulamt so schnell jemanden gefunden, der bereit ist, nach Erlenthal zu ziehen? Wir haben ja gar nicht damit gerechnet, nach dem plötzlichen Tod unseres Herrn Pohlmann so schnell einen Ersatz zu bekommen.«

»Ja, wir haben großes Glück, dass Herr Richter schon zum Schuljahresbeginn hier anfangen wird.«

»Warum wohnt er denn so abgelegen? Mitten im Dorf gibt es doch schönere Wohnungen«, wunderte sich Esther.

Pfarrer Petersen überlegte einen Moment. »Er scheint die Einsamkeit zu suchen.«

Hannah und Esther schauten ihn erstaunt an.

»Mit anderen Worten: Er ist ein Sonderling?«, fragte Esther.

»Nun ja, ob man ihn gleich so bezeichnen sollte, weiß ich nicht«, antwortete Pfarrer Petersen. »Ich habe ihn vor einigen Tagen kennengelernt, als er unserem Bürgermeister seinen Antrittsbesuch abgestattet hat. Er scheint mir sehr fähig und kompetent zu sein, ein Mann, der seine Aufgaben ernst nimmt. Aber etwas wortkarg.«

»Er wird also diesbezüglich unseren redseligen Herrn Pohlmann nicht ganz ersetzen können?«, fragte Hannah.

»Doch, schon, als Lehrer und Schulleiter mit Sicherheit«, antwortete der Priester. »Dafür halte ich ihn für den richtigen Mann. Aber er will zurückgezogen leben.«

»Schade«, sagte Hannah bedauernd.

»Wir sollten ihn nicht gleich ablehnen, sondern ihm eine Chance geben.« Hannah hörte an den Worten des Pfarrers, dass ihm der neue Schulleiter am Herzen lag. »Nachdem unser Herr Pohlmann so vielseitig in unserer Gemeinde engagiert war, liegt die Messlatte für seinen Nachfolger nun mal sehr hoch.«

»Bestimmt gibt es einen guten Grund, warum er sich so zurückzieht«, pflichtete Hannah ihm bei. »Auch ich habe mich jahrelang hier auf dem Sandnerhof mehr oder weniger versteckt. Respektieren wir seine Lebensweise und geben wir ihm erst einmal Zeit, sich hier einzuleben.«

»Wir haben ihn am Sonntag zwar nur von Weitem gesehen, aber er scheint noch nicht alt zu sein«, sagte Esther.

Hannah erinnerte sich an das seltsame Gefühl der Vertrautheit, das sie bei seinem Anblick überkommen hatte.

»Er ist Ende dreißig«, antwortete Pfarrer Petersen. »Er kommt aus Würzburg, wo er bisher eine Schule geleitet hat. Nächste Woche werden wir ihn besser kennenlernen, da beginnt ja wieder der Unterricht.«

»Und wie wird es in der Gemeinde nun weitergehen?«, fragte Hannah. »Lehrer Pohlmann fehlt ja an so vielen Stellen.«

»Tja, für die Zukunft des Frauenchors sieht es düster aus«, erwiderte Simon seufzend. »Ich kenne nur eine Person, die da in seine Fußstapfen treten könnte.«

Hannah sah den vielsagenden Blick, den er ihr mit diesen Worten zuwarf. »Ich?« Sie runzelte nachdenklich die Stirn. »Der Frauenchor singt erstklassig, das muss ich schon sagen, aber ich habe bisher nur Schulchöre geleitet. Ich müsste mir erst mal entsprechende Gesangsstücke heraussuchen. Und würde man mich akzeptieren? Eine jüdische Leiterin eines katholischen Kirchenchores?«

»Aber, Hannah, die Zeiten sind doch vorbei«, entgegnete Esther. »Die Leute im Ort lieben dich, und ich kenne niemanden, der diese Position besser ausfüllen könnte als du!«

»Ich werde mal darüber nachdenken«, sagte Hannah ausweichend.

»Da fällt mir etwas ein.« Pfarrer Petersen wollte offensichtlich nicht so leicht aufgeben. »Erinnern Sie sich daran, als Sie vor einigen Monaten mit den Schülern Ihres Schulorchesters und des Schulchors eine Opernaufführung in Frankfurt besucht haben und die Kinder Sie danach bestürmten, dass sie auch einmal so etwas aufführen möchten? Damals haben Sie gesagt, für ein solches Projekt bräuchten Sie noch die Unterstützung von

Erwachsenenstimmen. Mit dem Frauenchor wäre das Problem gelöst.«

Hannah schaute ihn an und lächelte bei dem Gedanken an die aufgeregten Schüler, die in ihren Sonntagsgewändern mit dem Zug nach Frankfurt gefahren waren und dort ehrfürchtig das monumentale Schauspielhaus betreten hatten. Staunend hatten sie vor der Aufführung von Mozarts »Zauberflöte« an der Balustrade des Zuschauerraumes gestanden, um einen Blick in den Orchestergraben zu werfen, wo die Musiker bereits Platz genommen hatten. Hannah erinnerte sich an die Begeisterung der Kinder, die wie gebannt dem Geschehen auf der Bühne gefolgt waren, wo der junge Prinz Tamino mithilfe einer Zauberflöte versuchte, die Königstochter Pamina aus dem Reich des bösen Priesters Sarastro zu befreien. Als der Vorhang fiel und der Applaus aufbrandete, konnte Hannah beobachten, dass selbst die vorlautesten ihrer Schüler einen Moment brauchten, um aus dem Bann des Musikerlebnisses zurückzufinden in die Realität des Zuschauerraums. Auf der Zugfahrt nach Hause war dann die Idee von einer eigenen Opernaufführung geboren worden.

Hatte Hannah eben bei der Erinnerung noch gelächelt, kam ihr nun ein anderer Gedanke. »Die Stimmen allein sind es nicht«, sagte sie, obwohl sie zugeben musste, dass der Frauenchor eine enorme Unterstützung für den Schulchor dargestellt hätte, und sie im Geiste schon Lieder hörte, die sie angesichts dieser Möglichkeiten würde aufführen können. »Ich habe auch nicht genügend Musiker. Wir sind ein kleines Orchester mit ein paar Geigen, Bratschen und Celli sowie einigen Holzbläsern. Mir fehlen Blechbläser. Trompeten, Posaunen und Waldhörner. Eine Pauke. Nur dann kann man so ein Projekt in Angriff nehmen.«

Sie sah, wie der Priester nachdenklich die Stirn runzelte.

»Wir treffen jetzt eine Abmachung«, sagte er und streckte Hannah die rechte Hand entgegen. »Ich besorge Ihnen Ihre Blechbläser, und Sie leiten in Zukunft den Frauenchor.«

Hannah, die überzeugt war, dass der Priester in Erlenthal keine Waldhornbläser, Trompeter und Posaunisten finden würde, die bereit wären, mit einem Schulchor und einem Frauenchor eine Aufführung einzustudieren, schlug bereitwillig ein. »Da werden Sie lange suchen müssen«, meinte sie lachend.

»Seien Sie sich da nicht so sicher«, antwortete der Priester und schmunzelte.

Noch am selben Abend betrat Simon den Goldenen Krug. Er sah den Stammgästen, die an den Tischen saßen und sich nach ihm umdrehten, ihr Erstaunen an, denn er war hier kein häufig gesehener Gast. Simon bestellte zunächst ein Bier an der Theke und weihte den Wirt in sein Ansinnen ein.

»Blechbläser?« Der Wirt kratzte sich nachdenklich am Kopf. »Blechbläser gibt es schon jede Menge hier im Ort. Aber ob die bei einer Schulaufführung mitspielen? Warten Sie mal, ich hol meine Frau, die singt Altstimme im Chor. Die kann da besser helfen.«

Er rief Rosa aus der Küche herbei und wiederholte vor ihr das Anliegen des Pfarrers.

»Eine schöne Idee wär' das schon«, sagte Rosa, an Simon gewandt. »Noch dazu, wenn Hannah bereit wäre, unseren Chor zu leiten. Ich glaub zwar, eher lernt unser Dackel Waldi Chinesisch, als dass unsere Männer hier in einer Oper mitspielen, aber probieren können wir es ja mal. Kommen Sie, Herr Pfarrer, setzen Sie sich da an den Stammtisch, dort sind viele Mitglieder des Musikvereins. Ich komm dann dazu, wenn Sie Unterstützung brauchen.«

Simon nahm sich einen Stuhl und gesellte sich zu den Männern an den Tisch, und nach der zweiten Runde Bier kam eine so ausgelassene Stimmung auf, dass er sich ein Herz fasste und seine Bitte vorbrachte. Kaum hatte er die Worte ausgesprochen, da ertönte schallendes Gelächter. Eine Oper! Hier in Erlenthal! So was hatte man ja noch nie gehört! Er wollte sich gerade Hilfe suchend nach der Wirtin umsehen, als er bereits hinter sich Rosas energische Stimme vernahm: »Was gibt's denn jetzt da zu lachen? Ihr wisst genau, wie gut unser Frauenchor singt. Es müsste für euch eine Ehre sein, uns zu begleiten. Und das Schulorchester, das die Hannah leitet, das spielt erstklassig. Deine beiden Kinder sind doch auch dabei, Werner. Und deine auch, Schorsch. Die könnt ihr doch nicht hängen lassen.«

»Ja, wenn das so ist«, lenkte der angesprochene Mann namens Werner ein, »dann spielen wir halt eine Oper. Warum denn auch nicht? Solange wir nicht auch noch eine Arie singen müssen.«

Wieder wurde gelacht am Tisch, aber nicht mehr ganz so schallend.

»Könnt' natürlich sein, dass euch die Lieder zu schwer sind«, meinte die Wirtin nun, und Simon spürte genau, welche List sie verfolgte. »So eine Oper, die kann nicht jeder spielen.«

Wie erwartet erntete sie nun von allen Seiten Protest.

»Natürlich können wir so etwas spielen!«, rief einer der Männer. »Die Hannah soll uns die Noten bringen, dann spielen wir ihre Oper einfach so vom Blatt. Und wenn wir damit den Frauenchor und die Schulkinder glücklich machen, na umso besser.«

»Gut, also wer ist dabei?«, fragte Rosa in die Runde, holte ihren Stift und einen Notizblock aus der Schürzentasche und schrieb die Namen der Männer auf, die sich bereit erklärten.

»Damit hätten wir jetzt vier Trompeten, drei Waldhörner, zwei Posaunen, eine Tuba.«

»Wir brauchen noch eine Pauke.« Simon erinnerte sich an Hannahs Worte. Er sah, wie die Wirtin einen der Männer fragend anschaute.

»So schreib mich halt mit auf, Rosa«, willigte der Mann ein. »Dann spiel ich eben die Pauke.«

»Na also, wer sagt's denn«, sagte die Wirtin und reichte Simon den Zettel. Er konnte nicht glauben, dass er soeben seine Blechbläser gefunden hatte.

* * *

Die Glocken läuteten den Beginn des Sonntagsgottesdienstes ein, als Hannah in die Kirche eilte. Als sie in einer der letzten Bänke Platz nahm, hörte sie, wie sich die Kirchentür erneut öffnete. Sie schaute sich um und sah einen Mann neben dem Weihwasserbecken stehen, bei dessen Anblick sie erschrak. Er war etwa in ihrem Alter, hatte braunes Haar und dunkle Augen und trat nun neben die hintere Säule der Empore. Sie erkannte in ihm den Mann, den sie auf dem Auenhof gesehen hatte, und sein Anblick ließ ein schmerzliches Gefühl in ihr aufsteigen, denn der verspätete Gottesdienstbesucher erinnerte sie an den Mann, der vor vielen Jahren bei einem Weihnachtskonzert in einer Berliner Kirche zu spät gekommen war und während des Konzerts neben einer Kirchensäule gestanden hatte. Peter.

Konnte es denn möglich sein, dass der neue Schulleiter so sehr Peter Hagen, dem Vater ihrer Tochter Melina, ähnelte?

Hannah versuchte, sich auf den Gottesdienst zu konzentrieren, doch ihre Gedanken schweiften immer wieder ab zu jenem vorweihnachtlichen Konzert in Berlin, bei dem Peter sie angesprochen hatte. Er war die Liebe ihres Lebens geworden. Und ausgerechnet diesem Mann musste der neue Schulleiter so ähnlichsehen!

Während des Kommuniongangs, an dem Hannah als Jüdin nicht teilnahm, kniete sie in ihrer Bank, und als sie sich erhob, um für die vom Altar zurückkehrenden Menschen in ihrer Bank Platz zu machen, sah sie, dass die Stelle neben der Säule leer war. Der neue Schulleiter war bereits gegangen.

»Er kommt zu spät und geht zu früh«, stellte Esther auf dem Heimweg nach der Kirche fest. »Ich glaube, dieser Lorenz Richter ist menschenscheu.«

»Ja, den Eindruck habe ich auch.« Hannah versuchte, sich ihre innere Anspannung nicht anmerken zu lassen. Doch sie wusste, dass es sinnlos war, Esther etwas vormachen zu wollen. Wenn es jemanden auf der Welt gab, der sie durch und durch kannte, dann war das Esther.

»Hannah, was ist los?«

»Warum, was meinst du?«

»Du bist so anders als heute Morgen. So, als ob du dir über etwas Sorgen machtest.«

»Nein, Esther, Sorgen mache ich mir nicht. Es hat mich nur etwas aus der Bahn geworfen, dass unser neuer Schulleiter Melinas Vater so ähnlich sieht.«

»Peter Hagen?«, fragte Esther überrascht. »Jetzt, wo du es sagst … Du hast mir mal das Zeitungsbild gezeigt, das du damals von ihm aufgehoben hast. Das Bild von ihm und Reinhard Heydrich vor der Prager Burg. Du hast recht, Hannah, Peter Hagen und der Schulleiter sehen sich ähnlich.«

Hannah nickte. »Siehst du. Das ruft natürlich jede Menge Erinnerungen wach. Hat Herr Richter denn ausgerechnet an unsere Schule kommen müssen?«

»Es ist verständlich, dass dich das an die Zeit erinnert, die du lieber vergessen würdest. Aber Herr Richter kann nichts dafür. Du darfst ihm gegenüber nicht voreingenommen sein!«

»Das stimmt. Hoffentlich gelingt es mir, das zu beherzigen, wenn in ein paar Tagen die Schule wieder beginnt.«

»Guten Tag, Hannah. Ich bringe gute Neuigkeiten«, verkündete Simon, als er am Nachmittag auf seinem Spaziergang am Sandnerhof vorbeikam und Hannah auf der Bank im Garten antraf. Er setzte sich neben sie, zog einen Zettel aus seiner Hosentasche und reichte ihn ihr. »Ihre neuen Blechbläser. Und ein Paukist!« Seine Stimme war voller Stolz, und ein breites Grinsen legte sich auf sein Gesicht, als Hannah ihn überrascht ansah. Ungläubig blickte sie auf die Namen auf dem Zettel.

»Ich habe meinen Teil der Abmachung erfüllt und Ihnen Ihre Musiker besorgt. Nun können Sie nicht mehr ablehnen. Ich hoffe, in Ihnen nun die neue Leiterin des Frauenchors zu sehen, Hannah!«

Hannah blickte sprachlos von dem Zettel auf. »So viele? Und die wollen alle mitspielen? Was haben Sie getan? Sie bestochen?«

Simon lachte. »Nun ja, einfach war es nicht. Aber ich hatte tatkräftige Unterstützung. Rosa, die Wirtin, hat nicht lockergelassen. Sie hätten sie sehen sollen, wie sie den Männern ins Gewissen geredet hat. Sie hatten gar keine Chance gegen sie.«

Hannah lachte. »Das kann ich mir gut vorstellen! Rosa kann sehr resolut auftreten. Ich wünschte, ich wäre dabei gewesen.«

»Diese Herren warten nun auf Noten von Ihnen. Haben Sie schon etwas im Sinn?«

»Nein, überhaupt nicht«, gab Hannah erschrocken zu. »Ich habe ja nicht im Traum damit gerechnet, dass Sie Erfolg haben würden.«

»Da sehen Sie mal, wie sehr Sie meine Talente verkennen.«

»Die Kinder haben sich ja eine Oper in den Kopf gesetzt. Aber die meisten Stücke sind viel zu schwer für unser Orchester. Ich kann doch keine ›Zauberflöte‹ oder ›Aida‹ oder ›Tosca‹ mit den Kindern aufführen. Es müsste etwas sein, was zu ihrem Alter passt.«

»Was ist mit diesen Kinderopern, die ich in meiner Jugend gesehen habe?«, fragte Simon. »Ich kann mich noch gut erinnern, dass meine Mutter mich in die ein oder andere Vorführung geschleppt hat.«

»Herr Pfarrer Petersen, Sie sind einfach genial. Eine Märchenoper! Das ist es. Hänsel und Gretel!«

Hannah war ganz aus dem Häuschen bei dem Gedanken.

»Sehen Sie, ich sage doch, Sie unterschätzen das Genie in mir«, meinte Simon scherzend, und Hannah lachte.

»Ich werde morgen gleich die Musikalienhandlung in Würzburg anschreiben und die Partitur bestellen«, sagte sie. »Dann gilt es, die Noten anzupassen. Du meine Güte, da kommt viel Arbeit auf mich zu.«

»Das heißt also Ja? Ich kann nachher bei Rosa im Goldenen Krug vorbeischauen und ihr mitteilen, dass der Frauenchor wieder eine Dirigentin hat?«

»Ja, das können Sie.«

»Da wird Rosa sich aber freuen. Ich sehe jetzt schon das riesige Stück Kuchen, das sie mir bei dieser Nachricht vorsetzen wird.«

»Nichts da«, entgegnete Hannah. »Sie glauben doch nicht, dass Sie so schnell hier wieder wegkommen? Klara hat einen Strudel gebacken und Sahne dazu aufgeschlagen. Wir wollen gleich hier draußen Kaffee trinken. Sie bleiben doch?«

»Natürlich gern«, antwortete Simon. »Und ich freue mich wirklich sehr, dass Sie sich mit so viel Enthusiasmus engagieren.«

Lachend zwinkerte ihm Hannah zu und ging ins Haus, um Klara Bescheid zu geben. Sie wusste, worüber sich Simon in Wirklichkeit freute: sie wieder lachen zu sehen.

* * *

Die feierliche Zeremonie in der Aula hatte bereits begonnen. Vor den voll besetzten Stuhlreihen stand Herr Richter und hielt gerade seine Antrittsrede, als Hannah leise die Schultür schloss und auf einen freien Platz in einer der hinteren Reihen schlüpfte.

»Da bist du ja«, flüsterte Frau Benkert, die Hauswirtschaftslehrerin, ihr zu. »Wir haben dich gestern bei der Begrüßungsfeier für Herrn Richter alle vermisst. Was war denn los?«

»Ich konnte nicht kommen, Klara geht es nicht gut. Doktor Müller ist gerade bei ihr«, antwortete Hannah leise. Sie wollte auf keinen Fall die Rede des Schulleiters stören, wenn sie schon zu spät kam. »Wir sind sehr besorgt. Wenn sich ihr Zustand verschlechtert, wird mich Matys holen.«

»Das ist kein Problem, Esther ist ja auch noch da, sie sitzt oben im Sekretariat bei der Schulsekretärin und kann dich notfalls vertreten. Aber dann lernt dich der Schulleiter ja heute wieder nicht kennen.«

Hannah zuckte hilflos mit den Achseln und richtete ihre Aufmerksamkeit auf Lorenz Richter, der damit begonnen hatte, die neuen Erstklässler zu sich nach vorn zu bitten. Er reichte jedem der Kinder die Hand und hieß es in der Schule willkommen.

Eine nette Geste, dachte Hannah, die jetzt, wo sie ihn aus der Nähe sah, abermals erstaunt feststellte, wie sehr der Schulleiter Peter glich.

Herr Richter wandte sich in seiner Ansprache nun an alle anderen Schüler und an die Lehrer, dann las er die Einteilung der Klassen vor. »Ich wünsche uns allen ein erfolgreiches neues Schuljahr«, beendete er seine Rede und erntete begeisterten Beifall.

Als die Schüler sich von den Bänken erhoben und den Klassenzimmern zustrebten, wollte Hannah die Gelegenheit nutzen, um sich dem Schulleiter kurz vorzustellen, doch da sah sie eine kleine Gestalt auf sich zueilen. Matys war gekommen.

»Oje, das bedeutet nichts Gutes«, sagte sie zu Frau Benkert.

»Geh nur, ich hole Esther, die übernimmt deine Klasse heute.«

»Und Herr Richter?«

»Der lernt dich eben morgen kennen.«

Hannah warf ihrer Kollegin einen dankbaren Blick zu und eilte mit Matys aus dem Schulgebäude.

Doktor Müller sprach von einem hochfiebrigen Infekt, als Hannah auf den Sandnerhof kam. Sie löste Annie an Klaras Bett ab, die schon die ganze Nacht bei ihrer Schwiegermutter gesessen hatte, und reichte der kranken Frau Fiebersaft und Tee. Ob es die Medizin, die Pflege durch die Familie Sandner oder beides zusammen war, wagte niemand zu beurteilen, als nach einigen Stunden das Fieber fiel und die Hustenanfälle der alten Frau sich beruhigten. Alle atmeten auf, denn Klara schien auf dem Weg der Besserung zu sein.

* * *

Am Ende dieses ersten Schultags kehrte Lorenz Richter auf den Auenhof zurück. Als er die Wohnungstür öffnete, sprang ihm Ben, sein Mischlingshund, schwanzwedelnd entgegen. Seit dem Tag vor sieben Jahren, an dem er als Kriegsheimkehrer in die vom Bombenhagel zerstörte Stadt Würzburg zurückgekehrt war und den halb verhungerten Hundewelpen in der Ruine seines früheren Wohnhauses gefunden hatte, hing das Tier mit vollkommener Ergebenheit an ihm.

Lorenz hatte das kleine Fellbündel, das damals fiepend zwischen Mauerresten und Holzbalken gelegen hatte, hochgenommen und in seine Jackentasche gesteckt. Angesichts seines zerbombten Hauses hatte er sich in diesem Moment genauso einsam und verloren gefühlt wie das kleine verängstigte Tier.

Lorenz streichelte den Hund.

»Na, du, hast du gut auf das Haus aufgepasst?«, fragte er, während der Vierbeiner aufgeregt um ihn herumsprang. »Wollen wir einen Spaziergang machen? Du musst mir aber ein bisschen Zeit geben zum Umziehen. In weißem Hemd und mit Anzughose laufe ich nicht mit dir durch den Wald.«

Lorenz stellte seine Tasche im Flur ab und ging durch das Haus, das er seit zwei Wochen renovierte. Zufrieden schaute er sich in der Küche um, in der die Wände bereits weiß gestrichen und der Küchenschrank, der Tisch und die Stühle frisch lackiert waren. Auch das Wohnzimmer, in dem er die unbequemen alten Sitzmöbel gegen ein einladendes Sofa und zwei Sessel ausgetauscht hatte, strahlte mit dem aufpolierten Schrank, der antiken Standuhr und dem offenen Kamin Behaglichkeit aus. Seine Veranda hatte er mit bequemen Korbmöbeln ausgestattet und verbrachte jetzt im Sommer seine Abende gern dort bei einem Glas Wein.

Er holte eine alte Cordhose und ein einfaches Hemd aus dem Schlafzimmerschrank und begann sich umzuziehen.

»Ja, Ben, ich bin gleich fertig«, sagte er lachend zu dem Hund, der ungeduldig um ihn herumschwänzelte. »Wenn du mich ständig anstupst, kann ich mir meine Schuhe gar nicht binden«, schimpfte er und schob den aufdringlichen Hund zur Seite. »So, es kann losgehen.« Er griff nach dem Haustürschlüssel auf der Kommode. Dabei fiel sein Blick auf die beiden gerahmten Fotos, die nebeneinander auf dem Schränkchen standen. Er nahm das eine Bild in die Hand und betrachtete es. Susanne. Es war so lange her. Die Frau auf dem Foto lächelte glücklich in die Kamera. Zu der Zeit, als das Foto entstanden war, konnte sie nicht wissen, dass ihre Welt wenige Jahre später in Scherben liegen würde. Er stellte das Bild zurück auf die Kommode und drehte sich hastig um, wobei er den Blick auf das zweite Bild vermied. Dieses Bild konnte er nicht betrachten, ohne dass ihm die Tränen kamen.

Lorenz schlug den Weg zum Waldsee ein. Ben lief einige Meter voraus, mit der Nase auf dem Waldboden, blieb jedoch immer in Rufweite. Gedämpftes Sonnenlicht brach durch die Baumkronen, und von Weitem hörte er das Murmeln eines Baches. Das satte Grün der Bäume des Mischwaldes, die in wenigen Wochen die bunten Farben des Herbstes annehmen würden, wirkte beruhigend auf ihn, und er begann, die Ereignisse des Vormittags noch einmal zu reflektieren. Er dachte an die aufgeregten Erstklässler, die mit Schultüte auf den vorderen Stühlen der Aula gesessen hatten, und an die älteren Schüler in den Reihen dahinter. Alle hatten ihn erwartungsvoll angeschaut, als er seine Antrittsrede gehalten hatte. Früher, in seinen Anfangsjahren als Lehrer, hatte er diese ersten Schultage geliebt. Früher, das war vor dem Krieg.

Früher, das war in seinem Leben mit Susanne.

Es war damals kein erster Schultag gewesen, als sie sich zum ersten Mal begegnet waren. Sie war 1933 mitten im Schuljahr als junge Lehrerin an die Schule gekommen, an der er schon seit zwei Jahren unterrichtete. Im Zuge der Nürnberger Gesetze waren gegen den empörten Protest der Lehrerschaft die jüdischen Lehrer entlassen worden, und Susanne war seiner Schule zugeteilt worden.

Susanne. Vom ersten Moment an war er gefesselt gewesen von ihr. Ihrer grazilen Erscheinung mit den strahlenden Augen. Die Schüler aus der ersten Klasse waren ihr durchs Schulhaus und über den Pausenhof gefolgt wie kleine Gänsekinder ihrer Mutter. Susanne, die Frau seines Lebens. Die Mutter seines

Kindes. Seine große Liebe, von der er sich nicht mehr hatte verabschieden können.

Würzburg, September 1933

»Kann ich Ihnen helfen?«, fragte Lorenz die junge Frau, die kurz vor Schulbeginn mit einer Tasche, einem Ordner und einem Stoß Papiere in der Hand im Flur der Schule von Tür zu Tür ging und die Schilder vor den Räumen studierte. Sie drehte sich zu ihm um und schaute ihn mit dankbarem Blick an.

»Oh ja, gern, wo finde ich denn die erste Klasse? Ich bin die neue Vertretungslehrerin, und heute ist mein erster Tag hier. Die Sekretärin hat mir zwar den Weg erklärt, aber anscheinend bin ich doch falsch.«

Bei diesen Worten war es der Frau irgendwie gelungen, den Aktenordner unter den Arm zu klemmen, um Lorenz die Hand zu reichen.

»Dort hinten, am Ende des Flurs.« Lorenz deutete den Gang hinunter. »Kommen Sie mit, ich muss auch in diese Richtung. Kann ich Ihnen etwas abnehmen?«

Dankbar reichte ihm die junge Frau einen Teil ihrer Unterlagen und strich ihre schulterlangen Haare zurück.

»Wo finde ich denn später noch den Hausmeister? Die Tür meines Schrankfachs im Lehrerzimmer klemmt. Ich habe schon alles probiert, aber ich bekomme sie nicht auf.«

»Sicher das zweite Fach links unten?« Lorenz lachte. »Ja, das funktioniert schon lange nicht mehr. Ich glaube auch nicht, dass Ihnen unser Hausmeister da helfen kann. Das Holz ist völlig verzogen. Aber wir finden sicherlich ein anderes freies Fach für Sie. So, hier ist Ihre Klasse.«

Er war vor einer Tür stehen geblieben, hinter der laute Kinderstimmen zu hören waren, und reichte ihr den Ordner und die Papiere.

»Mein Name ist übrigens Lorenz Richter. Ich wünsche Ihnen einen schönen ersten Tag hier bei uns.« Er öffnete ihr beflissen die Tür.

»Vielen Dank!«, sagte sie, und Lorenz stellte fest, dass sie ein bezauberndes Lächeln hatte. »Ich heiße Susanne Köhler.«

Vom Fenster des Lehrerzimmers aus sah er sie zwei Stunden später während der Pause auf dem Pausenhof, umringt von einer Schar Erstklässler, die ihr auf Schritt und Tritt folgten. Dieser Anblick sollte ihm noch sehr vertraut werden, denn von Stund an war Susanne Köhler im Schulgebäude selten ohne ein Gefolge von Schülern anzutreffen, die ihre Tasche trugen, mit ihr redeten und lachten oder einfach nur neben ihr herliefen. Susanne schien Kinder magnetisch anzuziehen.

* * *

Ben stupste ihn mit der Schnauze an die Wade und holte ihn in die Wirklichkeit zurück. Lorenz seufzte. Er sann darüber nach, was die Erinnerung an diesen Tag vor so vielen Jahren hervorgerufen hatte, und plötzlich wusste er es. Es war ihm aufgefallen, dass der Name einer Lehrkraft heute besonders oft genannt worden war, und zwar in einem wertschätzenden, beinahe schon ehrfürchtigen Tonfall, sowohl bei Schülern, denen er im Klassenzimmer oder auf den Gängen begegnet war, als auch beim Lehrpersonal.

Auch hier an der Schule schien es eine Lehrerin zu geben, an der alle sehr hingen. Während Schüler mit Musikinstrumenten und Notenblättern in den Händen ständig auf der Suche nach dieser Lehrerin zu sein schienen, hatte er selbst von der Lehrerschaft auf die meisten seiner Fragen die Antwort erhalten: »Wenden Sie sich doch am besten an Hannah.«

Lorenz hatte den Waldsee erreicht und warf einen Stock über das Wasser, dem Ben begeistert bellend nachsprang, sodass das Wasser nach allen Seiten hochspritzte. Während er den Hund beobachtete, dachte er über die Frage nach: Wer war diese Hannah? Er ging im Geiste die Frauen des Lehrerkollegiums durch, die er gestern und heute kennengelernt hatte – da waren Frau Benkert, Frau Seifert, Frau Schreiber und Frau Lohmeier –, doch er konnte sich nicht erinnern, dass eine von ihnen Hannah hieß. Außerdem war ihm bei keiner von ihnen eine besonders charismatische Ausstrahlung aufgefallen.

Nachdenklich schaute er über den See, auf dem die Wellen langsam verebbten. Wer mochte wohl diese Hannah sein?

* * *

Melina legte stöhnend ihr Lateinbuch zur Seite und drehte sich von ihrem Schreibtisch zu ihrer Freundin Lea um, die mit einem Buch auf dem Schoß auf Melinas Bett saß. »Meine Güte, diese unregelmäßigen Verben bringen mich noch um den Verstand. Wer hat sich die bloß ausgedacht?«

»Schluss für heute!« Lea klappte das Buch zu. »Die Prüfung ist ja erst übermorgen. Erzähl mir lieber, was David in seinem letzten Brief geschrieben hat.«

Melina spürte, wie sie errötete. »Er schreibt, dass er sich riesig auf Weihnachten freut. Ach Lea, nach meiner Rückkehr auf den Sandnerhof musste er so schnell wieder zurück nach Berlin, da blieb so wenig Zeit, um ihn neu kennenzulernen.«

»Aber du kennst ihn doch schon ewig!«

»Ja, schon, aber vielleicht ist es genau das, was das Ganze so schwierig macht. Ich erinnere mich wieder an unsere gemeinsamen Kindheitserlebnisse auf dem Sandnerhof und daran, wie nah David und ich uns damals gestanden haben. Er war wie ein großer Bruder für mich. Doch das ist jetzt acht Jahre her. Als

Mutter und ich den Sandnerhof verlassen haben, war David ein dreizehnjähriger Junge. Nun ist er Anfang zwanzig. Er ist mir fremd und vertraut zugleich.«

»Du hast Sorgen!«, antwortete Lea seufzend und griff nach einem der Kekse, die Emma ihnen auf den Tisch gestellt hatte. »Wenn ich die Aussicht hätte, mit David Sandner die Weihnachtsferien zu verbringen, könnte ich wahrscheinlich keine Nacht mehr ruhig schlafen. Mach dir nicht so viele Gedanken und lass alles auf dich zukommen.«

»Das sagst du so einfach. Aber wenn ich an das denke, was er im Sommer gesagt hat, und wie er mich dabei angeschaut hat, wird mir schon etwas flau im Magen.«

»Das mit seinem Tagtraum? Aber das ist doch wahnsinnig schön!« Lea griff nun nach dem Glas mit Limonade.

»Was, wenn er eine Entscheidung von mir erwartet, zu der ich noch gar nicht bereit bin?«

Lea schüttelte den Kopf. »So, wie du David immer schilderst, kann ich mir nicht vorstellen, dass er so unsensibel ist. Und wer weiß, vielleicht ist er sich seiner Sache ja auch noch nicht so sicher, er hat ja schließlich beim Studium auch Mädchen kennengelernt. Natürlich musst du dir irgendwann einmal darüber klarwerden, was du für ihn empfindest.«

Melina nickte. »Ja, an Weihnachten werden wir bestimmt mehr Zeit zusammen verbringen können.«

»Du Glückliche!«, sagte Lea, griff nach ihrem Buch und steckte es in ihre Schultasche. »So, ich muss los, sonst komme ich zu spät zum Abendessen. Bis morgen, und hör auf, dir so viele Sorgen zu machen.«

»Bis morgen«, antwortete Melina. Sie blieb noch eine Weile nachdenklich am Schreibtisch sitzen. Hatte Lea recht? Machte sie sich wirklich zu viele Gedanken?

Um sich abzulenken, griff sie nach dem Brief ihrer Mutter, der heute angekommen war. Hannah schrieb vom Sandnerhof, von den Vorbereitungen für ihre Schulaufführung und von Georg, dessen in Russland gefallener Vater gestern Geburtstag gehabt hatte. Georg hatte ihn nie kennengelernt, ebenso wenig wie seinen Großvater Konrad. *Außer von den Fotos aus dem Familienalbum kennt der Junge keinen von beiden,* schrieb Hannah. Melina legte den Brief zur Seite. Wo Georgs Vater begraben lag, würden sie wahrscheinlich niemals erfahren, aber was war mit Konrad? Warum gab es seit der Karte im letzten Jahr kein Lebenszeichen mehr von ihm?

KAPITEL 5

Workuta. Eine Stadt am Eismeer, in der Tundra Nordrusslands, einhundertzwanzig Kilometer nördlich des Polarkreises. Ein Bergwerkslager im ewigen Eis mit reichhaltigen Steinkohlevorkommen, die Zwangsarbeiter in Schwerstarbeit aus dem Permafrostboden holten. Konrad Sandner saß auf einem Holzklotz vor einer Baracke des Lagers, das mit Stacheldrahtzäunen und Wachtürmen gesichert war, und schnitzte an einer Holzfigur. Es war einer der letzten schönen Tage des Jahres. Noch lagen die Temperaturen über Null, doch der Sommer in Workuta war kurz, und bald schon würde der neun Monate währende Winter beginnen, der Dunkelheit, meterhohen Schnee, eisige Stürme und Kälte bis zu minus sechzig Grad mit sich brachte, die durch die dünnen Barackenwände kroch. Mit der Kälte kamen die Krankheiten, und mit ihnen der Tod, der wieder Unzählige von ihnen dahinraffen würde. Einer solchen Krankheit hatte er die Tatsache zu verdanken, dass er heute, neun Jahre nach dem Untergang der 6. Armee bei Stalingrad, immer noch hier in russischer Kriegsgefangenschaft war. Von heftigem Fieber entkräftet, müde und hungrig hatte er vor Jahren die tagelangen Verhöre nur mit letzter Kraft durchgestanden und irgendwann Taten eingestanden, die er gar nicht begangen hatte. Der Wunsch, endlich die Augen schließen und schlafen zu dürfen, war so groß gewesen, dass er zu allem nur noch genickt hatte. Er hatte seinen Namen unter ein Geständnis gesetzt und fassungslos sein Urteil vernommen: fünfundzwanzig Jahre Lagerhaft. Damals hatte es nur einen Gedanken in seinem Kopf gegeben: Das überlebe ich nicht.

»Was schnitzt du, Konrad?«

Ein Mann in abgewetzter Kleidung trat zu ihm. Er schob eine Schildkappe in den Nacken und blinzelte in die Sonne.

»Schachfiguren«, antwortete Konrad und deutete auf einige bereits fertiggestellte Spielfiguren am Boden. »Hab sie einem Kumpel aus der Nachbarbaracke versprochen.«

Der Mann nickte. Er setzte sich auf einen Holzklotz neben Konrad. »Ohne Kartenspiele und Schach wird man hier verrückt.«

»Was meinst du, Oskar, wie viele Winter werden wir wohl noch hier sein?«

Oskar zuckte mit den Schultern. »Weiß nicht. So langsam wäre es mal an der Zeit, dass unsere Regierung uns hier rausholt. Der Krieg ist ja nun lange genug vorbei. Aber man erfährt halt nicht viel darüber, was in der Heimat so los ist. Auf das, was in den russischen Zeitungen steht, kann man nicht viel geben. Heute Morgen sind wieder Deutsche angekommen. Politische Gefangene aus dem sowjetisch besetzten Teil Deutschlands. War nicht leicht, an sie heranzukommen, um ein paar Neuigkeiten aus der Heimat zu erfahren. Man muss höllisch aufpassen, dass die Lagerspitzel einen nicht erwischen. Du weißt ja, für eine Scheibe Brot verpfeifen die jeden bei der Lagerleitung.«

»Und was berichten die politischen Sträflinge?«

»Sie sagen, der Ostteil Deutschlands nennt sich zwar eine demokratische Republik, ist aber in Wirklichkeit ein sowjetischer Satellitenstaat geworden. Wird alles von Moskau aus gesteuert.«

»Ein geteiltes Deutschland – das kann man sich gar nicht vorstellen.«

Oskar schüttelte den Kopf. »Beim besten Willen nicht. Da wollte er ein Weltreich erobern, dieser Hitler, und nun haben wir die Russen, Amerikaner, Briten und Franzosen im eigenen Land.«

»Annie hat davon geschrieben.« Beim Gedanken an Annies Brief zog Wärme durch Konrads Glieder. Diese Zeilen aus der Heimat hatten ihm nach Jahren der Hoffnungslosigkeit neuen Lebensmut geschenkt. Er hatte sie so oft gelesen, dass er sie auswendig kannte. »Wirst sehen, Oskar, wenn wir eines Tages wieder heimkommen, erkennen wir die alte Heimat gar nicht wieder.« Konrad hob die Schachfigur, an der er gerade schnitzte, vor seine Augen und schaute sie prüfend an. »Vielleicht dauert es gar nicht mehr lange. Ich habe das Gefühl, dies könnte unser letzter Winter hier in Russland sein.«

»Na, hoffentlich sieht Stalin das auch so«, meinte Oskar zweifelnd. »Aber ich wünsche mir, dass du recht hast, Konrad.«

Konrad hob sein Gesicht Richtung Sonne und schloss die Augen. Für einen Moment konnte er sich vorstellen, wieder zu Hause zu sein. Er sah das Sägewerksgebäude, ging im Geiste an den Ställen und Scheunen vorbei und die wenigen Stufen hinauf zum Haus. An der Tür roch er schon Klaras frisch gebackenes Brot … Doch der kurze Tagtraum war schnell vorüber, und die Realität holte ihn wieder ein. In ein paar Stunden würde die Nachtschicht beginnen, zehn Stunden harte Arbeit unter Tage, dann würde er ausgehungert über sein Essen herfallen – Getreidebrei, wässriges Brot, vielleicht etwas Kraut, wenn er Glück hatte ein Stückchen Fisch oder Fleisch – und todmüde auf sein Lager sinken. Nur, um am nächsten Tag wieder in den gleichen Trott zu verfallen. Ohne die Hoffnung, irgendwann einmal hier herauszukommen, hätte er dieses Leben nicht mehr lange ertragen. Doch der Brief aus der Heimat hatte ihm wieder Kraft gegeben.

Kapitel 6

Tristan saß auf einer Mauer und beobachtete die Kindergärtnerin auf der gegenüberliegenden Straßenseite, die auf dem Spielplatz der Tagesstätte eine Gruppe spielender Kinder beaufsichtigte. Vor wenigen Wochen hatte er sie durch Zufall entdeckt, als er mit seinem Fahrrad durch die Alt-Lietzower Straße gefahren war, und sie sofort erkannt – seine Tante Linda, die Schwester seines Vaters. Seitdem zog es Tristan immer wieder hierher, denn er vermisste Linda. Bis kurz vor dem Tag des Attentats am 20. Juli 1944 hatten sie gemeinsam in der Villa am Grunewald gewohnt, wo Linda wie eine große Schwester für ihn gewesen war. Sie hatte neben seinen Eltern den wichtigsten Platz in seinem Kinderherzen eingenommen. Und mit ihr war ihm jeglicher Umgang seit jenem Tag vor acht Jahren verboten, als es zu einem Zerwürfnis zwischen seinen Großeltern und Linda gekommen war. Doch trotz seines Hausarrests war Tristan auch heute wieder nach der Schule einen Umweg über die Alt-Lietzower Straße gefahren, um Linda zu sehen.

Er beobachtete, wie sie auf ein Klettergerüst zuging und zu einem kleinen Jungen sprach, der sich mit verzagtem Blick an den obersten Sprossen festklammerte und offensichtlich Angst hatte, wieder herunterzuklettern.

»Rüdiger, hast du dich wieder zu weit nach oben gewagt? Warte, ich helfe dir herunter«, rief Linda dem Jungen zu, und der warme Klang ihrer Stimme berührte Tristan zutiefst. Er sah, wie Linda das Kind umfasste und ihm half, Sprosse für Sprosse wieder nach unten zu klettern, bis es sicheren Boden unter den Füßen hatte.

»Na, dann lauf, und bleib zur Abwechslung mal eine Weile im Sandkasten«, sagte sie zu dem kleinen Jungen und lachte, als sie sah, wie er sie dankbar anstrahlte und davonsprang.

Tristan kannte dieses Lachen, und eine tiefe Sehnsucht stieg in ihm auf. Lindas Blick schweifte über den Zaun des Spielplatzes heraus auf die Straße, als hätte sie ihn bemerkt, und Tristan zog rasch seine Schirmmütze tiefer ins Gesicht, damit sie ihn nicht erkannte. Sosehr er sich auch wünschte, wieder mit Linda zu reden, wusste er doch nicht, was er ihr sagen sollte. Er beobachtete sie noch eine Weile, dann sprang er von der Mauer, schwang sich auf sein Fahrrad und fuhr nach Hause.

* * *

… ich wusste damals nicht, wohin er verschwunden war.

Clarissa schaute auf die Worte, die sie gerade in die Schreibmaschine getippt hatte, und lehnte sich für einen Augenblick in ihrem Stuhl zurück. Sie erinnerte sich an den Tag ihrer Hochzeit, als ob er gestern gewesen wäre. Ihr Hochzeitskleid mit einem Schleier aus Brüsseler Spitze, die feierliche Zeremonie im Berliner Dom, der Empfang für die geladenen Gäste im Hotel Adlon, die Tanzkapelle am Abend. Sie erinnerte sich an das Blitzlichtgewitter der Fotografen, an Sektgläser, die auf das Wohl des Brautpaars gehoben wurden, an Peter, der lächelnd an ihrer Seite gestanden hatte. Doch irgendwann nach dem Abendessen war er ohne ein Wort der Erklärung verschwunden. Es war Linda gewesen, der es in letzter Minute gelungen war, einen Eklat zu verhindern. Gerade als seine Abwesenheit bei den Gästen unangenehm aufgefallen und peinliche Fragen aufgekommen waren, war Peter in Lindas Begleitung in den Tanzsaal zurückgekehrt. Wenn er sie auch mit einem unwiderstehlichen Lächeln und einer geflüsterten Entschuldigung in die Arme geschlossen und auf die Tanzfläche geführt hatte, so hatte sie doch die Veränderung in seinen Augen wahrgenommen, die ihr sagte, dass der Mann, der soeben zurückgekehrt war, ein anderer war als der Peter, dem sie Stunden zuvor das Eheversprechen gegeben hatte.

Auch wenn er versuchte, es sich nicht anmerken zu lassen,

tippte Clarissa weiter,

spürte ich, dass er innerlich ganz weit weg war. Ich hatte in unserer Ehe immer öfter das Gefühl, Peter überhaupt nicht zu kennen.

Sie dachte an die vielen Momente, in denen er sich unbeobachtet gefühlt und in Gedanken versunken aus dem Fenster geblickt hatte, an die rätselhaften Aussprüche, die sie nicht verstanden hatte, an die unzähligen Situationen, in denen sie das Gefühl beschlichen hatte, dass er etwas vor ihr verheimlichte.

Die Erinnerung an einen besonderen Tag kam ihr in den Sinn, der mit großen Erwartungen begonnen und mit einer umso größeren Enttäuschung geendet hatte.

Sie spannte einen neuen Bogen Papier ein.

Berlin, 9. November 1938

»Peter, bitte versuche, heute Abend pünktlich im Hotel Savoy zu sein. Du weißt, wir feiern dort Mutters Geburtstag«, sagte Clarissa am Frühstückstisch.

Peter griff zu einer Scheibe getoastetem Brot, das er mit Marmelade bestrich.

»Aber, Clarissa, was denkst du denn von mir«, sagte er mit einem Lächeln. »Ich werde doch den Geburtstag meiner Schwiegermutter nicht vergessen. Was schenken wir ihr denn?«

»Darüber versuche ich ja schon seit Tagen, mit dir zu reden, aber du vertröstest mich immer wieder«, entgegnete Clarissa schmollend.

»Entschuldige, Liebling«, antwortete Peter und goss sich eine zweite Tasse Kaffee ein. »Ich bin manchmal in Gedanken nicht ganz bei der Sache. Vor zwei Tagen wurde ein deutscher Botschafter in Paris von einem Juden angeschossen, und seitdem ist das ganze Ministerium in Aufruhr. Ich hoffe nur, dass er überlebt. Nicht auszudenken, wenn er an den Verletzungen stirbt.«

»Warum? Was geschieht dann?«, fragte Clarissa besorgt.

»Nun, ich fürchte, es wird zu Ausschreitungen gegen die Juden kommen, und sie könnten schlimmer werden als die Krawalle und Kundgebungen, die wir in den letzten Jahren hier in Berlin schon erlebt haben.«

»Hauptsache, du kommst nicht zu spät zur Feier heute Abend.«

»Nein, ich werde pünktlich sein, Liebling«, versicherte ihr Peter, legte seine Serviette auf den Tisch und erhob sich. »Du kannst dich auf mich verlassen. Pünktlich um sieben Uhr werde ich mit einem großen Strauß roter Rosen im Hotel Savoy erscheinen.« Er blickte auf seine Armbanduhr. »Ich muss los«, stellte er fest. »Was, sagtest du, schenken wir Therese?«

Clarissa schüttelte lachend den Kopf. »Peter, du kannst dir einfach nichts merken! Ich habe noch gar nichts dazu gesagt. Aber in einer kleinen Boutique am Kurfürstendamm habe ich eine wunderschöne Seidenstola entdeckt, die hervorragend zu ihrer Garderobe passt.«

»Na bitte, da haben wir doch was.« Peter beugte sich über sie und verabschiedete sich mit einem Kuss von ihr. Clarissa strahlte ihn an. Sie liebte es, wenn ihr Mann in so gelöster Stimmung war. »Ich freu mich auf heute Abend!«, rief sie ihm nach.

Clarissa wählte mit größter Sorgfalt ein neues, eng anliegendes dunkelblaues Chiffonkleid mit drapiertem Dekolleté, das ihre schlanke Figur hervorhob und ihre blauen Augen wunderbar zur Geltung brachte. Sie betrachtete im Spiegel ihre kinnlangen Haare, die der Friseur in neue Wellen gelegt hatte, legte hellen Puder auf und wählte dazu einen leuchtend roten Lippenstift. Peter würde Augen machen!

Sie verließ ihr Schlafzimmer und ging die geschwungene Marmortreppe hinunter ins Wohnzimmer, wo ihre Schwiegereltern Emilie und Anton schon auf sie warteten.

»Wie wunderschön du bist, Clarissa«, sagte Emilie und zog ihre Schwiegertochter in ihre Arme. Clarissa wusste, dass mit der Hochzeit zwischen ihr und Peter Emilies größter Wunsch in Erfüllung gegangen war. Die einflussreiche Familie von Schönwald hatte Peter im Beruf Tür und Tor geöffnet, und zudem war mit der Heirat der drohende finanzielle Ruin der Familie Hagen in letzter Sekunde abgewendet worden, wie sie eines Tages von ihrem Vater erfahren hatte.

»Lasst uns gehen«, sagte Anton und half Clarissa in ihren Mantel. »Das Taxi wartet schon. Und deine Mutter auch.«

Die Kronleuchter im Speisesaal des angesagten Hotels in einer ruhigen Seitenstraße des Kurfürstendamms funkelten mit den Kristallgläsern auf den Tischen um die Wette, die die Kellner mit dunkelrotem Wein füllten. Clarissa schaute sich um und stellte fest, dass Therese wirklich alles bestens organisiert hatte; sie war eben die perfekte Gastgeberin. Ihr tagelanges Brüten über einer ausgeklügelten Sitzordnung schien sich auszuzahlen, denn die Gäste, die vorwiegend aus Politik und Industrie kamen, unterhielten sich blendend, sorgte doch Hitlers Außenpolitik für genügend Gesprächsstoff. So wurde der Anschluss Österreichs im Frühjahr sehr begrüßt und der Einmarsch deutscher Truppen ins Sudetenland als kluger Schachzug gewürdigt.

»Hitler holt sich auch noch die restliche Tschechei!«, rief Klaus von Schönwald in die Runde und erntete viel Zustimmung. »Trinken wir auf unseren Führer!«

Clarissa blickte verstohlen auf ihre Armbanduhr. Bald würde das Essen aufgetragen werden, doch wo blieb Peter? Als die ersten Gäste begannen, nach ihm zu fragen, wurde Clarissa immer unruhiger. Er würde doch nicht schon wieder zu spät kommen? Oder gar nicht? Ihr Blick ging immer wieder zur Tür. Da war er endlich! Mit einem Strauß Rosen trat er ein, umarmte Therese, gratulierte ihr herzlich und begrüßte die Gäste. Nur Clarissa fiel der flatternde Blick in seinen Augen auf, der seine gute Laune Lügen strafte.

»Entschuldigt meine Verspätung«, sagte er und griff nach einem Glas Wein, das ihm ein Kellner reichte. »Aber der deutsche Diplomat von Rath, der vor zwei Tagen in Paris angeschossen worden ist, ist heute Nachmittag an seinen Verletzungen gestorben. Ich wurde noch im Ministerium gebraucht.«

Von allen Seiten ertönten bestürzte Ausrufe und Bemerkungen.

»In der Zeitung stand, der Attentäter soll ein Jude gewesen sein«, rief einer der Gäste. »Gegen die muss man doch endlich etwas machen! Das kann man doch nicht einfach hinnehmen!«

»Habt ihr noch nichts gehört?«, fragte Peter und leerte sein Glas. »Auf dem Kurfürstendamm werden Schaufenster von jüdischen Geschäften eingeschlagen. Der Lärm dringt bis hierher.«

Therese, die offensichtlich um ihr Fest bangte, erhob nun die Stimme. »Von diesen Vorkommnissen wollen wir unsere Feier doch nicht beeinflussen lassen. Lasst uns mit dem Abendessen beginnen.« Die von den Kellnern gereichten Speisen boten neuen Gesprächsstoff, und bald herrschte wieder ausgelassene Stimmung im Raum.

Clarissa saß beunruhigt neben Peter. Sie sah den angespannten Zug um seinen Mund und hatte schon bei seinem Eintreten festgestellt, dass sein Lächeln aufgesetzt war. Was beunruhigte ihn so? Und warum hatte er noch kein Wort über ihr neues Kleid und ihre Frisur gesagt? Sie hatte sich doch nur für ihn so schön gemacht!

»Peter, was ist los? Warum siehst du so besorgt aus?«, fragte sie leise, doch er schüttelte nur den Kopf und griff nach seinem Glas.

Besorgt stellte sie fest, dass er kaum etwas aß und dafür umso mehr dem Rotwein zusprach.

Sie wollte ihn gerade darauf hinweisen, dass er zu viel trank, als sie die Stimme ihrer Mutter vernahm: »Clarissa, ich glaube, unsere Gäste würden sich sehr über Klaviermusik freuen. Möchtest du uns nicht etwas vorspielen?«

Ihr Vorschlag wurde von den Anwesenden am Tisch begeistert aufgenommen, denn Clarissa war eine ausgezeichnete Pianistin.

»Aber gern.«

Clarissa warf einen letzten besorgten Blick auf Peter, erhob sich und ging zu dem Flügel im hinteren Teil des großen Saals. Sie setzte sich und schlug dann die bedächtigen Töne der Träumerei von Schumann an. Die zarte Melodie erfüllte den Raum. Clarissa spielte einige Walzer von Chopin, bevor sie ihre Darbietung mit der Mondscheinsonate von Beethoven ausklingen ließ.

»Bravo!«, erklang der Beifall, als sie sich umdrehte.

»Bravourös wie immer! Du hättest Konzertpianistin werden sollen!«

Clarissa schaute in die begeisterten Gesichter der Gäste und ließ sich von allen Seiten beglückwünschen, während sie an ihren Tisch zurückkehrte; doch wie enttäuscht war sie, als sie sah, dass der Stuhl neben ihrem leer war. Wo war Peter?

Sie blickte sich um und entdeckte ihn am Tresen der Bar, die an den Speisesaal grenzte.

Unter einem Vorwand erhob sie sich, ging zu ihm und sah am Blick seiner Augen, dass er betrunken war.

»Was ist los, Peter? Warum benimmst du dich so?«

Er schaute auf das Whiskeyglas in seiner Hand und gab ihr keine Antwort.

»Was ist vorgefallen? Ist es wegen dieser Krawalle? Ist da draußen jemand, um den du dich sorgst? So sag doch was.«

Er drehte sich halb zu ihr um. »Sie hat ein Kind«, murmelte er so unverständlich, dass Clarissa sich Mühe geben musste, um ihn zu verstehen. »Ich habe sie gesehen. Sie hat ein Kind.«

»Wer, Peter?«, fragte Clarissa mit bebender Stimme. »Wer hat ein Kind?«

»Hannah«, brach es aus Peter heraus.

Hannah. Schon wieder dieser Name. Peter hatte ihn schon mehrmals erwähnt, wenn er betrunken gewesen war. Wer war diese Hannah? Doch nicht etwa diese jüdische Lehrerin, die vor Jahren Peters Schwester unterrichtet hatte?

»Oh Gott«, stöhnte Clarissa. Sie kannte Peters Angewohnheit, in angeheitertem Zustand jede Menge Unsinn zu erzählen. Wenn er in dieser Gesellschaft Andeutungen über eine Verbindung zu einer Jüdin machte, konnte das das Ende seiner Karriere sein.

Hilfe suchend schaute Clarissa sich um. Sie musste einen Weg finden, Peter von hier wegzuschaffen, ohne Aufsehen zu erregen. Sie schaute hinüber in den Speisesaal, und mit einem Mal wusste sie, wer ihr dabei helfen würde.

Peters Mutter Emilie hatte in Windeseile ein Taxi rufen lassen. Unter dem Vorwand eines plötzlichen Unwohlseins hatten die beiden Frauen die Feier verlassen und stiegen nun mit dem betrunkenen Mann in ihrer Mitte in den Wagen. Als das Auto auf den Kurfürstendamm abbog, hörten sie laute Schreie und sahen johlende Menschen, die Schaufensterscheiben einschlugen. In der Ferne stieg dunkler Rauch zum Himmel.

»Was für eine Nacht!«, sagte Clarissa, als das Taxi losfuhr. Sie sahen die Zerstörung, die die randalierenden Horden in den vergangenen Stunden angerichtet hatten.

»Die Menschen sind außer Rand und Band. Es kann einem angst und bange werden.«

Sie erreichten unbehelligt ihre Villa am Grunewald, bezahlten den Taxifahrer und führten Peter ins Haus, wo sie ihn sofort in sein Bett verfrachteten.

»Emilie«, sagte Clarissa besorgt, als sie das Schlafzimmer verließen und ins Wohnzimmer hinuntergingen, »wer ist Hannah?«

»Hannah? Wie kommst du darauf?«, fragte die ältere Frau, die sich nach dem Schrecken der letzten Stunde erschöpft in einen Sessel sinken ließ. Clarissa ging zur Bar, füllte zwei Gläser, stellte eines davon vor ihre Schwiegermutter und setzte sich ihr gegenüber.

»Peter hat sie vorhin erwähnt.«

Emilie ergriff ihr Glas und schaute Clarissa mit einem alarmierten Blick an.

»Er hat von einer Hannah geredet? Ich kenne nur eine Hannah, sie war Lindas Geigenlehrerin. Eine Jüdin.«

Clarissa seufzte. »Das dachte ich mir. Er muss sie heute gesehen haben. Er sprach von ihr.«

Emilies Gesichtsausdruck verfinsterte sich zunehmend. Sie schaute auf das Glas in ihrer Hand, von dem sie noch nichts getrunken hatte.

»Er hat Hannah heute getroffen? Ich dachte, sie sei längst emigriert.«

»Was war mit dieser Hannah, Emilie?«, bohrte Clarissa weiter und strich sich eine Haarsträhne aus der Stirn. »Erzähl es mir.«

»Nichts war mit Hannah!«, beteuerte Emilie. »Rein gar nichts. Peter hat vielleicht mal kurz für sie geschwärmt, denn sie ist ein reizendes Geschöpf, aber sonst war da nichts. Bestimmt gibt es für das alles eine ganz harmlose Erklärung. Vielleicht ist er ihr heute irgendwo zufällig über den Weg gelaufen und hat dann in einer sentimentalen Anwandlung während der Feier von ihr geredet.«

Clarissa schaute Emilie an, und langsam beruhigte sie sich wieder.

»Du hast recht. So wird es gewesen sein. Ein zufälliges Zusammentreffen, und der Alkohol hat sein Übriges getan.«

»Genau«, pflichtete Emilie ihr bei. »Der Junge ist überarbeitet, da kommt es schon mal zu so einem Fauxpas. Er muss sich richtig ausschlafen, dann sieht die Welt morgen wieder anders aus.«

In Gedanken versunken saß Clarissa noch lange im Wohnzimmer. Sollte sie Peter am nächsten Tag zur Rede stellen? Sollte sie ihn fragen, was ihm diese Hannah bedeutete? Nein, sie würde Peter nicht auf diese Sache ansprechen. Diese Hannah mochte irgendeine kleine Rolle in der Vergangenheit gespielt haben, aber was bedeutete das schon? Vor ihr lag die Zukunft, und die würde sie an der Seite eines Mannes verbringen, der im Begriff war, in die höchsten Regierungskreise des Deutschen Reiches aufzusteigen. Auch eine jüdische Geigenlehrerin würde daran nichts ändern.

Und ich beschloss, die Sache auf sich beruhen zu lassen ... Die Vergangenheit aufzuschreiben, erleichterte, strengte aber auch an. Erschöpft rieb sich Clarissa den Nacken und starrte auf die letzten Worte, die auf dem Papier in der Schreibmaschine zu lesen waren. Hatte sie die Situation damals völlig falsch eingeschätzt? Hatte Hannah eine wesentlich größere Rolle in Peters Leben gespielt?

»Sie hat ein Kind«, hatte er an jenem Abend gestammelt. Eine Ahnung stieg in Clarissa auf. War es am Ende *sein* Kind gewesen, das er an jenem Tag gesehen hatte?

KAPITEL 7

Die Antwort auf seine Frage, welche der Lehrkräfte Hannah war, fand Lorenz wenige Tage später, als er in der letzten Schulstunde an der Sporthalle vorbeiging und plötzlich stutzte, da aus dem Raum nicht wie erwartet eine Trillerpfeife und die lauten Stimmen von Schülern zu hören waren, sondern Musik. Lorenz blieb stehen und öffnete leise die Tür. Zu seinem großen Erstaunen sah er mehrere Reihen von Schülern mit Instrumenten in den Händen, die konzentriert auf die Noten vor sich schauten sowie auf die Frau, die mit einem Taktstock in der Hand vor ihnen stand und dirigierte. War das die Lehrerin, von der alle sprachen? War das Hannah? Da das Stück gerade zu Ende war, beschloss Lorenz, einzutreten, um die Lehrkraft, die er noch nicht kennengelernt hatte, zu begrüßen. Er machte einige Schritte in die Halle, als das Orchester begann, ein neues Stück anzustimmen, denn die Dirigentin, die ihn nicht hatte kommen sehen, hatte bereits den Einsatz für das nächste Lied gegeben. Einige der Musiker schauten nun in seine Richtung, und die Lehrerin schien das zu bemerken, denn sie folgte ihren Blicken, ohne mit dem Dirigieren aufzuhören, und schaute ihn überrascht an. In diesem Augenblick erkannte Lorenz die zarte Melodie, die die Bratschen und das Cello soeben angestimmt hatten und die nun auch von den Violinen aufgegriffen wurde

– und das Lächeln auf seinen Lippen erstarb. Susannes Lied! Wie konnte diese Frau hier in dieser Turnhalle Susannes Lied spielen? Er spürte, wie die widersprüchlichsten Gefühle in ihm aufstiegen. Offensichtlich hatte die Lehrerin seinen veränderten Gesichtsausdruck wahrgenommen, denn sie ließ erschrocken den Taktstock sinken. Sofort verstummte die Musik.

Lorenz stand der Dirigentin einen Moment lang wortlos gegenüber. Während er versuchte, sich von seinem jähen Schrecken über das ihm so bekannte Lied zu erholen, suchte sie offensichtlich nach einer Erklärung für seinen ärgerlichen Gesichtsausdruck.

»Guten Tag, ich bin Hannah Rosenberg, die Leiterin des Orchesters. Ich hätte Sie informieren sollen«, vernahm er ihre schuldbewusste Stimme. »Aber wissen Sie, wir mussten in die Turnhalle ausweichen. Wegen des Wasserrohrbruchs sind die Wände im Musiksaal feucht, und die Arbeiter können nur heute ...«

»Lorenz Richter«, stellte er sich vor. »Wovon sprechen Sie?«

»Dass ich den Orchesterunterricht eigenmächtig in die Turnhalle verlegt habe, weil im Musiksaal heute Arbeiter zugange sind«, versuchte die Lehrerin zu erklären. »Wir studieren eine Oper ein, die wir an Weihnachten aufführen wollen, und haben heute keinen anderen Ort zum Proben.«

»Ich kenne die Oper«, entgegnete Lorenz.

Und ob er sie kannte. Es war seine erste Verabredung mit Susanne gewesen, und sie war von der Märchenoper »Hänsel und Gretel«, die sie im Städtischen Theater besucht hatten, verzaubert gewesen. Die musikalische Umsetzung des bekannten Märchens der Gebrüder Grimm hatte Susanne sehr bewegt, und bei dem Lied im zweiten Akt der Oper, in dem die im Wald ausgesetzten Geschwister die Engel im Himmel um Schutz in der Nacht anflehten, hatte sie seine Hand ergriffen. Es war der Beginn einer Liebesgeschichte gewesen, wie sie das Schicksal für einen Menschen nur einmal im Leben schrieb, und er hatte Susanne das Lied, das das Orchester gerade angestimmt hatte, in den folgenden Jahren noch so viele Male singen hören.

»Wie kommt denn ein Schulorchester auf die verrückte Idee, eine Oper aufführen zu wollen?«, fragte er und musste sich eingestehen, dass seine Stimme wohl etwas gereizt geklungen hatte.

Für einen Moment herrschte betretenes Schweigen in der Halle, und Lorenz nahm den verunsicherten Blick in den Augen der Lehrerin wahr.

»Wir waren mit Fräulein Rosenberg in der Oper«, rief nun eine Geigerin trotzig.

»In Frankfurt«, fügte eine andere hinzu.

»Und wir haben sie gebeten, mit uns auch eine Oper einzustudieren«, sagte nun der Cellospieler.

»Pfarrer Petersen hat Blechbläser besorgt. Die unterstützen uns später noch.«

»Und der Frauenchor singt mit.«

»Es wird eine Schulaufführung an Weihnachten.«

Auf einmal sprachen alle Orchestermitglieder durcheinander, um Hannah zu verteidigen. Lorenz fühlte aller Augen vorwurfsvoll auf sich gerichtet und sah sich mit der Situation überfordert. Er musste feststellen, dass seine erste Begegnung mit der Lehrerin, von der alle in den höchsten Tönen sprachen, reichlich schiefgelaufen war.

»Nun gut«, sagte er, denn er wollte diese unangenehme Szene nun so schnell wie möglich beenden. »Als Leiterin des Orchesters steht es Ihnen frei, die Stücke nach Ihrem Geschmack auszuwählen. Natürlich können Sie auch eine Oper aufführen, wenn Sie mich nur nicht damit behelligen.« Etwas freundlicher setzte er noch hinzu: »Sie können selbstverständlich jederzeit in der Turnhalle proben. Auch ohne Wasserrohrbruch.« Mit diesen Worten verließ er den Raum.

Als Lorenz an diesem Nachmittag auf den Auenhof zurückkehrte, stand ihm der Sinn nicht nach einem Spaziergang. Nicht einmal Ben, der immer wieder ein Stück den Waldweg entlanglief und in seine Richtung bellte, konnte ihn heute dazu bewegen. Zu seiner mürrischen Laune passte es viel besser, hinter dem Haus Holz zu hacken.

Nun hatte er also Hannah kennengelernt, dachte er bei sich, und sie sehr unfreundlich behandelt. Musste diese Lehrerin denn auch ausgerechnet Susannes Lieblingslied spielen? Sie hatte ihn damit eiskalt erwischt; dieses Lied hatte ihn völlig aus der Fassung gebracht. Wie viele Opern gab es auf der Welt? Dutzende, oder gar Hunderte? Und von all diesen Werken suchte sie gerade diese eine Märchenoper aus? Er war doch hierhergekommen, um zu vergessen, um irgendwann mit seinem Schmerz abzuschließen. Und nun das!

Aber eins musste man dieser Hannah lassen, dachte Lorenz, während er sich den nächsten Holzklotz bereitlegte und auf ihn einschlug, ihr kleines Schulorchester hatte sich wirklich sehr gut angehört. Er erinnerte sich an den Moment, als er durch die Turnhalle gelaufen und von den zarten Klängen umfangen worden war. Er wusste, dass die Wut, die ihn dabei überkommen hatte, ein Schutzmechanismus gewesen war, um nicht in Tränen auszubrechen. Susannes Lied würde ihn immer an das erinnern, was seiner kleinen Familie zugestoßen war.

Wütend schlug er das Beil in den nächsten Holzklotz und spaltete ihn. Doch die kräftigen Schläge halfen ihm nicht, die Erinnerungen zu verscheuchen.

Würzburg, September 1938

Es war ein Wunder. Eine andere Erklärung gab es für Lorenz nicht für das Ereignis, das vor wenigen Wochen ihr Leben auf den Kopf gestellt hatte. Jeden Tag, wenn er nach Schulschluss das Wohnhaus betrat und die Treppe nach oben zu ihrer Wohnung eilte, sagte er sich, dass es einfach ein Wunder sein musste, dass das Kind, das die Ärzte wegen schwerwiegender Komplikationen bei der Geburt schon beinahe aufgegeben hatten, lebte und sich so prächtig entwickelte.

Vinzenz, ihr kleiner Sohn, der sich ins Leben gekämpft hatte. Als er die Wohnungstür öffnete, kam ihm Susanne mit dem Säugling auf dem Arm schon entgegen.

»Ich war heute noch mal mit ihm bei Doktor Wagenbrecht«, sagte sie, »und er ist sehr zufrieden. Vinzenz entwickelt sich sehr gut.«

»Das freut mich.« Lorenz war erleichtert. Nach der Geburt waren die Ärzte sehr besorgt gewesen. Sie hatten von Sauerstoffmangel gesprochen und von möglichen Folgeschäden für das Kind. Er stellte seine Tasche ab und ließ sich seinen Sohn auf den Arm legen. Lächelnd blickte er in ein zufriedenes kleines Babygesicht, das unter einem Mützchen herausschaute, und in große dunkle Augen, die ihn eingehend musterten.

»Na, mein Kleiner«, sagte er mit leiser Stimme, »da hat Doktor Wagenbrecht heute bestimmt Augen gemacht, als er gesehen hat, wie groß du in den wenigen Wochen schon geworden bist.«

Leise mit dem Kind sprechend ging er den Flur auf und ab, blieb dann an der Küchentür stehen und beobachtete Susanne, die das Essen zubereitete.

Er hatte sie lange nicht mehr so glücklich gesehen. Es waren schwere Stunden und Tage gewesen, als das Leben ihres Kindes an einem seidenen Faden gehangen hatte, doch das Schicksal war ihnen gewogen gewesen.

»Wir werden auf dich aufpassen, Vinzenz«, flüsterte Lorenz dem Baby ins Ohr. »Du wirst groß und stark werden, wie dein Name schon sagt. Vinzenz bedeutet Sieger, und du bist einer.«

Das Baby war eingeschlafen. Vorsichtig legte Lorenz es im Schlafzimmer in die Wiege, lehnte beim Verlassen des Zimmers die Tür nur an und setzte sich in der Küche zu Susanne an den Tisch.

Er erzählte ihr von seinem Schultag und freute sich über ihr glückliches Lächeln. Ja, die Zeit der Sorgen war vorbei. Sie konnten wieder miteinander lachen und für die Zukunft Pläne schmieden.

Lorenz schwor sich, alles zu tun, um dieses kleine Glück zu beschützen.

Als er am Abend im Wohnzimmer saß und die Zeitung las, hörte er, wie Susanne dem Kind im Schlafzimmer ein Schlaflied sang. Es war der »Abendsegen« aus dem zweiten Akt der Oper »Hänsel und Gretel«, und Lorenz verstand, dass Susanne die Engel bat, über ihr Kind zu wachen.

»Ich liebe dich, Sanna«, sagte er, als seine Frau nach einiger Zeit aus dem Schlafzimmer kam und er sie in die Arme schloss. »Ich liebe dich und Vinzenz über alles!«

KAPITEL 8

In dieser Nacht war Vollmond, und Tristan musste bei seinem nächtlichen Streifzug besonders vorsichtig sein, um nicht von einer Polizeistreife entdeckt zu werden. Er hatte den Potsdamer Platz erreicht, wo ihn mehrere Hinweisschilder in verschiedenen Sprachen darauf hinwiesen, dass hier die Britische Zone endete und der größte Teil des Platzes nun Teil der Sowjetischen Besatzungszone war. Zwei Welten, nur getrennt durch eine weiße Linie auf dem Straßenasphalt.

»Ami go home« hatte jemand mit bunter Farbe auf eine Hauswand nahe der Sektorengrenze geschrieben. »Freiheit für Berlin« stand daneben. Bei Tagesanbruch würden Arbeiter abkommandiert werden, um diese Schmierereien zu entfernen. Tristan dachte daran, wie oft er nachts schon auf solche Parolen gestoßen war, die bei Tageslicht wieder verschwanden.

Langsam machte er sich auf den Heimweg. Er wollte gerade auf den Breitscheidplatz einbiegen, als er plötzlich zurückschreckte und sich in den Schatten der Häuser duckte. Vor sich sah er eine Gruppe junger Menschen, die Farbeimer und Pinsel bei sich hatten und etwas an eine Mauer schrieben. »Keine Wiederbewaffnung Deutschlands!«, las Tristan. Ob die jungen Leute auch für die Inschriften am Potsdamer Platz verantwortlich waren? Leise schlich Tristan im Schatten der Häuser an ihnen vorbei und hatte bereits die Kaiser-Wilhelm-Gedächtniskirche erreicht, als er hinter sich laute Stimmen hörte. Polizei! Die Gruppe war entdeckt worden. Tristan vernahm laute Rufe, als er Richtung Kurfürstendamm davonrannte. Er wollte so schnell wie möglich sein Wohnhaus erreichen, um nicht in diese Sache hineingezogen zu werden. Hinter sich hörte er schnelle Schritte. Er warf einen flüchtigen Blick über die Schulter und erkannte einen jungen Mann in dunkler Jacke, dem in einiger Entfernung ein Polizist folgte. Das Gesicht des jungen Mannes kam ihm bekannt vor, und der verzweifelte Ausdruck darin ließ einen tollkühnen Plan in ihm reifen. Tristan wusste, dass er Kopf und Kragen riskierte und sich den ewigen Zorn seines Großvaters zuziehen würde, doch er konnte nicht anders. Er öffnete das Tor der Einfahrt, und als er wenige Augenblicke später den Flüchtenden näher kommen hörte, sprang er hervor und zog den verblüfften jungen Mann mit sich durch die Hofeinfahrt zur Rückseite des Hauses. Dort stieß er das angelehnte Fenster auf, stieg in die Vorratskammer und zog den Fremden zu sich herein. Er verschloss das Fenster und horchte auf die Schritte vor dem Haus, die näher kamen. Der Strahl einer Taschenlampe huschte über den Hof, streifte auch das Fenster der Vorratskammer und verschwand. Tristan horchte angestrengt nach draußen, und erst, als sich die Schritte des Polizisten entfernten, drehte er sich zu dem jungen Mann um. Im Mondlicht, das zum Fenster hereinschien, erkannte er ihn nun deutlich. Er hatte sich nicht getäuscht. Vor ihm stand der ältere Bruder seines Schulfreundes Andi.

»Ralph? Was machst du denn nachts da draußen?«

»Das Gleiche könnte ich dich fragen.« Ralph hatte Tristan nach kurzem Überlegen offenbar erkannt.

Tristan zog zwei leere Obstkisten unter einem Regal hervor, hockte sich auf eine und deutete auf die andere. »Setz dich.

Erzähl mir, was los ist. Aber wir müssen leise sein, damit uns mein Großvater nicht hört.«

Ralph ließ sich auf die Kiste nieder. »Danke übrigens, das war eben ganz schön knapp«, sagte er. »Es ist das erste Mal, dass wir beinahe erwischt worden wären.«

»Ihr macht das öfter? Parolen an Wände malen?«

»Sicher. Wir sind eine Gruppe politisch engagierter Studenten. Wir verteilen Flugblätter, halten Treffen ab, schreiben Eingaben an die Parteiführungen. Irgendjemand muss doch etwas unternehmen. Die Politiker machen mit uns, was sie wollen. Und das nehmen wir nicht mehr einfach so hin.«

Tristan schaute ihn fragend an.

»Ich bin es leid, dass Politiker über mein Leben bestimmen dürfen.« Ralph lehnte sich auf seiner Holzkiste zurück an einen Vorratsschrank. »Ich war nur wenig älter als du heute, da gehörte ich zu Hitlers letztem Aufgebot. Unsere großen Helden hatten sich im Führerbunker verkrochen, und die Verteidigung der Stadt überließen sie halben Kindern, Alten und Invaliden. Ich lag in Bombentrichtern und hatte Todesangst. Stunde um Stunde kamen die russischen Panzer näher, und wir Hitlerjungen sollten sie mit Panzerfäusten aufhalten. Dass die meisten meiner Schulkameraden dabei ums Leben kamen, interessierte keinen. Damals habe ich mir geschworen, dass ich mein Leben selbst bestimmen würde, sollte ich das überleben. Aber wie? Unsere Politiker sind gerade dabei, die Weichen für einen neuen Krieg zu stellen. Reden von Wiedervereinigung, dabei haben sie die Teilung Deutschlands schon längst stillschweigend akzeptiert. Zwei Währungen, zwei Regierungen, zwei Staaten. Glaubst du, daran ändert sich noch etwas?«

»Glaubst du denn, Deutschland könnte je wieder frei werden?«

»Unsere Politiker müssten dafür eintreten, dass Deutschland wiedervereint wird und seine Eigenständigkeit zurückerhält.

Aber sie machen genau das Gegenteil und zementieren damit die Teilung.«

»Und wie steht der Osten dazu?«

Ralph zuckte mit den Schultern. »Die Sowjets versuchen, die Leute mit ihrer Propaganda bei der Stange zu halten. Du müsstest mal Erich hören, den Verlobten meiner Schwester Uta, der ist Vorarbeiter drüben bei einem Bautrupp in der Stalinallee. Der redet nur vom ›Aufbau des Sozialismus‹ und dem ›Kampf gegen den Klassenfeind‹. Ich kann dich mal mit rüber nehmen, wenn ich ihn besuche, dann kannst du dir das selbst anhören.«

»Sag mir Bescheid, wenn du Erich besuchst, und nimm mich mit rüber«, sagte Tristan, der mit einem Mal erkannte, dass es vielleicht noch etwas Interessanteres gab als seine Bücher und den Chemieunterricht von Frau Behr. Politik! »Ich hab mir über das alles noch nicht so viele Gedanken gemacht. Bei uns zu Hause wird darüber nicht viel gesprochen. Mein Großvater redet immer nur von der guten alten Zeit. Und dass mein Vater ein Verräter gewesen sei.«

»Ein Verräter? Warum?«

»Er hat mit versucht, Hitler auszuschalten, beim Attentat vom 20. Juli 1944.«

»Dann ist er kein Verräter, sondern ein Held, einer der wenigen, die Mut hatten. Viele Deutsche haben damals auf solche Männer gewartet. Ich auch.«

Tristans Augen leuchteten.

»So, ich glaube, die Luft ist nun rein, ich sollte mich auf den Heimweg machen«, sagte Ralph mit einem Blick zum Fenster.

Sie lauschten noch einmal nach draußen, doch es war nichts Verdächtiges mehr zu hören.

Tristan öffnete das Fenster, und bevor Ralph begann, hinauszuklettern, drehte er sich nochmals zu Tristan um.

»Du hast mir noch nicht gesagt, was du nachts da draußen suchst.«

Tristan zögerte. »Eine Antwort auf viele offene Fragen.«

Ralph runzelte die Stirn, dann nickte er und verschwand im Dunkel der Nacht.

Tristan verschloss das Fenster, schob die Obstkisten zurück unter das Regal mit den Einweckgläsern und schlich leise die Treppe hinauf in sein Zimmer. Er schaute noch eine Weile aus dem Fenster in die Dunkelheit der Nacht. Lag der Grund dafür, dass er sich oft so verloren fühlte, bei den Menschen, die einmal sein Leben ausgemacht hatten und nun wie Schatten in der Nacht verschwunden waren? Sein Vater war gegangen, und als die Männer in Uniformen kamen, um ihn zu holen, war niemand mehr da gewesen, der ihn beschützte.

Als Tristan sich endlich vom Fenster abwandte und in sein Bett schlüpfte, fiel er in einen unruhigen Schlaf.

»Lauf weg, Tristan, lauf weg!«, hörte er Linda rufen, als der SS-Mann sie in das große dunkle Fahrzeug stieß und die Tür zuwarf. Er stand noch immer wie angewurzelt am See und sah Linda von innen gegen die Scheibe hämmern, als sich die Wagenkolonne in Bewegung setzte und vom Hof fuhr. Mit den Autos verschwand seine Familie, und er fühlte sich grenzenlos allein. Nur ein Wagen blieb zurück, und ein Mann, der auf ihn zukam. Er wollte weglaufen, doch er war vor Angst wie gelähmt. Der Mann kam näher, er spürte Hände, die ihn am Arm packten und über die Wiese zum Auto zerrten. Der Mann fuhr mit ihm fort, fort von dem Haus am See, und er wusste nicht, wohin er ihn bringen würde. Bald verschwamm das Bild, und er saß zusammen mit anderen Kindern in einem Bus, der sie zu einer Ansiedlung von Holzhäusern auf einer Waldlichtung brachte. Er sah das Gesicht der jungen Erzieherin, die ihm erzählte, dass er nach dem Endsieg von einer neuen Familie adoptiert werden würde, und die ihm wieder und wieder einhämmerte: »Dein Name ist nicht Tristan Hagen. Dein Name ist

Meier. Konstantin Meier.« Und er flüsterte: »Mein Name ist Meier.
Konstantin Meier.«

Tränen liefen über Tristans Gesicht, als er aus dem Traum hoch-
schreckte. Wann würden diese Albträume jemals aufhören?

* * *

Seit Clarissa begonnen hatte, ihr Leben mit Peter aufzuschreiben, durchlebte sie die Höhen und Tiefen der gemeinsamen
Jahre noch einmal von Neuem. Seite um Seite füllten sich die
weißen Blätter auf ihrem Schreibtisch mit Momenten aus ihrer
Ehe mit einem Mann, der ihr so vertraut und doch so fremd gewesen war. Sie saß am Flügel, und während sie ihren Gedanken
nachhing, spielten die Finger ihrer rechten Hand eine kleine
Melodie. Die Klänge eines Menuetts brachten Erinnerungen
zurück an einen Tag, an dem sie dieses Stück gespielt hatte, als
Peter gerade nach Hause kam. Er war damals direkt von einer
Besprechung mit Hitler zurückgekehrt. Sie erinnerte sich, dass
an diesem Tag eine Wende in Peters Leben eingetreten war.

Berlin, November 1943

»Du musst die Lok genau auf die Gleise setzen«, hörte Clarissa
die Stimme des kleinen Tristan, der seinem Freund Friedhelm
die Handhabung der elektrischen Eisenbahn erklärte. Die beiden Jungen saßen auf dem Boden im Wohnzimmer der Villa am
Grunewald und versuchten, ihre Bahn zum Laufen zu bringen.
    »Papa hat gesagt, sie fährt sonst nicht.«
    Clarissa sah das zufriedene Gesicht ihres Sohnes, als
Friedhelm die Lok auf den Schienen zurechtrückte. Tristan
drehte am Schalter des Trafos, und die Lok fuhr los. Die Kinder
jubelten.

»Los, lass uns noch Waggons anhängen«, schlug Friedhelm begeistert vor.

Clarissa lächelte die beiden Kinder an. Peter hatte die Eisenbahn am Tag zuvor mitgebracht und würde sich sicher freuen, wenn er sah, dass sie bei den Jungs so viel Begeisterung auslöste. Er musste bald kommen. Sie setzte sich ans Klavier und schlug die Töne eines kleinen Menuetts an, als sie seinen Schlüssel im Schloss hörte. Sie eilte in den Flur und öffnete Peter die Tür.

»Ich komme gerade aus der Reichskanzlei«, sagte er und legte Mantel und Schal ab.

»Du warst bei Hitler?«, fragte Clarissa.

»Ja, Himmler und ich mussten mit ihm einige Angelegenheiten klären, die das Generalgouvernement betreffen. Er war sehr angetan von unseren Ausführungen.«

»Was hat er gesagt?«, rief Clarissa aufgeregt aus. Sie wunderte sich, warum in Peters Gesicht überhaupt keine Spur von Freude oder Stolz lag. Fragend schaute sie ihn an.

»Nach dem Endsieg braucht das Deutsche Reich Männer wie Sie!«, erhielt sie endlich zur Antwort. Sie versuchte, den gereizten Tonfall in seiner Stimme zu deuten. Was war nur wieder los mit ihm?

»Aber, Peter, das ist doch wunderbar! Du hast eine glänzende Zukunft vor dir«, antwortete sie, doch Peters Gesichtsausdruck blieb verschlossen.

Sie sah, wie er sich an der Hausbar einen Cognac einschenkte. Schon wieder! Mit dem Glas in der Hand ging er Richtung Esszimmer, als es an der Haustür klingelte.

»Ich geh schon«, hörte sie Peter rufen, der sein Glas auf der Kommode abstellte und die Tür öffnete.

Den Mann, den Clarissa vom Wohnzimmer aus an der Haustür stehen sah, hatte sie noch nie gesehen. Er trug unter seinem dunklen Mantel ein Hemd mit einem Priesterkragen.

Clarissa runzelte die Stirn. Was konnte ein Priester von Peter wollen? Sie sah, wie Peter seinen Mantel von der Garderobe nahm und mit dem Fremden verschwand. Was mochte das zu bedeuten haben? Clarissa konnte sich die Situation nicht erklären.

Als Peter eine Stunde später ins Haus zurückkehrte, fiel ihr auf, dass er sehr blass war.

»Da bist du ja«, empfing sie ihn. »Wir haben mit dem Essen auf dich gewartet, ich hätte die Kinder sowieso nicht von ihrer Eisenbahn weglocken können. War das ein Priester? Ist etwas passiert?«

»Es war ein katholischer Pfarrer. Er sucht jemanden und dachte, ich könnte ihm helfen.«

Sie sah, dass Peter sich bemühte, zu lächeln.

»Und? Kannst du ihm helfen?«, fragte Clarissa, die sich noch immer keinen Reim auf die ganze Sache machen konnte.

»Ich werde mein Bestes versuchen«, entgegnete er und fügte dann betont heiter hinzu: »Nun lasst uns essen. Ich habe einen Bärenhunger.«

Doch im Widerspruch zu seinen Worten aß Peter beim Abendessen kaum einen Bissen. Er stocherte in seinem Essen herum, unterhielt sich mit den Kindern über ihren Nachmittag und gab ihnen Tipps für ihre elektrische Eisenbahn. Nach dem Essen zog er sich unter dem Vorwand, noch Unterlagen durchsehen zu müssen, auffallend schnell in sein Arbeitszimmer zurück. Dort fand ihn Clarissa Stunden später an seinem Schreibtisch sitzend vor. Er hielt ein Blatt Papier in der Hand, das er im Schein der Tischlampe betrachtete. Clarissas Eintreten hatte er offensichtlich nicht bemerkt, denn er schaute erst auf, als sie neben ihm stand. Hastig legte Peter das Blatt Papier in ein geöffnetes Buch vor sich und schloss es, doch sie hatte gesehen, dass es eine Zeichnung gewesen war, die er betrachtet hatte. Sie hatte undeutlich die mit Bleistift skizzierten Umrisse einer Frau erkannt, die ein kleines Kind auf dem Schoß hielt.

»Willst du nicht endlich Schluss machen?«, fragte sie und legte ihre Hand auf Peters Schulter. »Der Tag war lang.«

»Du hast recht«, sagte er und erhob sich von seinem Schreibtisch.

»Du wirkst so ernst, seit der Priester mit dir gesprochen hat«, wagte Clarissa noch einen Versuch, Peter zum Reden zu bringen. »Ist etwas vorgefallen?«

Peter setzte ein Lächeln auf und versuchte wohl, seiner Stimme einen heiteren Klang zu geben, als er antwortete: »Nein, nicht im Geringsten. Aber du weißt ja, die Arbeit frisst mich auf. Am Wochenende werden wir etwas zusammen unternehmen. Denk dir etwas Schönes aus.«

Clarissa schaute ihn an. Sie hätte so gern seinen Worten Glauben geschenkt, wäre da nicht diese tiefe Traurigkeit gewesen, die sie trotz seines Lächelns in seinen Augen wahrnahm.

Am nächsten Morgen ließ ihr ein Gedanke keine Ruhe. Wer war auf der Zeichnung abgebildet, die Peter so intensiv betrachtet hatte?

Clarissa betrat Peters Arbeitszimmer. Das Buch lag noch immer auf dem Tisch. Sie ging hin und blätterte wie zufällig darin, doch als sie kein loses Blatt Papier fand, nahm sie das Buch in die Hand und schüttelte es.

Nichts. Sie blätterte das ganze Buch durch, doch die Zeichnung war nicht mehr darin. Nachdenklich setzte sich Clarissa auf Peters Stuhl. Wer war das auf der Zeichnung? Was verheimlichte er ihr?

So wollte sie es später aufschreiben. Gedankenverloren klimperte Clarissa noch immer das Eingangsmotiv des Bachmenuetts auf dem Flügel. Sie hatte damals nicht weiter nachgeforscht, wer die Frau auf dem Bild gewesen war. Doch mittlerweile hatte sie keinen Zweifel mehr.

Ein Irrtum erschien ihr nun ausgeschlossen. Die Zeichnung hatte Hannah und ihr Kind gezeigt. Doch welche Rolle hatten sie in Peters Leben gespielt? Und warum schien dieser Tag, an dem ihr Mann die Zeichnung erhalten hatte, der Wendepunkt gewesen zu sein, der den Judenverfolger Peter Hagen zum Regimegegner gemacht hatte?

Nun, da Clarissa sich auf eine Konfrontation mit der Vergangenheit eingelassen hatte, wusste sie, dass es für sie kein Zurück mehr gab. Sie wollte die ganze Wahrheit erfahren. Wer war dieser Priester gewesen und wen hatte er gesucht? Hannah? Und ihr Kind?

KAPITEL 9

Hannah war ratlos. Sie hielt den Brief des Schulamtes in der Hand, der es Matys erlaubte, am Unterricht der ersten Klasse in Erlenthal teilzunehmen. Sie hatte sich sehr über die Zusage gefreut, doch dann war ihr eingefallen, dass sie damit ja zum neuen Schulleiter gehen musste, und nach der Begegnung in der Turnhalle wenige Tage zuvor fehlte ihr dazu der Mut. Seither hatte sie sich von ihm ferngehalten und immer darauf geachtet, dass die Fenster im Musiksaal während der Orchesterproben verschlossen waren. Warum war dieser Mann so unfreundlich gewesen? War es tatsächlich nur die Ablehnung der von ihr ausgesuchten Musik, oder war da mehr? Je öfter sie über die Begegnung nachdachte, desto weniger konnte sie sich die Situation erklären. Was hatte sie nur falsch gemacht? Und warum war ihr so bang ums Herz, wenn sie an den Brief des Schulamtes dachte, den sie ihm geben musste?

Warum war Hannah Rosenberg nicht selbst zu ihm gekommen, sondern hatte ihm den Brief des Schulamtes von der Sekretärin bringen lassen, fragte sich Lorenz am nächsten Tag, als er mit den Jungen in der Turnhalle die Mannschaften für das Handballspiel einteilte. Es war die Sportstunde der fünften Klasse, und die Kinder konnten das Spiel kaum erwarten.

»Rudi, du gehst noch in die rote Mannschaft«, sagte er und deutete auf ein paar Jungs, die rechts von ihm standen und ein rotes Trikot trugen.

»Das ist unfair!«, beschwerten die sich jetzt lautstark.

»Wir haben schon Paul, den Kleinsten in der Klasse. Wenn wir jetzt auch noch Rudi bekommen, brauchen wir gar nicht erst anzufangen.«

Lorenz musterte die beiden Mannschaften, die er eingeteilt hatte, und nahm alle Spieler mit roten und blauen Trikots prüfend ins Visier.

»Nein, dafür habt ihr Theo, der spielt für zwei«, stellte er fest. »Und Rudi ist ganz schön schnell. Unterschätzt ihn nicht.«

Er hatte zwar noch nie festgestellt, dass der kleine Rudi besonders schnell war, doch er kannte die Wirkung, die ein Lob auf einen Menschen ausüben konnte.

Rudis Gesicht leuchtete.

»Oh Mann!«, gaben sich die Jungs in der betroffenen Mannschaft geschlagen. Die Spieler nahmen ihre Positionen ein, und Lorenz pfiff das Spiel an.

Warum hatte sie ihn nicht angesprochen, ging ihm durch den Kopf, während er das Spiel verfolgte und in seine Trillerpfeife blies, wenn ein Spieler den Ball zu lange hielt, zu viele Schritte machte oder der Ball im Aus landete.

Er pfiff ein Foul. Leonhard hatte Tobias am Arm festgehalten und am Ballwurf gehindert.

»Freiwurf!«, rief er, und Tobias erhielt den Ball.

Hatte sie ihm die Begegnung mit ihrem Orchester krummgenommen, überlegte er, als die rote Mannschaft aufjubelte. Es war Rudi, der das erste Tor geworfen hatte.

Hatte Hannah Rosenberg Angst, er könne etwas dagegen haben, dass der sprachbehinderte Junge hier zur Schule ging? Ausgerechnet er, fragte er sich, und während er als Schiedsrichter das Spiel verfolgte, wanderten seine Gedanken zurück zu einer längst vergangenen Zeit.

Würzburg, 1939

Susanne sang das Lied noch immer, obwohl sie bereits wusste, dass Vinzenz es gar nicht hören konnte. Doktor Wagenbrecht hatte bei dem kleinen Jungen eine hochgradige Schwerhörigkeit diagnostiziert, die auf den Sauerstoffmangel während der Geburt zurückzuführen war, doch wie jede Mutter auf der Welt, die ihr Kind in den Schlaf wiegt, sang Susanne ihrem Sohn ein Lied vor.

»Schau doch«, sagte sie dabei oft zu Lorenz, »wie er sich bei dem Lied entspannt. Ich bin sicher, er kann es irgendwie hören.«

Doch es war nicht die Schwerhörigkeit, die Susanne und Lorenz so sehr beunruhigte, sondern es waren die Krampfanfälle, die den Säugling immer wieder überfielen. Lorenz erinnerte sich mit Schrecken an Susannes Schrei aus dem Schlafzimmer, bevor sie zum ersten Mal mit dem krampfhaft zuckenden Kind auf dem Arm zu ihm ins Wohnzimmer gerannt war. Der Anfall hatte nur wenige Sekunden gedauert, doch er hatte sie beide zu Tode erschreckt. In unregelmäßigen Abständen waren die Krämpfe seither wiedergekommen, und er und Susanne befolgten genauestens Doktor Wagenbrechts Anweisungen, um dem Kind während eines Anfalls zu helfen. Sie versuchten, Ruhe zu bewahren, achteten darauf, dass seine Atemwege frei waren und dass er sich nirgends verletzen konnte.

»Gibt es Medikamente?«, hatten sie Doktor Wagenbrecht gefragt, doch er hatte nur bedauernd den Kopf geschüttelt.

»Nicht in diesem Alter«, war seine Antwort gewesen. »Aber es besteht Hoffnung, dass sich die Anfälle mit den Jahren verlieren«, hatte er ihnen Mut zugesprochen.

»Wir werden es schaffen, Sanna!« Lorenz hatte nach der Diagnose seine weinende Frau in den Arm genommen und ihr beruhigend übers Haar gestrichen. »Und Vinzenz auch. Wir werden immer für ihn da sein und ihn beschützen.«

Der Lebenswille des kleinen Jungen war enorm, und sie beide als seine Eltern fanden einen Weg, in die lautlose Welt ihres Kindes vorzudringen. Ein befreundeter Lehrer, der an einer Hilfsschule unterrichtete, brachte ihnen die Gebärdensprache bei, und sie lehrten ihren kleinen Jungen zu jedem Wort das entsprechende Handzeichen.

Bald stellten sie fest, dass Vinzenz lernte, ihnen Worte von den Lippen abzulesen, und sie oftmals sogar ohne Gebärdensprache verstand. Der Junge wuchs heran und entwickelte sich zu einem fröhlichen Kleinkind, das an der Hand der Eltern die ersten Schritte ins Leben wagte. Doch die nagenden Sorgen blieben. Man hörte so vieles darüber, wie die Nazis mit Taubstummen umgingen und mit Menschen, die an Epilepsie litten ... Von Heimeinweisungen war die Rede, von Zwangssterilisationen und Schlimmerem ... Nein, ausgeschlossen, sagte sich Lorenz. So weit würde es nicht kommen. Die Anfälle bei seinem Sohn würden sich eines Tages wieder verlieren. Er war doch ein Kämpfer!

Der Jubel der roten Mannschaft über das nächste Tor riss Lorenz aus seinen Gedanken.

»Gut gemacht, Theo!«, rief er dem grinsenden Jungen zu und versuchte, die Erinnerungen an die Vergangenheit, die ihm das Herz wieder schwer gemacht hatten, zur Seite zu schieben. Es nutzte nichts, immerzu über diese Zeit nachzudenken, die unwiederbringlich vorbei war, sagte er sich. Er musste es schaffen, irgendwann einmal damit abzuschließen.

Er warf einen Blick auf die Uhr und pfiff das Spiel ab. »Schluss für heute, Jungs! Ihr habt gut gespielt, vor allem Rudi. Und nun ab mit euch in den Umkleideraum!«

KAPITEL 10

Schon seit Stunden bummelten Melina und Lea durch die Münchner Einkaufsstraßen und betrachteten die Auslagen der Geschäfte.

»Ist es nicht ein bisschen früh für Weihnachtsgeschenke?«, fragte Melina. »Wir sollten warten, bis der Christkindlmarkt eröffnet.«

»Ach, und du meinst, dort findest du ein Geschenk für David?« Der skeptische Ton in Leas Stimme war nicht zu überhören. »Wir klappern hier schon den ganzen Nachmittag sämtliche Münchner Läden ab, und was hat dir bis jetzt gefallen? Nichts, aber auch gar nichts. Ich dagegen hätte schon hundert Geschenke für David gefunden!«

»Aber es ist doch auch schwierig.«

»Nur, weil du schon wieder viel zu viel denkst. Du nimmst etwas in die Hand, im ersten Moment gefällt es dir, dann bekommst du Zweifel und legst es wieder weg. Schau doch mal hier im Schaufenster. Was für schöne Kerzen! Glaubst du nicht, David würde eine davon gefallen? Noch dazu, wenn sie von dir kommt? Ihm würde alles gefallen, was du ihm schenkst!«

»Ja, da sind schon schöne dabei«, gab Melina mit einem Blick auf die Auslage in dem Geschäft zu. »Und du hast recht, ich mach mir sicher wieder zu viele Gedanken. Aber für David soll es etwas ganz Besonderes sein. Ich bin überzeugt, dass er mir etwas schenken wird, was man in keinem Geschäft kaufen kann.«

»Du meinst, er wird dir etwas malen?«

»Schon möglich. Aber ich habe halt so überhaupt kein Talent, außer dass ich ganz passabel Geige spielen kann. Ich kann ihm kein Bild malen, meine selbst gestrickten Socken möchte ich keinem Menschen zumuten, und über ein Gedicht von mir würde er bestenfalls schmunzeln, weil er ein höflicher Mensch ist. Was um alles in der Welt schenkt man einem Künstler?«

Lea lachte. »Das mit den Socken solltest du wirklich lassen, ich kann mich noch an den Schal erinnern, den du in der vierten Klasse gestrickt hast. Er sah so scheußlich aus, und du hast ihn stur den ganzen Winter über getragen.«

»Na toll, mach dich nur lustig über mich«, brummte Melina schmollend.

»Nein, das mache ich ja gar nicht. Ich will dir ja helfen, für David etwas Schönes zu finden. Zum Glück sind es noch ein paar Wochen bis Weihnachten, da können wir noch ein paarmal durch die Straßen ziehen. Aber ich habe so ein Gefühl, dass dir auch dann nichts passen wird und du an Weihnachten mit leeren Händen dastehst. Sollen wir nun langsam nach Hause gehen und mit den Hausaufgaben beginnen?«

Melina schaute auf die Uhr. »Herrje, ist das schon spät! Ja, für heute machen wir Schluss mit der Geschenkesuche. Aber danke, dass du so geduldig mit mir mitgekommen bist, Lea. Ohne dich wäre ich aufgeschmissen.«

»Ich weiß«, sagte Lea, und sie machten sich auf den Heimweg.

»Emma, ich finde einfach nichts, was ich David zu Weihnachten schenken könnte.« Melina blickte ihre Pflegemutter fragend an, als sie nach dem Abendessen zusammen das Geschirr spülten. »Weißt du, es soll etwas ganz Besonderes sein.«

Emma nahm ihre Hände aus dem Spülwasser und trocknete sie an einem Geschirrtuch ab. Sie überlegte einen Moment. »Denk doch einfach an die schönsten Erlebnisse, die ihr gemeinsam hattet, dann fällt dir sicher etwas ein.«

Melina griff nach dem nächsten Teller auf dem Abtropfgestell und trocknete ihn ab.

»Die schönsten Erlebnisse? Oh ja, da gab es einige.« Melina begann angestrengt nachzudenken. »David und ich sind oft durch den Wald gestreift und kannten dort jedes Vogelnest und jeden Fuchsbau. Beim Versteckspiel fand er immer wieder Orte, wo uns keiner gefunden hat, und wir saßen dann irgendwo und haben gekichert, während die anderen uns suchten. Und einmal ist er in den Bach gefallen, als er versucht hat, auf der Brücke einen Handstand zu machen, und ich habe mich gebogen vor Lachen. Das bringt mich auf eine Idee!« Ihre Laune besserte sich schlagartig, und sie drückte Emma einen Kuss auf die Wange. »Ich glaube, ich weiß jetzt, was ich David zu Weihnachten schenken könnte. Emma, du bist die Beste!«

KAPITEL 11

Staubkörner tanzten im hellen Sonnenlicht, das durch die Giebelfenster fiel, als Clarissa über die Holzstiege den Dachboden ihrer Villa betrat. Sie wusste, dass sie Tristan hier finden würde. Schon als kleiner Junge hatte er die Möbel hier oben entdeckt, die mit Laken verhangen in einer Ecke standen, und zu seinem Reich erklärt.

»Wem gehört das alles?«, hatte er sie damals gefragt und dabei neugierig unter die Laken gespäht und die Schubladen und Türchen der Schränke geöffnet. Er hatte sich in den Schaukelstuhl gesetzt und den Teddybären in die Arme genommen, der dort gelegen hatte.

»Der Familie, die früher einmal in diesem Haus gewohnt hat«, hatte Clarissa geantwortet. »Eine Kaufmannsfamilie. Sie hat Deutschland vor Jahren verlassen.«

Sie erinnerte sich auch noch an den Tag, als der kleine Tristan aufgeregt vom Dachboden heruntergekommen war und ihr und Therese ein Foto gezeigt hatte. Ein Mann im dunklen Anzug und eine Frau im hellen Kleid schauten ernst in die Kamera, um sie herum standen drei kleine Mädchen mit großen Schleifen in den Haaren.

»Schaut mal, ich habe sie gefunden, die Kaufmannsfamilie!«, hatte Tristan gerufen. »Das Foto war ganz hinten in einem der Schränke.«

Therese hatte Clarissa einen missbilligenden Blick zugeworfen. »Du lässt das Kind da oben spielen? Clarissa, ich muss mich schon sehr wundern. Wenn es nach mir gegangen wäre, hätte man das alte Zeug gleich entsorgt.«

»Nein!«, hatte Tristan gerufen. Er hatte Therese das Foto wieder aus der Hand genommen und war die Treppe zum Dachboden hochgestürmt.

Seither hatte Clarissa das Foto nirgends mehr gesehen, obwohl sie selbst schon heimlich danach gesucht hatte.

Sie trat zu Tristan, der mit einem Buch in der Hand in dem Schaukelstuhl am Fenster saß, ergriff den Teddybären, der auf einem Schränkchen lag, und strich über sein weiches Fell.

»Wusste ich es doch, dass ich dich hier finde.«

Tristan schaute von seinem Buch auf.

»Ich habe etwas Wichtiges mit dir zu besprechen. Ich komme gerade von deinem Schuldirektor.«

»Aha.«

»Er hat mir ein paar Dinge erzählt, die ich gar nicht wusste. Zum Beispiel, dass du dich am Mathematikunterricht nicht beteiligst, er dir aber öfter Zettel abnimmt, auf denen du Aufgaben höherer Klassen gerechnet hast. Und deine Leistungen in Chemie sind vorbildlich, abgesehen von der Tatsache, dass du eigentlich noch gar keinen Chemieunterricht hast und dich in die Stunden der höheren Jahrgangsstufe geschmuggelt hast. Tristan, ich habe das Gefühl, dich gar nicht zu kennen.«

»Ach wirklich?« Der trotzige Ton in Tristans Stimme war nicht zu überhören.

»Tristan, du musst dich in der Schule anpassen, sonst schaltet dein Großvater sich ein.«

»Das wird er doch sowieso tun«, entgegnete ihr Sohn verbittert. Er stand auf, trat ans Giebelfenster und starrte auf die belebte Straße vor dem Haus. Seine Stirn war gerunzelt, seine Lippen zornig aufeinandergepresst. »Ich habe oft das Gefühl, er will mir sogar vorschreiben, was ich zu denken habe!«

»Im Moment drückt der Direktor noch ein Auge zu«, fuhr Clarissa fort, »aber wenn du weiterhin die Schule schwänzt, deine Hausaufgaben nicht erledigst und im Unterricht machst, was du willst, wird er dich von der Schule verweisen. Du weißt, was das bedeutet.«

»Ja, ich weiß«, sagte Tristan aufsässig. »Großvater hält es mir ja oft genug vor. Dann muss ich in ein Internat in der Schweiz. Aber was soll ich denn machen, wenn ich mich so furchtbar langweile?«

Clarissa trat auf ihn zu. Ein stechender Schmerz durchfuhr sie, als sie in sein Gesicht schaute und Peter darin sah.

»Du siehst deinem Vater so ähnlich«, sagte sie und strich ihm eine Locke aus der Stirn, aber er drehte unwillig den Kopf zur Seite.

»Ich wünschte, er wäre noch hier«, hörte sie Tristans trotzige Stimme. »Ich glaube, er würde mich verstehen.«

Clarissa wusste, dass er recht hatte. »Ja, ich wünschte das ebenfalls. Ich weiß, dass er dir fehlt. Und glaub mir, er fehlt mir auch.«

Als Tristan weiterhin abweisend aus dem Fenster starrte, ging sie durch den Dachboden zurück zur Holztreppe und stieg hinunter in die Wohnung.

Tristan blieb allein am Fenster stehen. Seine Gedanken schweiften zurück zu den Tagen, an denen er sich genauso allein und verlassen gefühlt hatte wie jetzt. Damals, im Kinderheim Bad Sachsa, hatte er ebenfalls stundenlang aus dem Fenster geschaut. Und gehofft, dass jemand käme und ihn holte. Die Erzieherin hatte zwar gesagt, seine Eltern seien tot, aber er hatte gewusst, Linda würde kommen und ihn aus dieser Situation befreien.

Tristan wandte sich vom Fenster ab. Er kniete sich auf den Boden, hob eine lose Holzleiste hoch und zog die Blechbüchse heraus, in der er neben anderen Schätzen aus seiner Kindheit auch das Foto der Kaufmannsfamilie aufbewahrte. Er setzte sich wieder in den Schaukelstuhl und betrachtete das Bild, wobei er versuchte, sich die Zeit vorzustellen, als drei kleine Mädchen lachend durch dieses Haus getollt waren. Er las wieder den in akkurater Handschrift geschriebenen Namen auf der Rückseite des Fotos: *Familie Samuel Morgenstern.*

Der Name der jüdischen Kaufmannsfamilie, der diese Villa einmal gehört hatte.

* * *

»Die Stalinallee!«, sagte Erich und machte eine ausladende Handbewegung, als er mit Ralph und Tristan die Straße im Ostteil der Stadt entlangging. Vor einem imposanten Hochhaus blieb er stehen. »Seht euch das an! Es ist das erste Gebäude dieser Art, an dem mein Bautrupp mitgearbeitet hat! Es ist das Vorbild für alle Bauten dieser Prachtstraße; unsere Architekten wurden dafür eigens in der Sowjetunion geschult. Wer in ein paar Jahren hier entlanggeht, wird denken, er läuft über einen Boulevard mitten in Moskau.«

»Aber können sich denn die Leute diese Wohnungen überhaupt leisten?«, erkundigte sich Ralph.

»Die Regierung baut hier in erster Linie Wohnraum für verdiente Arbeiter. Leute, die ihre Normen erfüllen oder übertreffen, die mitarbeiten am Aufbau des Sozialismus. Leute wie ich.«

»Du meinst, du wirst hier einmal wohnen?«, fragte Ralph.

»Eines Tages schon, und dann heirate ich Uta. Ich bin morgens der Erste auf der Baustelle und abends der Letzte. So etwas wird honoriert im Arbeiter- und Bauernstaat.«

Tristan sah, wie Ralph die Augen verdrehte. Offensichtlich war dieser nicht so begeistert über Erichs Zukunftspläne, die seine Schwester hierher in den Osten führen würden.

Sie gingen weiter die Straße entlang, bis sie zu einem überlebensgroßen Bronzestandbild des sowjetischen Diktators kamen. Zu seinen Füßen standen zwei Soldaten der Roten Armee, dahinter flatterten die sowjetische Flagge und ein politisches Pamphlet.

»Mit der Regierung Grotewohl einer glücklichen Zukunft entgegen«, las Ralph laut vor. »Übertreibt ihr es nicht ein bisschen mit eurer Propaganda, Erich?«

Erich schenkte Ralph ein nachsichtiges Lächeln.

»Das musst du natürlich so sehen, weil du ja den ganzen Tag den Parolen der westlichen Imperialisten ausgesetzt bist. Du wirst schon noch erkennen, welche Staatsform sich letzten Endes durchsetzen wird.«

Erich schaute auf seine Armbanduhr. »So, ihr zwei, meine Pause ist um, die Arbeit ruft. Dort drüben an der Baustelle, wo der Kran steht, bauen wir gerade ein neunstöckiges Wohnhaus.« Er klopfte Ralph auf die Schulter. »War schön, dass ihr da wart. Grüß mir Uta«, sagte er und ging davon.

»Nun siehst du, was ich meine«, sagte Ralph, als Erich außer Hörweite war. »Deutlicher als hier in Berlin kann man die Teilung Deutschlands wohl nirgends erleben. Und da reden die Politiker von Wiedervereinigung?«

»Ja, an die kann man wirklich nicht mehr glauben. Denkst du denn, Erich glaubt das alles, was er so sagt? Er klingt ja wie ein SED-Funktionär.«

»Davon kannst du ausgehen. Arme Uta. Hoffentlich weiß sie, auf was sie sich da einlässt.«

Sie nahmen die U-Bahn und kamen ohne Kontrollen zurück in den Westteil der Stadt.

»Wenn dich das alles interessiert, dann komm doch abends mal mit zu Versammlungen an der Uni«, schlug Ralph vor, als sie sich am Potsdamer Platz trennten. »Bist zwar noch ein bisschen jung, aber das stört da keinen.«

»Klar, jederzeit«, entgegnete Tristan.

Tristan blickte auf seine Uhr. Es war früh am Nachmittag, da konnte er noch mal an Lindas Kindergarten vorbeischauen. Noch immer hatte er keinen Plan, wann und wie er sie bei Gelegenheit ansprechen sollte. Würde sie ihn erkennen, ihn in ihre Arme schließen? Manchmal erfüllte ihn eine große Sehnsucht nach ihr, und er fragte sich, ob er ihre Nähe und Wärme suchte oder seine verlorene Kindheit. Er hörte die Kinder bereits von Weitem auf dem Spielplatz spielen, und kaum saß er auf dem Mäuerchen auf der gegenüberliegenden Straßenseite, da sah er den Ball, der über den Zaun flog und auf die Straße rollte. Einer der Jungen kam hinterhergerannt, als auch schon ein Auto herannahte.

»Bleib stehen!«, rief Tristan geistesgegenwärtig dem Kind zu, sprang von der Mauer und rannte über die Straße, um den Jungen zu schnappen. Das Auto hupte, Bremsen quietschten, Tristan ergriff das Kind, zog es auf den sicheren Gehweg. Der Autofahrer schimpfte aus dem offenen Fenster und fuhr weiter.

Mit einem Mal war es auf dem Spielplatz ganz still. Tristan drehte sich um und sah die Kinder und Linda, die alle wie vom Donner gerührt dastanden und ihn gebannt anschauten.

Sie schienen instinktiv zu begreifen, dass beinahe ein Unglück geschehen wäre.

»Tristan!« Linda stand der Schreck ins Gesicht geschrieben. Sie konnte offensichtlich kaum fassen, dass er, ihr Neffe, den sie jahrelang nicht gesehen hatte, vor ihr stand. Er sah, wie ihr

Blick zwischen ihm und dem schreienden Kind an seiner Hand hin und her wanderte. Sie öffnete die Gartentür und nahm das Kind in die Arme, beruhigte es und setzte es in den Sandkasten.

»Danke. Ich freue mich so, dich zu sehen. Komm doch herein.« Tristan betrat den Spielplatz und setzte sich zu ihr auf die Bank. Sosehr es ihn freute, dass ihm nun die Entscheidung abgenommen war, wann und wie er Linda ansprechen sollte, so sehr fehlten ihm nun die Worte. Er sah sie an, lächelte zögerlich.

»Gott sei Dank bist du heute gerade im richtigen Augenblick gekommen. Bist du zum ersten Mal hier?«, fragte Linda, während sie immer wieder einen prüfenden Blick über die Kinder auf dem Spielplatz gleiten ließ.

Tristan schüttelte den Kopf. »Ich war schon oft hier. Ich sitze dann immer da drüben auf der Mauer.« Er zeigte auf die andere Straßenseite.

»Weiß Clarissa davon?«

»Nein. Niemand.«

Linda schaute ihn an. »Sie wollen nicht, dass du mich siehst. Weil sie Peter nicht verzeihen können, was er getan hat.«

»Großvater nennt ihn einen Verräter. Fast täglich schimpft er über ihn und beschwört den Glanz und Ruhm der alten Zeiten herauf.«

Linda nahm Tristans Hand. »Lass dir nichts einreden. Peter hat das Richtige getan.«

Er genoss die Wärme ihrer Berührung. »Ich vermisse ihn so. Und dich auch.«

»Ich weiß, Tristan, und es geht mir genauso. Du kannst mich jederzeit besuchen. Ich wohne hier ganz in der Nähe, in dem Mietshaus am Ende der Straße mit der großen Toreinfahrt, du kannst es nicht verfehlen. Das bekommt dein Großvater gar nicht mit. Dann können wir über alles reden.«

Tristan nickte. Er schaute auf seine Armbanduhr. »Ich muss los, damit ich nicht die nächste Strafpredigt bekomme«, sagte er.

»Versprich mir, dass du wiederkommst«, bat Linda, als er sich von der Bank erhob.

»Darauf kannst du wetten«, antwortete er mit einem schelmischen Lächeln. An der Gartentür drehte er sich noch mal um. »Ich wusste damals, dass du kommen würdest, um mich zu holen.«

KAPITEL 12

»Wir können nicht die gesamte Oper einstudieren.«

Hannah und Esther saßen im Wohnzimmer und brüteten über einem Stoß Noten. »Einige Szenen könnten wir in einer Erzählerrolle zusammenfassen.«

»Das ist eine ausgezeichnete Idee«, stimmte Esther zu. »Als Erzähler würde sich Toni eignen, er ist der beste Vorleser unserer Schule. Ich könnte den Text mit ihm einüben.«

Hannah nickte begeistert. »Bei den Eltern von Hänsel und Gretel habe ich an Emil und Annegret gedacht. Sie können beide sehr gut singen. Und die Rollen der Hexe, des Sandmanns und der Schutzengel besetzen wir mit Kindern aus dem Chor. Doch wer könnte Hänsel und Gretel spielen?«

Aus der Küche, wo Matilda und Georg eigentlich mit dem Abwasch zugange hätten sein sollen, ertönte lautes Gelächter. Anstatt Geschirr zu spülen, schienen sich die beiden Kinder durch die Küche zu jagen. Hannah und Esther schauten sich an.

»Matilda und Georg!«, sagten sie gleichzeitig. Die beiden Kinder, die ihre Namen gehört hatten, kamen herbei.

»Was meint ihr, möchtet ihr bei unserer Oper Hänsel und Gretel spielen?«, fragte Hannah.

Matilda machte große Augen. »Oje, Hannah, meinst du, dass ich das kann? Ich singe ja sehr gern, aber vor so einem großen Publikum?«

»Du musst nicht allein singen«, beschwichtigte Hannah das Mädchen. »Der Chor singt mit.«

»Dann sind wir dabei!«, entschied Georg für sie beide.

»Dann müssen wir noch einen Probenplan erstellen. Es sind zwar noch einige Wochen bis Weihnachten, aber wir haben auch noch viel vor uns.«

Die nächsten Wochen waren ausgefüllt mit Proben, und Hannah stellte erstaunt fest, dass nicht nur die Blechbläser Wort hielten und pünktlich zu jedem Termin erschienen, sondern auch die Mütter der Kinder ihre Hilfe anboten, um Kostüme für die Aufführung zu nähen. Überwältigt von so viel Anteilnahme merkte sie gar nicht, wie viel Mehrarbeit das Projekt für sie darstellte.

* * *

Hannah saß im Lehrerzimmer und korrigierte die Schreibübungen der Erstklässler in dem Stapel Hefte vor sich. Sie schrieb eine lobende Bemerkung unter die Arbeit, die sie gerade gelesen hatte, schloss das Heft und griff nach dem nächsten. Doch als sie es öffnete, sah sie, dass es Rechenaufgaben enthielt. Sie schaute auf den Namen und schmunzelte. Der kleine Fritz hatte also mal wieder das falsche Heft gegriffen. Nun, vielleicht lag es daran, dass Fritz lieber rechnete, als die Buchstaben zu üben, denn sie las viele lobende Einträge von Herrn Richter in seinem Heft. Unter jeder Hausaufgabe stand eine Bemerkung des Schulleiters. Plötzlich stutzte sie. Lobende Einträge? Von Herrn Richter? Matys, der seit einigen Wochen am Unterricht der ersten Klasse teilnahm, war auch ein Schüler von Herrn Richter, aber sie hatte noch nie einen Eintrag in seinem Rechenheft gesehen, wenn sie nachmittags mit dem Jungen Hausaufgaben machte. Hannah stand vom Schreibtisch auf und trat ans Fenster. Sie schaute auf den verschneiten Schulhof und sann vor sich hin. Wie sollte sie sich das erklären? Warum schrieb der Schulleiter nicht in jedes Heft? Warum nicht in das von Matys?

Es gab bestimmt einen Grund, sagte sie sich, setzte sich wieder an ihre Deutschhefte und korrigierte weiter.

Doch es wollte ihr einfach keine Erklärung einfallen. Eine Beobachtung kam ihr in den Sinn, die sie wenige Wochen zuvor zufällig gemacht hatte, als sie während einer Unterrichtsstunde aus dem Fenster auf die Wiese hinter der Schule geschaut hatte. Herr Richter hatte einen der letzten schönen Herbsttage genutzt, um in der Sportstunde mit den Jungs Fußball zu spielen, doch Matys hatte auf einer Bank neben dem Spielfeld gesessen. Die Sache ließ Hannah mit einem Mal keine Ruhe mehr. Sie stand auf und ging mit dem Rechenheft ins Lehrerzimmer, in der Hoffnung, dort Herrn Richter zu finden, doch er war nicht anwesend. Was sollte sie tun? Mit Pfarrer Petersen darüber reden? Doch eine Erklärung für dieses Verhalten würde auch er nicht haben, dazu musste sie Herrn Richter selbst fragen.

Hannah machte sich auf den Heimweg, doch an der Abzweigung zum Sandnerhof zögerte sie. Die anstrengenden Proben in den letzten zwei Wochen bis zur Aufführung würden ihr keine Zeit lassen, die Sache zu klären. War es da nicht besser, das Ganze gleich zu regeln? Es war noch früh am Tag, sie hatte also noch genügend Zeit. Kurz entschlossen schlug sie den Weg zum Auenhof ein und hoffte, dass sie Glück hatte und der Schulleiter zu Hause war.

Sie war schon in der Nähe des Hauses, als sie den Hund hörte, der ihr auf dem Waldweg entgegenkam.

Wo der Hund war, da war Herr Richter nicht weit, dachte sie sich, als sie das Tier streichelte, das sie schwanzwedelnd umrundete, und schaute sich suchend um. Da sah sie ihn auch schon zwischen den Bäumen näher kommen, und sie bemerkte seine Überraschung, als er sie erkannte und den Hund zurückrief.

»Fräulein Rosenberg! Suchen Sie mich?«, fragte er, als sie vor dem Haus zusammentrafen.

»Ich habe nur eine Frage an Sie, ich denke, ich muss Sie nicht lange aufhalten«, sagte sie und hoffte, die Angelegenheit schnell hinter sich zu bringen.

Lorenz Richter spürte offenbar die Abwehrhaltung in ihren Worten. »Dann kommen Sie doch mit rein, hier draußen im Schnee können wir uns nicht gut unterhalten.« Er wartete ihre Antwort gar nicht ab, sondern drehte bereits den Schlüssel im Türschloss.

»Bitte legen Sie doch Ihren Mantel ab.« Hannah war ihm in den Hausflur gefolgt und hängte ihren Mantel an die Garderobe.

Lorenz Richter verschwand in der Küche, und Hannah hörte, wie er dort mit einem Wasserkessel hantierte und mit dem Hund redete.

»Nehmen Sie doch bitte im Wohnzimmer Platz«, rief er Hannah zu, die daraufhin den großen hellen Raum betrat und sich angenehm überrascht umsah.

»Hier hat sich aber einiges verändert«, sagte sie zu ihm, als er wenig später mit einer Teekanne und Tassen ins Zimmer kam. »Gute Arbeit! Es sieht so wohnlich aus! Wie haben Sie das in so kurzer Zeit geschafft? Als ich das letzte Mal hier war, war das Haus in einem verwahrlosten Zustand.«

»Ich bin noch lange nicht fertig.« Lorenz Richter ging zum Kamin und legte Holz nach, dann schenkte er Hannah eine Tasse Tee ein und setzte sich ihr gegenüber in einen Sessel. Hannah fühlte sich seltsam befangen. Hätte sie die Angelegenheit vielleicht doch besser in der Schule besprochen?

»Sie fragen sich sicherlich, was mich zu Ihnen führt.«

Er nickte und schaute sie erwartungsvoll an.

»Nun, es geht um Matys.« Sie wusste plötzlich gar nicht mehr, wie sie das Thema ansprechen sollte. »Wissen Sie, Herr Richter«, begann sie zögerlich, »eine Oper nicht zu mögen, ist eine Sache. Aber ein Kind zu ignorieren, ist eine andere.« Kaum waren die Worte ausgesprochen, stellte Hannah auch schon fest, dass sie in den Ohren des Schulleiters vorwurfsvoller klingen mussten, als sie es beabsichtigt hatte.

»Und Sie sind der Meinung, dass ich das tue?« Lorenz Richter runzelte die Stirn. »Ich mag keine Opern? Und ich ignoriere Kinder?«

»Zumindest muss ich das aus Ihrem Verhalten schließen. Sie haben unsere Probe einmal besucht und sehr ärgerlich reagiert. Matys sitzt in Ihrem Sportunterricht beim Fußballspielen am Spielfeldrand. Und in seinem Rechenheft findet sich keine einzige Eintragung von Ihnen, in den Heften anderer Kinder aber schon.« Hannah machte eine kurze Pause, doch da der Schulleiter nicht antwortete, fuhr sie fort: »Ich habe heute Ihre Eintragungen im Heft eines anderen Schülers gesehen, aber noch nie unter einer Hausaufgabe von Matys. Der Junge ist mir so ans Herz gewachsen wie ein eigenes Kind. Glauben Sie nicht, dass ihn so etwas verletzt?«

»Jedes Kind, das ignoriert wird, muss sich verletzt fühlen«, antwortete Lorenz Richter ungehalten.

Hannah schaute ihn verwundert an.

»Aber warum machen Sie das denn dann?«

Lorenz war ärgerlich. Am liebsten hätte er dieses Gespräch so schnell wie möglich beendet. Da kam diese Lehrerin zu ihm, um ihm Vorwürfe zu machen. Natürlich hatte er mit seinem

Verhalten dazu beigetragen, dass sie so über ihn denken musste, doch um ihr seine Gründe zu erklären, hätte er über Dinge reden müssen, die weit zurücklagen und die er mit niemandem teilen wollte. Er stand auf und trat ans Fenster, schaute hinaus auf den verschneiten Wald, und das Bild von Susanne kam ihm unvermittelt in den Sinn.

Er sah wieder ihr von Sorgen ausgemergeltes Gesicht, die zitternde Hand, in der sie den Brief der Gesundheitsbehörde mit der amtlichen Anordnung gehalten hatte, er hörte wieder ihr leises Weinen in der letzten Nacht, bevor er zurückgemusst hatte an die Front. Darüber hätte er jetzt mit Hannah reden müssen, wenn sie ihn verstehen sollte. Doch wer war diese Hannah Rosenberg überhaupt? Wollte er denn, dass sie diese Dinge aus seinem Leben erfuhr? Abrupt drehte er sich zu Hannah um und schaute sie an.

»Sie irren sich mit Ihrer Annahme, dass ich Matys ignoriere.« Sein Tonfall war versöhnlicher geworden. »Das liegt wohl daran, dass Sie mich nicht wirklich kennen. Und ich kenne Sie nicht.« Er schaute sie forschend an. »Hannah Rosenberg. Der Name ist jüdisch. Sie haben sicher auch vieles mitgemacht. Wie sind Sie dem Naziterror entkommen? Im Exil im Ausland?«

Hannah schüttelte den Kopf. »Ich war nicht im Exil, ich war im von Deutschland besetzten Teil Polens. Es wurde damals Generalgouvernement genannt und gehörte zum Deutschen Reich.«

Lorenz stutzte. »Im besetzten Polen?« Eine Ahnung stieg in ihm auf, die er nicht wahrhaben wollte.

Hannah griff nach ihrer Teetasse, wobei der Ärmel ihrer Strickjacke ein Stück zurückrutschte und die eintätowierten Ziffern auf ihrem Unterarm preisgab. Ziffern, die nicht nur die Haut der Tätowierten durchdrungen, sondern auch ihre Seelen getroffen hatten und die für alle Zeiten eine Geschichte von Leid und Tod erzählen würden. Die Erkenntnis, dass

Hannah in einem Konzentrationslager gewesen war, traf ihn so unvermittelt, dass sich sein Herz zusammenzog. Sie war eine Überlebende.

Ihre Augen trafen sich.

»Oh Gott«, murmelte er bestürzt. Wie konnte es sein, dass er das nicht gewusst hatte? Er musste sich eingestehen, dass er sich so tief in seinen eigenen Schmerz vergraben hatte, dass er sich über seine Mitmenschen nur noch wenige Gedanken machte. Er hatte sich nie gefragt, wie die Lehrkraft mit dem jüdischen Namen die Nazizeit überstanden hatte. »Ich hatte ja keine Ahnung. Sie waren in Auschwitz.« Für einen Moment herrschte Stille zwischen ihnen. »Ich glaube, wir hatten einen schlechten Start. Wir sollten nochmals von vorn beginnen.« Er machte eine kurze Pause, dann fuhr er fort: »Es stimmt nicht, dass ich keine Opern mag. Und ich ignoriere Matys nicht. Er sitzt beim Fußballspiel am Spielfeldrand, aber nicht, weil ich ihn vom Spiel ausschließen will. Ich will ihn schützen. Wissen Sie, die Jungs werden beim Fußball zu Wilden, und Matys ist sehr zart. Die wenigen Male, die ich ihn mitspielen ließ, wurde er von wuchtigen Bällen getroffen. Er konnte mit den anderen Jungs nicht mithalten und tat mir leid, deshalb machte ich ihm den Vorschlag, dass er unser Berichterstatter wird. Sie haben ihn am Spielfeldrand sitzen sehen, aber Sie haben nicht gesehen, dass er die wichtigsten Spielzüge auf einem Block mitschrieb, die nach dem Spiel mit den Mannschaften besprochen werden. Matys hat dadurch eine wichtige Aufgabe und wird nicht von den anderen gehänselt.«

Lorenz blickte in Hannahs Gesicht und las darin große Überraschung.

»Und wegen der fehlenden Einträge in seinem Heft haben Sie sich auch geirrt«, fuhr er fort. »Ich muss nichts mehr in sein Rechenheft schreiben, weil er jeden Tag die Hausaufgaben an der Tafel vorrechnen darf. Ihm fällt das Sprechen schwer, doch das Rechnen liebt er, und so schien es mir eine gute Möglichkeit, ihn am Unterricht zu beteiligen, indem er die Aufgaben an die Tafel schreiben darf. Er verrechnet sich nie, und ich lobe ihn immer vor der ganzen Klasse.«

Lorenz drehte sich wieder zum Fenster und fügte mit leiser Stimme hinzu: »Ich könnte ihn niemals ignorieren, denn ich hatte selbst ein Kind wie Matys.«

Nach einer kurzen Pause sah er wieder zu ihr. In ihrem Gesicht las er Betroffenheit. Sicherlich hatte sie mit dieser Wendung der Dinge nicht gerechnet.

Nachdem er nun schon so offen gesprochen hatte, erzählte er ihr von seiner Frau Susanne, dem taubstummen Vinzenz und den Krampfanfällen.

Sie presste die Lippen zusammen, als er das Schlaflied erwähnte, und er wusste, dass sie nun seine Reaktion in der Turnhalle verstand.

»Wir hofften so sehr, dass die Krämpfe einmal aufhören würden.« Er räusperte sich und versuchte, das Beben in seiner Stimme zu unterdrücken. »Ich hatte mir geschworen, Vinzenz immer zu beschützen, doch dann kam der Krieg. Als Lehrer war ich nicht bei den Ersten, die an die Front mussten, doch für den Russlandfeldzug holten sie auch mich. Vinzenz war gerade drei Jahre alt. Wir versuchten, seine Einschränkungen so weit wie möglich geheim zu halten, denn jeder weiß, wie die Nazis mit behinderten Menschen umgegangen sind. Wir atmeten auf, als es 1941 hieß, dass durch das Einschreiten der Kirche die Euthanasiemaßnahmen gestoppt worden seien, und wähnten uns in trügerischer Sicherheit. Doch das Morden in den Anstalten und Krankenhäusern ging weiter, wir jedoch ahnten nichts davon. Susanne kümmerte sich rührend um Vinzenz, und bei jedem Heimaturlaub freute ich mich darüber, was er Neues gelernt hatte. Er war so ein fröhliches und intelligentes Kind, und schon bald beherrschte er die Gebärdensprache, die wir ihm beigebracht hatten, und das Lippenlesen perfekt. Auch die Krämpfe waren deutlich weniger geworden. Wir stellten einen Antrag auf Einschulung in einer Hilfsschule, dem stattgegeben wurde. Alles schien gut, bis Vinzenz ausgerechnet in der Schule einen schlimmen Anfall erlitt. Viele seiner Krämpfe dauerten nur Sekunden und fielen der Umgebung gar nicht auf, doch dieses Mal stürzte er mit Zuckungen zu Boden. Seine übereifrige Lehrerin meldete den Vorfall dem Amtsarzt, und einen Tag bevor mein letzter Heimaturlaub endete, kam der Brief.« Lorenz seufzte und schaute Hannah direkt an.

»Können Sie sich vorstellen, wie es sich anfühlt, wenn mit ein paar nüchtern formulierten Worten über das Leben Ihres Kindes entschieden wird?« In seinem Kopf lebte die tragische Erinnerung wieder auf.

Würzburg, 1944

Susanne las mit zitternden Händen den Brief des Erbgesundheitsgerichts, der eine Einweisung ihres Sohnes in die Kinderfachabteilung der hessischen Landesheilanstalt Eichberg anordnete.

»Das kann doch nicht wahr sein!« Lorenz nahm ihr das Schreiben, das nur aus wenigen kurzen Sätzen bestand, aus der Hand. »Kein Amtsarzt hat Vinzenz je untersucht, und nun wollen sie ihn in eine Klinik einweisen, weil sich eine gewissenlose Lehrerin wichtigmachen wollte und ihn gemeldet hat? Wegen eines einzigen Krampfanfalls?«

Er schaute auf seinen sechsjährigen Sohn, der am Tisch saß und malte. Vinzenz war so sehr in seine Tätigkeit vertieft, dass er nicht auf seine Eltern achtete. Zum Glück hat Vinzenz nicht aufgeschaut, dachte Lorenz, denn mittlerweile war sein Sohn so gut im Lippenlesen, dass er alles verstand, was seine Eltern sagten.

»Mein Gott, und ich muss morgen wieder zurück an die Front!«, rief Lorenz verzweifelt aus. »Susanne, du musst das allein regeln. Geh gleich morgen früh zu Doktor Wagenbrecht; er muss uns bescheinigen, dass Vinzenz nur noch selten an Krampfanfällen leidet. Dass sie nicht schlimm sind und seine Leistungen nicht beeinträchtigen«, beschwor er Susanne. »Traust du dir das zu?«

Er sah ihren verzweifelten Blick, als sie antwortete: »Ja, natürlich. Ich schaffe das. Vinzenz ist nicht geistig behindert. Er muss in keine Heilanstalt! Er versteht seine gesamte Umgebung, liest Bücher und kann rechnen. Er ist keine Gefahr für die Erbgesundheit des deutschen Volkes! Was hat sich diese Lehrerin nur dabei gedacht?«

»Nichts«, sagte Lorenz resigniert. »Das Denken« hat in diesem Land schon lange aufgehört.«

Die letzten Worte kamen voller Verbitterung aus seinem Mund. In diesem Moment schaute Vinzenz auf und zeigte seinen Eltern stolz sein Bild. Seine Hände formten die Worte, mit denen er ihnen mitteilte, was er gemalt hatte. In der Mitte des Bildes befand sich auf einer grünen Wiese ein großes weißes Pferd, auf dem ein kleiner Junge mit lockigen braunen Haaren saß. Neben dem Pferd standen ein Mann und eine Frau.

Lorenz ging zu dem Kind und nahm es in die Arme. »Ich weiß, mein Kleiner, dein größter Wunsch ist es, einmal auf einem Pferd zu reiten. Wenn der Krieg vorbei ist, werden wir das machen, ich verspreche es dir.«

Vinzenz nickte und machte noch mehr Zeichen mit der Hand.

»Ich soll das Bild morgen mitnehmen in den Krieg?«, fragte Lorenz. »Das ist eine gute Idee. Dann denke ich immer daran, was wir drei vorhaben, wenn ich wieder daheim bin.« Er küsste ihn auf die Stirn. In dieser Nacht, in der er seine Frau und seinen Sohn im Arm hielt, machte er kein Auge zu.

Einen Moment lang hielt Lorenz die Erinnerung gefangen, und er richtete den Blick auf das Fenster, vor dem dicke Schneeflocken vom Himmel fielen.

»Sie schickten uns noch einmal nach Russland, dem Untergang geweiht. Die Heeresleitung wusste zu diesem Zeitpunkt bereits, dass wir keine Chance mehr hatten, den Krieg zu gewinnen, doch Hitler ließ einen deutschen Rückzug nicht zu. Ich war im Juni 1944 im Kessel von Minsk, als die Rote Armee ihre Offensive Bagration startete. Die russischen Truppen waren uns zahlenmäßig haushoch überlegen, Stalin begann die größte Offensive aller Zeiten, und die Heeresgruppe Mitte brach zusammen. Wir verloren achtundzwanzig Divisionen. Mit Nachschub war nicht zu rechnen, denn Hitler hatte alle Reservetruppen an die Westfront befohlen, wo zu dem Zeitpunkt bereits die Alliierten in der Normandie gelandet waren. Die Ostfront konnte nur noch zurückweichen, und im Sommer hatten uns die Russen schon mehrere hundert Kilometer zurückgedrängt. Zu diesem Zeitpunkt hatten wir den Krieg im Grunde schon verloren, das Ende wurde nur noch hinausgezögert. Im Sommer 1944 geriet ich bei Minsk in Gefangenschaft und kehrte einige Monate nach Kriegsende zurück in das zerstörte Würzburg. In den Trümmerhaufen, die einmal meine Stadt gewesen waren, fand ich mich kaum mehr zurecht. Von unserem Wohnhaus war nur eine Ruine übrig geblieben, von Susanne und Vinzenz gab es keine Spur.«

Lorenz räusperte sich zwischendurch immer wieder. Doch nun wollte er Hannah die Geschichte zu Ende erzählen. Fast fühlte er eine Art Befreiung dabei.

»Ich läutete am Pfarrhaus unseres Priesters. Pfarrer Janssen hatte Susanne sehr nahegestanden, und wie ich vermutet hatte, wusste er, was vorgefallen war. Susanne hatte ihn aufgesucht und ihm alles erzählt.«

Im Kamin prasselte das Feuer. Es herrschte eine kurze Stille zwischen ihnen, die beredter war, als Worte es je sein konnten.

»Susanne hatte nach meiner letzten Abreise wie besprochen Doktor Wagenbrecht aufgesucht, aber er war nicht mehr da. Die Nazis hatten ihn aus dem Dienst entlassen und in ein Lager deportiert, da er gegen ihre Anweisungen verstoßen und falsche Gutachten erstellt hatte. Der neue Arzt ließ nicht mit sich reden und bestand darauf, dass Susanne einer Einweisung unseres Sohnes in die Anstalt Eichberg zustimmte. Er machte ihr weis, es gebe neue Therapiemethoden, um die Krampfanfälle zu heilen. Doch Vinzenz war nur wenige Tage in der Kinderfachabteilung in Eichberg. Als Susanne ihn wieder besuchen wollte, war er ohne ihr Wissen verlegt worden. In die Landesheilanstalt Hadamar. Als sie dort ankam, um nach ihm zu suchen, händigte man ihr lediglich einen Totenschein aus mit der Auskunft, Vinzenz sei an einer Lungenentzündung gestorben. Doch das stimmte nicht. Während ich in Russland für das Vaterland gekämpft habe, haben nazitreue Ärzte meinem Sohn in Hadamar eine tödliche Injektion verabreicht, da er nach den Gesetzen des Reiches ›unwertes Leben‹ war.« Lorenz fixierte den Tisch vor sich, um die aufkommenden Tränen zu unterdrücken.

»Oh Gott«, sagte Hannah tonlos. »Das tut mir so leid. Und Susanne? Wie ging es ihr?«

»Pfarrer Janssen führte mich zu ihr. Ihr Grab ist auf dem Hauptfriedhof, unter einer Rotbuche.« Lorenz fuhr sich mit der Hand über die Augen. »Sie konnte nicht mit Vinzenz' Tod leben und machte sich Vorwürfe, ihn nicht genügend beschützt zu haben. Mit einer Überdosis Schlaftabletten nahm sie sich das Leben.«

Es war still im Zimmer, nur das Knistern des Feuers im Kamin und das Ticken der Standuhr waren zu hören. Auf eine seltsame Art fühlte sich Lorenz befreit.

»Ihre Geschichte ist so furchtbar traurig«, sagte Hannah. »Ich habe Ihr Verhalten völlig falsch eingeschätzt. Das tut mir leid.«

»Ich weiß«, sagte er, »und daran bin ich mit schuld. Ich habe selbst gemerkt, dass ich in der Turnhalle völlig unangemessen reagiert habe. Wir hätten von Anfang an offen reden sollen. Dann wären diese Missverständnisse gar nicht erst entstanden.«

Hannah stand auf und trat zu ihm. »Ich werde jetzt gehen, und ich versichere Ihnen, dass ich Ihre zurückgezogene Lebensweise und Ihre Reaktionen nun verstehe. Ich kann die Schulaufführung jetzt nicht mehr absagen, denn die Schüler haben so viel geübt, aber es ist völlig in Ordnung, wenn Sie nicht zur Vorstellung kommen, damit nicht alte Wunden wieder aufreißen.«

»Führen Sie die Oper auf, das sind Sie Ihren Schülern schuldig. Und danke fürs Zuhören. Es hat gutgetan, über alles zu reden.«

Er brachte Hannah zur Tür, was der Hund, der im Flur auf seiner Decke lag, als ein Signal verstand, dass ein weiterer Spaziergang anstand. Als Lorenz die Tür öffnete, sprang er bellend hinaus und wälzte sich im Schnee.

»Nein, Ben, für heute ist Schluss, ich hab noch Arbeiten zu erledigen«, rief Lorenz dem Hund zu, der nun in großen Sätzen durch die Winterlandschaft sprang.

Hannah lachte, und das übermütige Verhalten des Tieres löste die betretene Stimmung. Hannah reichte Lorenz zum Abschied die Hand. »Vielen Dank!«

»Kommen Sie gut nach Hause«, sagte er, und als sie sich zum Gehen wenden wollte, fügte er noch hinzu: »Als Sie mich zum ersten Mal hier auf dem Auenhof bemerkt haben, im Sommer bei einem Spaziergang mit einer anderen Frau, habe ich Sie zwar nur von Weitem gesehen, aber dennoch ist mir aufgefallen, dass Sie mich ganz überrascht angeschaut haben. Ich wüsste gern, warum.«

»Sie sehen jemandem sehr ähnlich«, antwortete sie.

Lorenz hob überrascht die Augenbrauen. Er hörte an Hannahs Tonfall, dass da mehr war als eine rein äußere Ähnlichkeit mit jemandem.

»Wirklich? Erzählen Sie mir vielleicht irgendwann auch einmal Ihre Geschichte? Wir haben heute nur über mich geredet und kein Wort darüber, was Sie erlebt haben.«

Sie nickte und lächelte ihn an. »Ja, Herr Richter, das werde ich Ihnen einmal erzählen.«

KAPITEL 13

Die Fahrt von Berlin hatte einen halben Tag gedauert, und als der Zug im verschneiten Bahnhof in Erlenthal einfuhr, David seinen Rucksack schulterte und aus dem Abteil stieg, kam er sich vor wie in einem Wintermärchen. Die weiße Pracht auf den Dächern der Häuser sah aus wie Puderzucker und glitzerte in den Strahlen der Wintersonne, und der Schnee unter seinen Stiefeln knirschte, als er den Weg zum Schulgebäude entlanglief. Er hoffte, Hannah dort zu treffen, die ihm in einem Brief von ihrer Schulaufführung berichtet hatte. David trat durch die Eingangstür und betrachtete die rege Geschäftigkeit im Schulhaus. In der Aula wurden Stühle in langen Reihen aufgestellt, und auf der Bühne rückten einige Männer die Möbel für das Holzfällerhäuschen zurecht und positionierten die Scheinwerfer.

David entdeckte Hannah, die die Notenständer für die Musiker vor der Bühne arrangierte, und stellte sich unbemerkt neben sie.

»Ihr habt kein Bühnenbild?«, fragte er. Hannah wirbelte herum.

»David! Was machst du denn hier?«

David lachte über die gelungene Überraschung. »Mit mir hast du heute wohl noch nicht gerechnet?«

»Nein, wir haben dich erst in zwei Tagen erwartet. Ich freue mich ja so, dich zu sehen, David!« Hannah zog ihn in ihre Arme und drückte ihn fest an sich.

»Es finden keine Vorlesungen mehr statt, und mit meiner Arbeit beim Restaurator bin ich auch schon fertig, deshalb habe ich beschlossen, früher zu kommen.«

Dass ihn bei der Aussicht auf Weihnachten und das Zusammentreffen mit Melina einfach nichts mehr in Berlin gehalten hatte, erwähnte er nicht, doch er war sich sicher, dass Hannah sich das denken konnte.

»Wann kommen denn Melina und die Schillers?«, stellte er auch gleich die Frage, die ihm auf der Seele brannte.

»Morgen. Sie kommen zwei Tage vor der Aufführung. Ich kann es kaum erwarten!«

»Das glaube ich dir. Endlich wieder ein Weihnachtsfest mit Melina. Und ich bin schon so gespannt auf deine Schulaufführung.«

»Ich kann mir noch gar nicht vorstellen, dass sie schon in drei Tagen stattfinden soll.« Hannah stand die Aufregung deutlich ins Gesicht geschrieben. »Ich habe das Gefühl, ich bräuchte noch ein ganzes Jahr, um alles gut vorzubereiten. Bei den Proben läuft noch so viel schief!« Sie warf einen Blick auf die Bühne, wo die Stube der Holzfällerfamilie langsam Gestalt annahm. »Meinst du wirklich, dass ein Bühnenbild fehlt?«

»Nicht eins, Hannah, sondern drei. Eins für das Holzfällerhaus, eines mit der Waldszene und zum Schluss das Hexenhaus. Du glaubst nicht, wie sehr das deine Aufführung aufwerten wird.«

»Das wäre zwar traumhaft, David, aber drei Bühnenbilder? Wer sollte mir die in der kurzen Zeit denn malen? Der müsste ja zaubern können.«

»Er steht vor dir«, sagte David, »und ich habe auch nichts dagegen, wenn du mich in Zukunft einen Zauberer nennst«, fügte er lächelnd hinzu.

»Ist das dein Ernst, David? Ist das denn zu schaffen?«

»Ich denke schon. Ich werde gleich mal dem örtlichen Malermeister einen Besuch abstatten und einige Eimer Farbe und Pinsel besorgen. Opa Friedrich muss mir die Rückwände zimmern. Und der Rest klingt nach einigen Nachtschichten.«

»David, dich schickt der Himmel!«, rief Hannah mit einem Strahlen in den Augen. »Ich freue mich, dass du heute schon gekommen bist.«

»Ich auch«, antwortete er, nahm seinen Rucksack und verließ das Schulgebäude.

* * *

In der Wohnung in der Theatinerstraße in München packte Melina ihre Kleidungsstücke, Bücher und Hefte in einen Koffer. Obenauf legte sie kleine, in Weihnachtspapier verpackte Geschenke, die sie in den letzten Wochen besorgt hatte. Zusammen mit Emma und Lea war sie über den Münchner Christkindlmarkt geschlendert, wo die Verkaufsbuden bunte Kugeln, Strohsterne und Holzfiguren anboten und der Duft nach Glühwein und gebrannten Mandeln in der Luft lag, und hatte die Geschenke ausgesucht. Vorsichtig legte sie das letzte Päckchen in den Koffer, das für David bestimmt war. Emmas Ratschlag hatte ihr geholfen, und sie konnte es kaum erwarten, sein Gesicht zu sehen, wenn er es auspackte. Sie hatte die Tage bis Weihnachten gezählt, und jeden Morgen beim Aufwachen war ihr erster Gedanke gewesen, dass sie dem Fest einen Schritt näher gekommen war, und morgen würde sie nach Hause fahren, zum Weihnachtsfest auf dem Sandnerhof.

»Hilfst du mir beim Packen, Melina?«, fragte der sechsjährige Christian, der zur Tür hereinschaute.

»Na klar«, antwortete Melina und streichelte ihm über die Haare. Sie ging mit ihm in sein Zimmer und holte ein paar warme Pullover aus dem Schrank.

»Die hier wirst du brauchen«, sagte sie und suchte noch Socken, Unterwäsche, Schal und Handschuhe zusammen.

»Wir werden Schlitten fahren gehen«, erzählte sie ihm, während sie seine Reisetasche packte. »Hinter dem Haus gibt es einen Hügel, wo wir früher im Winter den ganzen Tag gerodelt sind. Und dann trinken wir bei Oma Klara in der Küche heiße Milch und essen Honigbrot. Opa Friedrich wird dir zeigen, wie man Figuren schnitzt. Hans und David werden mit dir Schach spielen. Und du wirst Matys wiedersehen und Matilda und Georg, mit denen du dich im Sommer schon so gut verstanden hast.«

Christians Wangen waren gerötet vor Aufregung.

»Ich freu mich auch schon so, Melina«, sagte er. »Ich weiß gar nicht, wie ich heute Nacht schlafen soll. Darf ich bei dir schlafen?«

»Aber sicher, das weißt du doch. Dann erzähl ich dir noch ganz viele Geschichten von zu Hause, und irgendwann schläfst du ein.«

»Na, ihr zwei, seid ihr schon fertig?« Kurt streckte seinen Kopf zur Tür herein.

»Ja, gerade fertig geworden«, sagte Melina und schloss Christians Tasche.

»Prima. Dann können wir ja gleich zu Abend essen. Mama hat den Tisch schon gedeckt.«

Während des Abendessens gab es nur ein Thema, das Weihnachtsfest auf dem Sandnerhof.

Emma räusperte sich. »Ich bin wirklich glücklich.« Sie legte ihre Hand auf Melinas. »Weil wir dich nicht verloren haben, nachdem wir endlich wussten, wer du bist. Und weil du nun zwei Familien hast.«

Melina nickte. Ja, es war ein Glück, dass ihre Geschichte eine solche Wendung genommen hatte. Am Ende war es nicht Christian, der in dieser Nacht kaum Schlaf fand, sondern Melina, die vor Aufregung und Vorfreude kein Auge zubekam. Sie würde zurückkehren auf den Sandnerhof, zu ihrer Mutter, zu David und allen anderen, die ihrem Herzen so nah standen, und dort mit ihnen Weihnachten feiern!

* * *

Die von Opa Friedrich zugeschnittenen Holzplatten wurden durch das ganze Wohnhaus der Sandners bis in einen Raum unter dem Dach getragen, den David wegen seiner großen Fenster, die viel Tageslicht hereinließen, kurzerhand zu seinem Atelier erklärt hatte. Nachdem er die Decken von einigen Polstermöbeln und Schränkchen entfernt und einen alten Kanonenofen angeschürt hatte, fühlte er sich in seinem neuen Reich ganz behaglich. Auf einem Zeichenblock hatte er bereits Skizzen für seine Bilder entworfen und machte sich ans Werk.

Der Pinsel glitt über die Holztafeln und schuf nach und nach die Illusion eines winzigen, ärmlichen Häuschens. Bald vergaß David alles um sich herum und sah nur noch das Gemälde vor sich.

Er malte die halbe Nacht und den ganzen nächsten Tag. Heute kommt Melina, ging es ihm immer wieder durch den Kopf, und der Gedanke an sie ließ sein Herz höherschlagen. Immer wieder lauschte er hinaus, ob er ein Auto in den Hof fahren hörte, damit er sie ja nicht verpasste. So oft hatte er sich in den letzten Monaten ihr Wiedersehen ausgemalt, doch jetzt kamen ihm alle Sätze, die er sich zurechtgelegt hatte, nichtssagend vor. Sollte er sie einfach in den Arm nehmen? Er fuhr gerade mit dem Pinsel den Stamm einer Eiche entlang, als sich plötzlich hinter ihm die Tür öffnete.

Er drehte sich um, und da stand sie.

»Melina!«

Mehr brachte er nicht heraus, denn sein Herz klopfte bis zum Hals, als sie so unvermittelt vor ihm stand. Nun hatte er ihre Ankunft doch verpasst! Er ging auf sie zu, nahm sie bei der Hand und zog sie ins Zimmer.

»Schön, dich zu sehen«, sagte Melina, und er merkte ihr an, dass sie ähnlich unsicher war wie er. Es musste ihm jetzt dringend irgendetwas einfallen, wenn er nicht länger stumm herumstehen wollte, sonst ging sie bestimmt gleich wieder, schoss es ihm durch den Kopf. »Was sagst du zu meinem Maleratelier?«, war das Erstbeste, was ihm in den Sinn kam.

Melina schaute sich um. »Schön hast du dich hier eingerichtet. Viel Platz für deine Malsachen und die Staffelei, zwei gemütliche Sessel und ein Sofa – das ist ja perfekt!«

»Und schau dir die Dachfenster an, sie lassen viel Licht herein«, sagte er. Himmel, was redete er denn da? Melina war sicher nicht gekommen, um sich mit ihm über Dachfenster zu unterhalten.

»Und das werden die Bühnenbilder für Mamas Aufführung?«, fragte sie und begutachtete das Bild der ärmlich eingerichteten Stube der Holzfällerfamilie, das schon fertig an der Wand lehnte.

»Ich bin gerade dabei, die Waldszene zu malen«, erklärte David und spürte, wie beim Thema Malen seine Sicherheit zurückkam. »Hier auf den Ast der Eiche kommt noch eine Eule, und hinter dem Busch wird später ein Fuchs hervorschauen.«

»Das sieht alles so lebensecht aus!«, rief Melina begeistert. »Man glaubt, man könnte das Rauschen des Windes in den Baumkronen hören.«

»Na ja, wenn dem nicht so wäre, könnte ich mein Kunststudium wohl an den Nagel hängen«, antwortete David und konnte den Blick nicht von ihr wenden. Da kam ihm eine Idee. »Hier vorn ins Laub wollte ich noch einen Igel malen. Willst du mir helfen?«

»Meinst du, ich kann das?« Melina zog skeptisch die Augenbrauen nach oben.

»Na klar«, entgegnete David. »Du hast mir doch als kleines Kind jahrelang beim Malen zugeschaut. Da wird ja wohl etwas hängen geblieben sein.«

Er drückte ihr eine Farbpalette und einen Pinsel in die Hand und deutete auf die Farbtuben auf dem Tisch. »Such dir ein paar Braun- und Grautöne aus und misch die Farben auf der Palette, bis du einen Farbton erreicht hast, der dir gefällt.«

Er sah, wie Melina konzentriert seinen Anweisungen folgte und sie begann, einen Igel auf den laubbedeckten Waldboden zu malen. Sie sah dabei bezaubernd aus, stellte David fest. Als sie fertig war, trat sie ein paar Schritte zurück, um ihr Werk zu begutachten.

»Wie findest du ihn?«, fragte sie skeptisch.

»Nicht schlecht.« David bemühte sich, ein Schmunzeln zu unterdrücken, denn der Igel hatte eine schiefe Nase und viel zu lange Beine.

»Ach komm.« Melina versetzte ihm einen Seitenhieb. »Sei ehrlich. Er ist schrecklich geworden.«

»Na ja, er sieht ein bisschen aus wie ein Stachelschwein auf der Flucht«, scherzte David, und Melina brach in schallendes Gelächter aus. Er atmete erleichtert auf. Das Eis zwischen ihnen war gebrochen!

»Oje. Es reicht wohl nicht, einem Meister nur über die Schulter zu schauen. Eine Künstlerkarriere sollte ich wohl besser nicht anstreben. Was machen wir denn jetzt mit dem Igel?«

»Kein Problem.« David nahm seinen Pinsel in die Hand und zauberte einige Laubblätter um das Tierchen herum, die seine langen Beine und die schiefe Nase überdeckten. »Siehst du? Unser erstes Gemeinschaftswerk!«

»Und wahrscheinlich auch unser letztes, denn ich glaube nicht, dass du mich noch mal an eins deiner Werke lässt.«

David lachte über Melinas zerknirschtes Gesicht. »Aber sag, wie geht es dir, was machen die Abiturvorbereitungen?«

»Oje. Ich muss in den Ferien seitenweise lateinische Verben pauken und auch noch für Deutsch ein Buch lesen«, jammerte sie. »Theodor Fontanes Effi Briest.«

»Na prima, da kannst du dich doch zu mir setzen, mir beim Malen Gesellschaft leisten und von deiner Effi erzählen«, schlug David vor, nicht ohne den Hintergedanken, dass er Melina damit in seiner Nähe hätte. »Ich brauche bestimmt morgen noch den ganzen Tag. Da steht dann das Hexenhäuschen auf dem Plan.«

»Mama ist so froh, dass du ihr mit den Bühnenbildern hilfst. Sie hat vorhin gesagt, dich habe der Himmel geschickt«, sagte Melina.

David fühlte sich geschmeichelt. »Ich möchte natürlich auch meinen Beitrag leisten. Hannahs Plan, mit ihren Schulkindern eine Oper aufzuführen, wurde am Anfang nur belächelt, und sie hat sich monatelang so viel Arbeit gemacht, dass es jetzt einfach ein Erfolg werden muss.«

»Das wird es bestimmt auch. Mama meinte übrigens, dass das Abendessen bald fertig ist. Kommst du mit runter?«

»Klar«, erwiderte David und legte den Pinsel aus der Hand. »Dann kann ich auch gleich den Rest deiner Pflegefamilie begrüßen.«

* * *

»Die siebzehnjährige Effi Briest wird von ihrer Mutter zu einer Heirat mit dem älteren Baron von Innstetten gedrängt, doch er vernachlässigt Effi und geht ständig auf Reisen.« Melina saß auf dem Sofa in Davids Atelier und hielt ihre Deutschlektüre in der Hand. Immer wieder wandte sie den Blick von ihrem Buch ab und schaute David zu, wie unter seinen gekonnten Pinselstrichen auf der Holzwand das Hexenhäuschen entstand.

»Nach einer glücklichen Ehe hört sich das aber nicht an«, sagte David und malte an den bunten Lebkuchen, die das Dach des Hexenhäuschens deckten.

»Nein, ganz und gar nicht. Effi ist todunglücklich in dieser Ehe und ängstigt sich in dem großen Haus. In manchen Nächten glaubt sie, dass der Geist eines unter mysteriösen Umständen verstorbenen Chinesen auf dem Dachboden herumspukt.«

»Ein Chinese?«, fragte David und drehte sich nach ihr um.

»Ja, und in dem Spukhaus gibt es noch mehr, was Effi Angst einflößt. Einen ausgestopften Hai, ein Krokodil und ein schwarzes Huhn.«

»Und der Baron? Kann er seiner Frau nicht helfen, indem er das Haus umgestaltet?«, erkundigte sich David und warf einen prüfenden Blick auf sein Werk.

»Nein, er schürt sogar noch ihre Ängste, da er so oft nicht zu Hause ist. Je mehr Effi sich in seiner Abwesenheit ängstigt, desto mehr sehnt sie sich danach, dass er von seinen Reisen zurückkommt.«

»Was für ein Unmensch! Und was macht Effi?«

»Sie lernt einen jungen Mann kennen, Major von Crampas, in den sie sich verliebt. Sie ist unglücklich und voller Furcht und beginnt eine Affäre mit ihm.«

»Na ja, bei so einem Ehemann.«

»Die Affäre ist bald beendet. Jahre später findet der Baron Briefe des Liebhabers seiner Frau und fordert diesen zum Duell. Er erschießt den Major und trennt sich von seiner Frau.«

»Obwohl alles schon so lange zurückliegt und er auch Schuld daran hat?«, fragte David und mischte auf einer Farbpalette rote und weiße Farbe für einen rosafarbenen Zuckerguss.

»Ja, stell dir das nur mal vor! Und Effis Eltern verstoßen sie. Sie darf auch ihr Kind nicht mehr sehen. Vor lauter Gram wird sie krank und stirbt mit nur dreißig Jahren.«

»Was für eine tragische Lektüre«, meinte David.

»Effi war ein Opfer ihrer Zeit. Die gesellschaftlichen Konventionen, der Ruf und das Ansehen der Familie waren wichtiger als der einzelne Mensch. Effi wurde eigentlich nie gefragt, was sie wirklich wollte«, sagte Melina. »Ich würde mir nicht vorschreiben lassen, wen ich heiraten soll.«

»Die Zeiten haben sich ja auch Gott sei Dank geändert.«

»Außerdem war Effi viel zu jung«, fuhr Melina fort. »Siebzehn. Da hat man doch das Leben noch vor sich. Wer weiß denn schon mit siebzehn Jahren, was er einmal werden will im Leben? Wen er einmal heiraten möchte?«

»Ich«, entgegnete David ohne Zögern. »Ich wusste das schon immer.«

Melina schaute ihn verwirrt an. Sie überlegte, auf welche ihrer Fragen sich seine Antwort bezog. Wusste er schon immer, was er werden wollte? Oder wen er heiraten wollte? Oder beides?

»Bei dir ist das ja auch etwas anderes. Bei deinem Talent war schon immer klar, dass du einmal Maler werden würdest. Du bist eine Ausnahme. Aber andere Menschen müssen das für sich erst einmal herausfinden. Schau mich an. Was soll ich einmal werden? Im nächsten Frühjahr mache ich mein Abitur und muss mich langsam entscheiden, was ich danach machen möchte. Mir fällt zwar das Lernen leicht, und ich werde sicher auch kein schlechtes Abitur machen, aber ich habe für nichts ein besonderes Talent und bin völlig ratlos.«

»Das ist nicht leicht«, sinnierte David, während er die Lebkuchen mit Zuckerguss verzierte. »Denk doch einfach mal an Menschen, die dir als Vorbilder erscheinen, vielleicht bringt dich das weiter.«

Melina überlegte angestrengt.

»Meine Pflegeeltern sind für mich Vorbilder, weil sie ein fremdes Kind wie ein eigenes angenommen haben. Stell dir vor, in der ersten Zeit bei ihnen war ich so verschüchtert, dass ich kein Wort gesprochen habe. Kurt hat erzählt, er ist tagelang durch München gelaufen, um eine Puppe für mich zu kaufen. Mit der habe ich dann die ersten Worte gesprochen. Ich habe sie Salome genannt.« Sie sah, dass David mit dem Malen aufgehört hatte und sie mit versonnenem Blick ansah. Stellte er sich gerade vor, wie es ihr wohl damals in der fremden Familie ergangen war?

»Ich habe mich damals jeden Tag gefragt, wie es dir geht«, sagte er. »Du musst mir viel von dieser Zeit erzählen.«

»Ich war sehr verstört durch die neue Situation. Tief in mir spürte ich den Schmerz, etwas unendlich zu vermissen. Doch die bildhafte Erinnerung an Mama und an euch war in meinem Inneren vergraben. Erst als ich in Lea eine Freundin fand, wurde es besser. Wir sind damals umgezogen, denn Kurts Forschungszweig wurde zum Schutz vor alliierten Bombardements von München nach Miesbach verlegt, und im Haus nebenan wohnte Lea. Sie ließ mich meine Salome in ihrem Puppenwagen schieben, und von dem Moment an waren wir unzertrennlich. Sie war ein Ersatz ...« Melina verstummte. Was hatte sie gerade sagen wollen? Ein Ersatz? Für wen? Sie sah David an, der sich die gleiche Frage zu stellen schien.

»Ein Ersatz für deine fehlende Familie?«, fragte er.

Melina schüttelte energisch den Kopf. »Nein, Ersatz ist das falsche Wort, dazu waren die ab und zu aufblitzenden Erinnerungsbruchstücke zu schwach.« Himmel, war das schwer, die richtigen Worte zu finden. »Lea war wie ein Pflaster auf einer Wunde, die nicht heilen wollte.« Noch immer lag der fragende

Blick auf Davids Gesicht. »David, du musst das verstehen. Ich habe Mama vermisst, ich habe dich vermisst, ich habe den Sandnerhof vermisst. Aber ich hatte kein Bild dazu im Kopf. Nur dieses schmerzhafte Gefühl, etwas Wichtiges in meinem Leben verloren zu haben. Natürlich habe ich mich da an meine Pflegeeltern und Lea geklammert. Und nachdem wir uns nun wiedergefunden haben und die Erinnerungen zurückgekehrt sind, weiß ich, dass es nie einen Ersatz hätte geben können für das, was ich verloren hatte.« Sie sah, wie seine Gesichtszüge sich entspannten und er sie anlächelte.

»Weißt du eigentlich, was du da gerade gesagt hast?«, fragte er.

»Was meinst du?«

»Du hast vorhin gesagt, du hättest für nichts ein besonderes Talent, dabei habe ich gerade jemandem zugehört, der sich ausgesprochen gut in ein kleines Kind hineinversetzen kann, dem es schlecht geht. Es gibt viele Menschen, die Zuwendung und Hilfe brauchen. Du suchst gerade nach einem Berufsziel, also solltest du etwas aus dieser Begabung machen. Studiere doch Medizin. Da gibt es so viele Bereiche, in denen du dich verwirklichen könntest.«

Melina war verblüfft. Er hatte sich kein bisschen verändert, er war nach wie vor der David, den sie kannte, der sich schon immer für ihre Sorgen interessiert und Lösungen gesucht hatte.

»David, das ist eine wunderbare Idee. Manche Dinge ändern sich wohl nie. Auch früher schon hattest du immer einen Rat für mich.«

David sah sie mit einem Ausdruck in seinen Augen an, der sie verwirrte. »Ich hoffe, daran wird sich auch in Zukunft nichts ändern.«

Melina spürte, wie ihr Herz unter Davids Blick heftig anfing zu klopfen, und schaute auf ihre Armbanduhr.

»Oh, schon so spät!« Sie legte ihr Buch zur Seite und sprang auf. »Ich wollte noch mit Hans zum Bahnhof fahren. Linda kommt doch heute aus Berlin!«

»Stimmt. Ich freu mich schon. Bring sie mit herauf zu mir, wenn ihr zurückkommt. Ich habe tolle Neuigkeiten für sie, denn unser Buch wird verlegt«, sagte David. Als Melina ihn fragend anschaute, antwortete er lächelnd: »Ich erklär es dir später, wenn Linda dabei ist.«

* * *

Hannah schaute sich auf der Bühne um, und ihre Nervosität steigerte sich, als sie wahrnahm, wie sich hinter ihr die Stuhlreihen in der Aula füllten. Davids Kulissengemälde für den ersten Akt – das Zimmer der armen Holzfällerfamilie – stand an der Rückwand des Podiums, rechts und links davon hatten die Chorsänger Aufstellung genommen und vor dem Podium saß das Orchester. Die Spannung bei den Mitwirkenden steigerte sich ins Unermessliche, und sie sah den Kindern wie auch den Erwachsenen ihre Aufregung an. Toni, der Vorleser, murmelte immer wieder die ersten Sätze seines Textes vor sich hin und rückte seine rote Samtfliege zurecht; die Sänger des Chores räusperten sich nervös; die Musiker sortierten zum wiederholten Male ihre Noten und richteten ihre Instrumente. Emil, der den Holzfäller spielte, konnte seine Axt nicht finden, und Annegret, seine Frau, glaubte, ihren kompletten Text vergessen zu haben.

»Wo sind Hänsel und Gretel?« Hannah versuchte, bei dem ganzen Durcheinander den Überblick zu bewahren. Zwei Kinderköpfe lugten hinter dem Bühnenbild hervor, und sie nickte ihnen erleichtert zu. Matilda und Georg waren einsatzbereit, die Oper konnte beginnen. Sie hatte es bisher vermieden, einen Blick in den Zuschauerraum zu werfen, nun drehte sie sich zum Publikum um und sah die voll besetzte Aula. Der

Lärm verstummte, und mit einem Lächeln im Gesicht setzte sie zu den Begrüßungsworten an. »Liebe Eltern, Schüler und Gäste, liebe Mitwirkende …« Ihr Blick war auf die erste Reihe gefallen, wo sie Lorenz Richter neben dem Pfarrer sitzen sah, und sie verlor den Faden. Er war also doch gekommen! Schnell fasste sie sich wieder und fuhr fort: »Während einer Zugfahrt kam den Kindern die Idee, hier in Erlenthal eine Oper aufzuführen, und ich danke allen, die mitgeholfen haben, dieses Vorhaben in die Tat umzusetzen. Es waren viele helfende Hände nötig, und unzählige Stunden der Proben liegen nun hinter uns. Unsere Schauspieler, Sänger und Musiker können es kaum mehr erwarten, Ihnen die Kinderoper ›Hänsel und Gretel‹ vorzuführen.«

Applaus erklang, und auf Hannahs Zeichen hin betrat Toni das Podium und sprach die einführenden Worte des grimmschen Märchens.

Hannah hob den Dirigentenstab, und die Musik der Ouvertüre setzte ein. Wie durch ein Wunder klappte alles besser als erhofft, die Waldhornbläser stimmten mit zartem Ton das Anfangsmotiv an, die ersten Geigen übernahmen die Melodie und verschleppten dieses Mal das Tempo nicht, der Paukist spielte die Kesselpauke mit viel Gefühl und die Trompeten ließen im richtigen Moment ihren Fanfarenruf erschallen.

Dann betraten das Holzfällerehepaar und seine beiden Kinder die Bühne. Die Musiker begleiteten einfühlsam die Lieder, die die Hauptdarsteller auf der Bühne mit Unterstützung des Chores sangen, und das Stück bekam mit einem Mal eine Eigendynamik, die die Mitwirkenden mitriss und zu Höchstleistungen beflügelte. Alle Patzer und Missgeschicke während der Proben waren vergessen. Toni versprach sich nicht und führte souverän als Erzähler durch das Stück, Emil verlegte nicht ein einziges Mal seine Axt, und Annegret vergaß kein Wort ihres Textes. Hänsel und Gretel stolperten nicht über die am Boden liegenden Scheinwerferkabel und stießen bei ihrem

Tanz zu »Brüderchen, komm tanz mit mir« das Bühnenbild nicht um. Hannah, die alle kritischen Stellen kannte, atmete jedes Mal erleichtert auf, wenn die erwartete Panne ausblieb. Die Stille hinter ihr ließ sie erahnen, dass es ihnen gelang, das Publikum in den Bann des Märchens zu ziehen. Sie hoffte, dass die Zuschauer die Sorgen des armen Holzfällers spürten, der seine Kinder nicht mehr ernähren konnte, und die Angst der Kinder, als sie im zweiten Akt im Wald allein zurückgelassen wurden.

Hannah fühlte, wie ihr das Herz schwer wurde, als sie dem Orchester den Einsatz für das letzte Stück dieses Aktes gab. Es war Susannes Lied, und sie wusste, was es Lorenz Richter abverlangte, es zu hören. Doch sie musste den Gedanken sogleich verscheuchen, denn schon stimmten Matilda und Georg mit ihren engelsgleichen Stimmen den »Abendsegen« an. Als nach diesem Lied das dritte Bühnenbild eingeschoben wurde und Toni die nächsten Szenen vortrug, warf Hannah einen besorgten Blick über ihre Schulter auf die erste Zuschauerreihe und sah den ergriffenen Gesichtsausdruck des Schulleiters. Doch schon trat das Taumännchen auf, das die beiden schlafenden Kinder weckte, und Hannah konzentrierte sich wieder ganz auf das Geschehen auf der Bühne. Hänsel und Gretel fanden das Knusperhäuschen, gerieten in die Fänge der Hexe und konnten sich nur mit viel Mut und List aus ihrer Macht befreien. Das Orchester beendete die Aufführung mit einem fulminanten Finale. Der letzte Ton verhallte, und Hannah ließ den Dirigentenstab sinken.

Der tosende Applaus, der sich dann erhob, übertraf alle ihre Erwartungen. Er dauerte minutenlang, und die Verbeugungen der glücklichen Darsteller schienen kein Ende zu nehmen.

Lorenz Richter stand auf und betrat das Podium. Im Saal kehrte langsam wieder Ruhe ein.

»Als unsere Lehrerin Hannah Rosenberg«, begann er, »vor einigen Monaten die Idee aufbrachte, an unserer Schule eine Oper aufzuführen, hat niemand im Ort so recht daran geglaubt, dass sie das schaffen würde.«

Er machte eine kleine Pause, und Hannah sah, wie viele im Saal mit dem Kopf nickten.

»Und ehrlich gesagt, ich auch nicht«, fuhr Lorenz Richter mit einem verschmitzten Seitenblick auf Hannah fort und erntete Lachen unter den Zuschauern. »Aber sie hat uns eines Besseren belehrt, denn was wir gerade gehört haben, war kein Märchen, das war Magie. Ich denke, ich spreche für uns alle, wenn ich Fräulein Rosenberg und den Mitwirkenden jetzt meinen innigsten Dank ausspreche und die Bitte, noch viele solcher Aufführungen folgen zu lassen.«

Wieder brandete Applaus auf, und Lorenz Richter drehte sich zu Hannah und schüttelte ihr die Hand.

»Es war einfach großartig«, sagte er zu ihr über den Lärm im Saal hinweg.

»Ich habe nicht damit gerechnet, dass Sie kommen würden. Sie wissen ja, der ›Abendsegen‹ …«

»Er war wunderschön«, sagte er mit einem Lächeln auf den Lippen. »Er hätte Susanne gefallen.« Lorenz drückte ihr noch einmal die Hand und ging von der Bühne.

Von allen Seiten erklang begeistertes Lob, als sich die Zuhörer und Mitwirkenden am Kuchenbüfett bedienten, das einige Mütter im hinteren Teil der Aula aufgebaut hatten.

»Tolle Leistung, Hannah!«

»Das müssen Sie wiederholen!«

»Was für eine Oper werden Sie als Nächstes aufführen?«

Hannah lächelte erleichtert. »Ich freue mich auch, dass es so gut geklappt hat«, gab sie zur Antwort. »Neue Pläne habe ich noch nicht. Nach Weihnachten werde ich mich mit dem Orchester besprechen.«

Pfarrer Petersen, Melina, David und Linda kamen auf sie zu.

»Es war eine wundervolle Darbietung. Alle reden schon von einer Zusatzvorstellung.« Die Begeisterung in der Stimme des Pfarrers war nicht zu überhören.

»Oje«, sagte Hannah. »Ich bin erst mal froh, dass diese Aufführung geklappt hat. An eine weitere will ich noch gar nicht denken. Jetzt feiern wir erst mal Weihnachten. Sie kommen doch zu unserer Feier auf dem Sandnerhof, oder?«, fragte sie, an Pfarrer Petersen gewandt.

»Ich würde gern kommen«, antwortete Simon. »An Weihnachten möchte niemand allein sein, und was könnte es für einen schöneren Ort geben als den Sandnerhof. Noch dazu, wenn dieses Jahr endlich auch unser Geburtstagskind dabei ist, das wir so lange schmerzlich vermisst haben«, sagte er mit Blick auf Melina. »Ich befürchte allerdings, ich muss absagen.«

Hannah schaute ihn irritiert an. »Warum?«

»Wegen Herrn Richter.« Der Priester nickte mit dem Kopf in Richtung des Schulleiters, der auf der anderen Seite der Aula im Gespräch mit einigen Lehrern war. »Ich habe ihn gefragt, ob er während der Feiertage auf dem Auenhof sein wird oder Verwandte besucht. Doch er hat keine Familie mehr, und daher habe ich ihn zu mir eingeladen. Er soll die Feiertage nicht allein verbringen müssen.«

Hannah runzelte nachdenklich die Stirn. »Denken Sie, er würde mit Ihnen auf den Sandnerhof kommen? Dann wären Sie beide herzlich eingeladen!«

Pfarrer Petersen nickte begeistert. »Es wäre ihm bestimmt eine große Freude.«

* * *

»Es war eine wunderschöne Aufführung«, sagte Melina, als Hannah am Abend in ihr Zimmer trat. »Es hat mir so gut gefallen.«

Hannah setzte sich zu ihr und legte einen Arm um sie. »Das alles konnte ich nur durchführen, weil du wieder da bist. Die Angst um dich hat mich jahrelang völlig gelähmt. Damals wäre ich nicht in der Lage gewesen, so ein Vorhaben umzusetzen. Doch seit ich weiß, dass es dir gut geht, hat sich mein Leben komplett geändert.«

»Gott sei Dank ist dieser Albtraum vorbei, Mama«, erwiderte Melina und schmiegte sich an ihre Mutter. »Wir haben ihn überlebt und können jetzt nach vorn schauen. David hat mich heute auf eine wunderbare Idee gebracht, was ich nach der Schule anfangen könnte, denn ich bin noch ziemlich unentschlossen.«

»Was hat er denn vorgeschlagen?«

»Er hat mich auf den Gedanken gebracht, Medizin zu studieren.«

»Medizin? Das ist allerdings ein großes Ziel, Melina. Es bedeutet, dass du noch einige Jahre sehr viel lernen müsstest. Aber ich würde es dir wirklich zutrauen. Finanziell könnte ich dich unterstützen, und ich glaube, Emma und Kurt würden es sich auch nicht nehmen lassen, dir ein bisschen unter die Arme zu greifen.«

»Dann wärst du also auch dafür?«

»Ja, Melina, wenn das dein Ziel ist, dann bin ich dafür.«

»Da bin ich froh, Mama, dass du das auch so siehst. Es ist doch mal wieder typisch, dass David mich darauf gebracht hat. So war es früher schon, weißt du noch? Kaum gab es ein Problem in meinem Leben, da war David zur Stelle. Egal, ob mich die Schulkinder auf dem Sandnerhof gehänselt haben, weil ich nicht zur Schule ging, oder die Jungs der Hitlerjugend uns erschreckt haben, weil Bruno, der uns immer vorgelesen hat, an einer Krücke lief – immer war David da und hat mich beschützt. Er war damals wie ein großer Bruder für mich.«

»Und heute?«

Melina dachte nach. »Das fragt mich meine Freundin Lea auch immer, und ich weiß es manchmal selber nicht so genau. Da ist noch immer dieses vertraute Gefühl der Zuneigung wie zu einem großen Bruder, aber dann ist es plötzlich ganz anders. Dann verwirrt es mich völlig, wenn er mich anschaut.«

Melina sah das Lächeln im Gesicht ihrer Mutter. »Was ist? Warum lächelst du so?«, fragte sie.

»Ich freu mich einfach, dass ihr euch so gut versteht. Und wenn du auf dein Herz hörst, findest du auch heraus, was er dir heute bedeutet.«

KAPITEL 14

Klara und Annie zogen den großen Tisch im Wohnzimmer aus, damit die Familie und die vielen Gäste Platz fanden. Hannah wusste, für die alte Frau gab es nichts Schöneres, als für so viele Menschen ein Fest zu bereiten, und seit Tagen zogen die köstlichsten Düfte durch das ganze Haus. Friedrich holte den besten Wein aus dem Keller, während Hannah, Melina und Linda den Tisch mit dem guten Goldrandporzellan deckten.

Hannah dachte einen Moment lang an die vielen Jahre, in denen dieses Fest ohne Melina hatte stattfinden müssen. Sie warf einen Blick auf ihre Tochter, die gerade die Gläser neben den Tellern anordnete, und atmete erleichtert auf. Manchmal konnte sie kaum glauben, dass der Albtraum vorbei war.

»Wie weit seid ihr?«

Davids Stimme riss Hannah aus ihren Gedanken.

»Oma Klara fragt, ob das Essen aufgetragen werden kann.«

Hannah ließ einen letzten Blick über die Tafel gleiten und schaute auf den festlich geschmückten Weihnachtsbaum, an dem Friedrich die Kerzen entzündete.

»Wir sind fertig«, antwortete sie. »Du kannst die Kinder holen, sie spielen noch in Matildas Zimmer.«

Die Frauen kamen mit dampfenden Schüsseln herein, und bald versammelten sich alle um den Tisch.

»Jetzt fehlt nur noch Pfarrer Petersen, der vielleicht Herrn Richter mitbringt«, sagte Hannah in dem Moment, als sie die Klingel an der Eingangstür vernahm.

»Ah, da ist er wohl schon.«

Als sie die Haustür öffnete, standen Pfarrer Petersen und Lorenz Richter davor, die sich den Schnee von den Stiefeln klopften.

»Herzlich willkommen auf dem Sandnerhof!« Sie freute sich aufrichtig, dass Lorenz Richter mitgekommen war, und nahm dankend die Flasche Wein und die Schachtel Pralinen entgegen, die die beiden Männer ihr reichten.

»Danke für die Einladung. Ich hoffe, es macht keine Umstände, dass ich kurzfristig mitgekommen bin«, sagte Lorenz Richter und reichte ihr die Hand.

»Aber nein, wir haben gehofft, dass Sie kommen. Endlich wird unser großer Tisch mal wieder voll.«

»Sehen Sie, Lorenz, Ihre Bedenken, die Sie mir den ganzen Weg über dargelegt haben, waren völlig umsonst«, meinte Pfarrer Petersen. »Sie sind herzlich willkommen auf dem Sandnerhof.«

»Warum haben Sie denn den Hund nicht mitgebracht, Herr Richter?«, fragte Hannah. »Ben hätte hier im Flur auch ein warmes Plätzchen gefunden.«

»Nein, nein, das fehlte noch«, wehrte der Schulleiter ab. »Ich glaube nicht, dass er sich bei den vielen Gästen gut benommen hätte. Ich war bei seiner Erziehung manchmal etwas nachlässig. Ben liegt zu Hause und schläft.«

»Na ja, solange er uns nicht den Festtagsbraten stibitzt hätte, wäre ja alles gut gewesen«, entgegnete Hannah lachend und führte die Gäste ins Wohnzimmer.

»Nehmen Sie Platz«, lud Hannah die beiden Männer ein, die von allen am Tisch freudig begrüßt wurden.

Es dauerte einige Zeit, bis sich Lorenz Richter die Namen aller Anwesenden merken konnte, die Hannah ihm vorstellte. Sie wusste, dass er die Mitglieder der Sandnerfamilie zum größten Teil kannte, und nun lernte er auch David, Linda, Esther, Emma und Kurt Schiller sowie deren Sohn Christian kennen. Doch den Grund, warum die Familie aus München zu diesem abgelegenen Weiler in der Nähe von Würzburg gekommen war, um hier Weihnachten zu feiern, erfuhr er erst, als nach dem Festessen und dem Vorlesen der Weihnachtsgeschichte die Geschenke verteilt wurden. Melina blickte ganz ergriffen auf die vielen Päckchen, die Hannah in all den Jahren ihrer Abwesenheit für sie verpackt hatte.

»Es war so lange«, flüsterte sie, und Hannah stiegen Tränen in die Augen, als Melina die liebevoll ausgesuchten Geschenke auspackte: ein Püppchen, Holztiere, ein besticktes Kissen, Bücher, einen Seidenschal. Jedes dieser Weihnachtsgeschenke symbolisierte ein Jahr ihrer Kindheit, die sie fern der Heimat verbracht hatte.

»Ich habe fast nicht mehr damit gerechnet, dass ich sie dir einmal geben kann«, sagte Hannah und drückte Melina an sich.

Hannah sah Lorenz Richter an, dass er das Ganze nicht verstand, doch sie war zu gerührt, als dass sie ihm die Geschichte hätte erzählen können. Pfarrer Petersen sprang ein und begann, dem Schulleiter die Situation zu erklären.

»Hannah wurde damals, als sie aus Deutschland fliehen wollte, von der Gestapo aufgegriffen«, begann er die bewegte Geschichte zu erzählen, von dem Moment an, als Hannah am Nürnberger Hauptbahnhof die kleine Melina zu dem fremden Ehepaar geschickt hatte, bis zu dem Augenblick, als David sie Jahre später in der Sixtinischen Kapelle wiedererkannt hatte.

»Kaum zu glauben«, sagte Lorenz Richter, der sichtlich ergriffen war, zu Melina. »Da hat dich also ein Gemälde wieder nach Hause gebracht.«

Sie nickte und warf David einen strahlenden Blick zu, der sie glücklich anlächelte.

Melina nahm aufgeregt das Päckchen entgegen, das David ihr reichte, als sie sich zu ihm auf das Sofa setzte. Vorsichtig zog sie an der Schleife und schlug das Papier zurück. Zum Vorschein kam ein Holzrahmen mit einem Bild. Es zeigte ein kleines lachendes Mädchen in einem rosa Kleid und mit Blumen im Haar, das an der Hand eines etwas älteren Jungen unter einem Apfelbaum tanzte. Die Szene von Marias Hochzeit! Auf einer Karte, die dabei lag, las sie die Worte: »Der magische Moment, in dem ich mein Herz verlor«. Sie schaute wie gebannt auf das Bild und dann in Davids Augen, die mehr sagten als tausend Worte. »Es ist wunderschön!«, flüsterte sie. »Dann passt das ja ganz gut dazu.« Sie reichte David ihr Geschenk. Sie sah, wie er es ungeduldig öffnete und wie überrascht er auf das Buch schaute, das er in der Hand hielt. Er schlug es auf, blätterte durch die handgeschriebenen Seiten, die an einigen Stellen mit kleinen Zeichnungen verziert waren, und sah Melina strahlend an. In einer Art Tagebuch hatte sie in kleinen Texten ihrer beider Kindheit festgehalten, von ihrer Ankunft auf dem Sandnerhof bis zum Sommer dieses Jahres. Sie schaute ihn aufmerksam an, als er die letzte Seite aufschlug und die Zeilen las, die dort standen:

> *David hatte bereits seinen Rucksack auf dem Rücken, als er kam, um sich von mir zu verabschieden. Er schaute mich mit einem unglaublich lieben Lächeln an und sagte etwas Wunderschönes: »Der erste Teil meines Tagtraums hat sich erfüllt. Und vielleicht wird der zweite Teil ja auch noch wahr.«*

»Ist das wahr, Melina?«, vernahm sie Davids leise Stimme. »War das wunderschön?«

»Oh ja, das war es«, antwortete sie und lächelte ihn an.

Als sie einige Zeit später alle durch die winterliche Nacht zur Mitternachtsmesse in Erlenthal gingen, gesellte sich Lorenz Richter zu Hannah.

»Danke für diesen schönen Abend, Fräulein Rosenberg. Ein Weihnachtsfest in so geselliger Runde ist doch etwas anderes.«

»Sie sind jederzeit auf dem Sandnerhof willkommen, Herr Richter. Vielleicht möchten Sie Silvester mit uns feiern? Sie kennen ja nun die ganze Familie und alle unsere Freunde.«

»Wirklich? Das würde mich sehr freuen. Es tut mir übrigens noch immer sehr leid, dass ich Sie anfangs so unfreundlich behandelt habe. Ihre Geschichte, die ich heute erfahren habe, hat mich tief berührt, sie ist genauso traurig wie meine. Jedoch mit einem guten Ende. Sie haben Melina wieder zurückbekommen.«

Hannah schaute ihn an. In der sternenklaren Winternacht, in der sich das Mondlicht in den Schneekristallen der verschneiten Landschaft spiegelte, erkannte sie einen bitteren Zug in seinem Gesicht.

»Nicht alles an meiner Geschichte hat ein gutes Ende gefunden.« Sie sah, wie er verwundert die Stirn runzelte.

»Ich habe auch jemanden verloren. Peter, Melinas Vater. Und ich weiß nicht einmal, ob ich um ihn trauern darf.«

»Warum?«

»Weil er uns Juden verfolgt hat. Peter war der Mann, dem Sie so ähnlich sehen.«

Hannah sah seinen betroffenen Blick. Er hätte sicher gern mehr erfahren über diesen Mann, fragte sich bestimmt, welche Position Peter innegehabt hatte, in welcher Form er an der Judenverfolgung beteiligt gewesen und wie er ums Leben gekommen war. Doch sie hatten inzwischen die Kirche in Erlenthal erreicht.

»Werden Sie mir einmal von ihm erzählen? Von Peter?«

Hannah nickte. »Ja, das werde ich.«

Die Glocken läuteten bereits, als Hannah und Lorenz Richter die Kirche betraten und sich Plätze in den gut besetzten Bänken suchten. Pfarrer Petersen zog mit einer Schar Messdiener in die Kirche ein, und Hannah sah ein Lächeln auf seinem Gesicht. Hannah ahnte, warum. Diese Christmette war anders als die Feiern während der zurückliegenden Jahre. Melina, das Mädchen, für das die Gemeinde an jedem Sonntag gebetet hatte, war wieder da.

* * *

Sie hatten die Schlitten aus dem Keller geholt und fuhren damit den Hügel hinter dem Haus hinunter. Melina saß hinter Matilda, während David und Christian sich einen Schlitten teilten.

David schaute sie herausfordernd an. »Na, traut ihr euch ein Wettrennen gegen uns zu? Ihr wisst natürlich, dass ihr keine Chance habt.«

»Ha, dass ich nicht lache«, gab Melina zurück. »Du hast früher schon gegen mich verloren.«

»Weil ich dich habe gewinnen lassen, das macht man kleinen Mädchen gegenüber nun mal so, wenn man höflich ist.«

»So kann man eine Niederlage natürlich auch auslegen!«, rief Melina. »Na gut, dann zeigt doch mal, was ihr könnt. Ich zähle bis drei.«

Sie sausten den Hügel hinunter. Melina beobachtete aus dem Augenwinkel, wie Davids Schlitten an einer Wurzel hängen blieb und er und Christian von der Bahn abkamen und mit dem Schlitten umkippten. Weiß wie Schneemänner tauchten sie aus dem glitzernden Nass auf.

»Das glaub ich ja jetzt nicht!«, rief Melina, die mit Matilda den Fuß des Hügels erreicht hatte, und bog sich vor Lachen. »Du willst mich jemals besiegt haben?«

David erhob sich, griff mit den Händen in den Schnee und warf einen Ball in Melinas Richtung. »Komm Christian, wir müssen unsere Ehre verteidigen!« Eine wilde Schneeballschlacht begann, nach der sie alle pudelnass waren und zurück zum Haus gehen mussten, um sich umzuziehen.

»Wie in alten Zeiten«, sagte David und ergriff Melinas Hand.

»Ja, wie in alten Zeiten«, erwiderte sie und lächelte ihn glücklich an.

* * *

»Ich habe Tristan wiedergetroffen.«

Linda und Hannah gingen den verschneiten Feldweg am Berghang entlang, der zur Kapelle oberhalb des Sandnerhofes führte.

»Er hatte schon öfter auf einer Mauer auf der anderen Straßenseite gesessen und mich beobachtet. An dem Tag hat er durch sein beherztes Eingreifen einen Unfall verhindert. So stand er dann völlig unerwartet vor mir.«

»Und?«, fragte Hannah. »Hat er sich sehr verändert? Du hattest ihn doch seit mehreren Jahren nicht mehr gesehen?«

»Ja, er ist sehr erwachsen geworden. Er sieht älter aus, als er eigentlich ist. Hier, schau selbst.« Linda öffnete ihre Umhängetasche und holte eine Fotografie hervor.

»Das ist Tristan. Er und sein Freund Ralph haben mich neulich besucht, als David gerade vorbeikam. Er hatte seinen

Fotoapparat dabei, und ich habe ihn gebeten, ein paar Bilder zu machen.«

Es verschlug Hannah den Atem. Der Junge, der auf dem Foto neben Linda in die Kamera lächelte, war das Ebenbild seines Vaters.

»Tristan ist nicht glücklich«, sagte Linda. »Er führt einen erbitterten Kampf gegen seinen Großvater, und seine Mutter steht zwischen beiden. Er lebt zwar in der Familie von Schönwald, aber er hat dort keine wirkliche Heimat.«

»Das tut mir leid. Wenn ein Mensch keine Wurzeln hat, wird er sehr anfällig für alle Arten von Einflüssen. Hoffentlich kommt er nicht in schlechte Gesellschaft. Weiß er, dass er eine Halbschwester hat?«

Linda schüttelte bedauernd den Kopf. »Noch nicht. Es hat sich noch keine Gelegenheit geboten, es ihm zu sagen. Ich will ihn nicht verletzen.«

»Du solltest ihm von Melina erzählen«, meinte Hannah. »Er hat ein Recht darauf, die Wahrheit zu erfahren.«

»Ich weiß, aber wann ist für so etwas der richtige Zeitpunkt?«

»Warte nicht zu lange damit«, sagte Hannah. »Wenn er es selbst herausfindet, wird er von dir enttäuscht sein.«

Auf dem Weg zurück zum Sandnerhof trafen sie mit Melina und David zusammen.

»Hallo, ihr beiden«, grüßte Hannah. »Stell dir vor, Melina, Linda hat Fotos von deinem Halbbruder dabei. Möchtest du sie mal sehen?«

Melina nickte begeistert, und Linda holte die Bilder aus der Tasche.

»Du meine Güte«, sagte sie. »Er sieht ja aus wie ich, als ich in seinem Alter war.« Sie schaute die Fotos durch, und plötzlich hielt sie ein Bild von einem jungen Mann mit blondem Haar in der Hand, der verschmitzt in die Kamera lächelte.

»Und wer ist das?«, fragte sie interessiert.

»Das ist Ralph, ein älterer Bekannter von Tristan. Er ist Student und hat mich zusammen mit Tristan besucht, daher ist er mit auf dem Foto«, erklärte Linda.

Hannah sah das Lächeln in Melinas Gesicht. Als sie in die Runde blickte, stellte sie fest, dass David die Stirn runzelte. Ihm war anscheinend nicht verborgen geblieben, wie aufmerksam Melina das Foto des jungen Mannes betrachtete.

Schnell wechselte Hannah das Thema. »Kommt, lasst uns weitergehen. Linda fährt morgen zurück nach Berlin und muss sicher noch packen.«

»Schade, dass du nicht bis Silvester bleiben kannst«, sagte Melina. »Wir müssen uns noch viel besser kennenlernen.«

Hannah verstand, wie sehr ihre Tochter Lindas Abreise bedauerte. Sie hätte sich bestimmt gewünscht, mehr Zeit mit ihrer Tante verbringen zu können.

»Ich wäre wirklich gern geblieben. Leider muss ich übermorgen wieder arbeiten. Aber du kannst mich doch mal in Berlin besuchen kommen, wenn deine Abiturprüfungen vorbei sind. Ich habe ein sehr bequemes Sofa, und du bist jederzeit herzlich willkommen.«

»Das wäre prima!« Melina war sofort Feuer und Flamme. »Vielleicht kann ich dann auch Tristan kennenlernen.«

Linda seufzte. »Wenn ich es bis dahin geschafft habe, mit ihm darüber zu reden«, sagte sie.

* * *

Der Silvesterabend im Wohnzimmer der Sandners war schon weit fortgeschritten, und nach Karten- und Brettspielen hatte Hans ein Ratespiel hervorgeholt. Hannah wurde mitgerissen von der guten Stimmung um sie herum, als sie in zwei Mannschaften um den Sieg rangen. Davids Gruppe lag zwar vorn, aber ihre Mannschaft holte auf.

»Welcher römische Schriftsteller schrieb über den gallischen Krieg?«, las Hans die nächste Karte vor.

»Cäsar!«, rief Melina. »Das muss ich fürs Abitur lernen!«

Hans nickte. »Wer malte die Sixtinische Madonna?«, lautete die nächste Frage. Natürlich holte David den Punkt mit der Antwort »Raffael«.

»Wer komponierte ›Schwanensee‹?«

»Tschaikowsky!«, rief Hannah.

»Welcher Sportler gewann bei den Olympischen Spielen 1936 gleich vier Goldmedaillen?«

»Jesse Owens«, antwortete Lorenz wie aus der Pistole geschossen. »Wir brauchen noch einen Punkt, dann hat unsere Gruppe gewonnen«, sagte er zu Hannah. »Hoffentlich kommt jetzt keine Literaturfrage. Ich habe im Deutschunterricht nicht aufgepasst.«

»Und das gestehen Sie ausgerechnet einer Deutschlehrerin? Ich glaube, da sind nachträglich noch ein paar Aufsätze fällig!«, rief Hannah in gespielt ernstem Tonfall und sah ihn tadelnd an.

Lorenz hob abwehrend die Hände. »Gnade! Alles, bloß das nicht!«

Doch Hans fragte nach einem Fluss in der Schweiz, und Esther wusste die richtige Antwort.

»Tja, verloren«, sagte Lorenz. »Und nicht einmal wegen Literatur.«

»Nur noch wenige Minuten bis Mitternacht!«, verkündete Hans. »Wir müssen auf das neue Jahr anstoßen!« Er öffnete mit einem lauten Ploppen eine Sektflasche und füllte die Gläser, die Hannah ihm reichte. Sie holten ihre Jacken, jeder der Erwachsenen nahm ein Glas, und sie traten hinaus auf die Veranda, von der aus man das Tal überblicken konnte.

Hans stand neben Esther und schaute auf den Sekundenzeiger seiner Armbanduhr. Die letzten Sekunden zählte er laut mit. »Zehn, neun, acht …«

Hannah fühlte sich an die Silvesternacht erinnert, als die Schläge einer Standuhr das Jahr 1933 eingeläutet hatten, und spürte, wie ein ungutes Gefühl sie beschlich. Die Hochstimmung von eben war mit einem Schlag verflogen, und Erinnerungen stürzten auf sie ein. Sie hatte auf dem Balkon einer Freundin im Kreis von Arbeitskollegen den Beginn des neuen Jahres gefeiert. Damals hatten sie nicht ahnen können, dass in jenem Jahr ein Mann an die Macht kommen würde, der Deutschland binnen kürzester Zeit in eine Diktatur verwandeln und sämtliche Grundrechte außer Kraft setzen würde, dachte Hannah. Niemand hätte geglaubt, dass dieser Mann einen Weltkrieg auslösen und einen nie da gewesenen Vernichtungsfeldzug gegen Juden und politische Gegner führen würde. Allein schon der Gedanke, dass Juden einmal aus dem Staatsdienst entlassen werden könnten, war ihnen damals geradezu absurd vorgekommen, undenkbar in einem demokratischen Staat! Dass es noch wesentlich schlimmer kommen würde, hatten sie nicht geahnt. Hannah spürte, dass ihre Gedanken sich auf eine gefährliche Reise begeben hatten, die zu einem Zug führte, der auf ein Torhaus am Eingang eines Lagers zurollte. Sie musste diese Gedanken sofort stoppen, sagte sie sich.

»... drei, zwei, eins ... frohes neues Jahr!«, hörte sie Hans rufen, und alle um sie herum stießen mit den Sektgläsern an. Doch Hannah war jetzt nicht nach Sekt zumute, und sie stellte ihr Glas auf den kleinen Verandatisch neben sich. Sie war noch ganz im Bann der Gedanken an die Vergangenheit, und durch die Tränen in ihren Augen nahm sie die Menschen um sich herum nur verschwommen wahr. Sie sah, wie Friedrich seinen Arm um Klara legte, Kurt seine Emma an sich drückte und David Melinas Hand ergriff. Sie hörte Pfarrer Petersen, der Annie Mut zusprach, die Hoffnung auf Konrads Rückkehr nicht aufzugeben, und fühlte sich auf einmal inmitten all der Menschen, die sie so sehr liebte, grenzenlos allein.

»Hannah?«, vernahm sie neben sich die Stimme von Lorenz Richter. Sie schaute ihn an und versuchte mit einem Lächeln, sich verstohlen über die Augen zu wischen.

»Nicht«, sagte er leise. »Sie müssen sich Ihrer Tränen nicht schämen. Lassen Sie sie zu.«

Hannah schluckte. Die Tränen liefen über ihr Gesicht, und sie versuchte, sich wegzudrehen, doch in dem Moment spürte sie, wie er den Arm um sie legte, und als sie ihren Kopf gegen seine Schulter lehnte, kamen ihre Gedanken zur Ruhe. Sie fühlte sich in seiner Umarmung geborgen und ließ ihren Tränen freien Lauf, während er ihr beruhigend über den Rücken streichelte. Wie lange war es her, dass sie jemandem so nah gewesen war, fragte sie sich und wünschte sich für einen Moment, Lorenz Richter würde sie nie mehr loslassen. Es war tröstlich, zu wissen, dass da jemand war, der Ähnliches erlebt hatte und genauso einsam war wie sie. Als sie irgendwann den Kopf hob, sah sie durch einen Tränenschleier, wie er sie liebevoll anlächelte.

Der Abschied von Melina, die am nächsten Tag mit den Schillers wieder nach München aufbrach, und von David, der zurück nach Berlin musste, fiel Hannah unendlich schwer. Die gemeinsamen Tage waren so schön für sie gewesen, und lediglich der Gedanke, dass es nur ein Abschied auf Zeit war, konnte sie trösten. David nahm ihr Melinas Koffer ab, den er in das Auto verlud, und sie hörte, wie er zu ihrer Tochter sagte: »In dem Buch, das du mir geschenkt hast, sind noch ein paar Seiten frei. Ich hoffe, dass sie sich noch füllen werden.« Ein Lächeln huschte über Melinas Gesicht, und Hannah verspürte eine tiefe Freude darüber. Sie hoffte so sehr, dass Melina glücklich werden würde.

An diesem Abend zog es Hannah nicht in ihr Zimmer, das ihr ohne Melina so leer vorkam. Sie brauchte einen Moment für sich allein, und so schlüpfte sie nach dem Abendessen noch einmal in ihre Jacke und trat hinaus in den Kräutergarten hinter der Küche. Pflanzen und Sträucher lagen unter einer dicken Schneeschicht, die im Mondlicht schimmerte. Die Natur war im Winterschlaf und wartete auf einen neuen Frühling, und Hannah hatte das Gefühl, als wollte auch in ihr etwas Neues aufbrechen. Zum ersten Mal seit langer Zeit hatte sie sich in dieser Silvesternacht den Schatten der Vergangenheit gestellt, hatte die Tränen geweint, die sie so lange zurückgehalten hatte, und Lorenz Richter war da gewesen und hatte sie in ihrer Trauer gehalten. Sie spürte wieder das Gefühl der Geborgenheit, das sie in seiner Umarmung empfunden hatte. Bis zu dieser Berührung hatte sie nicht gewusst, wie sehr sie sich danach gesehnt hatte, einem Menschen wieder so nah zu sein. Fast zeitgleich mit Melinas Rückkehr und dem Traum vom Waldsee war er in ihr Leben getreten, und in wenigen Monaten war aus dem Fremden ein Vertrauter geworden. Sollte es tatsächlich möglich sein, dass sie ihr Herz noch einmal jemandem öffnete, fragte sich Hannah, als sie an den verschneiten Beeten entlangging. Konnte sie noch einmal im Leben jemandem bedingungslos vertrauen? Sie blieb an dem Mäuerchen stehen, das den kleinen Garten umgab, und blickte über das Tal. Noch eine andere Frage bewegte sie. Was bedeutete sie ihm? Er hatte sie in der Nacht auf der Veranda getröstet, hatte ihr Mut zugesprochen. Doch hatte ihn dieser Moment ebenso tief bewegt wie sie? Sie wusste seit dem Gespräch mit ihm, wie sehr ihn die Trauer um die beiden Menschen bedrückte, die er verloren hatte. Vinzenz, seinen Sohn, und Susanne, die Liebe seines Lebens. War er überhaupt bereit für einen Neuanfang?

KAPITEL 15

Wo war nur der Umschlag mit den Fotos, fragte sich Clarissa, als sie die letzte Schublade ihres Schreibtisches wieder zuschob. Sie erinnerte sich genau daran, wie sie sie damals nach ihrer Rückkehr in die Villa am Kurfürstendamm zufällig in einem Buch in der Bibliothek entdeckt hatte. Die Unterlagen in dem Umschlag waren alles, was ihr aus Peters beruflichem Leben geblieben war; alles andere hatte er vor dem Attentat vernichtet oder es war der Gestapo in die Hände gefallen. Damals, kurz nach dem Krieg, hatten die Bilder keine Bedeutung für Clarissa gehabt und sie hatte sie achtlos weggelegt. Doch nun wollte sie sie finden. Würden die Fotos sie der Antwort näherbringen, wer der Mann an ihrer Seite gewesen war?

Ihr Blick fiel auf die Kommode. Sie zog die Schubladen eine nach der anderen heraus und schob die Wäschestapel zur Seite. In der untersten Schublade lagen einige Papiere. Alte Zeitungsartikel, ein Modejournal – und ein Kuvert.

Clarissa setzte sich an ihren Schreibtisch, öffnete den Umschlag und legte den Inhalt vor sich hin. Fotos von Peter und Heydrich vor einem pompösen Gebäude – die Prager Burg? Peter bei einem Empfang mit Himmler, Peter an einem Schreibtisch, neben ihm Eichmann. Ein Foto von einem Bahnsteig, auf dem SS-Männer mit vorgehaltenen Gewehren verängstigte Menschen aus einem Zug drängten. Es musste von Peters letzter Reise in den Osten stammen, als er völlig verändert zurückgekommen war.

»Was sind das für Fotos?«, hörte Clarissa plötzlich Tristans Stimme neben sich. Sie hatte gar nicht bemerkt, dass er ins Zimmer gekommen war.

Tristan griff sich einige der Bilder.

»Die Männer, für die dein Papa gearbeitet hat«, antwortete Clarissa. »Himmler, Heydrich, Eichmann. Sie waren die Hauptverantwortlichen bei der Verfolgung der Juden.«

»Was ist aus ihnen geworden?«, wollte Tristan wissen.

»Hier, das war Reinhard Heydrich.« Clarissa deutete auf einen großen Mann in Uniform, der ernst in die Kamera blickte. »Er kam schon 1942 bei einem Attentat in Prag ums Leben. Himmler hat nach Kriegsende versucht, aus Deutschland zu fliehen.« Sie zeigte auf einen kleineren Mann mit gescheiteltem dunklem Haar und Brille. »Aber er ist nicht weit gekommen. Er wurde von den Alliierten erkannt und hat sich in der Gefangenschaft mit einer Zyankalikapsel das Leben genommen.«

»Und Eichmann? Wurde er bei den Nürnberger Prozessen verurteilt?«

»Nein, Eichmann ist der einzige, dem die Flucht aus Deutschland gelungen ist. Niemand weiß, wo er ist und ob er noch lebt.«

Tristan legte die Bilder der Männer zur Seite und griff dann nach den Fotos aus dem Lager. »Und Papa? Was hat er getan? Hat er auch die Juden verfolgt?«

Clarissa hatte immer gewusst, dass diese Frage irgendwann einmal kommen würde, doch nun traf sie sie unvermittelt.

»Er war mitverantwortlich«, antwortete sie tonlos.

»Mitverantwortlich?«

Clarissa spürte, wie sie unter seinem forschenden Blick zu schwitzen begann. Sie kannte Tristans nächste Frage bereits, bevor er sie aussprach.

»Hast du davon gewusst? Von den Menschen hier auf dem Bild, die aus dem Zug gestoßen wurden? Von den Lagern?«

Clarissa schüttelte langsam den Kopf. Sie sah Tristans durchdringenden Blick und war froh, dass er nicht weiter nachbohrte, sondern wortlos das Zimmer verließ.

Was hatte sie wirklich gewusst, fragte sich Clarissa.

* * *

»Clarissa?«

Linda schaute ungläubig auf die Frau in dem eleganten dunkelblauen Mantel, die an diesem kalten Januartag vor ihrer Wohnungstür stand. Sie stellte fest, dass das Leben auch in Clarissas überaus schönen Gesichtszügen Spuren hinterlassen hatte. Für einen Moment war ihr ihre letzte Begegnung wieder präsent, kurz nach Kriegsende in der Villa von Schönwald, bei der es zu einem endgültigen Zerwürfnis gekommen war.

»Mit der Familie dieses Verräters haben wir nichts mehr zu tun!«, hatte Klaus von Schönwald damals gepoltert, woraufhin Linda ihre Sachen gepackt und das Haus verlassen hatte. Doch auch die Zeit davor kam Linda in den Sinn, das Haus am Schliersee, in dem sie verhaftet worden waren; die Wochen im Untersuchungsgefängnis und im Konzentrationslager Ravensbrück, wo sie gemeinsam um Tristan gebangt hatten; ihre Suche nach dem Jungen nach der Befreiung des Lagers durch die Alliierten und das glückliche Zusammentreffen im Kinderheim Bad Sachsa.

Sie nahm den unsicheren Blick in Clarissas Augen wahr und spürte, dass es der Frau nicht leichtgefallen war, sie heute aufzusuchen.

»Komm herein.« Sie nahm Clarissa den Mantel ab und führte sie in die winzige Küche ihrer kleinen Wohnung. Auf dem Tisch stand eine Kanne Kaffee. Linda holte eine zweite Tasse aus dem Schrank, schob einen Stapel Unterlagen, in denen sie gerade gelesen hatte, zur Seite und deutete auf einen Stuhl.

»Leider kann ich dir keinen komfortableren Platz anbieten«, sagte sie zu ihrer Schwägerin. »Mehr als diese kleine Wohnung kann ich mir mit meinem Gehalt als Kindergärtnerin nicht leisten. Trinkst du einen Kaffee mit mir?«

»Sehr gern, Linda. Und danke, dass ich überhaupt hereinkommen darf, nach allem, was vorgefallen ist.«

Linda schenkte Kaffee ein und nahm Clarissa gegenüber Platz. Für einen Moment rührten sie schweigend in ihren Tassen.

»Du fragst dich, warum ich gekommen bin«, sagte Clarissa.

»Eigentlich frage ich mich noch mehr, wie du mich gefunden hast«, antwortete Linda.

»Tristan hat es mir gesagt.«

Linda seufzte. »Hör mal, Clarissa, wenn du gekommen bist, um mir wieder den Umgang mit meinem Neffen zu verbieten, dann muss ich dir leider sagen, dass ich mich darauf nicht mehr einlassen werde. Tristan und ich hatten schon immer ein enges Verhältnis, und wenn du das untergraben willst, dann schadest du nicht nur mir, sondern auch ihm.«

Clarissa schaute sie an, und Linda fiel auf, wie müde und bleich sie aussah, fast so, als hätte sie viele Tage und Nächte über etwas gegrübelt, was nun keinen Aufschub mehr duldete.

»Nein, ich komme nicht, um dir irgendetwas zu verbieten, Linda. Im Gegenteil, als mir Tristan vor einigen Tagen erzählt hat, dass er dich ab und zu trifft, war ich sogar regelrecht erleichtert, denn ich weiß, wie sehr er dich die ganzen Jahre vermisst hat. Und es gab mir die Hoffnung, dass auch ich wieder Kontakt zu dir bekomme.«

154

»Warum?«

Clarissa schwieg einen Moment.

»Du hast mir immer viel bedeutet, Linda, vor allem in der schweren Zeit, die wir zusammen durchgemacht haben. Und da ist noch etwas.« Sie machte eine kurze Pause. »Ich musste nach zehn Jahren Ehe erkennen, dass ich den Mann an meiner Seite nicht wirklich gekannt habe. Ich musste ebenfalls feststellen, dass die Ideologie, an die ich so viele Jahre lang geglaubt habe, eine Irrlehre war. Ich habe begonnen, mein Leben mit Peter aufzuschreiben, wodurch mir vieles klar geworden ist. Doch es gibt noch zwei Fragen, die ich mir allein nicht beantworten kann. Deshalb hoffe ich, dass du mir helfen kannst.«

Linda erkannte an der stockenden Art, in der Clarissa gesprochen hatte, wie schwer ihr die Worte gefallen waren. »Was möchtest du wissen, Clarissa?«

Clarissa schaute sie fast flehend an, als sie die nächsten Worte aussprach. »Was haben wir gewusst, Linda? Was haben wir über die Lager gewusst, über das, was mit den Menschen dort geschehen ist?«

Linda lehnte sich zurück und nahm einen Schluck aus ihrer Tasse. »Das habe ich mich auch schon gefragt«, sagte sie zögernd. »Mein Bruder hat zu Hause kaum über seine Arbeit gesprochen. Trotzdem wussten wir, dass Menschen in großem Umfang deportiert wurden, und wir hätten uns eigentlich denken können, dass es für so viele Menschen gar nicht genügend Lager geben konnte.«

»Du meinst, wir hätten wissen müssen, was damals geschehen ist? Von dem millionenfachen Mord an Juden?«, fragte Clarissa.

»Es wurde nie direkt ausgesprochen«, antwortete Linda. »Ich kann mich an so viele Reden von Hitler und Goebbels in Radiosendungen erinnern, an Wochenschauen, Zeitungsartikel, Gespräche bei gesellschaftlichen Ereignissen. Aber nicht ein einziges Mal hat jemand eine klare Äußerung darüber gemacht, dass Juden in Vernichtungslager deportiert und dort getötet wurden. Und wir sind gar nicht auf die Idee gekommen, die Ideologie, in der wir erzogen wurden, und ihre Umsetzung in Zweifel zu ziehen. Wir haben daran geglaubt, dass es Gebiete im Osten gibt, wo die Juden angesiedelt werden. Wir haben die Lügen nicht hinterfragt, weil wir sie glauben wollten.«

Clarissa nickte zustimmend. »Peter ging es immer schlechter. Er schlief kaum noch und trank immer mehr. Ich hätte merken müssen, dass etwas nicht stimmte, aber ich habe mir selbst harmlose Erklärungen und Ausreden für sein Verhalten gesucht. Ich war felsenfest davon überzeugt, dass nach dem Endsieg alles besser werden würde. Wir waren alle verblendet und haben uns dadurch schuldig gemacht.«

Wortlose Stille erfüllte das Zimmer, und auch Linda fühlte diese Schuld, fragte sich wie Clarissa selbst immer wieder, wieso sie damals nie etwas hinterfragt hatte. Linda räusperte sich. »Und was ist die zweite Frage, wegen der du gekommen bist, Clarissa?«

Clarissas Blick schweifte für einen Moment zum Fenster, als müsste sie ihre Gedanken neu ordnen, dann schaute sie Linda an.

»Wer ist Hannah?«

Die Frage stand im Raum. Linda überlegte einen Moment, dann holte sie Stift und Papier und schrieb die Adresse des Sandnerhofs auf. »Hier findest du Hannah. Ein Weiler im Wald in der Nähe von Würzburg, im nächsten Ort gibt es eine Bahnstation. Ich bin mir sicher, Hannah wird dir deine Fragen beantworten.«

»Danke, Linda. Danke, dass du dir Zeit für mich genommen hast. Wenn ich jemals mein Leben verstehen will, muss ich die Wahrheit erfahren.«

Clarissa stand auf, reichte Linda die Hand und verabschiedete sich.

Linda war hin- und hergerissen, als sie Clarissa nachblickte, die über den Hof zur Einfahrt ging. Sie hatte so unglücklich gewirkt, dass sie ihr leidtat. Sollte sie Hannah schreiben und Clarissas Besuch ankündigen? Aber wenn Hannah dann vielleicht absagte? Sie fühlte sich mit einem Mal beiden Frauen gegenüber gleich verpflichtet. Herrje, was sollte sie nur tun? Vielleicht war es am besten, den Dingen ihren Lauf zu lassen und sich nicht einzumischen. Und es sollte auch nicht ihre Entscheidung sein, wann Tristan von seiner Halbschwester erfahren würde.

KAPITEL 16

Lorenz ging mit seinem Hund durch den tief verschneiten Wald vom Waldsee zurück zu seinem Haus und hing seinen Gedanken nach. Hannahs Tränen am Silvesterabend gingen ihm nicht mehr aus dem Sinn. Er hatte sie doch so glücklich erlebt in der letzten Zeit, was hatte diese Traurigkeit in ihr ausgelöst? Die Erinnerungen an ihre Zeit in Auschwitz? Ihre Trauer um Melinas Vater? Wer war dieser Mann, dem er ähnelte, und was hatte er Hannah angetan?

Er musste Antworten auf diese Fragen finden, denn sie ließen ihm keine Ruhe mehr, und doch schlug er bei seinen Spaziergängen nie den Weg zum Sandnerhof ein. Was hielt ihn davon ab, Hannah einen Besuch abzustatten? Hatte er Angst, sie könnte ihm mehr bedeuten, als gut für ihn war?

Sein Haus kam in Sicht, und als er es erreichte, schloss er die Tür auf und betrat – gefolgt von seinem Hund – den Flur. Er zog seinen Mantel und seine Stiefel aus, ging zur Kommode und griff nach den beiden Bildern, die dort standen.

Susanne, die Frau seines Lebens, und Vinzenz, sein Sohn, der nur wenige Jahre alt werden durfte. War es recht, dass es nun auf einmal wieder einen Menschen gab, der ihm etwas bedeutete? Hannah! Allein ihr Name zauberte ein Lächeln auf seine Lippen, und der Gedanke an den Klang ihrer Stimme ließ sein Herz höherschlagen. Je länger er die Bilder betrachtete, desto deutlicher hatte er das Gefühl, dass die beiden Menschen ihn anlächelten. Ja, sie hätten es verstanden, dass er sich wieder nach der Nähe eines anderen Menschen sehnte.

Er stellte die Bilder zurück auf die Kommode, setzte sich im Wohnzimmer in einen Sessel und starrte in die Glut im Kamin. Die Weihnachtsferien waren zu Ende, morgen würde der Unterricht wieder beginnen, und er würde Hannah begegnen. Wie wollte er ihr gegenübertreten? Sollte er die Silvesternacht ansprechen? Oder so tun, als hätte es diesen liebevollen Moment zwischen ihnen nie gegeben, als er sie in seinen Armen gehalten hatte? Vielleicht hatte Hannah die Umarmung längst nicht so viel bedeutet wie ihm. Was, wenn sie ihn nur mit einem freundlichen, höflichen Blick ansah, in dem kein Widerhall jenes innigen Moments lag?

»Hannah«, seufzte er.

Ben kam ins Zimmer gelaufen, und er spürte, wie der Hund ihn anstupste und den Kopf auf sein Knie legte.

»Ach, Ben.« Er streichelte den Hund. »Was soll ich nur tun?«

* * *

»Schönen guten Morgen allerseits«, sagte Lorenz, als er am nächsten Tag die Tür des Lehrerzimmers öffnete und in den Raum trat. Sein Blick schweifte über die Köpfe der Lehrkräfte, die sich ihm zuwandten und ihn begrüßten, und traf auf Hannah, die mit dem Rücken zu ihm am Bücherschrank stand und sich zu ihm umdrehte. Was er in dem kurzen Aufstrahlen ihrer Augen las, als sie ihn anblickte, reichte, um seine Befürchtungen zu zerstreuen, ihr könnte der Vorfall in der Silvesternacht nichts bedeutet haben. Ihr Blick traf ihn mitten ins Herz.

Er räusperte sich und wandte sich an die große Runde. »Ich hoffe, Sie hatten ein schönes Weihnachtsfest, und ich wünsche Ihnen allen noch ein frohes neues Jahr.«

»Ihnen auch alles Gute im neuen Jahr«, kam es von allen Seiten zurück.

»Ich möchte noch kurz einiges Organisatorische mit Ihnen besprechen«, fuhr er fort, setzte sich zu den Lehrkräften an den Tisch und sprach mit ihnen über Änderungen im Stundenplan, den bevorstehenden Besuch des Schulrats und den Termin für die Notenkonferenz. Bei der regen Diskussion, die dabei entstand, versuchte er, allen Anwesenden die gleiche Aufmerksamkeit zukommen zu lassen, und doch hatte er das Gefühl, als wäre außer ihm nur noch eine Person im Raum.

Hannah. Ganz gleich, mit wem er gerade redete, sein Herz war bei ihr, und er musste sich zwingen, sie nicht unentwegt anzusehen.

»Ich möchte Ihnen nochmals für das wunderschöne Weihnachtsfest und die Feier an Silvester danken, Fräulein Rosenberg«, sagte Lorenz, als er nach dem Unterrichtsende vor dem Schulgebäude mit Hannah zusammentraf.

»Ich freue mich, dass es Ihnen gefallen hat«, erwiderte Hannah.

Da sie bis zur Abzweigung zum Auenhof den gleichen Heimweg hatten, gingen sie gemeinsam über den Marktplatz und die Straße entlang durch das Dorf. Lorenz schlug einen leichten Plauderton an, um die Spannung zwischen ihnen zu lösen.

»Ich weiß gar nicht, wann ich das letzte Mal mit so vielen Menschen zusammen gefeiert habe. Im ersten Moment hatte ich sogar Sorge, dass ich mir gar nicht alle Namen merken könnte.«

Hannah lachte. »Wenn alle Freunde und Verwandten zusammenkommen, sind wir wirklich ganz schön viele. Dieses Mal waren wir fast komplett. Einer hat noch gefehlt. Konrad.«

»Stimmt. Es wurde wiederholt von ihm gesprochen. Er ist Annies Ehemann, richtig?«

»Genau, Konrad Sandner ist Annies Mann, der Sohn von Friedrich und Klara. Er ist noch immer in russischer Gefangenschaft.«

»Oh, das tut mir leid. Wissen Sie, wo er ist?«

»Wir haben ein Lebenszeichen von ihm erhalten. Eine Postkarte vom Roten Kreuz. Er ist noch immer in einem russischen Arbeitslager.«

»Kennen Sie den Namen des Lagers?«

»Workuta. Es ist eine Stadt ganz im Norden des Landes.«

Workuta! Er hatte von diesem Lager gehört, das eines der berüchtigtsten im ganzen sowjetischen Gulag-System sein sollte, doch er wollte Hannah nicht zusätzlich beunruhigen.

»Dann hoffe ich für Sie und die ganze Familie, dass Konrad bald wieder nach Hause kommt.«

Sie gingen eine Zeit lang schweigend nebeneinanderher.

»Nun ist es wieder ruhig auf dem Sandnerhof, nachdem alle abgereist sind«, sagte Hannah.

Lorenz hörte das Bedauern in ihrer Stimme. »Würden Sie manchmal gern mitreisen? Zu Melina nach München?«

Hannah überlegte.

»Besuchsweise ja, doch leben möchte ich nur noch hier, auf dem Sandnerhof. Die Menschen sind zu meiner Familie geworden. Hier bin ich zu Hause.«

»Das merkt man. An Weihnachten hatte ich den Eindruck, dass auch die Sandners sich ein Leben ohne Sie nicht mehr vorstellen können.«

»So habe ich das noch gar nicht gesehen.«

»Und in unserer Schule sind Sie auch nicht mehr wegzu-denken«, fügte Lorenz noch hinzu.

»Da wären wir schon beim Thema«, sagte Hannah. »Ich habe noch lange über unser Gespräch bei Ihnen auf dem Auenhof nachgedacht, als Sie mir von Ihrer Familie erzählt haben, Herr Richter. Und dabei ist mir ein Gedanke gekommen, den ich gern mit Ihnen besprechen wollte.«

Lorenz war sofort interessiert. »Erzählen Sie mir davon.«

Während sie der Landstraße durch die winterliche Landschaft folgten, berichtete Hannah ihm von ihrer Idee.

»Es geht um Matys. Er ist ein gescheiter Junge, doch er wird wahrscheinlich nie richtig sprechen können. Ich freue mich natürlich sehr, dass er in Erlenthal in die Schule gehen darf, doch ich möchte ihm so gern helfen, dass er sich noch besser verständlich machen kann. Das Schulamt hat mich darüber informiert, welche Möglichkeiten der Förderung es gibt. Wir könnten ihn in einer Gehörlosenschule in Würzburg anmelden, wo er logopädische Hilfe und Unterricht in Gebärdensprache erhalten würde, doch das wäre mit einer Internatsunterbringung verbunden. Finanziell könnten wir Josefa unterstützen, ihren Enkel in diese Schule zu schicken, doch ich bin überzeugt, es würde ihr, Matilda und Matys das Herz brechen. Und mir auch.«

Er nickte verständnisvoll.

»Bei unserem Gespräch haben Sie erwähnt, dass Sie die Gebärdensprache beherrschen«, fuhr Hannah fort. »Sagen Sie, wie lange haben Sie gebraucht, um sie zu erlernen? Glauben Sie, es wäre möglich, dass Sie sie Matys und mir beibringen?«

Lorenz schaute sie verblüfft an. Warum war er nicht selbst längst auf diese Idee gekommen? Natürlich, es lag doch auf der Hand, welcher Gewinn es für Matys wäre, die Gebärdensprache zu erlernen. »Nun, ich denke, wenn man im Rahmen von zwei- bis dreimaligem Unterricht in der Woche üben könnte, würde es wohl schon nach wenigen Wochen für eine einfache Verständigung reichen. Wenn man die Sprache wirklich beherrschen und auch schwierige Sachverhalte ausdrücken möchte, dauert das schon etwas länger. Monate, Jahre vielleicht.«

Er sah den unsicheren Blick in ihren Augen.

»Fragt sich nur ...«, begann sie, setzte den Satz jedoch nicht fort.

»Ob ich dazu bereit bin? Ja, das würde ich gern machen. Ich frage mich gerade, warum ich nicht selbst darauf gekommen bin.«

»Sie sagen also zu? Das freut mich! Sobald Sie es sich zeitlich einrichten können, werden Matys und ich zum Unterricht kommen.«

Sie blieben stehen, da sie die Abzweigung zum Auenhof erreicht hatten.

Lorenz reichte Hannah die Hand. »Die Termine werden sich leicht finden lassen. Ich gebe Ihnen morgen in der Schule Bescheid.«

»Danke, Herr Richter«, antwortete Hannah, und er sah das Strahlen in ihren Augen, als sie sich an der Weggabelung trennten.

* * *

Hannah sah Matys' Begeisterung, mit der er dem Unterricht folgte, wenn Lorenz Richter ihm neue Zeichen der Gebärdensprache beibrachte. Begierig lernte er die Handzeichen, die es ihm ermöglichten, mit ihr zu kommunizieren. Er konnte nun, nach wenigen Wochen, schon ganze Sätze bilden und hatte sichtlich Freude daran.

»Das hast du sehr gut gemacht«, lobte ihn Lorenz Richter am Ende der Unterrichtsstunde. »Ich glaube, Ben freut sich schon, wenn er draußen im Schnee mit dir spielen darf. Ist dafür noch Zeit?«

Als Hannah in Matys' fragende Augen blickte, nickte sie. »Ja, lauf. So viel Zeit haben wir noch.«

»Trinken Sie noch eine Tasse Tee mit mir, Fräulein Rosenberg?«

»Gern«, erwiderte Hannah und half, die Teetassen aus der Küche zu holen. Lorenz Richter folgte mit der Kanne und goss den Tee ein.

»Matys ist ein ganz anderes Kind geworden, seit wir mit dem Unterricht begonnen haben«, sagte Hannah, als sie sich in einen der Sessel setzte. »Er erzählt mir jetzt so viel, was er früher nicht konnte. Er berichtet, was in der Schule vorgefallen ist, worüber er sich freut, was ihn bedrückt.«

»Das ist wirklich toll. Ich war tatsächlich zu sehr mit meinen eigenen Problemen beschäftigt, denn eigentlich hätte mir diese Idee kommen müssen.«

»Mit jedem neuen Zeichen kann er sich besser ausdrücken. Die Gebärdensprache ist für ihn das Tor zu einer ganz neuen Welt. Gestern Abend im Bett hat er mich sogar auf seine Mutter angesprochen.«

»Sie ist gestorben?«

»Ja, bei seiner Geburt während der Flucht aus Schlesien. Josefa, seine Großmutter, hat ihn mitgenommen. Das Kind war unterversorgt, als Josefa mit ihm und ihrer Enkelin Matilda hier ankam. Wir befürchteten sogar, er könnte nicht überleben, und holten unseren Doktor und Pfarrer Petersen.«

»Haben Sie schon überlegt, was aus den Kindern wird, wenn ihre Großmutter einmal nicht mehr da ist?« Er goss Hannah noch einen Tee ein.

»Daran denke ich sehr oft. Ich würde versuchen, die Pflegschaft für sie zu bekommen. Ich hoffe, dass es kein Hindernis darstellt, dass ich alleinstehend bin.«

»Ich denke nicht. Die Kinder leben ja schon so lange in Ihrer häuslichen Gemeinschaft. Und vielleicht werden Sie nicht immer allein bleiben. Oder wäre das so unvorstellbar?«

Hannah überlegte, was ihm wohl gerade durch den Kopf ging. Fragte er sich gerade, warum sie nach der Trennung von Peter allein geblieben war? Sie hätte viele Gründe aufzählen können, angefangen bei ihrem unehelichen Kind, das für viele Männer ein Hindernis dargestellt hätte, bis zu den politisch bewegten Zeiten – doch wenn sie ehrlich war, lag es daran, dass sie nie mehr einen Mann so sehr geliebt hatte wie Peter. Doch Peter war nicht mehr da, und sie musste ihn endlich loslassen. Sie sah, dass Lorenz Richter noch immer auf eine Antwort wartete. »Nein, unvorstellbar wäre es nicht.«

Der Blick in Lorenz Richters Augen verwirrte sie, und sie schaute auf die Uhr. »Jetzt müssen wir aber los.«

Sie gingen nach draußen, um nach Matys zu sehen.

Der Junge, der noch immer mit Ben herumtollte, drehte sich zu Hannah um und machte ein Handzeichen.

»Du möchtest wissen, wann wir wiederkommen?«, fragte sie und schaute Lorenz Richter an.

Er machte das Handzeichen für »morgen«, und Matys lächelte.

KAPITEL 17

»*Skoro domoi, Stalin umirajet*«, raunte ein russischer Häftling Konrad zu, als sie die eineinhalb Kilometer vom Lager zu ihrem Schacht durch die eisige Nacht marschierten. Sie mussten ihre Spätschicht antreten. Zu beiden Seiten ihrer Kolonne liefen russische Soldaten mit Gewehren und Hunden.

Als ob es Sinn haben würde, durch die Tundra zu fliehen, dachte Konrad. Wie weit würden sie denn kommen, bei zweistelligen Minustemperaturen, zu Fuß, ohne Ausrüstung, ohne Nahrung?

In den vierzig Schächten des Bergwerks wurde in drei Schichten gearbeitet, und Konrad dachte an die zehn Stunden schwerster körperlicher Anstrengung, die vor ihm lagen. Viele Stollengänge waren so niedrig, dass man sich nur in gebückter Haltung oder auf Knien bewegen konnte, um die Kohle abzuräumen; zudem standen viele Flöze unter Wasser. Doch hatten sie am Ende der Schicht ihr Soll nicht erfüllt, fiel die Essensration kleiner aus. Es war eine Knochenarbeit, die Kohleloren zu füllen und durch die Gänge zu ziehen. Die Kohle, die sie aus dem Permafrostboden der Tundra nach oben beförderten, wurde in Eisenbahnwaggons geladen und in die russischen Städte transportiert, um dort den Menschen die Wärme zu bringen, die sie hier in ihren schlecht beheizten, zugigen Baracken so bitter vermissten. Oft blickte Konrad wehmütig den abfahrenden Zügen nach, die schwer beladen das Lager verließen.

»*Skoro domoi, Stalin umirajet*«, sagte der Mann neben ihm noch einmal und riss Konrad aus seinen Gedanken. *Bald geht's nach Hause. Stalin liegt im Sterben.* Konrad schaute den russischen Kameraden skeptisch an. Wie oft hatte er in den letzten Jahren den Satz »Skoro domoi« bereits gehört, und doch war er nicht wahr geworden. Warum dieses Mal? Er schaute in die Augen des Mannes, der ihm wissend zunickte.

»*Stalin umirajet*«, wiederholte er noch einmal. Sollte Konrad es dieses Mal glauben?

Als sie am Ende der Nachtschicht wieder aus dem Stollen an die Oberfläche kamen, trat Konrad mit Oskar hinaus in die Eiseskälte und nahm einen tiefen Atemzug. Die stickige Luft in den Stollengängen war voller Kohlenstaub, der bis in ihre Lungen drang. Auch unter Tage hatte das Gerücht die Runde gemacht. Jeder Bergmann, dem Konrad und Oskar bei der Arbeit begegneten, hatte sie darauf angesprochen, und immer wieder waren sie an den Stollenausgängen auf Männer gestoßen, die in Grüppchen beieinanderstanden und Mutmaßungen austauschten. Konrad hatte schon Angst um seine Essensration gehabt, da er fürchtete, ihre Schicht könnte in dieser Nacht weniger produktiv sein, doch das Gegenteil war der Fall gewesen. Obwohl die Bergleute Zeit mit Reden verschwendet hatten, waren am Ende dieser Schicht mehr Loren beladen als in anderen Nächten. Die Hoffnung, die in dem Gerücht mitschwang, hatte sie angespornt.

Bewaffnete Aufseher eskortierten sie auf dem Rückweg. Als sie das Lagertor passierten, bemerkte Konrad sofort, dass an diesem Morgen im März etwas anders war. Häftlinge, die sich nach den langen Stunden körperlicher Schwerstarbeit für gewöhnlich direkt zur Kantine schleppten, um ihr Essen zu verschlingen und dann in ihren Baracken todmüde auf ihre Pritschen zu fallen, blieben beieinander stehen und flüsterten sich Neuigkeiten zu. Hier gab es ein Händeschütteln, dort ein Schulterklopfen.

»Das kann nur eins bedeuten«, vernahm Konrad plötzlich die leise Stimme seines Kameraden Oskar. »Stalin ist tatsächlich tot.«

Auf dem kurzen Weg bis zur Kantine wurde aus dem Gerücht Gewissheit. Aus den Lautsprechern vor dem Verwaltungsgebäude erklang die Stimme des Nachrichtensprechers von Radio Moskau, und einige russische Häftlinge übersetzten für die Deutschen, dass der Herrscher über das größte zusammenhängende Staatsgebiet der Erde, das sich vom Schwarzen Meer bis zum Pazifik und vom ewigen Eis Sibiriens bis zu den Wüsten Mittelasiens erstreckte, am Vorabend verstorben war. Sein Tod schuf bei den Häftlingen Raum für die kühnsten Spekulationen. Wer waren die Männer, die bereits im Kreml um die Nachfolge des verstorbenen Staatsoberhauptes stritten? Welche Auswirkungen hatte ein Machtwechsel in Moskau für sie, die Elenden am Ende der Welt? Würde es zu einer Überprüfung ihrer Urteile kommen, zu Revisionen, zu Begnadigungen?

»Ich sag dir doch, Oskar, dies ist unser letzter Winter hier«, sagte Konrad, als sie sich in der Kantine über ihre Kascha, einen lauwarmen Getreidebrei, hermachten. »Wir kommen hier wieder raus.«

Die Hauptnahrungsmittel im Lager waren Buchweizenbrei, Brot und Hoffnung. Oft waren es Gerüchte – und mochten sie noch so abwegig sein –, die die hungrigen Häftlinge am Leben hielten.

Als Konrad und Oskar sich nach dem Essen in ihrer Baracke auf ihren Pritschen ausstreckten, waren es viele neue Funken der Hoffnung, die ihnen durch den Kopf gingen, bevor sie in tiefen Schlaf fielen.

KAPITEL 18

Das Erste, was Tristan auffiel, als er und Ralph am nächsten Nachmittag aus dem U-Bahnhof auf der Ostberliner Seite traten, war die Trauermusik, die aus den Lautsprechern erklang, und die Flaggen, die auf halbmast gesetzt waren.

Sie gingen die Straße entlang, und Ralph deutete auf die Schaufenster einiger Geschäfte, in denen Bilder des Diktators mit Trauerflor ausgestellt waren, mit einem Blumenstrauß und einer Kerze davor. »So fällt wenigstens nicht auf, dass sie kaum Waren im Schaufenster haben«, meinte er lakonisch. »So etwas nennt man staatlich verordnete Trauer. Was glaubst du, wie viele SED-Spitzel jetzt unterwegs sind und alle inhaftieren, die sich in einem unbedachten Moment nicht bestürzt zeigen über den Tod des ›weisen Vaters der Völker‹?«

»Was wird nach ihm kommen? Steht schon ein Nachfolger fest?«

»Bestimmt jemand aus den eigenen Reihen. Die Parteispitze wird ausgetauscht, doch für das einfache Volk ändert sich nichts.«

Sie fuhren mit der S-Bahn bis zur Oranienburger Straße. Von Weitem schon sahen sie die während des Krieges stark beschädigte Synagoge, deren ehemals prächtiges Aussehen man jetzt nur noch erahnen konnte, und betraten im Nachbarhaus das Büro der jüdischen Gemeinde.

Tristan trat zu der Frau hinter dem Schreibtisch und erklärte ihr sein Anliegen. Er legte ihr das Foto der jüdischen Familie vor, die er suchte, und sie schaute interessiert auf das Ehepaar und die drei kleinen Kinder.

»Bist du mit den Morgensterns verwandt?«, erkundigte sie sich. Tristan schüttelte den Kopf. »Nein. Sie haben früher in unserem Haus am Kurfürstendamm gewohnt. Ich möchte nur wissen, was aus ihnen geworden ist.«

Er sah den bedauernden Blick in den Augen der Frau.

»Eigentlich darf ich nur Anfragen von Verwandten oder zumindest engen Freunden bearbeiten«, sagte sie.

»Bitte!« Tristan ließ nicht locker. »Es wäre mir wirklich wichtig.«

»Lass mir das Foto mal da. Ich werde sehen, was ich machen kann. Wie heißt du denn, und unter welcher Adresse kann ich dich erreichen?«

Tristan zögerte. Was würde passieren, wenn bei ihm zu Hause ein Brief der jüdischen Gemeinde eintreffen würde? Das war keine gute Idee. Er musste nur an den Streit vom Vortag denken, als er seinen Großvater gebeten hatte, seine Kontakte von früher einzusetzen, um ihm bei der Suche nach der Familie Morgenstern zu helfen. Opa Klaus hatte seine Bitte entschieden abgelehnt, und Tristan hatte ihm die Worte entgegengeschleudert: »Ich werde sie auch ohne dich finden!« Nein, seine Adresse konnte er der Frau nicht geben.

»Es ist wohl das Beste, wenn wir in ein paar Tagen wiederkommen und persönlich nachfragen. Ist Ihnen das recht?«, mischte Ralph sich in das Gespräch ein.

»Gut, aber fragt dann bitte direkt nach mir, wenn ihr mich hier nicht antrefft. Leah Blum ist mein Name.«

Tristan nickte, und er und Ralph verabschiedeten sich von Frau Blum.

»Hoffentlich findet sie etwas heraus«, sagte Tristan, als sie wieder auf der Straße standen.

»Sie ist die beste Anlaufstelle, die wir haben«, antwortete Ralph.

KAPITEL 19

Hannah schaute von ihrem Buch auf, das vor ihr auf dem Gartentisch lag. Als sie die Frau erblickte, die gerade das Gartentor öffnete, hatte sie plötzlich das Gefühl, als würden sich Zeit und Wirklichkeit verschieben, als wäre die Vergangenheit mit einem Male zurückgekehrt in die Gegenwart. Sie konnte nicht glauben, dass da gerade Clarissa von Schönwald über die Wiese auf sie zukam, für die Peter sie verlassen hatte. Warum suchte sie sie auf? Wollte sie ihr Vorhaltungen machen, dass Peter sie auch geliebt hatte? Vor der Hochzeit mit Clarissa? Widersprüchliche Gefühle stiegen in Hannah auf, und als sie und Frau von Schönwald sich kurz darauf in die Augen blickten, standen da nicht nur die Jahre zwischen ihnen, die seit ihrem letzten Zusammentreffen vergangen waren. Zwischen ihnen stand ein Mann, den sie beide geliebt hatten.

Es fiel Hannah nicht leicht, die Distanz zwischen ihr und Clarissa zu überwinden. Wie in Zeitlupe erhob sie sich und sagte schließlich das einfache Wort: »Willkommen.«

Dabei reichte sie Clarissa die Hand, die diese sofort ergriff.

»Sie sind Hannah Rosenberg, ich habe Sie gleich wiedererkannt«, sagte Clarissa. »Haben Sie ein paar Minuten Zeit für mich?«

Hannah hatte sich wieder einigermaßen gefasst. »Bitte setzen Sie sich doch.«

»Wir sind uns schon einige Male begegnet, in der Villa der Familie Hagen am Grunewald, und Sie wissen sicher, wer ich bin«, begann Clarissa das Gespräch und setzte sich an den Gartentisch.

»Ja, Sie sind Peter Hagens Ehefrau.«

»Dann fragen Sie sich wahrscheinlich, warum ich heute gekommen bin«, fuhr Clarissa fort. »Und um es kurz zu machen: Ich brauche Ihre Hilfe.«

»Meine Hilfe?«

»Ja, denn allein komme ich nicht weiter. Ich habe in den letzten Monaten versucht, eine Antwort auf die Frage zu finden, warum mein Mann sich im letzten Kriegsjahr zu einer kompletten politischen Kehrtwende entschieden hat. Ich weiß mittlerweile, dass er sein eigenes Handeln nicht mehr verantworten konnte. Doch das erklärt nicht alles. Ich spüre, dass da noch etwas war, und versuche, endlich auch den Teil von Peter zu verstehen, den ich nie gekannt habe.«

Konnte es sein, dass Peter Clarissa nie von ihr erzählt hatte, fragte sich Hannah.

Clarissa öffnete eine Tasche und zog eine Mappe heraus, die einen dicken Stoß maschinenbeschriebener Blätter enthielt.

»Ich habe mein Leben mit Peter aufgeschrieben und bin an einen Punkt gekommen, an dem ich nur noch Fragen, aber keine Antworten mehr finde.«

Clarissa machte eine kurze Pause, als müsste sie sich die nächsten Worte erst zurechtlegen.

»Ich bin mittlerweile überzeugt, dass Sie eine wichtige Rolle in Peters Leben gespielt haben. Darüber sind Sie mir natürlich keine Rechenschaft schuldig, aber ich möchte Sie bitten, mir trotzdem Antworten zu geben. Ich habe ein Angebot für Sie.«

»Ein Angebot? Was meinen Sie?«

Clarissa schob die Mappe über den Tisch. »Meine Geschichte gegen Ihre. Sie kennen ja auch einen Teil von Peter, der mir unbekannt ist.«

Hannah war verblüfft. Sie hatte mit allem gerechnet, aber nicht damit, dass Clarissa ihr einen Blick in ihre Ehe mit Peter gewähren wollte. »Ich würde Ihnen sowieso jede Frage beantworten«, sagte Hannah und schob die Mappe wieder zurück. »Denn Sie haben ein Recht darauf, alles zu erfahren. Sie müssen mir Ihre Aufzeichnungen deshalb nicht überlassen. Es ist Ihre eigene Geschichte mit Peter.«

Clarissa schüttelte den Kopf. »Ich denke, Sie sollten sie lesen. Peter hätte es so gewollt.«

Hannah zögerte einen Augenblick, denn ein seltsames Gefühl beschlich sie. Was würde sie aus den Aufzeichnungen erfahren? Wollte sie das wirklich wissen?

»Wenn das Ihre Überzeugung ist, dann werde ich sie mir anschauen«, sagte sie schließlich. »Wie lange sind Sie hier?«

»Ich habe mir im Gasthaus im Dorf ein Zimmer genommen. Die Landschaft ist herrlich, und jetzt im Frühling kann man hier sicher wunderschön wandern und spazieren gehen. Einen oder zwei Tage werde ich wohl bleiben. Mein Sohn Tristan ist bei seinen Großeltern gut untergebracht und weiß, dass ich kurz verreist bin.«

»Gut«, erwiderte Hannah. »Ich gebe Ihnen Nachricht, wenn ich Ihre Aufzeichnungen gelesen habe. Aber nun kommen Sie doch bitte mit ins Haus und trinken Sie eine Tasse Kaffee mit mir.«

»Gern«, sagte Clarissa, stand auf und folgte Hannah ins Gebäude.

»Nehmen Sie doch schon mal Platz, ich komme gleich mit dem Kaffee«, sagte Hannah und öffnete eine Tür, die in ein behaglich eingerichtetes Zimmer führte, sie selbst ging weiter bis zur Küche. Als sie kurze Zeit später ein Tablett mit

Geschirr auf dem Wohnzimmertisch abstellte, sah sie Clarissa vor der Kommode am Fenster stehen. Sie hielt einen kleinen Bilderrahmen in der Hand, und Hannah erkannte mit einem Blick, um welches Bild es sich dabei handelte. Es war die Bleistiftzeichnung mit ihr und Melina auf ihrem Schoß, die David am Tag von Marias Hochzeit angefertigt hatte.

»Oh Gott, ich kenne dieses Bild!«, hörte sie Clarissa überrascht ausrufen.

Hatte Clarissa es bei Peter gesehen, fragte sich Hannah. Oder hatte er es ihr sogar gezeigt? Wie viel wusste Peters Witwe? Hannah schenkte den Kaffee ein.

Clarissa hielt noch immer die Zeichnung in der Hand, als sie in einem Sessel Platz nahm. »Ich habe dieses Bild einmal in Peters Händen gesehen, an dem Tag, an dem er mit dem Priester gesprochen hat. Auch wenn ich damals nur einen flüchtigen Blick darauf geworfen habe, würde ich es dennoch unter Tausenden sofort wiedererkennen. Wie kommt es hierher?«

Einen flüchtigen Blick – fast spürte Hannah Erleichterung. »Dieses Bild ist weit gereist«, erklärte sie. »Es wurde hier auf dem Sandnerhof während einer Hochzeit gezeichnet, gelangte dann nach Berlin in Ihre Villa und von dort ins Strafgefängnis Plötzensee. Von da kam es wieder hierher zurück.« Hannah sah Clarissas erstaunten Blick, der zwischen ihr und dem Bild hin und her wanderte.

»Das sind Sie auf der Zeichnung«, stellte Clarissa fest. »Und das Kind ist …« Sie sprach nicht weiter.

»Meine Tochter Melina«, ergänzte Hannah, und fast war sie froh, als sie in diesem Moment die Stimmen von Matilda und Georg im Flur hörte, die auf der Suche nach ihr waren. Clarissa hatte ein Recht darauf, die Wahrheit zu erfahren, entschied Hannah, doch das Ganze kam jetzt zu überraschend für sie. Clarissas plötzliches Auftauchen hatte sie völlig aus dem Gleichgewicht gebracht. »Dies ist jetzt nicht der richtige

Moment, um Ihnen von der Zeichnung zu erzählen, dafür sollten wir ungestört sein«, sagte sie entschuldigend. »Morgen nach dem Unterricht hätte ich Zeit, da könnten wir uns in Ruhe unterhalten. Was meinen Sie?«

»Ich würde mich sehr freuen«, antwortete Clarissa, stellte das Bild auf den Tisch und griff nach ihrer Tasse.

Matilda und Georg kamen ins Zimmer, begrüßten Clarissa und setzten sich zu Hannah. »Kannst du uns später bei den Hausaufgaben helfen? Herr Richter hat uns so viel aufgegeben!«, bettelten sie, und Hannah nickte ihnen freundlich zu.

»Sind das auch Ihre Kinder?«, fragte Clarissa.

Hannah schüttelte den Kopf. »Nein, ich habe nur eine Tochter. Melina«, antwortete sie. Und sie ist auch Peters Tochter, fügte sie im Stillen noch hinzu.

Am Abend nahm Hannah Clarissas Aufzeichnungen zur Hand, setzte sich auf das Sofa im Wohnzimmer und machte die Leselampe an. Lange lag die Mappe geschlossen auf ihrem Schoß. Sie fragte sich, ob sie bereit war, die darin verborgenen Dinge zu erfahren. Irgendwann fasste sie sich ein Herz und schlug die Mappe auf. Sie begann zu lesen und wurde immer mehr in die Ereignisse hineingezogen, die auch ein Teil ihres Lebens gewesen waren. Sie las die Geschichte des Mannes, von dem sie geglaubt hatte, dass sie ihn an eine andere Frau verloren habe. Sie las von den Höhen und Tiefen einer Ehe, die auf einer Lüge aufgebaut war, von bohrenden Fragen, hilflosem Schweigen, tiefer Verzweiflung und einem endgültigen Zerwürfnis. Als der Morgen dämmerte, stand sie auf und ging zum Fenster. Tränen liefen über ihr Gesicht. Aus Clarissas Aufzeichnungen hatte sie eine Botschaft vernommen, mit der sie nicht gerechnet hatte. Peter hatte sie niemals vergessen, er hatte sie immer geliebt. Sie hatte ihn nicht an Clarissa verloren. Sie hatte jetzt endlich die Antwort auf die Frage erhalten, was sie für ihn gewesen war. Konnte sie jetzt abschließen? Konnte sie Peter jetzt gehen lassen?

* * *

»Sie sind gestern gar nicht mit Matys zum Unterricht gekommen«, stellte Lorenz fest, als Hannah mit ihm auf dem Pausenhof zusammentraf. »Was war denn los?«

»Oje, ich wollte mich heute noch bei Ihnen entschuldigen. Wir haben unerwarteten Besuch bekommen. Aus Berlin.«

»Da bin ich ja froh, dass nichts Schlimmes vorgefallen ist.« Lorenz Richter klang erleichtert. »Da Sie immer pünktlich sind, war ich in Sorge, dass etwas passiert sein könnte.«

Hannah schüttelte den Kopf.

Seinem forschenden Blick war sicher nicht entgangen, dass sie heute verändert wirkte.

»Aber irgendetwas stimmt doch nicht mit Ihnen, oder? Sie sehen blass und traurig aus. So kenne ich Sie gar nicht. War es kein erfreulicher Besuch?«, fragte er prompt.

Hannah zuckte mit den Schultern. »Na ja, es kann einen ganz schön aus der Bahn werfen, wenn plötzlich die Vergangenheit vor der Tür steht.«

»Die Vergangenheit? Der Teil Ihrer Geschichte, der kein gutes Ende gefunden hat?«, fragte er vorsichtig. Er schien sie nicht zu einer Antwort drängen zu wollen.

Hannah nickte wortlos.

»Ich weiß zwar nicht, ob ich gute Ratschläge geben kann, aber ich kann gut zuhören«, sagte Lorenz zögerlich. »Wenn Sie einmal darüber sprechen möchten, dann wissen Sie, wo Sie mich finden können.«

»Das ist nett von Ihnen.« Hannah sah ihn dankbar an. »Ich komme gern auf Ihr Angebot zurück, doch ich glaube, ich muss diese Geschichte erst einmal für mich selbst klären.«

Beinahe erleichtert hörte Hannah das Bimmeln der Schulglocke, die zum Pausenende läutete. Sie war noch nicht bereit, mit Lorenz Richter über Peter zu reden.

Ein leichter Wind wehte in den Wipfeln der Bäume, als Hannah am Nachmittag neben Clarissa auf der Bank vor der kleinen Kapelle am Waldrand saß.

Hannah begann zögerlich zu sprechen. »Ich habe Ihre Aufzeichnungen heute Nacht gelesen, und sie haben mich sehr mitgenommen. Sie hatten es nicht leicht an seiner Seite. Aber Sie müssen wissen, dass ich Ihnen Peter nicht weggenommen habe. Ich wusste nichts von Ihrer Verlobung. Peter hat mir erst kurz vor Ihrer Hochzeit von Ihnen erzählt.«

Clarissa schaute sie an. »Das glaube ich Ihnen. Erzählen Sie es mir.«

»Wo soll ich bloß anfangen?«, fragte Hannah.

»Beim Geigenunterricht«, kam ihr Clarissa zu Hilfe. »Beginnen Sie 1932, als Hitler noch nicht an der Macht war. Sie kamen als Geigenlehrerin ins Haus der Familie Hagen. Dort trafen Sie auf Peter.«

Während die Sonne immer tiefer sank, gab Hannah Clarissa Antworten auf ihre offenen Fragen. Sie erzählte ihr, welche Rolle sie in Peters Leben gespielt hatte. Clarissa hörte ihr schweigend zu, als sie von dem Tag berichtete, an dem Peter sie verlassen hatte; von der Hochzeit, die in allen Zeitungen gestanden hatte, und von dem Tag, an dem die kleine Melina zur Welt gekommen war. Als sie von Peters Besuch in den Abendstunden der Reichskristallnacht erzählte, sah sie ein Aufleuchten in Clarissas Gesicht.

»Dann hat meine Vermutung also gestimmt, dass er Sie und sein Kind an diesem Tag gesehen hat«, sagte sie.

Hannah nickte. »Aber er hat nicht gefragt, ob Melina sein Kind ist. Das hat er erst später erfahren.« Sie schilderte ihre Abreise aus Berlin, die Ankunft auf dem Sandnerhof sowie den gescheiterten Fluchtversuch und ihre Deportation ins Konzentrationslager. Sie sah die Betroffenheit in Clarissas Gesicht und hörte, wie sie mit einem Ausdruck des Grauens das Wort »Auschwitz« murmelte. In Hannah stiegen wieder die Bilder auf, die sie zu verdrängen versuchte, da sie zu schlimm waren, als dass ein Mensch sie fassen konnte. Der Rauch über dem Lager … die Selektionsrampe, an der Männer mit Gewehren und Hunden über Leben und Tod entschieden … die Menschen, die in die Gaskammern getrieben wurden … Alma Rosés bleiches Gesicht, als sie tot auf ihrer Pritsche lag. Hannah brauchte einen Moment, bis sie weitersprechen konnte.

»Ich habe Peter zum letzten Mal im Lager gesehen, mit einem Fotoapparat in der Hand. Offensichtlich war sein Besuch dort der Auslöser für sein späteres Handeln.«

»Jetzt verstehe ich so einiges. Der Anklagepunkt, mit den alliierten Geheimdiensten kooperiert zu haben, hing mit den Fotos zusammen. Und die furchtbare Erkenntnis, was in den Lagern wirklich geschah, sowie die Annahme, dass seine Tochter in Auschwitz ums Leben gekommen sein könnte, ließen Peter zum Attentäter werden. Es tut mir so entsetzlich leid, welches Schicksal Ihnen widerfahren ist. Ich frage mich seit einiger Zeit, was ich selbst von all dem wusste, und fühle mich mitschuldig.«

Hannah spürte, wie Clarissa zögerlich nach ihrer Hand tastete, und griff beherzt zu. »Danke. Sie hätten diese Tötungsmaschinerie auch nicht aufhalten können.«

»Aber wenn viele sich dagegengestellt hätten, vielleicht schon.«

Gemeinsam saßen sie einige Minuten schweigend da.

»Ich hoffe, Sie haben jetzt die Antworten gefunden, die Sie gesucht haben«, sagte Hannah.

»Oh ja. Was Sie mir erzählt haben, hat mir Peter nähergebracht. Ich kann ihn jetzt verstehen. Ich frage mich, ob ich auch damals schon Verständnis gehabt hätte, wenn er mich in seine Pläne eingeweiht hätte. Ich fürchte allerdings, ich war noch zu verblendet.«

»Niemand könnte das im Nachhinein mit Sicherheit sagen«, antwortete Hannah.

»Ich weiß noch nicht, wie ich Tristan beibringen soll, dass er eine Halbschwester hat. Er klammert sich im Moment innerlich sehr an seinen Vater, immer wieder bringt er die Sprache auf ihn.«

»Vielleicht wäre es aber auch ein Gewinn für ihn, eine Halbschwester zu haben«, gab Hannah zu bedenken.

»Ja, ich werde mir dazu Gedanken machen. Ich reise morgen ab, und ich danke Ihnen für Ihre Offenheit. Ich dachte ja, nach meiner Rückkehr würde ich das letzte Kapitel meiner Aufzeichnungen schreiben. Aber das werde ich nicht tun. Die Geschichte soll offen bleiben, denn sie ist nicht am 20. Juli 1944 zu Ende gegangen.«

Hannah nickte zustimmend. »Das ist ein schöner Gedanke.«

* * *

Als Hannah aus der Kapelle trat, sah sie Pfarrer Petersen den Feldweg entlanglaufen.

»Guten Tag, Hannah, so ganz allein unterwegs?«, grüßte er, als sie ihn erreicht hatte. »Ist Ihr Besuch schon wieder abgereist?«

»Ja, Peters Frau ist wieder auf dem Weg nach Berlin, und ich musste ein bisschen allein sein, um über alles nachzudenken.«

»Wollen Sie mir davon erzählen?«

Hannah nickte. »Da ist so vieles, was auf mich einstürmt. Ich habe von Clarissa einiges über die Vergangenheit erfahren, was ich nicht gewusst habe. Sie hatte eine schwere Zeit als Ehefrau an der Seite eines Mannes, der sein Leben lang eine andere Frau geliebt hat.«

»Ja, Hannah, Sie waren Peter nie gleichgültig, das habe ich bei unserem Gespräch in Berlin gespürt. Und diese Liebe sollten Sie jetzt annehmen, um ihn loslassen zu können. Um frei zu werden für das, was das Leben noch für Sie bereithält.«

»Wie machen Sie das, dass Sie immer die richtigen Worte finden?«, fragte Hannah und sah den Priester überrascht an. »Was Sie sagen, erinnert mich an einen Traum, den ich vor Monaten geträumt habe. Peter stand am Ufer des Waldsees und hat mir etwas zugerufen, was ich nicht verstanden habe, aber das Lächeln in seinem Gesicht hat mir gezeigt, dass er nicht von einem Abschied gesprochen hat, sondern von einem Neubeginn.«

»Sehen Sie, und dieses Neue ist vielleicht schon da in Ihrem Leben, Sie müssen es nur sehen.«

Bilder kamen Hannah in den Sinn, von einem Mann, der Peter sehr ähnlich sah. Sie sah Lorenz Richter, der im Fußballtrikot mit den Schülern auf der Wiese hinter der Schule Bälle kickte, sie sah ihn im Anzug, wie er den Schulrat von Klassenzimmer zu Klassenzimmer führte, sie sah ihn, wie er über den Pausenhof ging und Streitigkeiten schlichtete. Sie erinnerte sich, wie er bei den Lehrerkonferenzen immer wieder ihren Blick suchte, und ihr Herz begann wild zu klopfen, als sie an die Silvesternacht dachte und wieder seinen Arm um sich spürte.

»Ja«, sagte sie leise. »Es ist Zeit, mit der Vergangenheit abzuschließen.«

Als Hannah an diesem Abend mit Matys zum Unterricht bei Lorenz Richter kam, merkte sie, wie das Gespräch mit dem Pfarrer noch in ihr nachwirkte. So viele kleine Dinge fielen ihr heute auf, die sie bisher nicht hatte wahrhaben wollen. Sie sah die Begeisterung, mit der Lorenz Matys und ihr neue Zeichen beibrachte, seine ehrliche Freude über ihre Fortschritte und seine Anteilnahme, wenn Matys ihm etwas aus seinem Leben berichtete. Immer wieder schweiften ihre Gedanken vom Unterricht ab und kehrten zurück zur Silvesternacht, als sie dem Mann, der ihr jetzt gegenübersaß und mit Matys redete, so nah gewesen war.

Als Matys sie plötzlich anstupste und sie Lorenz Richters fragenden Blick auffing, merkte sie, dass sie nicht ganz bei der Sache war.

»Entschuldigung. Was haben Sie gesagt?«

Lorenz Richter lachte und wiederholte: »Dass wir wohl am besten für heute Schluss machen. Was meinst du, Matys? Magst du noch draußen mit Ben spielen?«

Der Junge nickte begeistert und lief davon.

»Ich habe gute Neuigkeiten für Sie«, verkündete Lorenz Richter.

Hannah horchte auf. »Gute Neuigkeiten? Welche?«

»Nun ja, ich habe festgestellt, dass mir der Unterricht mit Matys viel Freude bereitet, und habe mir schon weiterführende Gedanken gemacht. Es gibt in unseren Nachbargemeinden noch mehr taubstumme Kinder, die nicht ins Internat geschickt werden können. Deshalb habe ich beim Schulamt den Antrag gestellt, dass in Erlenthal eine Förderklasse für diese Kinder eingerichtet werden soll. Und wenn wir die Genehmigung erhalten, dann werden wir diese Kinder unterrichten. Was sagen Sie dazu, Fräulein Rosenberg? Bis dahin beherrschen Sie die Gebärdensprache immer besser und werden die zweite Lehrkraft in dieser Klasse.«

Hannah war sprachlos. »Ist das Ihr Ernst? Eine ganze Klasse? Das ist eine wunderbare Idee. Was wäre das für ein Gewinn für die kleinen Dörfer ringsum. Glauben Sie, dass das Schulamt dem Vorschlag zustimmt?«

»Ich habe schon mehrmals mit dem Schulamtsleiter gesprochen, und bis jetzt sieht alles sehr gut aus. Er schickt mir noch die schriftliche Bestätigung, aber seine mündliche Zusage habe ich schon.«

»Dann beginnen wir schon im nächsten Schuljahr?«, fragte Hannah aufgeregt.

»Ja, wir starten schon im Herbst.«

»Und Sie glauben wirklich, ich wäre dann schon so weit, dass ich unterrichten könnte?«

»Sicher. Wir müssen natürlich weiterhin fleißig üben. Ich freue mich, Sie mal wieder fröhlich zu sehen. Sie waren in den letzten Tagen so bedrückt.«

»Ja, ich hatte Besuch von Peter Hagens Witwe, und das Ganze hat mich etwas aus dem Gleichgewicht gebracht.«

»Der Vater Ihrer Tochter?«

Hannah nickte.

»War er auch der Grund für Ihre Tränen an Silvester?«, fragte Lorenz Richter weiter.

Hannah sah ihm an, wie sehr ihn diese Frage beschäftigte. »Ich habe mich an Silvester an die schlimmste Zeit in meinem Leben erinnert, an die ich nicht gern denke.«

»Ihre Zeit im Konzentrationslager?«

Hannah nickte. »Außerdem habe ich mich auf einmal verloren gefühlt, einsam und verlassen. Und Peter Hagen war ein Grund dafür. Ich habe Ihnen einmal versprochen, Ihnen von Peter zu erzählen.« Lorenz hörte schweigend zu, während er erfuhr, wie Hannah dem älteren Bruder ihrer Geigenschülerin zum ersten Mal begegnet war, wie sie und Peter sich näher kennengelernt und ineinander verliebt hatten und wie kurz die Zeit ihres gemeinsamen Glücks gewesen war. »Ich glaube, in diesen wenigen Wochen war Peter zum letzten Mal er selbst. Er hat den Abschied so lange wie möglich hinausgezögert, denn er wusste, dass er danach einen Weg einschlagen würde, den er freiwillig nie so gewählt hätte. Er hat dem Drängen seiner Familie nachgegeben und Clarissa von Schönwald geheiratet.

Seine politische Laufbahn brachte ihn in die Nähe der höchsten Entscheidungsträger in Berlin, doch irgendwann konnte er sein Handeln nicht mehr verantworten und wechselte die Seiten. Er wurde zum Tode verurteilt und starb in Plötzensee.«

Lorenz wirkte sehr betroffen. »Danke, dass Sie mir das so offen erzählt haben, Hannah«, sagte er. »Sie haben den Mann sehr geliebt. Und der Besuch seiner Witwe hat die alten Wunden sicherlich wieder aufgerissen.«

»Clarissa hat mir ihre Geschichte mit Peter erzählt und mir damit einige Puzzleteile in die Hand gegeben, die mir noch gefehlt haben. Ich weiß jetzt, dass Melina und ich ihm nie gleichgültig waren, und das hilft mir, Abschied zu nehmen. Und Pfarrer Petersen hat mir heute gezeigt, dass ein Abschied auch ein Neubeginn sein kann.«

Sie sah den hoffnungsvollen Blick in seinen Augen und spürte, wie ihr Herz schneller klopfte.

»Ein Neubeginn?«, fragte er leise.

»Ja«, antwortete Hannah. »Wir müssen ihn nur zulassen.«

KAPITEL 20

David ging durch die belebte Einkaufsstraße in Berlin und blieb vor dem Juweliergeschäft stehen. Seit Tagen wurde er von dem Schaufenster wie magisch angezogen, doch es waren nicht die Halsketten, Ohrringe und Armbänder, die ihn interessierten, sondern die Ringe. Seit dem Weihnachtsfest ging ihm der Gedanke nicht mehr aus dem Kopf, Melina einen Ring zu schenken, ein Symbol für die Gefühle, die er für sie empfand. Er seufzte tief. Es würde für ihn keine andere geben, davon war er überzeugt, und die Erinnerung an die wunderbare Zeit, die sie während der Feiertage zusammen auf dem Sandnerhof verbracht hatten, klang noch immer in ihm nach. Nein, ein Irrtum war ausgeschlossen, Melina empfand für ihn ähnlich wie er für sie. Wenn er nur an das liebevoll gestaltete Tagebuch dachte, das sie für ihn geschrieben hatte. So viele lustige, ernste und traurige Begebenheiten aus ihrer gemeinsamen Kindheit hatte sie darin festgehalten, das konnte doch nur bedeuten, dass sie ihr wichtig waren. Ja, wenn Melina bald nach den Prüfungen nach Berlin kam, würde er ihr einen Ring schenken, einen Verlobungsring, um sich und der Welt zu zeigen, dass sie zusammengehörten. David betrat das Geschäft.

Es klopfte stürmisch an Davids Zimmertür im Studentenwohnheim. Als er öffnete, stand sein Freund Viktor atemlos davor und schwenkte zwei Briefumschläge in der Luft.

»Post!«, rief er und eilte ins Zimmer. »Hab ich gerade bei der Heimverwaltung abgeholt. Rate mal, von wem!«

David überlegte. Einen Brief von Melina hatte er gestern erst erhalten – unwahrscheinlich, dass sie so schnell noch einmal geschrieben hatte. Der Verlag konnte es auch nicht sein, denn die Entwürfe für den zweiten Band der Kinderbuchreihe hatten Linda und er gerade erst eingereicht.

Er zuckte ahnungslos die Schultern. »Keine Ahnung. Mach es nicht so spannend.«

Viktor wedelte mit einem Umschlag vor Davids Nase herum. »Dieser Brief kommt direkt aus New York. Sagt dir das etwas?«

David machte große Augen. Aus New York? Dann konnte es sich nur um Viktors und seine eigene Bewerbung um einen Studienplatz in den Vereinigten Staaten im Rahmen des US-Kulturaustauschprogramms handeln! David hatte gar nicht mehr daran gedacht, denn sie lag schon Monate zurück.

»Das war ja letztes Jahr! Ich habe nicht mehr mit einem Antwortschreiben gerechnet. Ist bestimmt eine Absage, bei den vielen Bewerbern.«

»Wer weiß? Immerhin hat uns unser Professor auf das Wärmste empfohlen.«

»Hast du deinen Brief noch nicht geöffnet?«, fragte David aufgeregt.

»Wo denkst du hin?«, entgegnete Viktor. »Wir haben uns zusammen beworben, nun sehen wir uns auch die Antwort gemeinsam an.«

Er reichte David seinen Brief, und sie öffneten gleichzeitig ihre Umschläge. David gingen dabei tausend Gedanken durch den Kopf. Die Bewerbung um einen Studienplatz an einer amerikanischen Universität datierte noch aus der Zeit vor ihrer Romreise. Damals hatte er den Traum eines jeden Kunststudenten geträumt, hinaus in die Welt zu reisen, Erfahrungen zu sammeln, an einer Universität von internationalem Ruf zu studieren. Doch nun hatte sich sein Leben grundlegend geändert. Er hatte Melina wiedergefunden. Wollte er denn überhaupt noch in die Staaten?

Die Worte ... *freuen wir uns, Ihnen mitteilen zu dürfen, dass Sie zum nächsten Semester für ein externes Stipendium an der School of Arts der Columbia University New York ausgewählt worden sind ...* tanzten vor seinen Augen. Er musste sich auf sein Bett setzen. Im gleichen Moment hörte er Viktor jubeln.

»Oh mein Gott, ich wurde genommen! An der Columbia University! David! Was steht bei dir?«

David war für einen Moment sprachlos, er konnte nur mit Mühe antworten. »Das Gleiche. Ich wurde ebenfalls angenommen.«

»David, weißt du, was das heißt? Du und ich in New York! Wir beide im Central Park, bei einem Bummel durch Chinatown, in den Theatern am Broadway, auf der Aussichtsplattform des Empire State Building!«

Viktor redete unaufhaltsam weiter. Er war in einem solchen Freudentaumel, dass er gar nicht zu bemerken schien, dass David wie versteinert auf seinem Bett saß.

»Was ist los, hat es dir die Sprache verschlagen?«

David schüttelte den Kopf. »Ich komme nicht mit, Viktor«, sagte er.

»Das ist ein Scherz, David? Du willst mich auf den Arm nehmen! Ich sag dir, das ist jetzt nicht die Zeit, um Witze zu reißen. Los, wir müssen uns Gedanken machen, was vor unserer Abreise noch alles zu erledigen ist. Wie sieht es mit dem Visum aus?«

»Ich komme nicht mit«, wiederholte David. Er sah, wie Viktor schlagartig ernst wurde.

»Du kommst nicht mit? Verstehe ich das richtig? Du erhältst ein Stipendium an der Columbia University und lehnst es ab?« Aus Viktors Stimme sprach absolutes Unverständnis.

David nickte.

»Bist du verrückt geworden? Weißt du, was für eine Chance ein solches Stipendium ist? Das kann nicht dein Ernst sein, David.«

»Viktor, versteh mich doch, mein Leben ist in diesem Jahr ein komplett anderes geworden. Ich habe Melina wiedergefunden. Du weißt, was sie mir bedeutet. Sie legt zurzeit ihre letzten Abiturprüfungen in München ab, und nächste Woche besucht sie Linda hier in Berlin, da wollte ich mich mit ihr verloben. Ich kann jetzt nicht für ein Jahr weggehen.«

Viktor setzte sich neben David und versuchte, ihn in Ruhe zu überzeugen. »Hör zu, David, das verstehe ich ja. Aber denk doch mal daran, was für einen Aufwand wir betrieben haben für diese Bewerbungen. Wir haben als einzige unseres Jahrgangs ein Empfehlungsschreiben von der Universität erhalten. Du enttäuschst jetzt auch unsere Professoren, wenn du absagst. Und es geht doch nur um ein Jahr. Melina wird auf dich warten. Du darfst dir diese Chance nicht entgehen lassen!«

Doch David schüttelte weiter den Kopf.

Viktor seufzte laut auf. »Großer Gott, David, komm erst mal wieder zu dir. Wir reden ein anderes Mal weiter. So leicht gebe ich nicht auf. Du lässt dir alles noch einmal durch den Kopf gehen, schläfst eine Nacht darüber, und morgen sieht die Welt schon ganz anders aus.« Er zeigte auf einen Satz am Ende des Briefes.

»Hier unten steht, wir haben zwei Wochen Zeit, um die Anmeldung zurückzusenden. Bitte denk noch mal darüber nach. So eine Chance bekommst du nie mehr!«

* * *

Als Tristan Frau Blums Büro im Gebäude der jüdischen Gemeinde betrat, schien es fast, als hätte sie schon auf ihn gewartet. Als sie ihn sah, zog sie eine Schublade ihres Schreibtisches auf und holte einen Ordner heraus.

»So, mein Junge. Ich habe tatsächlich etwas herausgefunden«, sagte sie und blätterte einige Papiere durch. »Einiges darf ich dir leider nicht mitteilen, weil du mit der Familie nicht verwandt bist. Aber eine wichtige Sache darf ich dir verraten.«

Tristan schaute sie erwartungsvoll an.

»Ich habe die Adresse eines Familienmitglieds in England ausfindig gemacht.«

Tristan erwartete noch mehr Informationen, doch Frau Blum sprach nicht weiter. »Ist das alles?«, fragte er enttäuscht. »Ein Familienmitglied wohnt nun in England? Welches? Ein Elternteil oder eines der Kinder?«

»Das darf ich dir nicht sagen«, entgegnete Frau Blum, und er hörte echtes Mitgefühl in ihrer Stimme.

»Und die anderen? Wenn Sie nur eine Adresse gefunden haben, heißt das dann, dass die anderen nicht mehr leben?«

Frau Blum zuckte bedauernd mit den Schultern. »Auch das darf ich dir nicht mitteilen.«

Tristan schaute sie ungläubig an. »Das ist jetzt also alles, was ich jemals über die Familie Morgenstern erfahren werde? Dass ein Familienmitglied noch lebt?«

Er sah Frau Blum an, wie leid es ihr tat, dass sie ihm keine weiteren Auskünfte geben durfte.

»Du musst das verstehen«, versuchte sie, ihm die Gründe zu erklären. »Das sind die Persönlichkeitsrechte dieser Familie, die ich Fremden gegenüber wahren muss.«

Tristan spürte die Trauer, die in ihm aufstieg, als er endlich still mit dem Kopf nickte, das Foto der Familie Morgenstern ergriff und das Büro verließ.

In der Nacht fand er keinen Schlaf. Immer wieder dachte er an die drei Mädchen auf dem Foto mit den weißen Schleifen im Haar, von denen er niemals erfahren würde, was aus ihnen geworden war. Plötzlich richtete er sich in seinem Bett auf. Er ging an den Schreibtisch, holte ein Blatt Papier und den Füllfederhalter heraus und begann, einen Brief zu schreiben. Er würde Frau Blum bitten, ihn an die Adresse des überlebenden Familienmitglieds weiterzuleiten. Das war ja sicher legal. In wenigen Zeilen schilderte er, wer er war und wie sehr er sich wünschte, herauszufinden, was aus der Familie Morgenstern geworden war.

Ich würde mich sehr freuen, wenn Sie sich dazu entschließen könnten, mir etwas über das Schicksal der früheren Bewohner unseres Wohnhauses mitzuteilen,

beendete er den Brief. Er steckte den Bogen in einen Umschlag und legte auch noch das Familienfoto bei.

Als Tristan am nächsten Tag wieder bei Frau Blum erschien, staunte sie nicht schlecht, als er ihr einen Karton und einen Geldschein auf den Tisch legte.

»Würden Sie das bitte an die Adresse in England schicken?«, bat er.

»Was ist das?«, erkundigte sich Frau Blum.

Tristan öffnete den Karton, und Frau Blum blickte auf den Teddybären, der in der Schachtel lag. Sie nahm ihn heraus und schaute Tristan mit einem fragenden Blick an.

»Er lag auf dem Dachboden. Er gehört den Kindern.«

Ein Lächeln huschte über Frau Blums Gesicht, als sie das abgegriffene Plüschtier, dessen Fell an einigen Stellen bereits ganz dünn geworden war, von allen Seiten betrachtete.

»Der wurde wohl von jemandem ganz besonders geliebt! Ich leite ihn gern für dich weiter«, versprach sie, und Tristan hörte die Rührung in ihrer Stimme. »Willst du noch deine Adresse auf das Paket schreiben?«

Er schüttelte den Kopf. »Nein, schreiben Sie als Absender die Adresse der jüdischen Gemeinde darauf. Ich habe einen Brief beigelegt und alles erklärt. Den Teddy zurückzuschicken ist alles, was ich noch tun kann.«

Frau Blum lächelte ihn an. »Das ist eine ausgezeichnete Idee. Schau doch in ein paar Wochen wieder mal vorbei. Vielleicht kommt ja eine Antwort.«

* * *

»Oh Gott, bin ich erleichtert, ich kann noch gar nicht fassen, dass die Prüfungen vorbei sind!«, jubelte Melina am letzten Tag ihrer Abiturprüfung. »Und ich glaube, wir haben gar nicht so schlecht abgeschnitten, oder was meinst du?«

»Bei unserem Arbeitspensum der letzten Wochen würde mich das auch sehr wundern. Allerdings fand ich die Lateinübersetzung schon recht schwer. Cicero liegt mir einfach nicht.« Lea grinste schief.

»Vergiss Cicero, vergiss die Schule – jetzt kommt erst mal Berlin!«

»Du Glückliche! Wenn ich David eine Woche lang in Berlin besuchen dürfte, würde ich sofort nach Hause rennen und packen.«

»Ich besuche Linda und David, Lea. Linda hat mir angeboten, dass ich bei ihr wohnen kann, und natürlich wird David sich auch Zeit nehmen. Aber er muss auch zur Uni und zu seiner Arbeit. Er hat geschrieben, dass er zwar schon einiges vorarbeiten konnte, aber trotzdem nicht immer Zeit haben wird.«

»Egal, mir würde schon eine Stunde mit ihm reichen. Ich werde nie vergessen, wie er damals in Rom auf einmal vor dir stand. Dieser Blick in seinen Augen! Du musst mir alles über ihn erzählen, wenn du zurück bist.«

»Natürlich, Lea, das weißt du doch. Und jetzt werde ich erst mal einen Brief an meine Mutter schreiben und ihr von den Prüfungen berichten, sie brennt ja auch schon darauf, Neues zu erfahren. Dann wird gepackt, und übermorgen geht's los.«

»Schreib mir eine Postkarte. Oder besser zwei«, sagte Lea, und Melina nickte lachend. »Am besten, ich schreib dir jeden Tag.«

Die Reisetasche stand gepackt in der Ecke des Zimmers, und Melina spürte, wie sich ihre Nervosität immer mehr steigerte. Morgen würde sie David wiedersehen! Sie schaute auf sein Weihnachtsgeschenk, das Bild mit den beiden Kindern, die bei einer Hochzeit tanzten, das sie über ihr Bett gehängt hatte. »Der magische Moment, in dem ich mein Herz verlor«, hatte auf der Karte gestanden. Melinas Herz klopfte wild. David hatte mit diesem Satz nicht nur ihre Kinderfreundschaft von damals gemeint, dessen war sie sich sicher. Sie spürte, dass das Bild eine in Öl gemalte Frage an sie war.

KAPITEL 21

Aufgeregt stand David auf dem Bahnsteig des Bahnhofs Zoo, als der Zug aus München einfuhr. Eine Menge Menschen stiegen aus, und endlich sah er Melina, die ihm winkend entgegenlief. Er eilte auf sie zu, nahm sie in die Arme und wirbelte sie durch die Luft.

»Endlich! Die Zeit seit Weihnachten war unendlich lang«, sagte er und wollte sie gar nicht mehr loslassen.

»Ja, Gott sei Dank sind die Prüfungen nun rum!«, rief Melina und strahlte David an. »Ich habe in den letzten Wochen pausenlos gelernt. Mathematik, Latein, Deutsch, Geschichte – es hat kein Ende genommen!«

»Da kommt ein Besuch in Berlin ja gerade richtig. Komm, du bist sicher hungrig, dort drüben gibt es ein Lokal, da können wir etwas essen.« David nahm Melinas Reisetasche, schloss sie in ein Schließfach und betrat mit ihr die Gaststätte, wo sie einen Imbiss und Getränke bestellten.

»Linda muss heute arbeiten, aber ab morgen hat sie frei«, erklärte David. »Was möchtest du heute am liebsten unternehmen?«

»Berlin ist ja meine Geburtsstadt«, erwiderte Melina. »Und die ersten drei Jahre meines Lebens habe ich hier gelebt. Es ist so aufregend, jetzt wieder hier zu sein.« Das Essen kam, und Melina trank von ihrer Limonade und probierte ihre Bratkartoffeln. »Ich kann mich allerdings an nichts mehr erinnern, bin also offen für alles, was du für sehenswert hältst.«

»Es hat sich auch viel verändert«, sagte David und begann, seine Pommes frites zu essen, um nicht andauernd in ihr Gesicht zu sehen – in Augen, in denen er am liebsten stundenlang versinken wollte. »Ich könnte dir das Brandenburger Tor zeigen, aber darauf weht heute eine rote Fahne. Ohne die Quadriga ist es nicht sehr beeindruckend.«

»Mama hat erzählt, dass mein Vater dort in einem Hotel geheiratet hat.«

»Im Adlon? Das ist abgebrannt. Aber wenn du Spuren deines Vaters suchst, solltest du dir die Villa am Grunewald ansehen, die einmal seiner Familie gehört hat. Eine S-Bahn fährt direkt dorthin«, schlug David vor.

»Das wäre eine tolle Idee!«

David zahlte, und sie bestiegen die S-Bahn Richtung Grunewald.

Die Straße, die David dort ansteuerte, lag nur wenige Gehminuten vom Bahnhofsgebäude entfernt und führte in das Waldgebiet, das der Villenkolonie ihren Namen gab. David blieb vor einem schmiedeeisernen Tor stehen und deutete auf ein stattliches Gebäude, das ein Stück zurückgesetzt vom Weg inmitten eines Gartens lag, der von hohen Bäumen umsäumt wurde.

»Das muss es sein.«

Melinas Blick folgte einer breiten Einfahrt bis zu einer repräsentativen Villa aus der Gründerzeit, deren Hauptportal über eine Außentreppe erreicht werden konnte.

»Meine Güte, wie schön«, murmelte sie staunend. »Hier haben mein Vater, Linda und meine Großeltern gelebt. Und hier haben sich meine Eltern kennengelernt.«

David sah ihren träumerischen Blick und fragte sich, was Melina wohl gerade dachte.

Als ob sie seine Gedanken erraten hätte, sagte sie in diesem Moment: »Was wäre, wenn …«

Da sie nicht weitersprach, beantwortete er ihre unausgesprochene Frage: »Wenn es keinen Nationalsozialismus und keine Nürnberger Gesetze gegeben hätte, wärst du wahrscheinlich in diesem Haus aufgewachsen.«

Er sah den traurigen Ausdruck in ihrem Gesicht. Stellte sie sich gerade vor, wie sie als kleines Mädchen hier im Garten gespielt hätte und von Tante Linda in die Schaukel gesetzt worden wäre, während aus dem Fenster die Klänge des Geigenspiels ihrer Mutter zu hören gewesen wären? Oder wie sie abends ihrem Vater, der aus seiner Anwaltskanzlei zurückkehrte, entgegengerannt und um den Hals gefallen wäre? Ja, das Leben hätte völlig anders verlaufen können, dachte David. Aber dann wären sie sich möglicherweise niemals begegnet. Diesen Gedanken behielt er jedoch für sich. Er sah Tränen in Melinas Augen schimmern, und für einen Moment erinnerte sie ihn an das kleine Mädchen, das auf einem Strohballen gesessen und geweint hatte, weil es den Sandnerhof verlassen musste. Auch damals hatte er genau gespürt, wie Melina sich gefühlt hatte, und nur ihm war es an jenem Tag gelungen, sie wieder zu beruhigen. Er fühlte, dass diese Verbindung zwischen ihnen noch immer bestand und dass er auch jetzt genau wusste, was in ihr vorging.

»Sie hatten niemals wirklich eine Chance«, sagte er leise. »Als deine Eltern sich trafen, waren die Weichen in Deutschland schon in Richtung Diktatur und Krieg gestellt.«

Melina schaute ihn an und nickte. Verstohlen wischte sie sich über die Augen.

»Wie wäre es jetzt mit einem Bummel über den Kurfürstendamm? Und einem Eisbecher? Es ist gar nicht weit.

Und du wirst Augen machen, so eine Prachtstraße hast du noch nie gesehen«, versuchte David, Melina aufzuheitern, und freute sich über ihr zustimmendes Lächeln.

David wusste, er hatte ihr nicht zu viel versprochen, und Melina kam aus dem Staunen nicht heraus, als sie den Kurfürstendamm erreichten. Von dem kriegszerstörten Berlin war kaum mehr etwas zu sehen. Sie sah die wiederaufgebauten Häuser, die großen Lettern der Markennamen, die an den Fassaden der Gebäude prangten, und die bunten Werbeplakate in den Glasvitrinen. Die Schaufenster der Kaufhäuser präsentierten alle nur erdenklichen Waren von den neuesten Modetrends bis hin zum hochfunktionalen Elektrogerät. Auf der Straße herrschte reger Verkehr und die Straßencafés waren gut besetzt.

»Du meine Güte«, staunte Melina. »Hier ist ja was los.« Sie bummelten den Boulevard entlang und betrachteten die Auslagen der Geschäfte.

Plötzlich hielt David inne, als sein Blick auf das Schaufenster einer Buchhandlung fiel.

»Schau mal da!« Er deutete auf ein Buch. »Lindas Buch, das ich illustriert habe: ›Die Abenteuer des Bärenjungen Frieder‹.«

»Das muss ich haben!« Melina zog David in das Geschäft und ließ sich von der Verkäuferin das Buch bringen.

»Eine gute Wahl«, sagte die Dame im Geschäft. »Die Kinder lieben es. Es entwickelt sich zum Verkaufsschlager.«

Melina strahlte David an, der es sich nicht nehmen ließ, das Buch für sie zu kaufen.

»Hast du gehört?«, fragte sie, als sie wieder auf der Straße standen. »Euer Buch verkauft sich gut. Du wirst sehen, du und Linda, ihr werdet noch berühmt.«

David schmunzelte und fühlte sich geschmeichelt. »Mal schauen. Der zweite Band soll dieses Jahr noch verlegt werden. Aber nun brauchen wir eine Erfrischung.«

Sie fanden einen freien Tisch in einem Straßencafé und bestellten zwei Eisbecher. Melina nahm das Buch aus der Tasche und schlug es auf. David beobachtete sie dabei und sah, wie das Sonnenlicht sich in ihrem Haar fing und wie ihre Augen strahlten, während sie in dem Buch blätterte. Wie sehr hatte er sie vermisst. Undenkbar, jetzt für ein Jahr wegzugehen. Und noch dazu in die Staaten! Eine Schiffsreise, die länger als eine Woche dauerte und die er sich höchstens einmal im Jahr leisten konnte – das kam ganz und gar nicht infrage, mochte Viktor drängen, wie er wollte. Er dachte an den schlichten silbernen Ring mit dem kleinen Stein in der Mitte, der in einem Schächtelchen auf seinem Schreibtisch lag. Am letzten Tag ihres Berlinbesuchs wollte er ihn Melina schenken, als Zeichen, dass sie zusammengehörten.

»David?«, hörte er Melinas Stimme und sah den Stift, den sie ihm hinhielt. Erst jetzt fiel ihm auf, dass er vor sich hin geträumt hatte.

»Du musst eine Widmung hineinschreiben«, bat sie ihn und schob ihm das Buch zu.

Er nahm den Stift, schlug den Buchdeckel auf und schrieb auf die erste Seite unter den Titel:

In Erinnerung an einen unvergesslichen Tag!
In Freundschaft, David Sandner, Berlin, 15. Juni 1953

Melina las den Eintrag und lächelte ihn an. »Danke!«

Der Kellner brachte die Eisbecher, und Melina packte das Buch wieder ein.

Sie genossen ihr Erdbeer- und Schokoladeneis, als Melina plötzlich stutzte und wie gebannt in eine Richtung schaute.

David drehte sich um, um herauszufinden, was ihre Aufmerksamkeit so fesselte, konnte aber nichts Auffälliges entdecken.

»Das gibt es doch nicht«, sagte Melina mit tonloser Stimme. »Kann es so einen Zufall geben? Da vorn läuft ein Junge, der aussieht wie Tristan.«

Nun entdeckte auch David den schlanken Jungen mit den hellen Haaren inmitten der Fußgänger neben einem etwas älteren jungen Mann, mit dem er sich angeregt zu unterhalten schien.

»So groß ist der Zufall nun auch wieder nicht, Melina. Linda hat mir erzählt, dass Tristan hier am Kurfürstendamm wohnt.«

Die beiden jungen Männer kamen näher, und David konnte bereits ihre Stimmen vernehmen. Tristan sagte gerade etwas zu seinem Begleiter, und beide lachten. David sah, dass es Melina nicht mehr auf ihrem Stuhl hielt, und bevor er sie zurückhalten konnte, sprang sie auf.

»Tristan?«

David ohrfeigte sich in Gedanken, weil er vergessen hatte, Melina zu sagen, dass Tristan wahrscheinlich noch nicht wusste, dass er eine Halbschwester hatte. Nun war es zu spät.

Der Junge wandte abrupt den Kopf in Melinas Richtung und schaute sie verdutzt an. Fragte er sich gerade, wer sie war? Erkannte er die Ähnlichkeit zwischen ihnen beiden? Er und der junge Mann kamen näher an den Tisch.

»Kennen wir uns?«, fragte Tristan.

David beobachtete, wie Melina um den Tisch herum auf ihn zuging und ihm ihre Hand entgegenstreckte.

»Tristan. Ich bin Melina. Deine Schwester.«

Die Verwunderung war dem Jungen ins Gesicht geschrieben.

»Aber ich habe keine …«, begann er, brach den Satz jedoch wieder ab und schaute Melina weiterhin wie vom Donner gerührt an.

Es war der junge Mann in Tristans Begleitung, der das Schweigen brach.

»Ich bin Ralph, ein Freund von Tristan«, sagte er zu David und Melina. »Und ich glaube, da ist jetzt eine Erklärung nötig.«
Die beiden setzten sich an den Tisch.

David und Melina bemühten sich, dem völlig überrumpelten Tristan die Geschichte von Hannah und Peter so schonend wie möglich beizubringen.

»Das war also der Grund, warum Mutter vor ein paar Wochen verreist ist«, sagte Tristan, dem es offensichtlich schwerfiel, alles zu begreifen.

»Sie hat dir nicht gesagt, dass sie Hannah besuchen wollte?«
Tristan schüttelte den Kopf. »Ich kann mir auch schon gut ihre Antwort vorstellen, wenn ich sie darauf anspreche. *Ich wollte dich nicht damit belasten, Tristan. Es ist so schon schwer genug für dich, ohne Vater aufzuwachsen.*«

»Sie hat es sicher nicht böse gemeint«, versuchte Ralph, beruhigend auf Tristan einzuwirken. »Sie wollte dich schützen.«

»Der Meinung bin ich auch«, pflichtete David ihm bei. »Das ist auch der Grund, warum Linda sich zurückgehalten hat, denn sie wollte nicht noch mehr Spannungen zwischen sich und deine Mutter bringen, unter denen letztendlich du zu leiden gehabt hättest.«

»Linda weiß es schon?« Die Bestürzung stand Tristan ins Gesicht geschrieben.

Melina nickte.

Tristan dachte einen Moment nach. Dann sagte er, fast wie zu sich selbst: »Als ich im Kinderheim Bad Sachsa war, schaute ich oft gemeinsam mit einem Jungen aus dem Fenster unseres Hauses. Er hat immer darauf gehofft, seine größere Schwester zu sehen, die im Haus neben uns untergebracht war. Wenn ihre Gruppe draußen auf der Wiese spielte, haben sie einander zugewunken und angelächelt, und ich habe ihn in diesen Momenten schrecklich beneidet. Nein, ich bin nicht verletzt, weil ich noch eine Schwester, also Halbschwester, habe.«

David war erleichtert darüber, wie Tristan mit der Situation umging. Da waren Lindas Bedenken ja völlig umsonst gewesen, sagte er sich.

Melina lächelte Tristan dankbar an und ergriff seine Hand. »Dann müssen wir unbedingt mehr voneinander erfahren. Ich bin für ein paar Tage in Berlin, um Linda und David zu besuchen. Wie wäre es, wenn du morgen Nachmittag vorbeikommst; ich könnte einen Kuchen für uns alle backen. Du bist natürlich auch eingeladen, Ralph.«

David sah, wie Tristan Melinas Hand drückte. »Ja, ich möchte dich gern kennenlernen.« Er zwinkerte ihr zu. »Schwester.«

»Da sage ich auch nicht Nein«, antwortete Ralph, und stirnrunzelnd fing David den Blick auf, den er dabei Melina zuwarf. »Aber warten wir erst mal ab, was morgen los ist.«

Hoffentlich hatte dieser Ralph etwas anderes vor, dachte David. Die Art, wie er Melina die ganze Zeit ansah, löste einen Gefühlssturm in ihm aus. Er zwang sich zur Ruhe und schaute Ralph fragend an. »Was meinst du damit?«

»Erich, mein zukünftiger Schwager, wohnt im Ostteil der Stadt. Er ist Vorarbeiter eines Bautrupps in der Stalinallee. Er hat erzählt, dass es unter der Arbeiterschaft mächtig rumort. Die SED-Führung hat vor drei Wochen schon wieder die Normen erhöht, was für die Arbeiter Mehrarbeit bedeutet, bei weniger Lohn. Dabei wird die Versorgung der Bevölkerung immer schlechter. In den HO-Läden kann man nur noch das Nötigste kaufen, und das auch nur zu überteuerten Preisen.«

»Dann ist es ja kein Wunder, wenn sich die Arbeiter auflehnen«, sagte David.

»Erich meinte, am Freitag hätten schon die ersten mit Streik gedroht. Doch das wird die DDR-Regierung nicht so einfach hinnehmen. Heute will er nochmals mit den Leuten reden und versuchen, sie zur Vernunft zu bringen.«

»Na hoffentlich hat er Erfolg«, meinte Melina.

»Ja, stellt euch mal vor, ein Aufstand im Arbeiter- und Bauernstaat! Da wird die Regierung nicht tatenlos zusehen!«

»Dann hoffen wir mal, dass es erst gar nicht so weit kommt.« David schaute auf seine Armbanduhr. »Ich glaube, für uns wird es langsam Zeit«, sagte er zu Melina. »Linda wollte für dich kochen. Da sollten wir sie nicht warten lassen. Und ich muss zu meiner Arbeit in der Malerwerkstatt.« Es drängte ihn, diesen Ralph, der Melina so intensiv musterte, wieder loszuwerden. Er zahlte die beiden Eisbecher, dann verabschiedeten sie sich.

»Bis morgen!«, rief Melina und winkte Tristan nach, der mit Ralph in die entgegengesetzte Richtung davonging.

So ein Mist, dachte David. Nun war ihr morgiger Tag schon verplant, dabei hätte er die Zeit viel lieber allein mit Melina verbracht. Dass sie ihren Bruder kennenlernen wollte, war ja verständlich. Aber hoffentlich tauchte dieser Ralph nicht wieder auf!

»Hast du was?«, fragte auf einmal Melina neben ihm.

»Ich? Warum?« Er nahm ihre Hand fest in seine und lächelte sie an. »Ich bin unendlich froh, dass du da bist.«

* * *

David war der erste Besucher am Nachmittag, stellte er beruhigt fest. Das ließ möglicherweise die Chancen steigen, dass Tristan ohne diesen Ralph käme. Nachdem er Linda begrüßt hatte, hielt er Melina einen Augenblick fest im Arm, bevor er sich fast zwingen musste, sich von ihr zu lösen. »Bei euch riecht es aber gut«, lobte er und schnupperte den Duft des Kuchens, der die kleine Wohnung erfüllte. »Genau das Richtige nach stunden-langen Vorlesungen.«

Melina deckte den Kaffeetisch, und Linda holte noch ihren Schreibtischstuhl, damit für alle Platz war.

Es klingelte erneut, und aufgeregt schielte David zur Tür, als Linda öffnete. Er presste kurz die Lippen zusammen, als nach Tristan Ralph die Wohnung betrat.

»Ihr könnt euch nicht vorstellen, was heute im Ostteil der Stadt los war!«, berichtete Tristan. »Wir waren drüben bei Erich, die ganze Stadt war in Aufruhr!«

»Hattest du denn keine Schule?«, fragte Melina.

»Eigentlich schon«, gab er zu. »Aber das war spannender. Aus den paar Hundert Demonstranten wurden bald ein paar Tausend. Alle sind zum Regierungsgebäude gezogen und haben lautstark den Rücktritt der Regierung gefordert, freie Wahlen sowie einen Generalstreik!«

»Von Ulbricht und Grotewohl war allerdings nichts zu sehen«, fügte Ralph hinzu. »Da wettern sie die ganze Zeit gegen den Feind im Westen, und nun erhebt sich ihr eigenes Volk gegen sie.«

»Und wie wird es weitergehen?«, fragte David. Er musste sich mächtig zusammenreißen, um Ralph nicht einfach aus Lindas Wohnung zu befördern. Durch seine Anwesenheit nahm er auch Melina und Tristan jede Möglichkeit, sich näherzukommen, da die Politik das vorherrschende Thema war. »Meinst du, die Demonstration hat etwas bewirkt und die Normen werden gesenkt?«

»Schwer zu sagen«, meinte Ralph. »Dann würden die DDR-Regierung und die Sowjetunion ihr Gesicht verlieren. Aber wenn sie nicht reagieren, geht der Streik morgen weiter.«

»Tristan, ich hoffe, du gehst da morgen nicht hin«, sagte Melina ernst. »So ein Aufstand ist viel zu gefährlich!«

»Jetzt habe ich seit einem Tag eine große Schwester, und schon spielt sie sich als meine Gouvernante auf«, erwiderte Tristan in scherzendem Ton, und alle lachten.

»Ich pass schon auf ihn auf«, versprach Ralph und lächelte Melina an.

»Wer möchte denn mal den Kuchen probieren?«, fragte Linda und begann, die Teller zu füllen.

»Und nun erzähl mir von dir, Melina. Ich will alles über dich erfahren«, sagte Tristan, und Melina kam seiner Aufforderung sogleich nach. David freute sich, weil nun das eigentliche Thema des Treffens zur Sprache kam. Er sah Tristan an, dass er sehr berührt von Melinas Lebensgeschichte war; vor allem die Tatsache, dass sie einige Jahre von ihrer Mutter getrennt gewesen war, schien ihn tief zu bewegen. Doch nicht nur ihn! David fiel auf, dass auch Ralph zahlreiche Fragen stellte. Und jedes Mal, wenn er in Melinas Richtung blickte, sah David ein Lächeln auf ihrem Gesicht, was ihm gar nicht gefiel. Er rückte näher an sie heran und ergriff demonstrativ ihre Hand, doch das schien dieser Ralph gar nicht zu bemerken, er hörte nicht damit auf, Melina mit Fragen und Aufmerksamkeiten zu überhäufen. David kochte innerlich. Morgen musste er die Dinge anders organisieren, da würde er dafür sorgen, die Zeit nach der Uni allein mit Melina verbringen zu können. Wenn ihm nur nicht irgend so ein Streik dazwischenkam.

* * *

Melina schreckte aus ihrem Schlaf auf. Sie hörte den Sturm, der in dieser Juninacht außergewöhnlich heftig um die Häuser fegte, und wälzte sich auf Lindas Sofa hin und her. Etwas beunruhigte sie, was sie nicht benennen konnte. Sie versuchte, sich die wunderschönen Stunden ins Gedächtnis zurückzurufen, die sie in den letzten beiden Tagen hier in Berlin verbracht hatte, und dachte an die vielen kleinen Aufmerksamkeiten, mit denen David versuchte, ihr den Aufenthalt so schön wie möglich zu gestalten. Sie sah auch immer wieder die unausgesprochene Frage in seinen Augen, wenn er sie ansah, die Frage, die schon an Weihnachten im Raum gestanden hatte und von der sie sicher angenommen hatte, dass sie sie jederzeit mit Ja beantworten würde. Sie und David gehörten doch zusammen! Doch da war auch dieses beunruhigende Gefühl, das sie befiel, wenn sie Ralph in die Augen sah. Es brachte sie völlig aus dem Gleichgewicht, wenn er sie anlächelte, und sie wollte sich nur noch in seinen Blicken verlieren. Aber das bedeutete nichts, oder doch? Melina schlug ihre Decke zurück, stand auf und ging zum Fenster. Der Schein einer Straßenlampe erhellte die Hofeinfahrt, und sie sah, wie die Äste der Bäume im Wind schwankten und Laub und abgerissene Zweige über den Hof getrieben wurden. Melina fröstelte, griff nach der Decke auf dem Sofa und hängte sie sich über die Schultern. Ein Gefühl der Angst stieg in ihr auf. Braute sich da etwas Bedrohliches in ihrem Leben zusammen? Sie stand noch am Fenster, als starker Regen einsetzte und Blitz und Donner die Nacht erfüllten.

Die Radiomeldungen am nächsten Morgen über die Ereignisse in vielen Städten der DDR und dem Ostteil Berlins, wo Tausende von Menschen demonstrierend durch die Straßen zogen, waren beunruhigend.

»Schwerpunkte der Demonstrationen sind die Städte Halle, Magdeburg, Leipzig und Dresden. In Ostberlin haben sich Zehntausende Demonstranten vor dem Haus der Ministerien versammelt und fordern politische Freiheiten«, sagte der Nachrichtensprecher. »Kasernierte Volkspolizisten gehen gewaltsam gegen die Demonstranten vor.«

»Was meinst du, ob Tristan wohl …«, begann Melina, und Linda beendete den Satz: »… mittendrin ist? Da bin ich mir ganz sicher.«

Wortlos schauten sie sich an, und sie mussten beide nicht aussprechen, was sie dachten. Als sie gegen Mittag aus dem

Radio erfuhren, dass sich die Lage immer mehr zuspitzte, hielten sie es nicht mehr in Lindas Wohnung aus. Sie mussten Tristan suchen.

»David wird uns Vorwürfe machen«, sagte Melina, als sie die U-Bahn zum Potsdamer Platz bestiegen. Dort, wo der amerikanische, der britische und der sowjetische Sektor zusammentrafen, glaubten sie, das Zentrum der Unruhen zu finden, doch das Bild, das sich ihnen dort bot, übertraf ihre schlimmsten Erwartungen. Das Columbushaus stand in Flammen, Menschentrauben auf dem Platz forderten in Sprechchören Normensenkung, freie Wahlen und den Rücktritt der Regierung, Spruchbänder der SED wurden niedergerissen, Propagandatafeln gingen in Flammen auf, überall wurden rote Fahnen von den Gebäuden geholt und angezündet.

»Oh Gott, da drüben fahren Panzer durch die Straßen!«, rief Melina und starrte fassungslos auf das Treiben ringsum. »Ist jetzt wieder Krieg?«

Sie sahen sowjetische Panzer, die eine Menschenmenge vor sich hertrieben. Steine flogen, Schüsse fielen.

Melina schrie auf und schlug die Hände vor das Gesicht.

»Was macht ihr beiden denn da?«, hörten sie plötzlich Davids Stimme neben sich. »Ihr solltet wirklich nicht hier sein!«

»Aber, Tristan!«, rief Melina. »Er ist bestimmt mittendrin.« David schaute sie einen Moment unschlüssig an. »Ihr geht zurück in die Wohnung. Ich schaue, ob ich ihn irgendwo finde.« Mit diesen Worten rannte er über die Straße, die Westberlin vom Sowjetsektor trennte, und verschwand in der Menge. Melina und Linda blieben wie angewurzelt stehen und schauten ihm nach.

David bewegte sich am Rande des Demonstrationszugs und hielt Ausschau nach Tristan. Die Sprechchöre skandierten noch immer ihre Parolen, während sowjetische Panzer heranrollten und Durchsagen aus Lautsprecherwagen die Bevölkerung über den Ausnahmezustand informierten, der über den sowjetischen Sektor Berlins verhängt worden war. David sah Menschen, die Steine auf die Panzer warfen und mit Knüppeln und Eisenstangen gegen Soldaten und Volkspolizisten vorgingen. Gewehrschüsse fielen, Menschen stürzten zu Boden.

Er suchte Schutz hinter einem ramponierten Kioskgebäude. Wie sollte er Tristan hier finden?

Das war vollkommen sinnlos, sagte er sich und wollte seine Suche gerade abbrechen, als er eine ihm bekannte Gestalt in einiger Entfernung ausmachte. Er sah Tristan, der soeben nach einem der Pflastersteine griff, die die Ketten der Panzer aus dem Boden gerissen hatten.

»Nein, Tristan, nicht!«, schrie David, rannte auf den Jungen zu und packte ihn am Arm. Ein erbittertes Gerangel entstand zwischen den beiden, doch David war größer und stärker und hatte den schmächtigen Jungen, der sich heftig wehrte, bald fest im Griff.

»Bist du wahnsinnig!«, rief er erbost. »Willst du für Jahre in den Knast?«

»Aber Ralph!«, rief Tristan zurück und versuchte noch immer, aus Davids eisernem Griff zu entkommen. »Er ist dort hinten zu Boden gegangen. Sie haben geschossen!«

»Was macht ihr denn auch dort?«, entgegnete David zornig.

»Ralph wollte nur Erich helfen. Der wurde von den Arbeitern beinahe gelyncht!«, rief Tristan.

»Und was glaubst du, was die Soldaten mit dir machen, wenn du die Panzer mit Steinen bewirfst? Los komm, hier kannst du Ralph nicht helfen.«

David bugsierte Tristan aus dem Zentrum der Unruhen, bis sie die weiße Linie auf der Straße überquert hatten und wieder im Westteil der Stadt angekommen waren.

»Ist ja gut, ich komme ja mit!« Tristan gab allmählich seinen Widerstand auf, als David ihn Richtung U-Bahnstation zog.

Melina und Linda standen noch immer dort, wo er sie zurückgelassen hatte, und David sah die Erleichterung in ihren Gesichtern, als sie ihn mit Tristan im Schlepptau entdeckten.

»Wieso seid ihr nicht in der Wohnung? Nichts wie weg hier!«, rief er. »Ich möchte nicht wissen, was hier los ist, wenn die Amerikaner auch noch anrücken.«

»Wie werden die wohl reagieren?«, fragte Melina, als sie endlich in der U-Bahn saßen. »Meint ihr, es kommt zu einem neuen Krieg?«

Alle schauten sich ratlos an.

Zurück in Lindas Wohnung hörten sie sich Tristans Bericht an. Melina zitterte immer noch vor Aufregung, als er von Erich erzählte, der am Morgen vergeblich versucht hatte, die aufgewiegelten Arbeiter auf seiner Baustelle zu beruhigen.

»Er ist auf eine Mauer geklettert, um die Leute zu beschwichtigen, doch die wütende Menge hat ihm gar nicht zugehört. Sie haben ihn heruntergezerrt und auf ihn eingeprügelt. Ralph hat es schließlich geschafft, ihn in einen Hauseingang zu ziehen. Danach war überall nur noch Chaos. Wir wurden mit der Menge mitgetrieben, und mit einem Mal waren Volkspolizisten und Panzer da. Steine flogen, und die Vopos schossen. Ich glaube zwar, dass sie fast nur in die Luft geschossen haben, aber es hat auch Menschen erwischt, und ein Querschläger hat Ralph getroffen. Aber ich konnte ihm nicht helfen, die Panzer haben alle immer weitergetrieben und ich wurde mit dem Strom mitgerissen.«

»Wurde … also … Ralph schwer getroffen? Hat sich jemand um ihn gekümmert?« Melinas Stimme klang besorgt.

Tristan zuckte hilflos mit den Schultern. »Ich weiß es nicht. Können wir ihn nicht suchen gehen?«

David schüttelte energisch den Kopf. »Das wäre Wahnsinn. Wir können nur hoffen, dass die Situation sich wieder beruhigt.«

»Und dann suchen wir nach Ralph«, bestimmte Melina und fragte sich, warum David sie erneut stirnrunzelnd ansah. Es war doch normal, dass man sich um einen Verletzten Sorgen machte, oder? »Wir fragen in den Berliner Krankenhäusern nach. Irgendjemand wird sich doch um ihn gekümmert haben.«

Linda wandte sich an Tristan. »Nun sei erst mal froh, dass dir nicht auch noch was passiert ist.«

Tristan gab sich geschlagen. »Wir haben nicht damit gerechnet, dass es heute so schlimm wird. Sonst wären wir nicht rübergegangen.«

»Ja, das konnte keiner vorhersehen«, meinte David. »Die Situation hat sich mehr und mehr hochgeschaukelt. Anfangs ging es nur um die Normenerhöhung, und nun soll die komplette DDR-Regierung abgesetzt werden. Die ganze angestaute Unzufriedenheit der Bürger hat sich an diesem ersten Funken entzündet.«

»Ich glaube, Clarissa ist mittlerweile außer sich vor Sorge um dich«, sagte Linda zu Tristan. »Du solltest dich besser auf den Heimweg machen.«

Tristan stimmte zu und erhob sich.

»Versprichst du mir, dass du auch wirklich nach Hause gehst?«, fragte Melina, denn sie traute Tristan nicht ganz. Sie war David dankbar, dass er ihre Bedenken teilte, denn er stand ebenfalls auf.

»Komm, ich bring dich nach Hause. Ich muss zu meiner Arbeit in der Malerwerkstatt, das liegt auf dem Weg.«

Er ging auf Melina zu und ergriff ihre Hand. »Tut mir leid, dass dieser Tag heute so verlaufen ist. Dabei hatte ich etwas ganz anderes geplant. Aber morgen nach der Uni unternehmen wir etwas Schönes zusammen, ja?«

Sie wusste gar nicht, was sie ihm darauf antworten sollte. Etwas an seiner Art war anders, seit sie Tristan und Ralph vor der Eisdiele getroffen hatten. Oder lag es an ihr? Hatte sie sich verändert? Sie war vollkommen verwirrt. Mit äußerster Mühe versuchte sie ein Lächeln. »Mach dir keine Gedanken, David. Es war doch bisher wunderschön, und ich bin ja auch noch ein paar Tage hier.«

»Bis morgen«, sagte David und drückte Melina einen Kuss auf die Wange.

Erst am Nachmittag des nächsten Tages erfuhren sie Näheres über Ralph. Ihre Anrufe in den Westberliner Krankenhäusern waren erfolglos gewesen, denn dort herrschte nach dem Aufruhr am Vortag Hochbetrieb. Es war Tristan, der mit der Nachricht kam: »Ich habe Ralph ausfindig gemacht. Er wurde verletzt in ein Westberliner Krankenhaus eingeliefert. Ein Querschläger hat ihn am Arm getroffen, aber es geht ihm gut.«

»Na bitte«, sagte David, und Melina fehlten vor Erleichterung die Worte. Sie nickte Tristan stumm zu, und Linda war ebenfalls anzusehen, dass sie sich freute.

»Dann ist er bestimmt bald wieder auf den Beinen.« David lächelte Melina an. »Wollen wir heute Abend etwas Schönes unternehmen? Einen Film anschauen? Im Gloria läuft ein Film mit Gene Kelly. Wir könnten auch eine Kneipe besuchen oder eine Theateraufführung. Du hast ja noch gar nichts vom Berliner Nachtleben gesehen, Melina!«

»Super!«, antwortete Melina und versuchte, ihre Stimme begeistert klingen zu lassen. »Lasst uns ins Kino gehen und danach in eine Kneipe!«

In Wahrheit jedoch hätte sie am liebsten Tristan begleitet, um Ralph im Krankenhaus zu besuchen und sich mit eigenen Augen davon zu überzeugen, dass es ihm gut ging. Doch das konnte und wollte sie David nicht antun.

Als Melina im Gloria-Filmpalast ihren Platz zwischen David und Linda einnahm und die Popcorntüte zwischen ihnen hin- und herwanderte, nahm sie die Handlung des Film-Musicals

»Singing in the Rain« mehr und mehr gefangen. Sie fieberte mit der jungen Schauspielerin Kathy, die bei dem Versuch, in Hollywood Karriere zu machen, ihre große Liebe traf, und lachte mit Gene Kelly, der als Don Lockwood den Titelsong sang und dabei durch den Regen steppte.

»Es war wundervoll«, schwärmte Melina, als sie im Anschluss an den Film in einer Kneipe saßen und ein Bier tranken.

Doch je später der Abend wurde, desto öfter ertappte sie sich bei dem Gedanken daran, ob es Ralph wohl wirklich gut ging und ob sie ihn noch einmal sehen würde, schließlich fuhr sie ja übermorgen schon nach Hause. Davids Blicke, mit denen er sie immer öfter zärtlich ansah, empfand sie mit einem Male als zu drängend, und sie wusste nicht, wie sie darauf reagieren sollte. Sie fühlte sich völlig zerrissen. Was war das, was sie so durcheinanderbrachte? Sie war fast erleichtert, als sie aufbrachen und sich auf den Heimweg machten. Sie musste in Ruhe nachdenken.

* * *

»Schau dir die Bärenjungen an«, sagte Melina und leckte an ihrem Eis, als sie mit Linda vor dem Braunbärengehege im Zoo stand. »Sind sie nicht niedlich?«

Linda nickte. »Sie haben mich auf die Idee gebracht, über den Bärenjungen Frieder zu schreiben.«

»Die Geschichten sind toll geworden. Du und David, ihr seid ein gutes Team. Wann sind Davids Vorlesungen denn heute zu Ende? Wollen wir an meinem letzten Abend hier in Berlin noch etwas gemeinsam unternehmen?«

Linda zuckte mit den Schultern. »Ich weiß es nicht genau. Komm, du musst unbedingt noch die Flusspferde sehen. Sie sind eine unserer Hauptattraktionen hier im Zoo.«

Sie packte Melina am Arm und wandte sich zum Gehen. Melina musterte sie eingehend. Den ganzen Tag reagierte Linda schon so seltsam, sobald Melina das Gespräch auf David brachte.

»Linda, was ist los?«, fragte sie nun und blieb stehen.

Linda schaute sie fragend an. »Was meinst du?«

»Du weißt schon, was ich meine. Jedes Mal, wenn ich dich auf David anspreche, weichst du mir aus. Nun sag schon, was habt ihr beide ausgeheckt?«

Linda setzte eine unschuldige Miene auf. »Das liegt wahrscheinlich daran, dass ich eben nicht weiß, was er plant.«

»Was er plant? David plant etwas?«, bohrte Melina nach.

Nun fühlte sich Linda offensichtlich in die Enge getrieben, denn sie trat einen Schritt zurück. »Er sagte etwas von einer Überraschung – aber mehr weiß ich wirklich nicht. Du brauchst also nicht weiter in mich zu dringen.«

Melina atmete tief ein und aus. David plante eine Überraschung! Was konnte das bedeuten? Ein mulmiges Gefühl beschlich sie bei diesem Gedanken, das sie den Rest des Nachmittags nicht mehr losließ. Auch wenn sie sich alle Mühe gab, Begeisterung über die Zootiere zu zeigen, kehrten ihre Gedanken immer wieder zu David zurück. Er hatte in den letzten Tagen keine Gelegenheit ausgelassen, ihr zu zeigen, wie viel sie ihm bedeutete. Sie dachte an das Leuchten in seinen Augen, wenn er mit ihr lachte, und an den weichen Ton in seiner Stimme, wenn er mit ihr sprach. Lag es da nicht auf der Hand, welche Überraschung er plante? Melina versuchte, sich ihre bedrückte Stimmung Linda gegenüber nicht anmerken zu lassen. Als sie nach dem Zoobesuch in Lindas Wohnung zurückkehrten, spürte sie, dass sie einen Moment allein sein musste, um ihre Gedanken zu ordnen.

»Ich lauf noch ein bisschen um die Häuser«, sagte sie zu Linda und verließ die Wohnung.

Was hatte David vor, fragte sich Melina, als sie durch die Seitenstraßen ging und zurück an das Gespräch dachte, das sie mit ihm über Theodor Fontanes Buch »Effi Briest« geführt hatte.

»Wer weiß denn schon mit siebzehn Jahren, was er einmal werden will im Leben? Wen er einmal heiraten möchte?«, hatte sie ihn gefragt, als sie ihm auf dem Sandnerhof beim Malen zugeschaut hatte.

»Ich«, hatte David geantwortet. »Ich wusste das schon immer.«

Ja, David hatte schon immer gewusst, dass er Maler werden und dass er sie heiraten wollte. In der Kunst befand er sich auf der Zielgeraden, aber ob er wirklich auch an den Heiratsabsichten aus kindlichem Überschwang bis heute festhielt? Schließlich lagen Welten zwischen einer Kindheitsträumerei und den Jahren der Wirklichkeit des Lebens. Sie erinnerte sich an ihr Gespräch mit Lea vor der Abreise. Ja, da hatte sie schon beim Gedanken, David wiederzusehen, eine wohlige Wärme durchströmt. Ein Gefühl von *Ankommen*. Doch nun war sie sich mit einem Mal nicht mehr so sicher. Natürlich mochte sie ihn sehr gern. Aber da war auf einmal noch ein anderer junger Mann in ihrem Leben, der ihr nicht mehr aus dem Kopf ging. Da war dieser Glanz in Ralphs blauen Augen, wenn er sie ansah, und das Lächeln, das mehr sagte als tausend Worte. Der Gedanke an ihn ließ Melinas Herz höherschlagen. Doch jetzt lag er verletzt im Krankenhaus, und morgen würde sie abreisen und Ralph nicht mehr sehen. Hätte sie sich doch nur noch kurz von ihm verabschieden können! Sollte sie Linda bitten, mit ihr ins Krankenhaus zu fahren, um Ralph Lebewohl zu sagen? Aber was war dann mit David? Ohne es zu merken, war Melina in Lindas Straße zurückgekehrt. Sie ging durch die Toreinfahrt und war so sehr in Gedanken, dass sie den jungen Mann, der dort an der Mauer lehnte, beinahe nicht gesehen hätte.

»Hallo, Melina«, vernahm sie plötzlich die Stimme, die ihr schon seit Tagen nicht mehr aus dem Kopf ging. Sie schaute auf und lächelte.

Irgendwann war auch an diesem Tag, der so quälend langsam verging, die letzte Vorlesung zu Ende, und David packte seine Unterlagen in die Tasche. Er eilte so schnell wie möglich nach Hause, um sich umzuziehen. Er zog sein bestes Hemd an, band sich eine Krawatte um und bürstete sich nochmals über das Haar. Das Schächtelchen mit dem Ring lag auf dem Schreibtisch. David steckte es ein und verließ sein Zimmer. Es war schon Abend, doch zum Glück hatte der Blumenladen an der Ecke noch geöffnet. Er wählte einen Strauß rosafarbener Rosen und sah an dem Lächeln der Verkäuferin, dass sie ahnte, welche wichtige Rolle dieser Blumenstrauß heute noch spielen sollte, denn sie schnitt die Blumen sehr sorgfältig zurecht und band sie mit einer Schleife zusammen. Auf dem Weg zu Lindas Wohnung wurde David mit einem Mal nervös. Was würde Melina sagen? Würde sie sich freuen? Hatte sie vielleicht insgeheim schon mit einem Antrag gerechnet? Schließlich hatte sie ihm an Weihnachten ja deutlich ihre Zuneigung gezeigt. Die beiden letzten Tage war sie ihm zwar etwas verwirrt vorgekommen, doch das lag sicher an dem Volksaufstand, der sie erschreckt hatte. David wurde immer aufgeregter, je näher er der Wohnung kam. Er zupfte noch einmal an seiner Krawatte, tastete nach dem Schächtelchen in seiner Hosentasche und roch an den Blumen. Was sollte er sagen, fragte er sich. Er suchte nach den passenden Worten, nur um sie im nächsten Moment wieder zu verwerfen. Er musste sich nur beruhigen, ihm würde schon etwas einfallen, sprach er sich Mut zu.

Melina war so überrascht, Ralph plötzlich gegenüberzustehen, dass sie keine Worte fand und ihn nur mit großen Augen anschaute.

»Tristan war heute bei mir«, sagte er. »Er hat mir erzählt, dass du morgen abreist. Da musste ich kommen und dich noch einmal sehen.«

»Aber du bist doch verletzt?« Melina schaute auf den dicken Verband, den Ralph um seinen linken Oberarm trug.

Ralph winkte ab. »Ist nicht weiter schlimm.«

»Trotzdem hättest du nicht einfach so das Krankenhaus verlassen dürfen.«

»Dann hätte ich dich aber nicht mehr gesehen«, erwiderte Ralph, ging langsam auf sie zu und zog sie an sich. »Und hätte dir nicht mehr sagen können, dass du unbedingt wiederkommen musst.«

Melinas Herz klopfte bis zum Hals. Sie spürte Ralphs Arme um sich, die sie festhielten, und lehnte sich an ihn. Sie fühlte seinen Herzschlag und war überglücklich. Er war gekommen, nur wegen ihr, und hatte dafür sogar vorzeitig das Krankenhaus verlassen. Sie schloss die Augen und wünschte sich, dass dieser Moment niemals enden möge. Wie im Traum hörte sie die leisen Worte, die Ralph in ihr Haar murmelte, und spürte seinen Kuss auf ihrer Wange. War sie jemals im Leben so glücklich gewesen? War es dieses Gefühl, das die Dichter beschrieben, die Musiker vertonten und die Maler auf die Leinwand bannten? Das Gefühl, eins zu sein mit dem Himmel und der Erde?

Melina hörte ein Geräusch und öffnete die Augen. Im Schatten der Mauer neben der Hofeinfahrt nahm sie einen Mann wahr, der einen Blumenstrauß in der Hand hielt und sich im selben Moment umdrehte und davonlief. War das David gewesen? Doch der Gedanke verflog so schnell, wie er gekommen war. Ralphs Stimme zog sie wieder in ihren Bann.

»Du darfst morgen nicht einfach aus meinem Leben verschwinden«, hörte sie ihn flüstern. »Ich warte hier auf dich. Versprich mir, dass du wiederkommst.«

Sie lächelte ihn glücklich an und wäre am liebsten in seinen unergründlichen blauen Augen versunken. Natürlich würde sie wiederkommen, zurück in seine Arme. Seine Hand glitt über ihre Wange und hob ihr Kinn, und mit einem tiefen Blick in ihre Augen beugte er sich zu ihr herab und küsste sie. Die Welt um Melina herum hörte auf zu existieren, es gab nur noch sie und Ralph und diesen Kuss, der ihr den Atem nahm. Ein Traum, aus dem sie nie mehr aufwachen wollte.

»Ich muss jetzt gehen«, murmelte Ralph an ihrem Ohr, als er sie endlich freigab. »Und du wirst morgen abreisen. Aber bitte versprich mir, dass du wieder zu mir zurückkommst.«

Melina schmiegte sich noch einmal an ihn. »Ja, ich komme wieder, Ralph. Ganz bestimmt.« Es fiel ihr schwer, sich aus seinen Armen zu lösen, und als sie zurück zur Wohnung lief, drehte sie sich noch einmal um und lächelte ihm zu.

Wie konnte man nur gleichzeitig so glücklich und so traurig sein, fragte sie sich, während sie weiterging. Wenn das vorhin David war, was würde er jetzt denken? Sie musste mit ihm reden, wenn er sich morgen am Bahnhof von ihr verabschiedete. Er würde es doch sicher verstehen, oder?

Kopflos rannte David davon. Er konnte nicht glauben, was er gerade gesehen hatte. Konnte das denn wahr sein? War das tatsächlich Melina gewesen, oder hatte er sich vielleicht doch geirrt? Nein, unmöglich. Er hatte sie erkannt. Seine Melina in Ralphs Armen! Das konnte doch nicht sein! Natürlich hatte er bemerkt, dass Ralph Melina schöne Augen gemacht hatte, aber er hätte niemals gedacht, dass sie das beeindrucken würde! Sie beide waren doch füreinander bestimmt, wusste sie das denn nicht? David rannte blindlings die Straße entlang. Er kam an einer Bushaltestelle vorbei, an der er eine ältere Frau auf der Bank sitzen sah. Er lief auf sie zu, blieb vor ihr stehen und drückte ihr wortlos den Blumenstrauß in die Hand, den ihm vor wenigen Minuten die Verkäuferin mit einem vielsagenden Lächeln verkauft hatte. Bevor die verdutzte Frau ein Wort des Dankes sagen konnte, war er schon weitergelaufen. Er streifte stundenlang ziellos durch die Straßen Berlins, während er versuchte, die Tränen zurückzuhalten. Melina und Ralph! Wie konnte das denn nur sein?

Irgendwann fand er sich atemlos vor einer Kneipe wieder, trat ein, setzte sich an den Tresen und bestellte ein Bier. Kaum stand es vor ihm, da hatte er es auch schon halb leer getrunken und dabei eine Papierserviette zerknüllt, als wäre sie Ralph, dem er jetzt am liebsten an den Hals gegangen wäre. Melina und Ralph! Das war doch einfach nicht möglich! Was sollte er tun? Sollte er sich diesen Ralph vorknöpfen? Aber die Szene in der Hofeinfahrt hatte auf ihn nicht den Eindruck gemacht, als ob Ralph Melina zu irgendetwas gezwungen hätte. Ganz im Gegenteil. David griff zum Glas, um den Gedanken daran, wie glücklich Melina in Ralphs Armen ausgesehen hatte, hinunterzuspülen, und orderte ein zweites Bier. Nein, er konnte gar nichts machen, er hatte sie verloren. Aber sein Traum, seine Vision an Marias Hochzeit, war sie denn nur Schall und Rauch gewesen? Er spürte das Schächtelchen in seiner Hosentasche, holte es heraus und öffnete es. Laut lachte er auf, als er den Ring erblickte, den er wochenlang im Schaufenster des Juweliers betrachtet und schließlich gekauft hatte. Ein Mann am Tresen drehte sich nach ihm um.

»Na, Ärger gehabt?«, fragte der Fremde in bierseliger Stimmung.

David nahm einen tiefen Schluck aus seinem Glas. Wieso war es eigentlich schon wieder leer? Er gab dem Kellner noch ein Zeichen, dann antwortete er dem Fremden: »Kann man so sagen.«

Der Mann nickte vielsagend. »Kenn ich. Was war denn los?«

216

David hielt ihm die Schachtel mit dem Ring hin. »Den wollte ich heute verschenken. Aber sie hat sich einem anderen an den Hals geworfen.« Allein schon der Gedanke daran ließ David wieder nach seinem Bier greifen.

»Ja, so sind sie«, sagte der Mann, kam mit seinem Glas näher und setzte sich auf den Barhocker neben David. »Kenn ich. Vergiss sie. Bin schon dreimal verlassen worden.«

»Oh nein«, sagte David und nahm noch einen Schluck. Er spürte, dass ihm der Alkohol langsam zu Kopf stieg, denn er sah schon nicht mehr klar, und das Sprechen fiel ihm immer schwerer. »Dreimal passiert mir das nicht! Auch kein zweites Mal! Das war's jetzt! Für immer!«

»Ach was«, meinte der Fremde. »Dauert ein paar Tage, dann ist das vorbei. Komm, wir trinken noch einen.«

Es war mitten in der Nacht, als David mit einer Weinflasche im Arm durch den Gang des Studentenwohnheims torkelte und lautstark an Viktors Tür klopfte. Es dauerte eine Weile, bis ihm sein verschlafener Freund, dem die Haare wirr vom Kopf abstanden, fluchend die Tür öffnete.

»Bist du verrückt? Du bist ja total betrunken! Was ist denn los, David?« Viktor zog ihn ins Zimmer. »Was machst du mitten in der Nacht für einen Lärm? Willst du das ganze Wohnheim aufwecken?«

»Nein … ich will … was ganz anderes«, lallte David und ließ sich auf Viktors Schreibtischstuhl fallen. »Ich will dir eine frohe Botschaft verkünden.«

»Na, da bin ich mal gespannt«, sagte Viktor und kratzte sich am Kopf.

»Ja, das kannst du auch«, erwiderte David, doch die Worte kamen ihm nur undeutlich über die Lippen, »denn David Sandner und Viktor Bellheim gehen nach New York!«

Dabei hob er die Weinflasche in die Luft, prostete Viktor zu und nahm einen tiefen Schluck.

Viktor eilte auf ihn zu und riss ihm die Flasche aus der Hand. »Ich glaube, du hast genug, mein Lieber«, sagte er. »Was meinst du damit, wir gehen nach New York? Soll das heißen, du hast deine Meinung geändert?«

»Jawohl.«

»Und deine Verlobung?«

»Wurde soeben gelöst.« David fiel es immer schwerer, seine Zunge unter Kontrolle zu halten. »Ich bin ein freier Mann, und ich geh jetzt in mein Zimmer und packe meinen Koffer. Morgen fahren wir nach New York.«

Er versuchte, sich vom Stuhl zu erheben, wobei ihm schwindelig wurde.

»Mann, du bist ja voll wie eine Haubitze«, sagte Viktor, eilte auf ihn zu und schob ihn zurück auf den Stuhl. »Du legst dich jetzt erst mal in mein Bett. Und wenn du morgen immer noch in die USA willst, dann regeln wir alles. Packen musst du noch nicht. Es geht erst in zwei Monaten los. Schließlich brauchen wir noch ein Visum und ein Ticket für das Schiff.«

Er zog David vom Stuhl hoch und schob ihn auf sein Bett, zog ihm die Schuhe aus und deckte ihn zu. Dann holte er zwei Decken aus dem Schrank und machte sich ein Lager auf dem Boden zurecht.

* * *

Linda verstand die Welt nicht mehr. Zuerst war David am Abend zuvor nicht mehr wie verabredet erschienen, dann war Melina völlig verstört von ihrem Spaziergang zurückgekehrt und hatte auf Lindas Nachfragen kaum geantwortet. Auch heute Morgen war David nicht zum Bahnhof gekommen, um sich von Melina zu verabschieden. Was war denn da bloß los?

Hatte Melina gestern Abend bei ihrem Spaziergang etwa David getroffen und sich mit ihm zerstritten? Hatte er Melina einen Antrag gemacht und sie hatte ihm einen Korb gegeben?

Die Gedanken ließen ihr keine Ruhe, und so beschloss sie, in ihrer Mittagspause bei David im Wohnheim vorbeizuschauen.

Als sie an seiner Zimmertür klopfte, erhielt sie keine Antwort.

»David?«, rief sie. »David, bist du da?«

Zwei Zimmer weiter öffnete sich eine Tür, und ein junger Mann mit dunklen Haaren kam auf sie zu. Sie erkannte ihn; es war Viktor, ein Freund von David.

»Hallo, Linda«, begrüßte Viktor sie freundlich. »Du willst sicher David besuchen. Es hat keinen Sinn, zu klopfen. Er ist nicht in seinem Zimmer.«

Lindas Sorge um David wurde noch größer. »Weißt du, wo er ist?«

»Oh ja, das weiß ich. Er liegt in meinem Bett und schläft seinen Rausch aus.«

»Er ist betrunken?«

Viktor nickte. »Frag nicht, in welchem Zustand er heute Nacht bei mir ankam.«

Linda schaute ihn bestürzt an. »Weißt du denn, was vorgefallen ist? Der gestrige Abend lief irgendwie total schief.«

»Nein, er sagte nur etwas von einer gelösten Verlobung und dass er jetzt wieder ein freier Mann sei.«

»Oje, ich glaube, dann kann ich mir den Rest zusammenreimen. Wenn er aufwacht, sag ihm bitte, ich hab nach ihm gefragt. Er soll sich mal bei mir melden.«

Einen Tag später stand David vor Lindas Tür. Er war blass, hatte stumpfe Augen, und ein bitterer Zug lag um seinen Mund. Linda wusste ja nun, was vorgefallen war, und musste ihm keine Fragen mehr stellen.

»Ich bringe dir die Skizzen für den nächsten Band der Kinderbuchserie.« David reichte ihr einen Umschlag.

»Komm rein«, bot Linda an, doch David schüttelte den Kopf.

»Ich hoffe, wir beide können noch weitere Kinderbücher zusammen herausbringen«, sagte er und gab ihr noch einen kleinen beschriebenen Zettel. »Aber es wird sich etwas ändern. Viktor und ich haben ein Stipendium erhalten und wechseln an eine andere Uni. Das ist die Adresse, wo du mich in Zukunft erreichen kannst. Du kannst mir deine Manuskripte dort hinsenden, und ich schicke dir dann die Bilder.«

Linda las den Zettel. Fassungslos schaute sie ihn an.

»Du gehst weg? An die Columbia University in New York? David, das kannst du doch nicht machen! Du wirst mir so sehr fehlen!«, rief sie. »Gibt es denn gar keine andere Möglichkeit? Hast du dir das auch gut überlegt?«

David schaute sie lange an. Dann nickte er. »Ja, es ist besser so.«

Mit diesen Worten lächelte er ihr kurz zu, murmelte einen Abschiedsgruß und wollte sich zum Gehen wenden. Ohne nachzudenken, trat Linda auf ihn zu und umarmte ihn, als wollte sie ihn nie mehr gehen lassen. Als er sie an sich drückte, spürte sie seinen tiefen Schmerz. Er ließ sie los und ging wortlos davon.

Linda schaute ihm nach, als er über den Hof zur Straße lief.

»Armer David«, murmelte sie. Sie fragte sich, ob Melina überhaupt ahnte, wie sehr David sie liebte.

* * *

»Das glaub' ich jetzt nicht«, sagte Lea, die sofort nach Melinas Rückkehr zu ihr gekommen war, und Melina sah ihrer Freundin an, dass sie fassungslos war.

»Du hast *was?*« Lea setzte sich auf ihr Bett und starrte sie ungläubig an.

»Einen netten jungen Mann kennengelernt. Er heißt Ralph«, versuchte Melina, händeringend zu erklären.

Lea schüttelte den Kopf. »Melina, du kanntest bereits einen mehr als netten jungen Mann, und der heißt David. Bist du von allen guten Geistern verlassen?«

»Nein, einfach nur verliebt. Kannst du das nicht verstehen?«

»Nein. Und was ist mit David?«

Melina schaute betreten vor sich hin. Leas Frage versetzte ihr einen Stich. David war nicht zum Bahnhof gekommen, und sie hatte noch im Zug mehrere Briefe an ihn zu schreiben begonnen, die sie alle wieder zerrissen hatte. War er der Mann mit den Blumen gewesen, den sie in Lindas Hofeinfahrt gesehen hatte? »Das ist ja das Schlimme, ich weiß es nicht. Alles war irgendwie klar für mich, als ich nach Berlin gefahren bin. Seit Weihnachten habe ich mir nichts mehr gewünscht, als in seiner Nähe zu sein, und ich habe mich so wahnsinnig auf ihn gefreut, doch auf einmal war da Ralph.« Sie spürte, wie ihr die Tränen kamen.

Lea legte den Kopf schief. »Wie hat sich David von dir verabschiedet?«

Mit dem Handrücken wischte Melina unter ihren Augen entlang. »Nicht. Das ist es ja. Linda sagte was von einer Überraschung am letzten Abend, aber er kam nicht und auch am nächsten Tag nicht.«

»Dann schreib ihm, du kannst das so nicht stehen lassen.«

»Ich habe es ja schon versucht, aber es ist so schwer zu erklären. Und ich weiß ja gar nicht wirklich, was er geplant hat. Vielleicht wollte er mich einfach noch einmal groß ausführen, und das Ganze ist gar nicht so schlimm für ihn.«

Lea deutete auf das Bild über Melinas Bett, das David gemalt hatte. »Der magische Moment, in dem ich mein Herz verlor! Melina, natürlich ist es schlimm für ihn.«

Melina biss sich auf die Unterlippe. »Aber ich kann doch nichts dafür, Lea. Er findet jemanden, der viel besser zu ihm passt als ich. Sicher schon bald.«

Lea seufzte. Sie klopfte auf die Stelle neben sich auf dem Bett. »Komm mal her und erzähl mir alles«, forderte sie Melina auf. Melina setzte sich und spürte mit einem Mal, wie gut es war, eine Freundin wie Lea zu haben. Mit Emma und Kurt wollte sie über Ralph noch nicht reden, selbst ihrer Mutter wollte sie noch nicht schreiben, dazu war das Ganze noch zu frisch. Sie redete sich alles von der Seele, und irgendwann, als ihr die Tränen über die Wangen liefen, spürte sie Leas Arme um sich.

»Ich kann dich ja verstehen, Melina«, vernahm sie die Stimme der Freundin. »Für seine Gefühle kann man nichts. Hoffen wir, dass es der richtige Weg für dich ist.«

Melina schwebte im siebten Himmel, als der erste Brief von Ralph bei ihr eintraf, und je mehr Briefe sie wechselten, desto sicherer wurde sie, dass sie im Herbst ein Studium in Berlin beginnen wollte. Kurt und Emma nahmen an, dass es sie in Davids Nähe zog. Zwar fragten sie, wer ihr da schrieb, doch Melina erzählte, es handele sich um einen Bekannten von Linda, der auch studiere. Mit der Hilfe von Kurt bewarb sie sich an der Universität, nachdem auch Hannah geschrieben hatte, dass sie ihren Studienwunsch unterstützen werde. Die Zeit verging schnell, und bald saß Melina abends an einem Brief an Ralph.

Ich habe mittlerweile die Zusage für einen Medizinstudienplatz an der Uni in Berlin,

schrieb sie,

und einen Platz in einem Wohnheim. Nun sind
es nur noch zwei Wochen, bis ich komme. Ich
kann es kaum erwarten, wieder bei dir zu sein.

Für einen Moment kam ihr David in den Sinn. Sie hatte schon
so oft versucht, einen Brief an ihn zu verfassen, doch alle ihre
Versuche wieder zerknüllt, kaum dass ihr Blick auf das Bild über
ihrem Bett gefallen war. Zwei Kinder, die glücklich unter einem
Apfelbaum tanzten – der Moment, in dem David von ihrer gemeinsamen Zukunft geträumt hatte. Seufzend legte Melina den
Federhalter zur Seite. Sie würde es auch heute nicht fertigbringen, das in Worte zu fassen, was sie David sagen musste. Und
vielleicht war es sowieso besser, persönlich mit ihm zu reden. Ja,
sie würde ihn aufsuchen, wenn sie in Berlin war, nahm sie sich
vor, und ihm offen und ehrlich Rede und Antwort stehen. Das
war sie ihm schuldig.

Kapitel 22

Sie hatten auf Reformen gehofft, auf bessere Haftbedingungen, Begnadigungen – doch auch Wochen nach Stalins Tod ging ihr Leben in Workuta unverändert weiter. Menschen hungerten, schufteten sich im Bergwerk zu Tode oder wurden von Krankheiten dahingerafft. Ein Zug hatte neue Häftlinge ins Lager gebracht, unter ihnen auch Verurteilte aus dem sowjetisch besetzten Teil Deutschlands. Mit ihnen kam die Kunde vom Volksaufstand in der DDR ins Lager, bei dem die Menschen sich gegen die aus Moskau gelenkte Regierung aufgelehnt hatten. Diese Vorstellung befeuerte die Sträflinge, und der Satz »Das können wir auch!« machte die Runde. In lautstarken Parolen forderten die Häftlinge bessere Lebensbedingungen und die Überprüfung ihrer Akten durch eine Untersuchungskommission in Moskau. Als man ihnen kein Gehör schenkte, legten sie ihre Arbeit nieder.

»Das Ganze gefällt mir nicht«, sagte Konrad, als er an diesem ersten Augusttag vor seiner Baracke neben Oskar saß und hinauf zu den Wachtürmen schaute, auf denen die Zahl der Wachposten verdoppelt worden war. Seit Tagen streikte das Lager 10 des Schachts 29, und anstatt in den Stollengängen zu schuften, saßen die Arbeiter vor ihren Baracken.

Bisher hatte sich die Lagerleitung auffallend ruhig verhalten, sodass schon das Gerücht vom »Nachgeben« und »Einlenken« unter den Häftlingen die Runde machte, doch heute waren den ganzen Morgen über verstärkt Aktivitäten zu verzeichnen.

»Ich sag dir, Oskar, der Streik war ein Fehler. Irgendetwas geht hier vor sich. Überall ist mehr Wachpersonal zu sehen, und es kommen öfter Züge an als sonst. Und was bringen die? Noch mehr Soldaten. Ich sag dir, da braut sich was zusammen.«

»Aber der Streik ist das einzige Mittel, um sich Gehör zu verschaffen. Stalin ist tot, und es hat sich nichts geändert. In der DDR war ein Volksaufstand, und wieder ändert sich nichts. Sollen wir denn warten, bis wir hier verrecken?«

»Aber du hast doch gehört, dass der Aufstand in Deutschland mit Panzern niedergewalzt wurde. Denkst du, da lassen die sich von ein paar armseligen Gestalten wie uns beeindrucken?«

»Konrad, ich will hier raus! Ich halte das nicht mehr aus. Ich will zurück zu meinem Häuschen am Ende der Straße und im Garten bei meiner Frau sitzen, wo noch die Kinderschaukel im Baum hängt! Ich bleibe keinen weiteren Winter mehr hier!«

Konrad hatte seinen Freund noch nie so erlebt. »Unsere Regierung holt uns hier raus, Oskar. Glaub mir! Annie hat es in ihrem Brief geschrieben!«

Große Unruhe entstand im Lager. Häftlinge rannten aufgeregt herum, und laute Stimmen waren zu hören. Konrad und Oskar sprangen auf und eilten ihnen nach.

Sie sahen, wie Wagen vorfuhren und vor dem Lagertor und an den Zäunen bewaffnete sowjetische Einheiten in Stellung gingen. Das Lager war umstellt. Ein Wachmann mit einem Megafon in der Hand gab die Anweisung, dass die Arbeit in der Kohlegrube unverzüglich wieder aufzunehmen sei.

»Nein!«, ertönte es aus Hunderten von Kehlen um Konrad herum, der mit Oskar in einem Pulk von Häftlingen vor dem Verwaltungsgebäude stand.

»Freiheit!«

»Lieber Tod als Sklaverei!«

»Revision der Akten!«

Doch der Protest der Menge verstummte, als die ersten Schüsse fielen. Menschen schrien auf, brachen schwer verletzt oder tödlich getroffen zusammen.

»Oskar!«, rief Konrad, während er sich in panischer Angst nach seinem Kameraden umschaute, doch um ihn herum herrschte Chaos. Die sowjetischen Aufseher feuerten mit Maschinenpistolen auf die Menschen, die in alle Richtungen auseinanderliefen und doch nicht weit kamen. Sie versuchten, den Gewehrsalven der Schützen zu entfliehen, doch die dünnen Barackenwände boten nur geringen Schutz vor dem Kugelhagel. Die Häftlinge versuchten, zu entkommen, doch am Stacheldrahtzaun war ihre Flucht zu Ende.

»Oskar!«, schrie Konrad, als er den Freund zusammenbrechen sah. Er eilte zu ihm, packte ihn unter den Armen und zog ihn hinter eine Baracke. Als er sich neben den am Boden Liegenden kniete, sah er den roten Fleck, der sich auf Oskars Jacke abzeichnete und rasch ausbreitete. In panischer Eile knöpfte Konrad Oskars Jacke auf, zog sein eigenes Hemd aus und presste den Stoff auf die Wunde, um die Blutung zu stoppen. Er wollte sich die Aussichtslosigkeit seines Bemühens nicht eingestehen – er war lange genug im Krieg gewesen, um zu wissen, wann eine Wunde tödlich war und wie schnell ein Mensch verblutete. Und hier gab es keine Sanitäter oder Lazarettärzte – nein, niemand würde Oskar zu Hilfe kommen. Doch Konrad kämpfte wie besessen weiter. Er hob Oskars Oberkörper an, damit der schwer Atmende besser Luft bekam.

»Oskar, mach die Augen auf. Komm schon, du kannst mich doch jetzt nicht hier allein lassen. Wie soll ich Workuta denn ohne dich überstehen? Wir kommen hier raus, Oskar, du musst nur durchhalten.«

Doch Oskar öffnete die Augen nicht mehr. Konrad hielt ihn im Arm und musste verzweifelt mit anschauen, wie das Leben aus ihm herausrann. Mit leisen Worten erzählte er dem Freund von seinem Häuschen am Ende der Straße, wo seine Frau im Garten saß und auf ihn wartete, und wo im Baum noch die Kinderschaukel hing, bis er keine Atemzüge mehr wahrnehmen konnte. Tränen liefen Konrad über das Gesicht. Sein Freund war gegangen und hatte ihn allein gelassen hier am Ende der Welt.

KAPITEL 23

Davids Besuch auf dem Sandnerhof kam unerwartet, und Hannah und alle Familienmitglieder, die sich in der Küche versammelt hatten, waren überrascht, als sie den Grund erfuhren. Sie konnten nicht glauben, dass er gekommen war, um sich für lange Zeit zu verabschieden.

»Stell dir das doch mal vor, Opa! New York! Viktor und ich gehören zu den wenigen Studenten, die für dieses Stipendium ausgewählt wurden. So eine Chance dürfen wir uns nicht entgehen lassen!«

Hannah vernahm Davids Worte, mit denen er seine Begeisterung in den buntesten Farben ausmalte, doch sie spürte deutlich seine Anspannung.

Hans ergriff als Erster das Wort und sprach aus, was alle dachten: »Glückwunsch, David!« Er klopfte ihm anerkennend auf die Schulter. »Ich wusste immer, was für ein Genie in meinem kleinen Bruder steckt. Zeig denen da drüben mal, was wahre Kunst ist.«

Alle stimmten ihm zu, und auf Davids Gesicht zeigte sich ein dankbares Lächeln.

Oma Klara ergriff seine Hand. »Das sind ja gute Neuigkeiten, Junge, aber willst du wirklich so weit weggehen?

Wie lange wird dieses Schiff über den Ozean fahren? Acht Tage? Oh mein Gott, hoffentlich passiert dir nichts.«

»Nein, Oma«, beschwichtigte sie David. »Glaub mir, die neuen Schiffe sind sehr sicher. Das Schlimmste, was mir passieren kann, ist, dass ich seekrank werde.«

»Dann ist es ja gut«, sagte Klara und tätschelte seine Hand. »Geh deinen Weg. Dein Vater hätte das auch gewollt.« Annie blickte besorgt drein, doch der Stolz in ihrer Stimme war nicht zu überhören.

»Wie lange werden wir dich dann nicht sehen, David? Ein ganzes Jahr?«, fragte Maria.

»Ja, die Schiffspassage ist viel zu teuer, um öfter zu fahren. Aber Maria, was ist denn schon ein Jahr?«

»Ganz schön lange! Ich werde dich vermissen, kleiner Bruder!«, antwortete Maria.

Mit einem Mal spürte Hannah, dass David sie ansah und an ihrem Gesichtsausdruck erkannt hatte, dass er sie nicht täuschen konnte. Sie nahm ihm seine Begeisterung nicht ab, doch sie wollte ihn nicht vor der versammelten Familie darauf ansprechen. Sie bemerkte, wie David ihrem Blick auswich und sich Georg und Matilda zuwandte, denen er versprechen musste, Fotos von den New Yorker Wolkenkratzern zu schicken.

Als Hannah einige Zeit später den Weg zu den Ställen fegte, hörte sie Schritte näher kommen. Sie erblickte David, der einen zweiten Besen aus dem Schuppen holte und ihr half.

»Was ist los, David?«, fragte sie und schaute in das blasse, ernste Gesicht des jungen Mannes. »Du bist völlig verändert. Ich habe dir angemerkt, wie viel Mühe es dich gekostet hat, in der Familienrunde fröhlich und gelassen zu wirken. Doch du gehst nicht in die USA, weil es dir berufliche Chancen eröffnet, oder?«

David senkte den Blick und schüttelte den Kopf.

»Hat es etwas mit Melinas Besuch in Berlin zu tun?«, forschte sie weiter. »Ist damals etwas vorgefallen zwischen euch? Wir waren hier ja alle sehr besorgt über die gewaltsamen Ausschreitungen, über die im Radio und in der Presse berichtet wurde, aber das kann es ja nicht sein.«

»Nein, Melina hat es in Berlin gut gefallen.«

»Sie hat mir danach geschrieben, sie wolle in Berlin studieren, und ich nahm an, das hinge mit dir zusammen.«

Ohne sie anzublicken, schüttelte David den Kopf. »Wenn Melina nach Berlin gehen wird, dann nicht wegen mir«, sagte er, und Hannah hörte den bitteren Ton in seiner Stimme.

Ihr Herz krampfte sich zusammen. »Was ist geschehen? Willst du darüber reden?«, fragte sie.

David schüttelte erneut den Kopf.

»David, ich kenne dich, seit du ein neunjähriger Junge warst. Deine Familie hat Melina und mich aufgenommen, als hätten wir schon immer dazugehört. Dir habe ich zu verdanken, dass Melina wieder in mein Leben zurückgekommen ist. Wenn ich dir irgendwie helfen kann, dann sag es mir.«

»Nein, Hannah, du kannst nichts tun, und es wäre nicht richtig, wenn ich darüber rede. Melina soll es dir selbst erzählen.«

Oje, dachte Hannah. So schlimm!

Sie sah den traurigen jungen Mann mit hängenden Schultern vor sich stehen und konnte gar nicht anders, als ihn in die Arme zu nehmen. »Glaub mir, David. Du und Melina, ihr gehört zusammen. Es kann gar nicht anders sein«, sagte sie mit Tränen in den Augen.

»Das dachte ich auch einmal«, erwiderte David leise.

Sie spürte, wie er sich in ihrer Umarmung ein wenig entspannte. »Ich mache mir Sorgen, wenn du gehst, David.«

David schaute sie an. »Warum? Befürchtest du, dass mir etwas zustoßen könnte?«

»Nein, das ist es nicht. Ich habe Angst, dass du nicht wiederkommst.«

Nach vielen guten Wünschen, Ratschlägen und einem tränenreichen Abschied wurde David von Hans zwei Tage später mit einem großen Koffer, einem Rucksack und einer Tasche mit Oma Klaras Reiseproviant an den Bahnhof in Erlenthal gefahren. Er musste zurück nach Berlin, um seine letzten Reisevorbereitungen zu treffen, bevor er in wenigen Wochen zusammen mit Viktor nach Hamburg fahren würde, um in Cuxhaven das Schiff nach New York zu erreichen.

»Komm gesund wieder, kleiner Bruder«, sagte Hans, als David den Zug bestieg, und reichte ihm den Koffer.

KAPITEL 24

Die ersten Tage in Berlin erlebte Melina wie im Rausch. Ralph hatte sie am Bahnhof erwartet und gar nicht mehr losgelassen, nachdem sie aus dem Waggon gestiegen war und er sie in seine Arme geschlossen hatte. Er hatte sie in ein Lokal geführt, doch vor lauter Aufregung, ihm wieder nah zu sein, hatte sie kaum einen Bissen essen können. Er hatte sie zu ihrem Wohnheim gebracht, wo sie viele neue Studenten kennenlernte, und in den nächsten Tagen hatte sie in den Stunden, in denen er beschäftigt war, Berlin auf eigene Faust erkundet. Bald kannte sie sich mit dem U-Bahnnetz aus und fand ihren Weg von der Universität zum Wohnheim, zu Museen, zum Kurfürstendamm und zu Lindas Wohnung, die sie nun das erste Mal besuchte. Sie hatte sich einige Tage davor gedrückt, denn noch immer wusste sie nicht, wie es David ging, und war sogar froh, ihn bisher nicht getroffen zu haben. Zu sehr fürchtete sie, ihn doch tief verletzt zu haben. Sie war auch Linda dankbar, dass sie das Gespräch nicht auf David brachte.

»Dann ist Ralph also der Grund, warum du nach Berlin gehen wolltest zum Studieren?«, fragte Linda.

Melina nickte. »Du glaubst ja gar nicht, wie glücklich ich bin.«

Linda seufzte. »Ich hoffe bloß, dass er der Richtige ist.« Ja, er war der Richtige, dessen war Melina sich sicher. Sie verbrachte auch viel Zeit mit Tristan, den sie immer besser kennenlernte, war er ihr in vielen Dingen doch unglaublich ähnlich.

»Wie war er, unser Vater?«, fragte sie Tristan eines Tages. »Ich kannte ihn ja überhaupt nicht.«

Mit versonnenem Blick antwortete er: »Vater war viel unterwegs, und meine Mutter hat sich immer beklagt, dass er zu wenig Zeit für uns hätte, aber ich habe sehr liebevolle Erinnerungen an ihn. Er hat mich auf dem Arm gehalten, hat mit mir die Enten im Park gefüttert, und wir haben zusammen mit der Modelleisenbahn gespielt. Wenn er abends zu Hause war, saß er oft lange an meinem Bett und hat mir Märchen vorgelesen. Dann war er plötzlich von einem auf den anderen Tag nicht mehr da.«

Tristans Worte lösten Traurigkeit in Melina aus. All dies hatte sie nie gehabt. »Ich glaube, in einem anderen Leben wäre er ein guter Vater gewesen.«

»In einem anderen Leben, das es nie gab«, sagte Tristan.

Ihr Studium machte ihr bereits in den ersten Tagen großen Spaß, und sie spürte mit jeder Faser, dass sie Ärztin werden wollte. Immer wieder schlich sich David kurz in ihre Gedanken. Schließlich war er es gewesen, der sie auf die Medizin gebracht hatte. Noch immer stand aus, dass sie ihn aufsuchen wollte, um sich auszusprechen, denn zu sehr genoss sie die Stunden, die sie allein mit Ralph durch den Park spazierte, Hand in Hand, und in denen er sie immer wieder zärtlich in die Arme nahm. Melina sagte sich jeden Tag, wie glücklich sie war.

Das Gefühl, dass etwas nicht stimmte, kam schleichend. Einige Tage gelang es Melina, es zu ignorieren. Sie schalt sich selbst eine dumme Gans, wenn die seltsame Traurigkeit sie unvermittelt

überkam. Und je mehr sie versuchte, die Empfindung beiseitezuschieben, desto stärker kam sie kurz darauf zurück.

An einem sonnigen Tag nach dem Vorkurs Chemie ging sie
allein durch den Tiergarten, um ihre Gedanken zu ordnen. Sie
hatte in Ralph einen netten, liebevollen Freund gefunden, der
sie liebte und selbst in der kurzen Zeit, die sie zusammen verbringen konnten, mit Aufmerksamkeiten überhäufte. Was also
fehlte ihr dann so sehr? Sie sah ihn vor sich, wie er sie anlächelte, in die Arme nahm, sie zum Lachen brachte und ihr
kleine Geschenke machte. Doch eines tat er nie. Er wollte nie
Näheres über sie wissen. Er fragte nicht nach ihren Gedanken,
ihren Plänen, ihren Träumen. David hatte sie das immer gefragt.
Warum tat Ralph es nicht? Sie redeten nur über sein Studium,
sein Engagement in politischen Gruppierungen und seine
Arbeit im Flüchtlingslager Marienfelde, doch wann immer sie
ihm von ihren Vorlesungen berichten wollte, wechselte er sehr
schnell das Thema. Sie konnte auch nicht mit ihm über ein
Buch reden, das sie gerade las. Er lachte dann und behauptete,
das Buch nicht zu kennen und sich für Literatur nicht zu inter-
essieren. Bei David war das anders gewesen. Er musste ein Buch
nicht gelesen haben, um mit ihr darüber diskutieren zu können.
Er hatte ihr zugehört und sich so den Inhalt des Buches erschlos-
sen. Wenn sie mit Ralph über ihr Studium und ihre Pläne reden
wollte, wehrte er die Unterhaltung mit der Bemerkung ab, mit
den medizinischen Fachausdrücken nichts anfangen zu können.
Sie war sich sicher, dass sie mit David nächtelang über dieses
Thema hätte sprechen können.

Gott, was machte sie da, schalt Melina sich selbst. Es war
nicht fair, Ralph mit David zu vergleichen. David kannte
sie seit Kindertagen. Natürlich wusste er, was in ihr vorging.
Wahrscheinlich hatte Ralph momentan nur einfach zu viel um
die Ohren, und sie redete sich das alles nur ein. Sie schaute auf

ihre Armbanduhr und erschrak. Sie wollte sich noch mit Ralph im Park treffen, und es war höchste Zeit. Sie lief los, und als sie sich dem vereinbarten Treffpunkt näherte und ihn neben dem Goethedenkmal stehen sah, winkte sie ihm zu.

»Da bist du ja!« Ralph lief ihr entgegen und legte seinen Arm um sie. »Ich habe schon gewartet. Wo warst du so lange?«

»Ich musste ein bisschen allein sein und nachdenken«, antwortete Melina und bemühte sich, ihre düsteren Gedanken zu verdrängen. »Die Vorlesungen waren so anstrengend«, fügte sie als Erklärung hinzu. »Zum Glück ist heute Freitag, und ich freue mich schon auf die Erstsemesterfeier morgen Abend.«

Ralph drückte ihr einen Kuss auf die Wange. »Ach, war das morgen?«, fragte er. »Das ist aber schade. Ich wäre ja gern gekommen, aber morgen ist eine Veranstaltung unseres Studentenbunds.«

Melina schaute ihn entgeistert an. »Soll das heißen, du kommst nicht mit? Du weißt den Termin doch schon so lange und hast bereits zugesagt.«

»Ja, Liebling, aber weißt du, das ist wichtiger. Es geht um die Flüchtlinge in Marienfelde. Die Zahl ist seit dem Aufstand im Juni drastisch gestiegen.«

»Aber du hast doch jeden zweiten Abend irgendein Treffen, ist es dann so schlimm, wenn du mal bei einem nicht dabei bist? Es wäre so schön, wenn du auch mal meine Freunde und Kommilitonen kennenlernen würdest.«

»Ein anderes Mal gern«, sagte Ralph leichthin und drückte sie an sich.

Doch Melinas Stimmung sank. Irgendetwas in ihr sagte ihr, dass es dieses andere Mal nicht geben würde. Plötzlich spürte sie eine Distanz zu ihm.

Ralph schaute sie prüfend von der Seite an. »Ist alles in Ordnung? Du wirst doch jetzt nicht gleich beleidigt sein, oder?«

»Ralph«, begann sie zaghaft und löste sich aus seiner Umarmung. »Ich habe manchmal das Gefühl, dass wir viel zu wenig reden.«

»Zu wenig reden?« Seine Stimme klang überrascht. »Tun wir denn etwas anderes als reden?«

»Ja, wir reden natürlich viel. Über deine Pläne, über deine Familie, über Politik. Aber das meine ich nicht. Ich habe manchmal das Gefühl, du möchtest nie über mich reden oder mich näher kennenlernen. Du fragst mich nie, was ich über eine Sache denke, was ich fühle, was ich will.«

Ralph schaute sie verständnislos an. »Warum soll ich das denn fragen, Melina? Das weiß ich doch schon alles. Du liebst mich. Was muss ich da noch mehr wissen?«

Melina dachte zuerst, er mache einen Scherz. »Das ist alles? Alles, was mich ausmacht?«, fragte sie. »Du willst nichts über mein Studium wissen, meine Pläne, meine Ziele?«

Er schüttelte lachend den Kopf und griff nach ihrer Hand. »Du machst dir viel zu viele Gedanken. Natürlich ist es schön, dass du studierst, aber von Medizin verstehe ich nun mal nicht viel.«

»Aber du möchtest das auch nicht ändern. Sobald ich anfange, von den Übungen in meinem Vorkurs zu erzählen, wechselst du das Thema.«

»Melina, du übertreibst. Ich finde es schön, wenn dich das alles so interessiert. Aber wenn wir zusammenbleiben, werden wir heiraten. Dann haben wir Kinder, und das Thema hat sich schon erledigt.«

Seine Worte fühlten sich an wie ein Schlag ins Gesicht. Melina zog ihre Hand aus seiner und schaute ihn enttäuscht an. »So einfach ist das für dich? Ich heirate dich, ziehe deine Kinder groß und hänge alle meine Pläne an den Nagel? Ralph, ich bin begeistert von den Fortschritten in der Kinderheilkunde, ich möchte Ärztin werden, vielleicht in einem Krankenhaus arbeiten oder eine eigene Praxis eröffnen!«

»Ach, Melina, du machst ein Theater um ein Thema, das noch Jahre in der Zukunft liegt. Bis dahin kann sich noch so viel ändern.«

»Und nur, weil es noch Jahre dauert, braucht man gar nicht erst darüber zu reden? Ich habe einfach das Gefühl, du willst überhaupt nicht, dass ich meine Pläne umsetze.«

»Dass ich nicht stundenlang über Dinge reden will, die vielleicht nie eintreffen, heißt doch nicht, dass ich mich nicht für dich interessiere!«, rief Ralph aufbrausend aus.

»Aber diese Dinge machen mich nun mal aus! Meine Gedanken, meine Träume – das bin doch ich!«

»Mann, bist du kompliziert«, erwiderte Ralph genervt. »Dabei habe ich mir noch mit keinem Mädchen so viel Mühe gegeben wie mit dir. Reicht es denn nicht, dass wir uns gernhaben, eine schöne Zeit miteinander verbringen und einfach einmal abwarten, was das Leben so bringt? Ich hätte nicht gedacht, dass du so schwierig bist.«

Melina schaute ihn ungläubig an. »Schwierig nennst du das? Es ist schwierig für dich, ein bisschen Interesse für mich aufzubringen? Und du gibst dir schon extra Mühe mit mir? Ich glaube, das kannst du dir in Zukunft sparen.«

Mit diesen Worten drehte sie sich um und ging den Weg durch den Park zurück.

Sie hörte, dass er ihr nachlief.

»Komm schon, Melina, was ist denn in dich gefahren? Natürlich interessiere ich mich für dich!«, rief er.

Er versuchte, sie zu umarmen, doch sie wehrte ihn ab. Sie schaute ihn an, und mit einem Mal wurde ihr bewusst, wie fremd er ihr war.

»Lass gut sein, Ralph«, sagte sie mit tonloser Stimme. »Ich glaube, das Ganze war ein Fehler. Wir passen überhaupt nicht zusammen.«

Sie drehte sich um und ging blind vor Tränen den Weg durch den Park zurück zur Straßenbahn.

»Ich war so dumm«, murmelte sie.

* * *

Tristans Hände zitterten, als er den Brief aus Frau Blums Hand entgegennahm. Er hatte nicht mehr mit einer Antwort aus England gerechnet. Mehrmals war er in den vergangenen Wochen in Frau Blums Büro erschienen, doch sie hatte immer nur den Kopf geschüttelt. Und nun hielt er den Umschlag in der Hand, auf dem mit feiner Handschrift die Adresse der jüdischen Gemeinde geschrieben stand und den eine rote Briefmarke mit dem Bild von Elisabeth II zierte.

»Danke«, war alles, was er sagen konnte.

Frau Blum schien genauso aufgeregt zu sein wie er, denn sie wollte ihn gar nicht mehr gehen lassen. Sie deutete auf einen Stuhl neben ihrem Schreibtisch und sagte: »Setz dich doch! Willst du nicht mal reinschauen?«

Tristan nahm Platz, griff nach dem Brieföffner, den Frau Blum ihm reichte, und öffnete vorsichtig den Umschlag in seiner Hand. Seine Hände zitterten leicht. Ein Brief aus England! Würde sein Schulenglisch ausreichen, falls er auf Englisch geschrieben war? Er zog zwei gefaltete Briefbögen und eine Fotografie heraus. Das Foto zeigte ein junges Mädchen mit langen dunklen Haaren, das fröhlich in die Kamera lächelte.

»Ein nettes Mädchen«, sagte Frau Blum mit einem Blick auf das Foto, als Tristan es ihr zeigte.

Er faltete den Brief auseinander. »Er ist auf Deutsch geschrieben«, sagte er überrascht zu Frau Blum, die näher zu ihm gerückt war, und begann zu lesen, während Frau Blum ihn aufmerksam ansah. Endlich ließ er die Blätter sinken.

»Was schreibt sie?«

»Sie heißt Davina«, antwortete Tristan und sah den gespannten Gesichtsausdruck in Frau Blums Gesicht. »Sie ist die jüngste der drei Schwestern auf dem Foto. Anscheinend hat sie sich riesig über den Teddybären gefreut, denn alle drei Schwestern haben ihn gleichermaßen geliebt und sehr vermisst, nachdem er beim Auszug vergessen worden war. Sie schreibt, ihre Familie sei Anfang 1938, als sie fünf Jahre alt war, zu Verwandten nach Frankreich emigriert, doch nach der Besetzung Frankreichs durch deutsche Truppen im Sommer 1940 gerieten sie wieder in den Herrschaftsbereich der Nazis. Ihr Vater, der als Kaufmann weltweit viele gute Geschäftsbeziehungen unterhielt, setzte alles daran, die drei Mädchen zu Geschäftsfreunden nach England zu bringen, um dann mit der Mutter nachzukommen. Doch dazu kam es nicht mehr. Davina hat nach dem Krieg herausgefunden, dass ihre Eltern deportiert wurden und in Auschwitz gestorben sind. Davina und ihre Schwestern Rebecca und Ruth wurden in England von unterschiedlichen Familien aufgenommen, die gut für sie gesorgt haben. Eine der Schwestern ist jedoch an einer Krankheit gestorben und eine bei einem Bombenangriff. Davina ist tatsächlich die einzige Überlebende.«

Als Tristan geendet hatte, war es für einen Moment still im Büro. Zu traurig war die Geschichte der Familie Morgenstern, die er und Frau Blum gerade aus dem Brief erfahren hatten.

»Was für ein Schicksal«, seufzte Tristan.

»Davina freut sich bestimmt, wenn du ihr auf den Brief antwortest. Offensichtlich hat sie ja auch ihre Muttersprache nicht ganz vergessen.«

Tristan nickte. »Sie schreibt, ihr Pflegevater verfüge aufgrund seiner Geschäftsbeziehungen über gute Deutschkenntnisse und habe oft in dieser Sprache mit ihr gesprochen.«

»Nun erzähl mir doch mal, warum du deine Adresse nicht angeben willst«, forderte Frau Blum ihn auf.

Und Tristan berichtete ihr von den Meinungsverschiedenheiten mit seinem Großvater und von dessen Weigerung, Nachforschungen über die Familie Morgenstern anzustellen.

»Ich verstehe«, sagte Frau Blum. »Aber das sollte dich nicht davon abhalten, ihr zu schreiben. Gib als Absender gern weiterhin die Adresse unserer Gemeinde an. Wenn Davina antwortet, hebe ich ihre Briefe für dich auf.«

* * *

Melina saß an Lindas Küchentisch und nahm dankbar die Tasse Kaffee entgegen, die Linda ihr reichte.

»Wir haben einfach nicht zusammengepasst, deshalb habe ich mich von ihm getrennt«, berichtete Melina und nahm einen Schluck aus ihrer Tasse. »Wir hatten einen riesigen Streit, Ralph und ich. Vor ein paar Tagen haben wir uns dann noch einmal getroffen und uns ausgesprochen, und es ist besser, dass wir nun getrennte Wege gehen.«

»War er sehr verletzt?«, fragte Linda, holte noch eine Schachtel Kekse aus dem Küchenschrank und setzte sich zu Melina.

»Am Anfang schon, da war er sehr gekränkt. Er ist halt der Ansicht, dass es schon reicht, wenn sich zwei Menschen mögen. Er hat nicht verstanden, wie sehr es mir gefehlt hat, dass er sich auch einmal für mich, meine Gedanken, Träume und Pläne interessiert.«

»Damit hast du ihn überfordert. Ralph ist ein lieber, netter junger Mann, schätze ich, aber wohl bei Weitem nicht so sensibel und einfühlsam, wie du es dir wünschst. Du erwartest etwas von ihm, was er gar nicht geben kann, weil es nicht in ihm ist.«

»Das stimmt. Wir sind beide zu verschieden und konnten die Erwartungen des anderen nicht erfüllen. Ralph wollte das zuerst nicht hören, doch mittlerweile hat auch er erkannt, dass wir nicht viel gemeinsam haben. Ich glaube, zum Schluss war er sogar ein bisschen erleichtert. Ich war ihm zu anstrengend.« Melina versuchte ein Lächeln.

»Und wie fühlst du dich jetzt? Es ist ja immer schmerzlich, wenn eine Freundschaft zerbricht.«

»Ich habe das Gefühl, wieder klarzusehen, und frage mich, warum ich nicht früher bemerkt habe, dass das Ganze ein Fehler war. Ich hätte doch sofort erkennen müssen, wie verschieden wir sind.«

Linda schüttelte den Kopf. »So darfst du nicht denken, Melina. Dieses Risiko gehen alle Verliebten ein. Ralph ist ein gut aussehender junger Mann, er ist sehr nett und freundlich, und du kanntest ihn nicht näher. Woher hättest du wissen sollen, dass er nicht so ist, wie du ihn dir erträumt hast?«

Melina warf Linda einen dankbaren Blick zu. »Du bist so lieb, Linda. Du machst mir nicht auch noch Vorwürfe.«

»Was meinst du damit? Wer macht dir denn Vorwürfe?«, fragte Linda und runzelte die Stirn.

»Ich mir selbst. Ganz große sogar«, gab Melina kleinlaut zu. »Ich habe jemanden sehr verletzt.«

»Du meinst David?«

Melina nickte. Sie wagte kaum, die nächste Frage zu stellen, die ihr schon so lange auf der Seele lag. »War er der junge Mann mit den Blumen in der Hand, der mich mit Ralph an jenem Abend gesehen hat?«

»Ja, er war es.«

Melina blickte betreten zu Boden. »Warum hast du nichts gesagt? Ich wollte ihn schon die ganze Zeit … also auch trotz Ralph besuchen und mich aussprechen. Irgendwie hat mir der Mut gefehlt. Wie geht es ihm?«, fragte sie zaghaft.

»Was hätte ich denn sagen sollen? Dich noch mehr verwirren? Nein, ich wollte mich nicht einmischen. Aber zu deiner Frage: Er dürfte jetzt irgendwo zwischen Southampton und Le Havre sein. Oder vielleicht auch schon auf dem offenen Ozean.«

Melina schaute Linda verständnislos an. »Er ist *wo*?«

»Na ja, ich kenne die Route nur grob, aber er müsste ungefähr ...«

»Welche Route?«, unterbrach sie Melina.

»Melina, sag jetzt nicht, dass du nichts davon weißt.« Linda blickte sie unsicher an. »Ich dachte, deine Mutter hätte dir ...«

»Wovon? Nun sag schon, Linda, was ist mit David? Wo ist er?«

Linda schwieg einen Moment, dann antwortete sie: »Auf dem Weg nach New York.«

Melina fühlte einen dumpfen Schmerz in ihrer Brust. »Linda, soll das ein Scherz sein? Nun sag, wo ist er wirklich?«

Linda stand von ihrem Stuhl auf und lief aufgeregt durch die Küche.

»Aber das musst du doch wissen! David ist auf dem Weg nach New York, er hat ein Stipendium erhalten und wird dort an einer Universität studieren.«

Fassungslos starrte Melina Linda an. Das konnte nicht wahr sein. David war gegangen, nach New York, ohne ein Wort!

»Warum ...« Sie beendete den Satz nicht, denn die Antwort konnte sie sich selbst geben. Wieso hätte er sich von ihr verabschieden sollen?

»Hat es dir denn niemand erzählt?«, fragte Linda. »Nicht einmal jemand vom Sandnerhof?«

Melina schüttelte entgeistert den Kopf. »Sie alle wissen es?«

»Ja, David war dort, um sich zu verabschieden.«

Melina sank immer mehr auf ihrem Stuhl zusammen. »Oh Gott! Ich war in der letzten Zeit zu sehr mit mir selbst beschäftigt. Und zu David hatte ich keinen Kontakt mehr seit ...«

»… deinem Besuch im Juni«, sagte Linda.

»Ich wollte ihm schreiben, aber ich habe die Briefe immer wieder zerrissen …« Melina merkte erst, dass sie weinte, als Linda neben sie trat und ihr tröstend den Arm um die Schultern legte.

»Oh Linda, es tut so weh!«

»Ist ja gut, Melina. Er kommt wieder. Ganz bestimmt.«

Lange saß Melina nach ihrem Besuch bei Linda noch auf einer Bank im Park und starrte vor sich hin. An jedem anderen Tag hätte sie sich über den strahlend schönen Sommertag gefreut, über die Horde Jungs, die auf einer Wiese einen Lederball kickte, und über das kleine Mädchen, das auf seinem Dreirad vorbeifuhr und sie anlächelte. Doch heute hatte sie keinen Blick dafür. Sie wollte die Nachricht, dass David gegangen war, nicht glauben. Bei all ihren Vorbereitungen für ihren Umzug nach Berlin und während der ersten aufregenden Zeit mit Ralph hatte sie den Gedanken, David noch eine Erklärung schuldig zu sein, immer wieder in den Hintergrund geschoben und sich eingeredet, dass es für ihn womöglich gar keine große Bedeutung gehabt hatte.

Doch dieser wortlose Abschied zeigte ihr, wie sehr ihn ihr Verhalten in Wahrheit getroffen hatte. Ihre Hoffnung, dass es nicht David gewesen sei, der an jenem Abend mit Blumen in der Hofeinfahrt gestanden hatte, war zunichte. Natürlich war er es gewesen, und nun wollte er nichts mehr von ihr wissen.

»Oh Gott!«, schluchzte Melina und barg ihr Gesicht in ihren Händen. Die Erinnerung an ihre Abschiedsfeier am Sandnerhof stieg in ihr auf, und sie hörte wieder die Melodie des Liedes, das die Kinder für sie gesungen hatten. *Irgendwo auf der Welt gibt's ein kleines bisschen Glück.* Melina wusste, dass es nur einen Menschen gab, der ihr jetzt Trost spenden konnte. Sie wollte gleich heute Abend ihrer Mutter einen Brief schreiben.

KAPITEL 25

David stand neben Viktor an der Reling an Deck der *MS Italia,*
eines italienischen Passagierschiffs, das im Auftrag der Hapag
Monat für Monat die Transatlantikroute Hamburg – New York
befuhr. Es war das größte unter deutscher Flagge fahrende Schiff,
und es bot Platz für tausenddreihundert Passagiere. Am frühen
Morgen hatten sie in der britischen Hafenstadt Southampton
angelegt, und er und Viktor verfolgten nun vom Deck des
Schiffes aus den regen Betrieb im Hafen. Große Kräne luden
Frachtstücke ein und aus, Passagiere gingen von Bord oder
kamen neu dazu, passierten die Passkontrollen und winkten
von der Reling, als eine Musikkapelle ein Lied zum Abschied
spielte. Die *Italia* ließ dreimal ihr tiefes Hupen ertönen, während zwei Schlepper sie aus dem Hafen zogen. Eine Zeit lang
wurden sie von Möwen begleitet, von Segelschiffen, Frachtern
und Booten, die sie immer weiter hinter sich ließen. David
dachte an den Moment, als sie beide vor zwei Tagen in den
frühen Abendstunden Cuxhaven verlassen hatten. Es war ein
seltsames Gefühl gewesen, die deutsche Küste in immer weitere
Ferne rücken zu sehen, und seine Gedanken waren bei Melina
gewesen, als der letzte Streifen Land am Horizont verschwand.

David öffnete den Rucksack und holte seine Kamera
heraus. Beinahe zärtlich strich er über die schwarz emaillierte

Oberfläche seiner Leica. Durch unzählige Überstunden in der Malerwerkstatt hatte er sich in den letzten Wochen viel Geld zusammengespart, und kurz vor seiner Abreise hatte er dann seine alte Kamera zu einem Fotohändler getragen, um sie in Zahlung zu geben und sich von dem erlösten Betrag zusammen mit seinem Ersparten die Leica sowie zwei Objektive zu kaufen. Die Kamera war zwar gebraucht – ein neues Gerät hätte er sich nicht leisten können –, doch für David war sie ein Traum. Er sah eine Möwe hoch über ihrem Schiff, hob die Kamera ans Auge, schaute durch den Sucher und fotografierte den Vogel vor dem Hintergrund der britischen Küstenlinie. Er war sich sicher, dass es ein einzigartiges Foto werden würde. Ein kurzer Moment, den er für alle Zeiten auf Zelluloid gebannt hatte. War es das, was ihn am Fotografieren so sehr reizte? Das Festhalten eines flüchtigen Augenblicks für die Ewigkeit?

»Komm, David, lass uns bis zum Mittagessen noch ein bisschen die Sonne genießen«, sagte Viktor und setzte sich in einen der Liegestühle. »Glaub mir, fotografieren kannst du in New York noch genug.«

»Wenn es nur nicht so kostspielig wäre.« David packte die Kamera wieder in seine Tasche. »Die Filme und das Entwickeln sind ganz schön teuer. Aber ich werde in New York jede Arbeit annehmen, ganz egal, ob ich Botengänge machen oder Küchenhilfe werden muss, um es mir leisten zu können.«

David nahm in einem der bequemen Stühle neben Viktor Platz und holte ein Englischbuch heraus.

»Wir sollten die Zeit nutzen, um unsere Englischkenntnisse aufzufrischen«, sagte er.

»David!«, rief Viktor. »Entspann dich mal. Wir hatten doch einen Englischkurs an der Uni, und wenn wir in New York sind, lernen wir das im Handumdrehen. Wollen wir nicht lieber in den Tischtennisraum gehen? Oder zum Bingo?«

»Nach dem Lernen«, antwortete David, der sich nicht beirren ließ und weiter seine Vokabeln aufsagte.

Am Abend sahen sie die Leuchttürme der französischen Küste und die Lichter der Hafenstadt Le Havre, wo sie erneut anlegten. Alle Schiffe und Boote im Hafen waren hell erleuchtet und spiegelten sich in der dunklen Wasseroberfläche. David konnte nicht anders, er musste diese Reflexionen mit der Kamera festhalten.

»Bis wir ankommen, ist dein Film bereits voll«, meinte Viktor.

»Macht nichts. Ich habe noch einige im Gepäck«, antwortete David.

Kurz vor Mitternacht verließen sie die nordfranzösische Hafenstadt wieder. David lag im unteren Bett ihres Stockbetts und sah durch das Bullauge, wie sie die europäische Küste immer weiter zurückließen. Mehrere Tage Fahrt auf dem offenen Ozean lagen nun vor ihnen, bis zum Stopp im kanadischen Halifax, von wo aus die *MS Italia* ihren Zielhafen ansteuern würde: New York.

* * *

Alles schien hier in New York größer und höher, bunter, lauter und schneller zu sein als anderswo auf der Welt. David und Viktor waren überwältigt von der Metropole am Hudson und kamen aus dem Staunen nicht mehr heraus. Wenn sie gedacht hatten, dass die Großstadt Berlin sie auf das vorbereitet hätte, was sie hier erwartete, so erkannten sie bereits bei ihrer Ankunft, dass dem nicht so war. New York war eine Stadt wie keine andere, in der das Leben Tag und Nacht pulsierte, mit Wolkenkratzern bis zum Himmel, dichtem Verkehr, lauten Sirenen, Menschenmassen in den Straßen, übergroßen

Reklameschildern in schrillen Farben und Verkaufsständen an jeder Straßenecke.

Nun liefen sie mit Anthony, einem Studenten aus einem höheren Semester, der sich ihnen als ihr Tutor vorgestellt hatte, auf den Campus der Columbia University im Stadtteil Morningside zu und waren beeindruckt von den prächtigen historischen Gebäuden.

»Die Universität hieß ursprünglich King's College und wurde vor zweihundert Jahren von König George II gegründet«, erklärte Anthony, der extra sehr langsam sprach, damit David und Viktor ihn auch verstanden. Am Eingang des Geländes standen sie vor der St. Paul's Chapel, einem imposanten Kirchengebäude aus rotem Backstein im italienischen Renaissancestil, dessen Kuppel von gewölbten Fenstern verziert wurde. Sie gingen weiter und bestaunten ein neoklassizistisches Bauwerk, das Anthony ihnen als die Low Memorial Library vorstellte.

Noch größer und beeindruckender war die Butler Library, deren Äußeres einem gewaltigen griechischen Tempel glich. Anthony führte sie hinein, und sie betraten einen riesigen Lesesaal mit opulenter Wandvertäfelung und langen Reihen von Lesetischen, an denen Studenten über Bücher gebeugt saßen und der von ausladenden Kronleuchtern erhellt wurde.

»Die Columbia University zählt zur Ivy League, den acht Eliteuniversitäten des Landes«, erklärte Anthony. Ehrfurchtsvoll und tief beeindruckt sahen David und Viktor sich um.

»Na, wenn hier nichts aus uns wird, ist uns nicht mehr zu helfen«, sagte Viktor, und David lachte. Nichts auf der Welt schaffte es, Viktors Humor zu trüben.

»David, wir sind an einer der besten Universitäten in der aufregendsten Stadt der Welt! Kannst du das fassen? Wir haben das große Los gezogen!«

»Du hast ja recht, Viktor«, stimmte David ihm zu.

»Was ist, du klingst gar nicht begeistert?«, fragte Viktor. »Bereust du es am Ende schon?«

David überlegte. Wäre er wirklich lieber wieder in Berlin gewesen? Nein. Er hätte es nicht ertragen, mit anzusehen, wie Melina dort mit Ralph glücklich wurde.

»Nein, Viktor«, antwortete er. »Ich bin froh, dass wir hier sind.« Er wandte sich an Anthony. »Wo kann man sich hier für Aushilfsarbeiten bewerben?«

»Ich bringe euch zur Studentenverwaltung«, antwortete Anthony. »Dort erklärt man euch euren Vorlesungsplan. Es gibt auch ein Verzeichnis von Firmen und Geschäften, die Studentenjobs anbieten.«

Sie folgten Anthony zu einem roten Backsteingebäude im Villenstil, wo sie von einer netten Sekretärin über den Alltag an der Universität informiert wurden und eine Broschüre mit Vorlesungen sowie eine Liste mit Jobangeboten erhielten.

»Meine Güte, es ist doch wirklich zu schade, dass man irgendwann auch mal schlafen muss«, sagte David, als er das Kursangebot studierte. »Neben den Pflichtvorlesungen gibt es noch so viele interessante Wahlkurse – sogar einen Kurs in Fotografie! Wie soll man sich denn da entscheiden?«

Viktor klopfte David auf die Schultern. »Na siehst du, nun hast du auch Feuer gefangen. Aber in alle Kurse können wir uns nicht eintragen. Du darfst nicht vergessen, dass wir neben dem Studium und der Arbeit noch ein bisschen Zeit zum Feiern brauchen. New York hat die besten Theater, Shows und Jazzclubs! Das können wir uns nicht entgehen lassen!«

David musste lächeln. Ja, er war in New York, seiner Heimat auf Zeit.

KAPITEL 26

Lorenz betrat die kleine Kapelle am Waldrand und bekreuzigte sich. Er erblickte Hannah, die gerade bunte Blumensträuße in den beiden Vasen rechts und links des Marienaltars arrangierte. Er hatte gehofft, sie hier anzutreffen, denn sie wirkte seit Tagen bedrückt und er wollte herausfinden, was der Grund dafür war.

»Letzte Vorbereitungen für das große Fest morgen?«, fragte er, als Hannah aufschaute und ihn anlächelte.

»Gefällt es Ihnen? Die Kapelle soll angemessen geschmückt sein an Esthers und Hans' großem Tag.«

Lorenz schaute sich um und nickte beifällig. »Ein wunderschöner Ort zum Heiraten.«

»Esther und Hans wünschen sich eine Zeremonie im kleinen Rahmen. Nur die Familie und enge Freunde. Ich hoffe, Sie können kommen.«

»Ich habe mich sehr über die Einladung gefreut und nehme sie gern an. Wird Melina bei der Hochzeit dabei sein?«

»Ja, sie kommt heute noch mit dem Zug an.«

Lorenz hörte den besorgten Tonfall in Hannahs Stimme. Sie hatte ihm ihr Vertrauen geschenkt, als sie ihm vor einigen Wochen von Peter erzählt hatte, doch nun schien ihr etwas auf der Seele zu liegen, was sie bislang nicht mit ihm geteilt hatte, und er vermutete, dass es mit ihrer Tochter zusammenhing.

»Ist etwas mit Melina?«, fragte er.

»Sie hat mir einen Brief geschrieben, der mich etwas be-unruhigt hat. Sie hat zwar nur eine Andeutung gemacht, dass sie eine falsche Entscheidung getroffen hätte, doch ich habe zwischen den Zeilen gelesen, dass es dabei um sie und David ging. Das macht mich sehr traurig.«

»Der sechste Sinn einer Mutter«, sagte Lorenz. »Wenn Sie jemanden zum Reden brauchen, bin ich da.«

Hannah lächelte ihn an. »Danke.«

Lorenz spürte einen Anflug von Enttäuschung, als sie ihn nicht weiter ins Vertrauen zog. Er hatte also richtig gelegen, dass ihre Gedanken um Melina kreisten, doch mehr schien sie ihm nicht mitteilen zu wollen. Dabei hatten sie sich doch seit der Silvesternacht näher kennengelernt und sich gegenseitig viel aus ihrem Leben erzählt, warum zog sich Hannah nun wieder so in sich zurück? Er hatte doch auch ein Kind gehabt und hätte liebend gerne ihre Sorgen um Melina mit ihr geteilt, wenn sie ihn nur gelassen hätte! Doch er wollte sie nicht drängen. Er nahm sich vor, sie bei der Hochzeitsfeier noch einmal darauf anzusprechen.

»Brauchen Sie noch Hilfe bei den Vorbereitungen?«

Hannah blickte sich um. »Nein, ich glaube, es ist alles fertig.«

»Ja, Sie haben hier wunderschön geschmückt«, stimmte Lorenz ihr zu, und sie verließen zusammen die Kapelle. Bevor er Bens Leine losband, der an der Bank am Wegrand gewartet hatte und sie nun schwanzwedelnd begrüßte, reichte er Hannah zum Abschied die Hand. »Bis morgen, ich freue mich schon auf das Fest!«

Melinas Ankunft auf dem Sandnerhof löste große Freude aus, und als sie alle begrüßt und vor allem Friedrich und Klara fest umarmt hatte, setzte sie sich mit Hannah auf die Bank im Garten.

»Hier haben wir als Kinder immer gespielt«, sagte Melina sehnsuchtsvoll. »Die Jahre auf dem Sandnerhof waren die schönsten meines Lebens.«

Der wehmütige Ton in Melinas Stimme versetzte Hannah einen Stich. Ihr war nicht entgangen, mit welcher Mühe Melina versuchte, ihre Traurigkeit zu verbergen.

»Ja, hier warst du glücklich. Aber jetzt hat ja auch ein ganz spannender Teil deines Lebens begonnen. Wie gefällt dir denn dein Studium?«

»Es ist genau so, wie ich es mir vorgestellt habe, Mama, und ich bin mir sicher, dass ich die richtige Entscheidung getroffen habe. Am Anfang war ich zwar völlig verwirrt von den vielen Lehrveranstaltungen und Kursen, die ich besuchen muss, aber ich habe bald Kommilitonen gefunden, die mir halfen, mich zurechtzufinden. Ich muss sehr viel lernen, und daran wird sich auch in Zukunft nichts ändern, wenn ich die beiden Staatsexamen bestehen will, aber das macht mir nichts aus, weil ich den Lernstoff so spannend finde.«

»Das klingt wunderbar«, antwortete Hannah. »Aber du darfst dich nicht überarbeiten. Linda hat mir geschrieben, dass du Tag und Nacht lernst und am Wochenende auch noch als Kindermädchen arbeitest. Du weißt, dass du das nicht musst, Melina. Ich habe genügend gespart, um dich finanziell zu unterstützen. Auch die Schillers haben schon mehrfach angeboten, dir monatlich einen festen Betrag zu überweisen.«

»Ich weiß, Mama, aber glaub mir, es tut mir gut, so viel zu tun zu haben. Die Kinder zu hüten ist ein guter Ausgleich zum Lernen.«

»Schade, dass Linda nicht kommen konnte. Verstehst du dich gut mit ihr?«, tastete sich Hannah weiter vor.

»Ja, wir verstehen uns wirklich gut. Sie lässt dir schöne Grüße ausrichten und wird uns auf alle Fälle an Weihnachten besuchen. Dann sind wir ja fast vollzählig.«

Das »fast« hing in der Luft, und Hannah spürte, dass Melina dieses Mal nicht nur Konrad meinte, der fehlen würde.

Sie ergriff Melinas Hand.

»Melina, was ist wirklich los? Ich merke doch, dass es dir nicht gut geht. Ich habe acht lange Jahre deines Lebens versäumt, in denen ich dich nicht beschützen konnte. Aber jetzt bin ich da. Willst du mir nicht erzählen, was dich so bedrückt?«

Melina brach in Tränen aus und lehnte sich an Hannah, die ihren Arm um sie legte.

»Mama, ich war so dumm«, stammelte sie und erzählte Hannah nach und nach die Geschichte, die diese sich bereits ähnlich zusammengereimt hatte.

»Melina, Liebling! Du bist so jung und musst deine Erfahrungen im Leben doch erst noch machen. Es kann immer vorkommen, dass man Entscheidungen trifft, die man im Nachhinein bereut, und du wirst bestimmt eine Gelegenheit bekommen, David das zu erklären. Ich bin mir sicher, dass David uns liebend gern an Weihnachten besuchen würde, aber die Überfahrt dauert viel zu lange und ist schrecklich teuer. Aber nächstes Jahr wird er bestimmt hier sein.«

Melina schaute auf, und in ihrem tränennassen Gesicht sah Hannah einen leichten Hoffnungsschimmer. Sie streichelte ihrer Tochter über das Haar. »Gib die Hoffnung nicht auf. So eine Trennung auf Zeit kann auch eine große Chance sein.«

Melina schaute sie an, und ein Lächeln erschien auf ihrem Gesicht.

»Meinst du, Mama?«

»Bestimmt, Melina. Du musst ganz fest daran glauben. Und nun lass uns zurückgehen. Du kannst mir noch bei den restlichen Vorbereitungen für die Hochzeit helfen, das wird dich ablenken.«

* * *

Hannah saß auf der Bank bei der Rosenhecke und schaute den Paaren zu, die auf der Wiese zu den Liedern tanzten, die die kleine Kapelle spielte. Das Hochzeitsfest auf dem Sandnerhof war in vollem Gange, und von allen Seiten waren fröhliche Stimmen und Gelächter zu hören.

»Darf ich mich zu Ihnen setzen?«, vernahm sie plötzlich eine Stimme neben sich. Sie schaute auf und sah Pfarrer Petersen neben der Bank stehen.

»Gern«, antwortete sie und lächelte ihn an, als er neben ihr Platz nahm.

»Ich habe das Gefühl, es wäre gestern gewesen, als Sie bei Marias und Georgs Hochzeit hier auf dieser Bank gesessen haben. Erinnern Sie sich? Sie trugen ein Kleid in einem ähnlich schönen Blauton wie heute. Damals haben wir uns zum ersten Mal unterhalten.«

»Oh ja, natürlich erinnere ich mich noch daran. Ich hielt die schlafende Melina auf dem Schoß, und David hat uns gemalt. So entstand die berühmte Bleistiftzeichnung, die so weit gereist ist.«

»Ja, heute hat man das Gefühl, die Szene von damals habe in einem völlig anderen Leben stattgefunden. In der Zwischenzeit ist so vieles passiert.«

»Mehr, als uns allen lieb war.«

»Und heute haben wir wieder eine Hochzeit«, sagte Simon schließlich. »Esther und Hans sehen so glücklich aus.«

Hannah nickte und schaute auf die wunderschöne Braut in den Armen ihres Bräutigams. »Ich freue mich für Esther. Sie hat dieses Glück mit Hans verdient. Sie hat das einzig Richtige getan, indem sie die Vergangenheit hinter sich gelassen und sich für die Zukunft entschieden hat.«

Pfarrer Petersen nickte. »Und Sie, Hannah? Werden Sie sich auch einmal für die Zukunft entscheiden?«

Hannah schaute ihn erstaunt an. »Was meinen Sie, Pfarrer Petersen?«

»Ich denke, es gibt auch in Ihrem Leben wieder jemanden, der Sie gernhat und Ihnen zur Seite stehen möchte. Aber Sie lassen es nicht zu.«

Hannah errötete. »Sie meinen ...«

»Ja, Hannah, ich meine Herrn Richter. Er hat Sie heute nicht aus den Augen gelassen und mich mehrmals gefragt, warum Sie so traurig aussehen. Ich glaube, er würde Ihnen gern anbieten, Ihre Sorgen mit ihm zu teilen.«

Hannah blickte ihn schuldbewusst an. »Sie haben recht, erst gestern, als ich ihn in der Kapelle traf, hat er mir angeboten, dass ich jederzeit mit ihm sprechen könne.«

»Sehen Sie? Aber Sie haben es nicht getan. Hannah, seit Jahren schaue ich zu, wie Sie sich um jeden und alles in Ihrer Umgebung kümmern. Um Matys' Hausaufgaben, um Klaras Husten, um Marias Trauer und um Annies Schmerz. Aber einen Menschen vergessen Sie dabei. Das sind Sie selbst.« Der Priester legte eine Hand auf ihre Schulter. »Hannah, lassen Sie zu, dass sich wieder jemand um Sie kümmert.«

Hannah schluckte. Er hatte recht. In ihrer Sorge um Melina hatte sie sich wieder völlig in sich zurückgezogen, so, wie sie es seit jeher gewohnt war. Es war ein neuer Gedanke für sie, sich jemand anderem anzuvertrauen. Sie schaute sich suchend um. »Wo ist er jetzt?«, fragte sie leise.

»Er ist gegangen«, antwortete der Priester. »Aber Sie wissen ja, wo Sie ihn finden.«

Sie nickte. »Ja, ich weiß, wo ich ihn finde.« Als sie aufstand und sich zum Gehen wandte, drehte sie sich noch einmal um. »Danke«, sagte sie mit einem Lächeln.

* * *

»Nur immer langsam, Ben!«, rief Lorenz, als er die Treppe zur Veranda seines Hauses hinaufstieg und der Hund ihm entgegenkam. »Du musst dich noch ein bisschen gedulden. Im Anzug laufe ich nicht mit dir durch den Wald.« Lorenz öffnete die Haustür und trat ein. Im Flur hängte er sein Jackett an die Garderobe und lockerte seine Krawatte. Er ging ins Wohnzimmer und schaute nachdenklich aus dem Fenster.

Es war eine wunderschöne Hochzeitsfeier gewesen, aber er hatte nur Augen für Hannah gehabt. Wie bezaubernd sie ausgesehen hatte in ihrem blauen Kleid, doch er hatte kaum eine Gelegenheit gefunden, mit ihr zu sprechen. War sie ihm absichtlich ausgewichen? Hatte sie gespürt, dass sie ihm seit der Silvesternacht von Tag zu Tag mehr bedeutete? Er wusste, dass er in jener Nacht, als sie ihm ganz nah gewesen war, sein Herz an sie verloren hatte, doch wie stand es um sie? Gehörte ihr Herz immer noch Peter? Aber hatte sie nicht selbst erst vor Kurzem von einem Neubeginn gesprochen? Er seufzte und wollte gerade ins Schlafzimmer gehen, um sich umzuziehen, als Bens Bellen vor dem Haus ertönte. Lorenz ging zur Tür und sah Hannah auf sein Haus zulaufen. Hannah kam zu ihm? Eilig ging er ihr entgegen.

»Guten Abend, mit Ihnen hätte ich heute gar nicht mehr gerechnet«, sagte er und lächelte sie an.

»Ich habe Sie gesucht, aber Sie waren schon gegangen«, antwortete sie und wirkte etwas befangen.

»Ja, wissen Sie, der Hund …«, erklärte er ausweichend. »Ich musste mal nachschauen, ob Ben nicht irgendeinen Unfug anstellt.« Verlegen streichelte er das Tier. Da hatte er den ganzen Tag auf eine Gelegenheit gewartet, um mit Hannah zu sprechen, und nun fiel ihm kein Wort ein, außer der Frage: »Warum haben Sie mich gesucht?«

»Weil ich den Rat eines Freundes brauche.«

Er lächelte bei ihren Worten. Sie hatte ihn als Freund bezeichnet, was ihn sehr berührte. Würde er heute erfahren, was Hannah so sehr bedrückte, fragte er sich insgeheim. »Natürlich. Begleiten Sie mich ein Stück? Ich wollte noch mit Ben zum Waldsee laufen.«

Die Sonne stand bereits tief und warf lange Schatten auf den Waldboden, als sie den Weg zum See einschlugen.

»Ich mache mir große Sorgen um Melina. Es tut mir weh, wenn ich sehe, wie traurig sie ist. Heute war die Hochzeit, aber sie saß die meiste Zeit ganz unglücklich neben mir.«

»Es geht dabei um David, richtig? Was ist das Problem? Als ich die beiden an Weihnachten und Silvester zusammen erlebt habe, hatte ich den Eindruck, dass sie sich sehr nahestanden.«

Hannah begann, sich alles von der Seele zu reden. Sie erzählte von Melinas Besuch in Berlin, ihrer Schwärmerei für Ralph und von Davids überstürzter Abreise nach New York, und Lorenz spürte, wie sehr es sie erleichterte. Ihre Schritte wurden lockerer, und ihre ganze Haltung wirkte entspannter.

»Es ist eine schwierige Erfahrung für Ihre Tochter«, sagte Lorenz. »Melina und David sind noch sehr jung und müssen vielleicht erst einmal herausfinden, wer sie selbst sind, bevor sie zueinanderfinden.«

»Aber ich verstehe Melina nicht. Wie konnte sie ihre Beziehung mit David aufs Spiel setzen? Sie standen sich doch als Kinder schon so nahe.«

Lorenz überlegte einen Moment. »Sie haben sich für Melina einen leichteren Weg gewünscht. Eine Verlobung in diesem Sommer, in zwei Jahren eine Hochzeit – aber wäre das nicht zu einfach gewesen? Schätzt man das, was einem zufällt?«

Hannah sann über seine Frage nach. »Da ist was dran. Es tut gut, mit Ihnen zu reden, Herr Richter.«

Sie hatten den Waldsee erreicht. Die glatte Wasseroberfläche schimmerte im Glanz der untergehenden Sonne.

»Vielleicht hätte ich das schon früher tun sollen«, fuhr Hannah fort. »Aber ich habe Angst davor, jemanden wieder mehr in mein Leben zu lassen, jemandem zu vertrauen, jemanden ...« Sie stockte.

»Jemanden zu lieben?«, vollendete Lorenz den Satz mit leiser Stimme. Er sah das Schimmern in ihren Augen und trat näher zu ihr. »Wissen Sie, die gleiche Angst habe ich auch.« Seine Worte kamen zögernd. »Aber wir können die Geschichte unseres Lebens nicht noch einmal neu schreiben. Wir müssen sie so nehmen, wie sie war, mit allem Schönen und mit allen Wunden. Wir fürchten beide, wieder verletzt zu werden.«

»Ja, Lorenz, ich habe große Angst, wieder enttäuscht zu werden.«

Lorenz schluckte trocken. Er hatte registriert, dass Hannah ihn bei seinem Vornamen genannt hatte, und lächelte sie an. »Ich mag Peter zwar ähnlich sehen, aber ich bin nicht er. Ich werde dich nicht im Stich lassen, Hannah.«

Er machte noch einen Schritt auf sie zu und griff nach ihrer Hand. Ihre Finger verschränkten sich ineinander.

»Ich dachte lange Zeit, dass das Leben für jeden Menschen nur eine einzige Liebesgeschichte schreibt«, sprach er leise weiter. »Doch bei dir habe ich das Gefühl, angekommen zu sein. Ich habe mich in dich verliebt, Hannah.« Er spürte sein Herz heftig pochen, als er sie ganz langsam in seine Arme nahm.

Geschieht das wirklich, fragte er sich, als Hannah sich an ihn schmiegte. Er hatte sich danach gesehnt, ihr wieder so nah zu sein wie in der Silvesternacht, und nun war sie da. Er zog sie noch fester an sich und streichelte über ihr Haar, das er an seiner Wange spürte.

»Halt mich fest, Lorenz«, vernahm er ihre sehnsüchtig gemurmelten Worte, als er seinen Kopf zu ihr beugte. Sein Mund berührte ihre Stirn, ihre Wangen, ihre Lippen, und ein Glückstaumel erfasste ihn, als er sie innig küsste. Er vergaß die

Welt um sich und spürte, dass es Hannah genauso erging wie ihm. Zärtlich strich er über ihr Gesicht und sah die Strahlen der untergehenden Sonne, die sich in ihren Augen spiegelten. Sie lächelte ihn glücklich an. »Glaubst du, dass es eine solche Liebe gibt wie die, von der Pfarrer Petersen heute in seiner Predigt gesprochen hat?«, fragte sie leise. »Eine Liebe, die alles erträgt, alles erhofft, allem standhält und niemals endet?«

»Ja, das glaube ich, Hannah. Mit dir ist eine solche Liebe möglich. Ich frage mich, ob ich mich schon bei unserem ersten Zusammentreffen in der Turnhalle in dich verliebt habe, ohne es zu ahnen.«

»Dann hast du es zumindest gut verborgen«, meinte Hannah, und beide lachten. »Aber du hast meine Seele tief berührt, als du mir auf dem Auenhof deine Geschichte erzählt hast. Da habe ich erkannt, was für ein verletzlicher Mensch sich hinter der rauen Schale verbirgt. Und als du zu unserer Schulaufführung gekommen bist, obwohl dich Susannes Lied so traurig machte, hatte ich nur Sorge um dich.«

»Das habe ich gespürt, und so konnte ich die Trauer zulassen und Abschied nehmen. Das gelingt mir in letzter Zeit immer besser.«

»Lorenz, wir tragen beide tiefe Wunden in uns. Können wir tatsächlich noch einmal von vorn anfangen?«

»Ja, Hannah, das können wir.« Er schaute ihr tief in die Augen. »Ich werde meine dunklen Stunden haben, in denen ich an die beiden Menschen denke, die ich verloren habe, und auch deine Erinnerungen werden dich immer wieder einholen. Aber wir können uns dabei gegenseitig helfen. Hannah, wo du bist, ist so viel Licht und Wärme. Ich wünsche mir so sehr, dich immer in meiner Nähe zu haben.«

Hannah hob die Hände und streichelte zärtlich über sein Gesicht. »Dann halt mich fest und lass mich nie wieder los.«

KAPITEL 27

Die ersten Wochen in New York vergingen für David und Viktor wie im Flug. Vormittags besuchten sie die Vorlesungen und Kunstkurse, wobei ihnen die Sprachbarriere am Anfang sehr zu schaffen machte. Am späten Nachmittag arbeitete Viktor in einem Hotel als Page und trug die Koffer der Gäste auf ihre Zimmer, wobei er immer auf ein gutes Trinkgeld hoffte, während David sich auf dem Fahrrad durch den New Yorker Verkehr kämpfte und als Botenjunge für ein italienisches Delikatessengeschäft Pakete ausfuhr. Bei diesen Kurierdiensten lernte er die Stadt kennen und merkte sich besonders imposante Orte und Gebäude, um sie dann an den Wochenenden zu fotografieren. Wenn er in einem Hochhaus mit dem Aufzug in eine der obersten Etagen fuhr, um sein Paket abzuliefern, versuchte er stets, aus dem Fenster des Apartments oder Büros einen Blick auf die Stadt zu erhaschen. Dabei fragte er sich, wie es sich wohl anfühlte, wenn man es bis in diese Höhe geschafft hatte.

»So langsam kenne ich die Stammkunden von Mister Mancini«, sagte David, als er mit Viktor nach einem anstrengenden Tag in ihrem Zimmer im Wohnheim saß. Er hielt gerade Lindas Manuskript für ihr neuestes Buch in der Hand, das sie ihm zum Illustrieren geschickt hatte. Neben dem Bärenjungen Frieder schrieb sie nun auch Geschichten über das Igelkind Beppo und das Katzenmädchen Minnie, und vor Davids geistigem Auge entstanden beim Lesen bereits die ersten Illustrationen.

Er legte das Manuskript zur Seite. »Die meisten sind reiche Unternehmerfamilien in der Fifth Avenue, die sich sizilianische Oliven und luftgetrocknete toskanische Salami direkt ins Apartment liefern lassen. Aber auch Firmenbosse sind dabei, die abends länger im Büro bleiben und sich ihr Abendessen kommen lassen. Mein liebster Kunde ist Mister Johnson, der Chef einer großen Werbeagentur. Sein Büro und die Räume der Zeichner und Grafiker liegen in einem der Hochhäuser im Rockefeller Center. Er ist immer gut gelaunt und sehr redselig. Stell dir vor, heute hat er sich sogar eine Weile mit mir über mein Studium unterhalten und von seinen neuesten Projekten gesprochen. Er scheint nie Feierabend zu machen, und wenn ich ihm abends seine Bestellung bringe, sitzt er meistens allein im Büro. Du glaubst nicht, was für einen Ausblick man von dort oben hat.«

»Gibt er gutes Trinkgeld?«, fragte Viktor.

»Oh ja, Mister Johnson ist sehr großzügig.«

»Eines Tages werden wir auch ein Büro hoch in den Wolken haben«, meinte Viktor, der sich nach dem vielen Kofferschleppen müde auf seinem Bett ausstreckte.

David schüttelte den Kopf. »Aber wir sind doch nur für ein Jahr hier in den Staaten. Wie sollten wir es denn da in ein Büro in der Chefetage schaffen?«

»Warten wir erst mal ab«, entgegnete Viktor und lächelte vielsagend. »Pläne können sich ändern.«

* * *

Der Pförtner in der Eingangshalle des Bürohochhauses kannte ihn bereits und nickte ihm nur noch zu, als David zum Aufzug ging und in die siebenundfünfzigste Etage fuhr.

»Hallo, David, komm herein«, sagte Mister Johnson, sein letzter Kunde für heute. Der kleine, leicht untersetzte Mann begrüßte ihn mit einem breiten Lächeln im Gesicht. Wie üblich war Mister Johnson um diese Zeit allein in den Büroräumen der Werbeagentur und hatte seine Hemdsärmel nach oben gekrempelt und seine Krawatte gelöst.

»Dich schickt der Himmel, David, denn ich bin am Verhungern. Heute Mittag war nicht einmal Zeit für einen kurzen Lunch, alle Kunden sind ungeduldig und wollen ihre Aufträge möglichst gestern schon haben. Mal schauen, was Signore Mancini mir Gutes eingepackt hat.«

Er öffnete den Karton und strahlte. »Sandwiches mit Parmaschinken, Mozzarella und getrockneten Tomaten. Einfach köstlich. Ja, Alfredo weiß, was mir schmeckt.«

Mit dem Karton in der Hand ging er zu seinem Schreibtisch, öffnete eine Schublade und händigte David einen Geldschein aus.

»Der Rest ist für dich, David«, sagte er und biss herzhaft in eines der Sandwiches.

David bedankte sich. Sein Blick schweifte über die Poster an der Wand. Große Plakate warben in bunten Farben für Fernsehapparate, Kühlschränke, Toaster, Nudeln und Tomatensuppe.

»Ja, David, die Wirtschaft boomt, und Werbung ist heutzutage alles«, erklärte Mister Johnson gut gelaunt. »Ob du einen Schokoriegel verkaufen willst oder eine Limousine, nichts geht mehr ohne eine groß angelegte Werbekampagne in Zeitungen, Kinos, Fernsehen. Ein stetig wachsender Markt. Für dich als Kunststudent nicht uninteressant. Komm mit, ich zeig dir mal das Büro unserer Grafiker.«

Mister Johnson führte David in einen großen Raum mit Zeichentischen und Schreibpulten. An einer Tafel hingen verschiedene Entwürfe für eine Hundefutterwerbung.

»Das ist Lucky Dog, unsere neueste Kampagne. Der Werbetext steht, doch beim Design sind wir uns noch nicht einig. Welches Plakat gefällt dir am besten, David?«

David schaute sich die Entwürfe an. Er las den in schwungvollen Buchstaben geschriebenen Werbespruch – *Feed Lucky Dog and get a lucky dog!* – und betrachtete die Bilder dazu. Eines davon zeigte eine geöffnete Dose mit saftigem Hundefutter, ein anderes eine glücklich strahlende Familie mit einem kleinen Hund in der Mitte und ein drittes nur den kleinen Hund neben einem Napf mit Futter.

Davids Zögern schien Mister Johnson zu irritieren.

»Gefällt dir denn keines davon?«

»Die Plakate sind künstlerisch hervorragend gemacht«, antwortete David. »Der Slogan ist kurz und prägnant, der Schriftzug wirkungsvoll, die Farbkomposition gut gewählt. Ein echter Blickfang. Aber ...«

»Aber?«

»Es ist der Hund«, sagte David schließlich.

»Der Hund?«, fragte Mister Johnson verständnislos und starrte auf die Poster an der Tafel. »Was ist mit dem Hund?«

»Na ja, Sie werben doch damit, dass das Hundefutter Hunde glücklich macht. Aber der Hund sieht nicht glücklich aus«, erklärte David.

»Nicht glücklich? Wann sieht ein Hund denn glücklich aus, David? Zeig es mir«, bat Mister Johnson und deutete auf einen der Zeichentische.

David fing an zu schwitzen. In was für eine Situation hatte er sich denn da gebracht? Wollte tatsächlich er, der kleine Student, dem Chef einer der führenden amerikanischen Werbeagenturen zeigen, wie man einen Hund zeichnete? Das war reichlich vermessen. Doch nun konnte er keinen Rückzieher machen. Er setzte sich, schlug einen Zeichenblock auf und nahm einen Bleistift in die Hand. Er musste nicht lange überlegen, wie ein glücklicher Hund aussah, denn dafür genügte es, dass er sich Bella, den früheren Hofhund auf dem Sandnerhof, ins Gedächtnis rief. Einen glücklicheren Hund als Bella in ihren jungen Jahren konnte er sich nicht vorstellen. Er bewegte seine Hand mit dem Stift über den Zeichenblock, und da war sie wieder, die altbekannte Magie, die ihn umfing, wenn er die ersten Striche zu Papier brachte. David wurde eins mit seiner Zeichnung, und das Bild von Bella, das er in sich trug, drängte geradezu aus ihm heraus, um auf dem Zeichenblock Gestalt anzunehmen. Er vergaß Mister Johnson, der neben ihm stand und in sein zweites Sandwich biss, er vergaß den Büroraum im siebenundfünfzigsten Stockwerk, er vergaß seine Angst vor einer Blamage – so sehr war er vertieft in seine Arbeit. David griff nun zu einigen Farbstiften. Er wählte satte Brauntöne für Bellas Fell und Schwarz für Bellas Augen und Nase. Es gelang ihm sogar, das Blitzen in Bellas Augen zu zaubern, das er so an dem treuen, stets wachsamen Hund geliebt hatte. Als er endlich fertig war, war auf dem Zeichenblock das Bild eines Hundes zu sehen, den jeder Betrachter sofort ins Herz schließen musste. Unsicher schaute David auf. Mister Johnsons Gesicht drückte Erstaunen aus; das Sandwich in seiner Hand hatte er anscheinend vergessen.

»Wow, David, das ist großartig. Der Hund sieht *wirklich* glücklich aus!«, rief er begeistert. »Den brauchen wir für unsere *Lucky-Dog*-Kampagne. Und so ein Talent wie du fährt Essenspakete aus? Es tut mir ja leid für Alfredo Mancini, aber er muss sich einen neuen Botenjungen suchen. Ich werde ihn gleich morgen früh anrufen. Du kommst nach den Vorlesungen zu mir als Hilfszeichner. Was ist mit deinem Kommilitonen, von dem du erzählt hast? Der Koffer trägt? Bring ihn gleich mit. Ich schau ihn mir an, und wenn er nur halb so gut zeichnen kann wie du, stelle ich ihn auch ein.«

David konnte nicht glauben, was er soeben gehört hatte. Er bedankte sich überschwänglich bei Mister Johnson, und als er an diesem Abend nach Hause radelte, lächelte er trotz des nervtötenden New Yorker Verkehrs vor sich hin.

»Du machst Witze!«, war Viktors erste Reaktion, als er die Neuigkeit vernahm. »Der Chef von Johnson & Sons will dich anstellen und mich vielleicht auch? Oh, David, du bist der Größte! Wie soll ich da bloß heute Nacht ein Auge zubekommen, wenn ich morgen Mister Johnson vorzeichnen soll? Was ist, wenn es ihm nicht gefällt?«

Viktors Befürchtungen waren unnötig gewesen, denn auch er wurde von Mister Johnson als Hilfszeichner angestellt. Als David nach einigen Wochen durch die Straßen lief und Bella ihn von Werbetafeln und Litfaßsäulen herab anschaute, war er ungemein stolz. Und als er später in das strahlende Gesicht von Mister Johnson blickte, der ihm mitteilte, dass sich Lucky Dog zu einem Verkaufsschlager entwickelte und die Herstellerfirma bereits Folgeaufträge geschickt hatte, beschlich ihn zum ersten Mal das Gefühl, dass Viktor vielleicht recht haben könnte, wenn er davon sprach, dass New York eine große Chance für sie war.

KAPITEL 28

Das muss alles ein Traum sein, dachte Hannah, als sie am Morgen das Fenster ihres Zimmers öffnete und hinausschaute auf die Wiesen und den Wald, der langsam die leuchtend bunten Farben des Herbstes annahm. Seit Lorenz ihr seine Liebe gestanden hatte, kam es ihr so vor, als sähe sie die Welt mit völlig anderen Augen. Jemand war in ihr Leben gekommen, um zu bleiben. Diese Erfahrung war neu für sie, und sie war Lorenz dankbar, dass er ihr genug Zeit gab, sich darauf einzustellen. Sie wusste, wie sehr er sich in der Schule zusammenreißen musste, um sie nicht bei jedem zufälligen Zusammentreffen auf dem Flur oder auf dem Pausenhof in die Arme zu schließen oder um bei Besprechungen vor dem Lehrerkollegium ihr gegenüber sachlich zu bleiben. Doch gerade seine Zurückhaltung machte es ihr möglich, sich ihm immer mehr zu öffnen. Sie liebte die Stunden, wenn sie abends Hand in Hand durch den Wald spazierten und er sie bat, ihm aus ihrem Leben zu erzählen. Sie stellte jedes Mal mit Staunen fest, welch wundervollen Menschen ihr das Schicksal geschickt hatte.

»Hannah, du bringst so viel Licht in mein Leben«, sagte Lorenz eines Tages zu ihr. »Hilf mir bitte, auch ein bisschen Licht zu den beiden Menschen zu bringen, die ich verloren habe. Ich habe noch einen schweren Gang vor mir.« Er blickte sie mit ernstem Gesichtsausdruck an. »Ich will Susannes Grab besuchen. Bisher war ich nur einmal dort, für ein zweites Mal hat mir die Kraft gefehlt. Würdest du mich begleiten?«

»Natürlich komme ich mit.«

Es war still auf dem Würzburger Hauptfriedhof, als Hannah und Lorenz die Reihen der Gräber entlanggingen. Hohe, ausladende Bäume breiteten ihre Äste über die Grabstätten und spendeten ihnen Schatten. Sie gingen an verwitterten Grabmalen und moosbewachsenen Steinkreuzen vorbei, bis Lorenz an einem Grab mit einem schlichten Sandsteinkreuz stehen blieb, an dem Efeu emporrankte. Das Kreuz trug den Namen seiner Frau sowie ihre Geburts- und Sterbedaten. Daneben steckte eine Holztafel mit Vinzenz' Namen.

Lorenz legte den Blumenstrauß, den er mitgebracht hatte, auf die Grabstätte und blieb lange in stumme Gedanken versunken stehen.

Hannah spürte, wie nah ihm der Besuch des Grabes ging.

»Ihr Leben war viel zu kurz«, sagte er. »Wo Vinzenz wirklich beerdigt ist, weiß ich nicht. Ich war in Hadamar und habe an den anonymen Gräbern gestanden, aber ich habe ihn dort nicht gespürt. Er gehört hierher, zu Susanne, deshalb habe ich die Tafel anfertigen lassen.«

Hannah ergriff seine Hand.

»Du kennst den Grund meiner Trauer, Hannah, und du hast mir schon viel Schmerzliches aus deinem Leben berichtet. Aber es gibt noch etwas, über das du nicht sprichst, obwohl es dich immer noch sehr quält. Aber ich denke, dies wäre der richtige Ort, also … wenn du möchtest.«

Hannah seufzte tief, denn sie wusste, was er meinte; dennoch war sie im ersten Moment versucht, den Kopf zu schütteln. Die Erinnerungen, die sie seit Jahren verdrängte, waren einfach zu schlimm, als dass sie sie in Worte fassen konnte. Sie sah sich um, schaute über die Reihen der Gräber, und ihr Blick fiel auf eine überlebensgroße Engelsstatue, die über den Grabstätten zu wachen schien. Etwas Tröstliches ging von diesem Engel aus, das ihr Mut verlieh.

»Ja, Lorenz. Dies ist der richtige Ort.« Und während Tränen über ihr Gesicht liefen, erzählte sie ihm von Auschwitz.

* * *

Josefa, die jeder auf dem Sandnerhof nur als eine bescheidene Frau kannte, ging still und leise von dieser Welt. Von ihrer langen Krankheit hatte sie sich nie wieder ganz erholt, dennoch kam ihr Tod plötzlich und unerwartet. Pfarrer Simon Petersen, der herbeigerufen worden war, sprach die Sterbegebete über die Verstorbene und schloss ihr die Augen.

Hannah hielt Matys und Matilda im Arm, die weinend am Bett der Großmutter standen, und versuchte, sie zu trösten.

»Sie ist im Himmel«, kam der Priester ihr zu Hilfe. »Bei eurer Mama, und sie schaut schon jetzt von dort zu euch herunter.«

Unter großer Anteilnahme wurde Josefa drei Tage später auf dem Friedhof in Erlenthal beigesetzt, und Lorenz spürte, wie gut es Hannah tat, ihn neben sich zu wissen, als sie mit den beiden Kindern Blumen ins offene Grab warf.

»Hannah, wir müssen reden«, sagte Lorenz, als die Beerdigung und die anschließende Trauerfeier beendet waren und er sie allein im Garten antraf. Er wusste, dass das, was er Hannah nun sagen wollte, einen besseren Zeitpunkt und einen schöneren Ort verdient gehabt hätte, und in seinen Gedanken war es immer ein Frühlingsabend am Waldsee gewesen, wo er ihr die Frage stellen wollte, die ihm auf dem Herzen brannte, doch das ließ sich nun nicht mehr ändern. »Wir müssen über die beiden Kinder sprechen.«

»Ich denke schon die ganze Zeit darüber nach«, antwortete sie, und er sah die Sorgenfalten auf ihrer Stirn. »Ich könnte die Pflegschaft für sie beantragen.«

»Hannah, meinst du nicht, es gäbe da noch eine bessere Möglichkeit? Wäre es nicht schön, wenn Matilda und Matys nicht nur eine Pflegemutter bekämen, sondern Eltern?«

Er sah das Erstaunen in ihrem Gesicht.

»Du meinst …, du möchtest …?«

»Ja, Hannah. Du weißt, ich will dich nicht drängen, und ich wollte eigentlich mit meinem Antrag bis zum Frühjahr warten, doch jetzt ist es anders gekommen.«

Nun, da er im Begriff war, die entscheidenden Worte zu sprechen, wurde ihm doch etwas bang ums Herz. Was, wenn es zu früh war, wenn er sie zu sehr bedrängte? Er räusperte sich und nahm all seinen Mut zusammen.

»Hannah, du bist in mein Leben gekommen, als ich mich vollkommen in mich zurückgezogen hatte. Du hast es geschafft, dass ich wieder Freude am Leben empfinde, an die Zukunft glaube und wieder lieben kann. Ich will für immer mit dir zusammen sein. Willst du mir die Freude machen, meine Frau zu werden?«

Der tränenverhangene Blick aus ihren Augen traf ihn mitten ins Herz. Wortlos schaute sie ihn an, als hätte er ihr soeben die Welt zu Füßen gelegt.

»Ja, Lorenz, ich will dich heiraten«, sagte sie. Er atmete erleichtert auf, zog sie fest in seine Arme und küsste sie.

»Aber der Sandnerhof?« Sie sah ihn fragend an.

Lorenz lachte. »Als ob ich daran nicht schon längst gedacht hätte! Ich weiß doch, dass du vom Sandnerhof nicht wegzukommen bist. Deshalb habe ich auch schon erste vorsichtige Erkundigungen eingezogen. Stell dir vor, ganz in der Nähe des Wohnhauses der Sandners wird ein Häuschen frei, weil die alten Eheleute zu ihrem Sohn ins Dorf ziehen wollen. Ich könnte den Auenhof aufgeben und das Häuschen kaufen und renovieren. Es wäre groß genug für uns und die Kinder. Was sagst du, Hannah?«

»Ich bin sprachlos.« Hannah blickte ihn mit großen Augen an.

»Außerdem habe ich bei Pfarrer Petersen schon mal vorge-fühlt wegen einer kirchlichen Trauung, da wir ja unterschied-liche Konfessionen haben. Er holt für uns die Erlaubnis des Bischofs ein, dann steht uns auch hier nichts im Wege.«

»Du denkst einfach an alles. Lorenz, du bist der Mann, mit dem ich den Rest meines Lebens verbringen will!«

Er lächelte glücklich. »Dann lass uns morgen mal mit Matys und Matilda sprechen.«

* * *

»Mama, du bist einfach wunderschön«, stellte Melina fest, als sie Hannah, die im schlichten weißen Kleid vor ihr stand, einen Blumenkranz aufs Haar steckte.

»Meinst du, es wird Lorenz gefallen?«

»Und wie, er wird Augen machen!«

»Weißt du, Melina, ich kann das noch gar nicht richtig glauben. Nie im Leben hätte ich gedacht, dass ich noch ein-mal einen Mann treffen würde, mit dem ich mein Leben teilen möchte.«

»Wenn alles anders gekommen wäre, hättest du meinen Vater geheiratet. Wir wären eine Familie gewesen. Ich habe in Berlin vor seiner früheren Villa gestanden und mir ausgemalt, wie es gewesen wäre, wenn wir drei darin gewohnt hätten. Fragst du dich manchmal auch, wie unser Leben hätte sein können?«

Hannah sah den sehnsüchtigen Blick in Melinas Augen, der sie ahnen ließ, wie sehr sie dieses Familienleben vermisst hatte. Sie zog sie in ihre Arme und hielt sie ganz fest. »Tausende Male habe ich mir das vorgestellt, Melina, doch wir hatten keine Chance. Aber Lorenz will auch dein Vater sein, er und ich sind immer für dich da.«

»Ja, ich mag ihn sehr. Wir werden uns gut verstehen, und ich freu mich so für dich.«

»Ein solcher Tag wird auch für dich kommen, Melina. Ich weiß es ganz sicher.«

Die warmen Strahlen der Oktobersonne fielen durch die bunten Fenster der Marienkapelle und warfen ein farbenfrohes Muster auf die einfachen Holzdielen, als Hannah und Lorenz einander das Eheversprechen gaben. Hannah spürte, wie heftig ihr Herz schlug, als Lorenz ihr den Ring an den Finger steckte, und sie las in seinem sehnsuchtsvollen Blick, dass es ihm genauso erging. Sie hatten sich gefunden und gehörten nun zusammen. Für immer. Hannahs Blick fiel über Lorenz' Schulter auf Melina, die in der ersten Reihe saß. David hätte heute neben ihr sitzen müssen, ging es ihr durch den Kopf. Er hätte heute hier sein müssen. Doch schon nahm Pfarrer Petersen ihre Aufmerksamkeit wieder in Anspruch, der ihren Bund mit einem Spruch aus dem Alten Testament segnete: »Wohin du gehst, dahin gehe auch ich, und wo du bleibst, da bleibe auch ich.«

Als Hannah an Lorenz' Seite die Kapelle verließ, schaute sie sich überrascht um.

Eine große Menschenmenge erwartete die Brautleute mit einem Rosenspalier und beglückwünschte sie herzlich.

»Wir hatten doch eine Hochzeit im kleinen Kreis geplant«, raunte sie Lorenz zu.

»Tja, diese Rechnung haben wir wohl ohne die Bewohner von Erlenthal gemacht«, flüsterte er lachend zurück. »Ein

Schulleiter und die beliebteste Lehrerin der Schule können wohl nicht einfach sang- und klanglos heiraten.«

Hannah und Lorenz begannen, unzählige Hände zu schütteln und Glückwünsche entgegenzunehmen.

Als sie schließlich in den Garten des Sandnerhofs kamen, erwarteten sie dort Bänke, Tische und ein riesiges Kuchenbüfett.

»Das ist ja unglaublich!«, rief Hannah, schaute sich um und sah das verschmitzte Lächeln in Simons Petersens Gesicht.

»Sie stecken dahinter?«, fragte sie lachend.

»Nun, ich saß eines Abends im Goldenen Krug, und die Wirtin sprach mich darauf an, wie schade es doch sei, dass die Hochzeit nur im engsten Kreise stattfinden sollte. Dann sprach mich auch noch Melina an und meinte, es könne nicht angehen, dass ihre Mutter den Tag ihres größten Glücks nur mit der engen Familie feiern wolle. Es dauerte nicht lange, da war die Idee, Sie beide mit einer Feier zu überraschen, auch schon geboren. Das Schwierigste war, es vor Ihnen beiden geheim zu halten.«

»Das ist Ihnen aber gut gelungen«, sagte Lorenz anerkennend.

»Dann lasst uns feiern!«, rief der Pfarrer, und ein wunderschönes Fest begann.

Als Hannah gerade den Brautwalzer mit Lorenz beendet und damit den Tanz für alle eröffnet hatte, sah sie Annie, die mit einer leeren Kaffeekanne im Haus verschwand.

»Lorenz, ich muss kurz nach Annie schauen«, sagte sie. »Sie vermisst heute gleich zwei Menschen, Konrad und David. Sie braucht ein bisschen Zuspruch.«

Lorenz lächelte ihr zu. »Natürlich. Lass dir Zeit.«

Als Hannah in die Küche trat, wischte sich Annie gerade mit einem Taschentuch über die Augen.

»Annie«, sagte Hannah und legte ihren Arm um sie. »Du siehst so traurig aus. Du vermisst David und Konrad?«

Annie nickte. »Aber du sollst dich jetzt nicht um mich kümmern«, entgegnete sie. »Das ist dein Tag, Hannah, den du so sehr verdient hast.«

»Annie, mein Tag ist das heute nur, weil ihr es mir ermöglicht habt. Denkst du, ich habe vergessen, wie großmütig ihr mich und Melina damals aufgenommen habt? Wer weiß, wo wir ohne euch heute wären? Das werde ich euch nie vergessen. Du hast auch einmal einen so schönen Tag erlebt, mit deinem Konrad. Erzähl mir davon. Habt ihr im Sommer geheiratet?«

»Ja, es war im Sommer.« Sie setzten sich an den Tisch, und Hannah sah das Lächeln auf Annies Gesicht, als sie zu erzählen begann. Von einem strahlend blauen Augusttag, von dem schönen Kleid, das sie getragen hatte, und von Konrad, der in seinem dunklen Anzug einfach umwerfend ausgesehen hatte.

»Wir dachten, wir hätten unser ganzes Leben vor uns«, endete sie. »Wir wollten zusammen alt werden. Aber wo ist er jetzt? Seit der einen Karte im letzten Jahr haben wir nichts mehr gehört.«

»Er wird wiederkommen«, sagte Hannah und hielt Annies Hände fest. »Du darfst die Hoffnung nicht aufgeben. Gleich morgen schreiben wir wieder einen Brief. Vielleicht bekommt er ihn zu Weihnachten. Einmal muss doch einer bei ihm ankommen! Wo immer er jetzt auch ist, Annie, er spürt, dass du an ihn denkst und wie sehr du ihn liebst. Du hast gehört, was Pfarrer Petersen gepredigt hat. Die Liebe erträgt alles, sie hofft alles, sie hält allem stand. Die Liebe endet nie.«

Annie tätschelte ihre Hand. »Nun musst du wieder zurück zur Feier gehen, Hannah. Du und Lorenz, ihr seid so ein schönes Paar. Er wartet sicher schon sehnsüchtig auf dich.«

Annie sollte recht behalten.

Als Lorenz sie kommen sah, leuchteten seine Augen. Er zog sie lächelnd an sich und nahm sie liebevoll in die Arme. »Nun bleibst du bei mir, für immer«, sagte er.

KAPITEL 29

Es war bereits dunkel, als Konrad durch das winterliche Erlenthal ging und die erleuchteten Fenster der Häuser sah, hinter deren Gardinen die Familien ihr Weihnachtsfest feierten. Er hatte es nicht eilig. Er hatte zwölf Jahre lang auf diesen Moment gewartet, hatte ihn sich in schlaflosen Nächten, während Hungerattacken und Fieberträumen ausgemalt, und nun war es so weit. Er kam nach Hause.

»*Sawtra domoi*«, hatte ein Lageroffizier zwei Wochen zuvor zu ihm gesagt, *morgen geht's nach Hause.* Doch er hatte es erst geglaubt, als um ihn herum noch weitere Häftlinge die Nachricht erhielten und zuerst ungläubig, dann immer freudiger begannen, ihre wenigen Habseligkeiten in ein Bündel zu schnüren. Viel gab es nicht, was er einpacken konnte. Seinen Brotkanten vom Abend zuvor, seinen Brief von Annie, seine geschnitzten Holzfiguren, ein abgegriffenes Buch und ein Schächtelchen mit einem Gummiband, das Oskar gehört hatte. Vor der Abreise war er zum Friedhof vor dem Lager gegangen und hatte seinem Kameraden ein selbst geschnitztes Holzkreuz aufs Grab gelegt. Lange hatte er auf den kleinen Erdhügel geschaut, auf dem hoch der Schnee lag.

»Auf Wiedersehen, Oskar. Ich gehe heute, aber ich weiß nicht, wohin. Ich hoffe, sie schicken uns wirklich nach Hause,

273

du weißt ja, denen kann man nicht trauen. Ich habe deine Sachen eingepackt. Wenn ich die Möglichkeit habe, bringe ich sie deiner Frau«, sagte er leise mit Tränen in den Augen. »Hättest du bloß durchgehalten. Ich hab dir doch gesagt, dass es unser letzter Winter hier ist.«

Als er im fahlen Dezemberlicht mit anderen Häftlingen in den Zug stieg und aus dem Bahnhof von Workuta fuhr, hatte er Angst, er könnte aus einem Traum erwachen. Konnte es wirklich wahr sein, dass er endlich dieses Lager am Ende der Welt verlassen durfte? Noch überwog die Skepsis in ihm. Sie saßen zwar in einem Zug, doch das musste noch lange nicht bedeuten, dass sie auch nach Hause fuhren. Vielleicht wurden sie nur verlegt. In ein anderes Lager. Doch der Zug fuhr immer weiter Richtung Westen. Er brachte sie tatsächlich zurück in die Heimat.

Irgendwann passierten sie die polnisch-deutsche Grenze, und er klebte förmlich am Zugfenster, um die Landschaften der Heimat in sich aufzunehmen. Am Bahnhof in Göttingen endete ihre Reise. Als Spätheimkehrer wurden sie von einer Delegation der Stadt feierlich begrüßt und in das Entlassungslager Friedland gebracht, wo man ihnen warme Mahlzeiten, Kleidung und eine Unterkunft gab, bis ihre Papiere fertiggestellt waren. Auch wenn er sich zum ersten Mal seit Jahren wieder richtig satt essen konnte und auf einem Feldbett schlafen durfte, konnte er die Weiterreise kaum erwarten. Er verließ das Lager in der Frühe und fuhr mit dem Zug weiter nach Würzburg. Eine Bahnverbindung nach Erlenthal gab es an diesem Weihnachtsabend nicht mehr, doch ein Autofahrer nahm ihn mit bis zu einem Nachbardorf. Der freundliche Mann, der von seiner Geschichte zutiefst ergriffen war, hätte ihn gern bis nach Hause gefahren, doch er lehnte dankend ab. Er wollte das letzte Stück allein sein.

* * *

Im Wohnzimmer der Sandners saßen alle um den großen Tisch versammelt. Emma und Kurt waren mit Christian wieder aus München angereist, Linda und Melina waren aus Berlin gekommen, und auch Simon Petersen war wie im Jahr zuvor gern der Einladung gefolgt. Hannah, die noch immer kaum fassen konnte, dass sie dieses Weihnachtsfest zusammen mit ihrem Ehemann feierte, stellte fest, dass es nur einen Unterschied zum Jahr zuvor gab: Neben Konrad fehlte dieses Mal auch David. Doch sie versuchte, das Thema nicht anzusprechen. Als Klara das Weihnachtsevangelium vorgelesen hatte, nahm Hannah ihre Geige zur Hand und stimmte das erste Weihnachtslied an.

Der verharschte Schnee knirschte unter Konrads Schuhen, als er das Dorf Erlenthal verließ und über die einsame Landstraße zum Sandnerhof lief. Die Nacht war klar und windstill. Den Menschen, die hier wohnten, mochte sie kalt erscheinen, doch er kam aus einem Gebiet nördlich des Polarkreises und spürte die Kälte nicht mehr. Der Wald lichtete sich und Konrads Herz schlug schneller. Ein unbeschreibliches Glücksgefühl ergriff ihn, als der Sandnerhof in Sicht kam.

Die Siedlung mit den Wohnhäusern und dem Sägewerk lag genauso da, wie er sie verlassen hatte. Konrad überquerte den Hof vor dem Werksgebäude, passierte das Hühnerhaus, in dem um diese Zeit bereits Ruhe eingekehrt war, und kam am Stall vorbei, aus dem gedämpfte Geräusche der Kühe drangen. Er konnte kaum glauben, dass das nun alles wieder ihm gehören sollte. Bis vor wenigen Tagen hatte er nur das Nötigste zum Leben gehabt, hatte Hunger, Kälte und Krankheiten ertragen, und mit einem Mal war er wieder ein Sägemüller, der zurückkehrte in sein Haus, zu seiner Familie. Ihm war, als hätte sein altes Leben hier auf ihn gewartet. Würde er sich in diesem Leben wieder zurechtfinden?

Konrad stieg eilig die Treppe hinauf zum Wohnhaus. Nun, auf den letzten Metern, konnte er es kaum mehr erwarten, nach Hause zu kommen. Was würde Annie wohl sagen, wenn er so plötzlich vor der Tür stand? Die Fenster waren hell erleuchtet, und Stimmen drangen zu ihm nach außen.

Er klingelte an der Tür. Ein Junge öffnete ihm, schaute ihn an und fragte: »Guten Abend. Wer sind Sie denn?«

Konrad hatte den Jungen noch nie gesehen. »Und wer bist du?«, fragte er zurück.

»Ich bin Georg«, antwortete das Kind.

Konrad staunte. Vor ihm stand also sein zehnjähriger Enkel, von dem Annie ihm geschrieben hatte.

»Und wie heißen Sie?«, fragte ihn der Junge erneut. Doch bevor Konrad antworten konnte, hörte er im Hintergrund einen überraschten Aufschrei.

»Oh mein Gott!«, war alles, was Annie herausbrachte, als sie auf ihn zueilte und ihm um den Hals fiel. Als er ihre Tränen an seiner Wange fühlte, sagte er leise: »Annie, ich hab' dir doch vor zwölf Jahren geschrieben, dass ich an Weihnachten nach Hause komme.«

Konrad spürte Annies Arme um sich, ihre Tränen auf seiner Haut und hörte leise gemurmelte Worte. Er fühlte die Wärme des Hauses, die er all die Jahre so sehr vermisst hatte. Hier würde er niemals wieder so elend frieren wie in Workuta. Er sah seine Eltern Friedrich und Klara auf sich zukommen, die von Annies Ausruf alarmiert worden waren, und las die Fassungslosigkeit in ihren Gesichtern, bevor er ihre Arme um sich spürte. Eng umschlungen standen sie so beieinander und schauten sich immer wieder mit großen Augen an, als wollten sie sich gegenseitig davon überzeugen, dass das Ganze kein Traum war. Als Annie schließlich seine Hand nahm und ihn ins Wohnzimmer führte, kamen ihm seine Kinder Hans und Maria schon entgegen und nahmen ihn in die Arme. Er blickte sich um und sah die erstaunten Gesichter von Pfarrer Petersen und Hannah, erkannte in der jungen Frau neben ihr Melina, doch den Mann an Hannahs Seite kannte er nicht. Auch die übrigen Erwachsenen und die Kinder im Raum hatte er noch nie gesehen.

Niemand sprach ein Wort, bis endlich der kleine Georg, der offensichtlich nicht verstand, was gerade um ihn herum passierte, laut in die Stille hinein sagte: »Wer ist der Mann?«

Alle blickten auf den Jungen, der ratlos mitten im Zimmer stand und Konrad anschaute, und zwischen all den Tränen der Anwesenden erklang ein erstes frohes Lachen.

»Georg, das ist dein Großvater!«, rief Annie, die sich offensichtlich nicht recht entscheiden konnte, ob sie lachen oder weinen sollte, und daher abwechselnd mal das eine und dann das andere tat.

»Opa Konrad?«, fragte Georg, und Konrad nickte. Er ging auf den Jungen zu und streichelte ihm über den Kopf. »Ja, ich bin dein Opa Konrad. Ich freue mich so sehr, dich endlich kennenzulernen.«

Der Junge machte große Augen. »Alle haben von dir erzählt, Opa Konrad, aber ich habe nicht gedacht, dass du wirklich einmal kommst.«

»Damit habe ich auch fast nicht mehr gerechnet, mein Junge. Du glaubst gar nicht, wie glücklich ich bin, euch alle heute zu sehen.« Konrad schaute sich suchend um. »Wo ist David?«, fragte er.

»David ist in New York«, erklärte ihm Annie. »Er hat dort ein Stipendium an einer Universität erhalten.«

»In New York?«, wunderte sich Konrad. »So weit weg? Ein Stipendium?«

»Ja, er und ein Mitstudent wurden für dieses Förderprojekt ausgewählt.«

»Dann ist aus ihm wohl ein begabter Maler geworden. Ein Jammer, dass er heute nicht da ist«, entgegnete Konrad.

Ein Stuhl wurde aus der Küche herbeigeholt, und Konrad nahm am Tisch neben Annie Platz.

Hannah, Maria und Esther trugen das Essen auf, und Annie füllte Konrads Teller mit einer besonders großen Portion. Auch wenn alle zunächst glaubten, vor Aufregung keinen Bissen essen zu können, vermochte doch niemand auf Dauer Klaras Klößen und dem Festtagsbraten zu widerstehen.

»Wie oft habe ich von deinem Essen geträumt, Mutter«, sagte Konrad, der ungläubig seinen Teller betrachtete. Vor Kurzem hatte er noch mit lauwarmer Kascha vorliebnehmen müssen. War das wirklich erst wenige Tage her? Er nahm den ersten Bissen und schaute Klara lächelnd an.

Die Geschenke unter dem Baum wurden an diesem Abend völlig vergessen, denn viel zu aufregend war das, was Konrad zu erzählen hatte. Er berichtete ihnen, wie es ihm seit der Niederlage bei Stalingrad ergangen war, wie er nach einer langen Odyssee nach Workuta gekommen war und dort jahraus, jahrein im Bergwerk geschuftet hatte, bis er vor wenigen Tagen völlig überraschend von seiner Freilassung erfahren hatte. Während er erzählte, hielt Annie seine Hand, als befürchtete sie, er könnte wieder weggehen.

»Dass du nur wieder da bist«, sagte sie ein ums andere Mal. »Das ist die Hauptsache. Dass du nur wieder da bist.«

Als sie an diesem Abend zur Christmette aufbrachen, fragte Annie Konrad, ob er sich nicht lieber ausruhen wollte nach all den Strapazen. Er schüttelte nur den Kopf. »Du glaubst gar nicht, wie sehr ich mich freue, wieder einen Gottesdienst zu erleben. So viele Jahre habe ich keine Kirche mehr von innen gesehen. Und ausgerechnet die Christmette wird meine erste Messe in Freiheit.«

Es wurde tatsächlich ein außergewöhnlicher Gottesdienst, denn ein Raunen entstand unter den Dorfbewohnern, als Konrad mit seiner Familie die Kirche betrat. Alle drehten sich nach ihm um, und er blickte in freudige Gesichter. Menschen kamen aus ihren Bänken, begrüßten ihn und reichten ihm die Hand, und Tränen stiegen Konrad in die Augen, als er sah, wie sehr sie sich über seine Rückkehr freuten. Pfarrer Petersen sprach ihnen allen aus der Seele, als er Gott dankte, dass er ihnen Konrad wohlbehalten zurückgeschickt hatte.

KAPITEL 30

Tristan saß in eine Decke gehüllt im Schaukelstuhl auf dem kalten Dachboden der Villa. Auf dem Schränkchen neben ihm brannte eine alte Petroleumlampe, und in der Hand hielt er den noch ungeöffneten Brief, den er am Vormittag bei Frau Blum abgeholt hatte. Nachdem er Davina in seinem Antwortbrief schonungslos die Rolle seiner Familie im Nationalsozialismus geschildert hatte, war er überrascht gewesen, dass sie ihm noch einmal geantwortet hatte. Geduldig hatte er das Weihnachtsessen im Kreis der Familie hinter sich gebracht und im Berliner Dom den Gottesdienst besucht, wobei seine Gedanken unablässig um den Brief aus England kreisten. Was hatte Davina ihm geschrieben? Dass sie keine Briefe mehr von ihm erhalten wolle und er sie in Zukunft in Ruhe lassen solle? Nun endlich hatte er sich an seinen Lieblingsort zurückgezogen und drehte den Brief unschlüssig in der Hand. Schließlich gab er sich einen Ruck, zog sein Taschenmesser aus der Hosentasche und öffnete vorsichtig den Umschlag. Was er las, überraschte ihn.

> *Lieber Tristan,*
> *ich bewundere deinen Mut, mir so offen von*
> *deiner Familie zu berichten. Das Leid, das*
> *damals geschehen ist und das meine Familie*

auseinandergerissen hat, können wir nicht mehr ungeschehen machen. Du schreibst, du fürchtest, dass ich dir nun nicht mehr antworten werde. Ich habe auch wirklich lange darüber nachgedacht, wie ich auf deinen Brief reagieren soll, doch ich bin zu dem Entschluss gekommen, dass niemandem damit geholfen ist, wenn ich dir nicht mehr schreibe. Wenn solches Leid nicht noch einmal geschehen soll, müssen Menschen aufeinander zugehen, um sich kennenzulernen und Vorurteile abzubauen. Deshalb beantworte ich dir auch gern deine Frage, wie es mir in den letzten Jahren ergangen ist. Du weißt ja bereits, was mit meinen Eltern und Schwestern passiert ist. Ich selbst bin in Hatfield, einer Kleinstadt nördlich von London, bei Pflegeeltern aufgewachsen, die mich wie eine eigene Tochter behandelt haben. Bei unserer Emigration aus Deutschland war ich erst fünf Jahre alt, aber ich habe noch einige Erinnerungen an unsere Villa in Berlin. Meine Schwestern und ich hatten ein wunderschönes Kinderzimmer und sind den ganzen Tag durchs Haus getollt. Oft haben wir auch auf dem Dachboden gespielt, wo du unseren heiß geliebten Teddybären Otto gefunden hast. Ich war unglaublich gerührt, als ich ihn in deinem Paket entdeckt habe, da ich so viele schöne Erinnerungen mit ihm verbinde. Ich danke dir, dass du ihn mir geschickt hast.

Ihr Christen feiert bald Weihnachten, das Fest der Liebe. Deshalb wünsche ich dir Merry Christmas, Tristan!

Davina

Tristan las den Brief mehrere Male. Er war unendlich erleichtert über Davinas Antwort, die er als sehr großmütig empfand und die ihm vorkam wie eine geöffnete Tür, hatte er doch damit gerechnet, dass sie nach seinem schonungslos offenen Brief entweder gar nicht mehr schreiben würde oder wenn, dann ablehnend. Er saß noch eine Weile in dem Schaukelstuhl und ließ die Worte in sich nachklingen, bis er schließlich die Blechdose unter der losen Holzleiste hervorholte und den Brief hineinlegte. Er konnte sich nicht erinnern, jemals an Weihnachten so reich beschenkt worden zu sein.

KAPITEL 31

Konrad fühlte sich an den ersten Tagen in der Heimat wie in einem Traum, aus dem er Angst hatte aufzuwachen. Er sah die vertrauten Menschen um sich herum, hörte ihre Stimmen und war doch selbst noch so weit weg von allem. Er hatte zwar den weiten Weg von Workuta zum Sandnerhof zurückgelegt, doch sein Inneres war noch nicht wieder in seinem alten Leben angekommen. Wie lange er weg gewesen war, wurde ihm bewusst, wenn er mit Friedrich auf dem Sofa saß und mit seiner Hilfe versuchte, die verlorenen Jahre mit Inhalt zu füllen. Es dauerte Tage, bis er alles über die Familie, das Dorfgeschehen und die politische Lage in Deutschland erfahren hatte. Am Tag vor Silvester erfasste ihn eine Unruhe. Er wollte das Versprechen erfüllen, das er Oskar gegeben hatte, und Hans fuhr ihn zu dem kleinen Ort bei Frankfurt, wo er Oskars Frau aufsuchte. Er fand alles so vor, wie er es aus den Erzählungen seines Freundes kannte – das kleine Haus am Ende der Straße, sogar die Schaukel der Kinder hing noch im Baum –, und überreichte der Frau die Schachtel mit Oskars letztem Besitz. »Er kommt nicht wieder?«, fragte sie und wischte sich die Tränen aus dem Gesicht. Er schüttelte den Kopf, doch während des anschließenden Gesprächs, in dem er ihr so viel wie möglich von Oskar erzählte, hatte er das Gefühl, er sei doch da.

Als sie um Mitternacht des letzten Tages des Jahres auf dem Balkon standen und in die sternenklare Nacht schauten, erinnerte Simon Petersen sie alle an die vielen Silvesternächte, in denen sie um jemanden aus ihrer Familie gebangt hatten.

»Leider ist Marias Mann nicht mehr aus dem Krieg zurückgekehrt, doch Melina und Konrad sind wieder da. Danken wir Gott dafür.«

Alle stimmten ihm zu.

Er war klug genug, David nicht zu erwähnen, der dieses Jahr in der Runde fehlte, dachte Hannah, die Lorenz' Arm um sich spürte, denn sie sah Melinas tränenverschleierten Blick, während sie hinausschaute in die Nacht, als suchte sie dort draußen jemanden. Hannah wusste, dass sie sich gerade fragte, wie David wohl dieses Jahr Silvester feierte.

Sie trat zu ihr und legte ihren Arm um sie. »Frohes neues Jahr, Melina!«

* * *

David und Viktor standen in einer Menschentraube am Times Square und schauten in den dunklen Nachthimmel. Doch nicht die in allen Farben und Formen leuchtenden Reklameschilder der Theater, Kinos, Hotels und Kaufhäuser erregten die Aufmerksamkeit der unzähligen Menschen um sie herum, sondern eine hell strahlende, riesige Kristallkugel, die in den letzten sechzig Sekunden des alten Jahres auf dem Wolkenkratzer der *New York Times* an einer Metallstange in die Tiefe glitt. *Ball Drop* nannten die New Yorker diese Tradition, mit der sie den Jahreswechsel feierten, und während die Menschenmenge gebannt das Spektakel am Nachthimmel beobachtete, spielte eine Blaskapelle den aus Schottland stammenden Song »Auld Lang Syne«, der von Freundschaft und Abschied kündete. Wer nicht lautstark den Countdown mitzählte, sang den Text des anrührenden Liedes mit.

»Hättest du dir letztes Jahr vorstellen können, dass wir dieses Jahr Silvester in New York feiern?«, fragte Viktor aufgekratzt. »Unglaublich, oder? Du hättest deine Kamera mitnehmen sollen.«

David versuchte ein Lächeln, doch er konnte Viktors Begeisterung nicht ganz teilen. Seine Gedanken schweiften immer wieder zur letzten Silvesterfeier auf dem Sandnerhof zurück. Er hatte auf dem Balkon gestanden, Melinas Hand in seiner gespürt und in dem Schimmern ihrer Augen die Gefühle für ihn erkannt, die in ihm den Wunsch geweckt hatten, sich mit ihr zu verloben. Schnell versuchte er, den Gedanken an den Ring zu verdrängen, den er Melina hatte schenken wollen. An jenem Abend im Juni …

»… *ten, nine, eight* …«, zählte er laut mit, da er den englischen Text des wehmütigen Liedes, das die Blaskapelle spielte, nicht kannte, und schaute in den dunklen Himmel über dem Wolkenkratzer, wo die riesige, hell erleuchtete Kugel scheinbar schwerelos immer tiefer durch die Nacht glitt.

»… *three, two, one … Happy New Year!*«, ertönte es von allen Seiten. Über dem hell erleuchteten Schriftzug der *New York Times* erschien unter dem Jubel der Menschen die Jahreszahl *1954* am Himmel.

»Frohes neues Jahr, David!«, rief Viktor und fiel ihm um den Hals, um gleich darauf auch mit allen anderen, die in seiner Nähe standen, Neujahrswünsche auszutauschen. David ließ sich von ihm anstecken, wurde von den Umstehenden umarmt und von der Feierlaune der New Yorker mitgerissen. Bald hielt er

Fremde im Arm, bekam von irgendjemandem ein Sektglas und von einem anderen eine Weinflasche in die Hand gedrückt und sang lautstark völlig falsche Liedtexte zur Musik der Blaskapelle. Als er irgendwann in den frühen Morgenstunden berauscht vom Alkohol und der Partystimmung wieder mit Viktor zum Studentenwohnheim zurückgefunden hatte und dort in sein Bett fiel, war sein letzter Gedanke: »*Happy New Year*, Melina! Frohes neues Jahr 1954!«

TEIL II
1961–1962

KAPITEL 32

Von seinem Büro in der Agentur Johnson & Sons in Midtown Manhattan hatte David freien Blick auf das Empire State Building, das höchste Gebäude der Welt, in dessen Glasfront sich an diesem Frühlingstag die Sonne spiegelte. Jedes Mal, wenn er aus dem Fenster schaute, wurde ihm bewusst, wie weit er und Viktor es in den vergangenen Jahren gebracht hatten. Mister Johnson hatte sie kurz nach ihrer Ankunft in New York als Hilfszeichner eingestellt, und mittlerweile hatten sie es zu führenden Positionen in dieser berühmten Werbeagentur gebracht. Ihr Arbeitstag war hektisch und dauerte oft bis in die späten Abendstunden, denn die aufstrebende Industrienation verlangte nach Werbung. Vom Müsliriegel bis zum Düsenflieger, Johnson & Sons entwarf für jedes Produkt die passende landesweite Werbekampagne in Printmedien, im Fernsehen, im Radio und in Kinos. Für ihre überdurchschnittliche Arbeit erhielten David und Viktor ein fürstliches Gehalt, das ihnen ein Leben in großem Stil erlaubte. Das großzügige Apartment auf der Upper West Side, das sie sich teilten, lag in unmittelbarer Nähe zum Central Park; sie feierten mit Freunden in teuren Restaurants am Times Square oder besuchten Theater- und Musicalaufführungen am Broadway. Am liebsten jedoch streifte David nach Feierabend und an den Wochenenden mit der Kamera durch die Straßen New Yorks auf der Suche nach Fotomotiven, wobei es oft genug vorkam, dass er das Zeitgefühl völlig verlor und Viktor und seine Freunde vergeblich auf ihn warteten.

Auch jetzt juckte es ihn in den Fingern, seine Kamera hervorzuholen und die Sonnenspiegelung auf dem gegenüberliegenden Hochhaus festzuhalten, doch er hatte noch zu tun. Die Plakate für die Airline mussten übermorgen fertig sein. Er schaute auf den Entwurf, der vor ihm lag, und überlegte, was noch fehlte. Er hatte den Jet der amerikanischen Fluggesellschaft gezeichnet, wie er gerade von der Startbahn abhob, hinein in einen strahlend blauen Himmel; darunter wehte die amerikanische Flagge. »Welcome to the Sky« stand in schwungvollen Worten quer über dem Himmel.

David lehnte sich zurück. Sollten er und Viktor dieses Jahr vielleicht wieder einmal nach Hause fliegen? In den acht Jahren, die sie nun schon hier in den Staaten lebten, war er erst viermal daheim gewesen; das erste Mal gleich nach dem Auslaufen ihres Stipendiums, um seinen Vater wiederzusehen und um die Familie zu informieren, dass er seinen Aufenthalt in New York verlängern würde, und dann im Abstand von zwei Jahren. Anfangs war er mit dem Schiff gereist, doch das letzte Mal war er geflogen. Ein bisschen Heimweh regte sich schon in ihm bei dem Gedanken an den Sandnerhof, und immer wieder fragte er sich, ob er tatsächlich nur aus beruflichen Gründen geblieben war, oder weil er eine so große Distanz zu dem Menschen brauchte, der ihn am meisten verletzt hatte.

Die Tür zu Davids Büro öffnete sich und Sally, eine junge Mitarbeiterin im schicken Kostüm und mit modernem Kurzhaarschnitt, kam froh gelaunt herein und legte ihm eine Mappe auf den Tisch.

»Guten Morgen, David. Ich habe hier alles für die Frühstücksflockenkampagne zusammengestellt, wie gestern im Meeting besprochen.« Sie lächelte David an. »Das Budget des Kunden, seine Werbebotschaft, Zielgruppe, Medien. Er wünscht in erster Linie Anzeigen in Zeitschriften und Spots in Rundfunk und Fernsehen.«

David warf als Erstes einen Blick auf den zur Verfügung gestellten Werbeetat. »Oha, damit lässt sich schon was anfangen«, meinte er, als er die fünfstellige Zahl las. »Haben unsere Texter schon einen Slogan?«

»Sie arbeiten noch dran – besser gesagt, sie streiten darüber.«

»Dann mach denen mal Dampf, und Viktor und ich kümmern uns um die Bilder.«

In diesem Moment betrat Viktor das Zimmer.

»Du kommst wie gerufen«, sagte David und hielt ihm die Mappe entgegen. »Frühstücksflocken. Dafür bist du genau der Richtige, du isst das Zeug wenigstens. Wenn du das Werbeplakat entwirfst, wird es authentischer.«

Viktor lachte. Er kannte wohl Davids Gejammere nach deutschem Brot und seine Weigerung, in Milch aufgelöste süße Getreideflocken zu essen, nur zu gut.

»Wird erledigt.« Er nahm die Mappe entgegen. »In Zukunft wird man in allen amerikanischen Haushalten den Tag nur noch mit unseren Flocken beginnen. Sally, gib mir Bescheid, wenn die Texter fertig sind.«

Sally nickte und ging. In der Tür drehte sie sich noch mal um. »Kommt ihr heute Mittag mit in den Diner?«, fragte sie.

David schaute kurz auf. »Ich denke nicht«, sagte er.

Sally machte ein enttäuschtes Gesicht.

»Aber ich bin dabei!«, rief Viktor und zwinkerte ihr zu, woraufhin Sally nur die Augen verdrehte.

Als sie gegangen war, sagte er: »Mann, David, die Kleine wollte eigentlich, dass du mitkommst.«

»Was du nicht sagst«, entgegnete David. »Fängst du schon wieder damit an, mich zu verkuppeln? Kannst du dir sparen. Mir geht es bestens, und die Antwort auf alle deine weiteren Fragen ist *Nein*!«

»David, du bist letztes Jahr dreißig geworden. Oder war es schon vorletztes Jahr? Und abgesehen von ein paar kurzen halbherzigen Flirts bist du ein eiserner Junggeselle. Sally ist hübsch, witzig und charmant. Und sie himmelt dich an. Worauf wartest du?«

»Darauf, dass du jetzt deine Frühstücksflocken nimmst und verschwindest«, sagte David scherzhaft. »Ich muss weiterarbeiten. Ich habe gleich eine Besprechung mit Mister Johnson. Die Fluggesellschaft erwartet unsere Entwürfe bis übermorgen.«

Viktor schaute auf den Zeichenblock, der vor David lag.

»Sieht doch schon vielversprechend aus. Da bekommt man richtig Lust, mal wieder zu fliegen.«

»Dann hat meine Zeichnung ihr Ziel erreicht. Das mit dem Heimflug können wir uns ja noch überlegen.« David verspürte erneut Sehnsucht nach dem Sandnerhof.

»Machen wir«, sagte Viktor, als er mit seiner Mappe unter dem Arm Davids Büro verließ.

Dann würden sie vielleicht dieses Jahr nach Hause fliegen, dachte David und begann wieder zu zeichnen. Aber nicht an Weihnachten. Er würde überraschend kommen, so wie immer, um nicht der Frau zu begegnen, die ihm das Herz gebrochen hatte.

* * *

Schon am frühen Samstagmorgen war David mit seiner Kamera unterwegs. Es ging ihm nicht allein um seinen Erfolg als Fotograf, den er mittlerweile durchaus verzeichnen konnte, sondern um die Jagd nach dem perfekten Bild. Es entstand durch das sensible Zusammenspiel von Motiv, Lichteinfall, Perspektive, Blende und Belichtungszeit, und er wusste, es musste irgendwo da draußen sein. Immer wieder zog es ihn in die Stadt, zu jeder Tageszeit und bei jedem Wetter. Es gab Motive, die gerade im ersten Morgenlicht besonders beeindruckend waren, und so stand er nun auf der Brooklyn Bridge, die den East River überspannte, und blickte auf die Südspitze von Manhattan. Er öffnete seine Kameratasche, wählte eines der Objektive aus und schraubte es auf seine Leica. Als er die Kamera ans Auge hob und die Skyline von New York ins Visier nahm, ging hinter den berühmten Wolkenkratzern gerade die Sonne auf. David klickte mehrmals auf den Auslöser. Dabei spürte er nicht den Wind in seinem Gesicht und hörte nicht die Möwen über seinem Kopf.

Die Kamera, das Bild und er wurden eins. Er war sich sicher, dass ihm soeben wieder ein atemberaubend schönes Foto gelungen war.

Die Brücke mit ihren imposanten Türmen und der spektakulären Konstruktion ihrer Schrägseile war eines seiner Lieblingsmotive, das er bereits zu allen Tageszeiten und bei Sonne, Nebel, Eis und Schnee fotografiert hatte. Je nach Lichteinfall hatte er dabei ganz außergewöhnliche Schattenspiele eingefangen, die in der Fachwelt große Anerkennung fanden. Im Gegensatz zu anderen Fotografen seiner Zeit strebte David nicht danach, den Glanz und Glamour einer Großstadt zu dokumentieren, das glitzernde Leben im Rampenlicht. Er liebte das Besondere in den Alltagsansichten der Stadtarchitektur, er suchte das Spektakuläre im Gewöhnlichen. An einem sonnigen Tag musste er nur geduldig abwarten, bis sich der Himmel in der endlos scheinenden Glasfassade eines Wolkenkratzers spiegelte und den Eindruck erweckte, das Hochhaus stünde inmitten der Wolken. Eine aufflatternde Taube, die er im Gegenlicht fotografierte, wirkte wie ein himmlisches Wesen über der Häuserschlucht, und die Bahnhofshalle des Grand Central Terminal erschien in den Strahlen des gleißenden Sonnenlichts, das durch die gewölbten Fenster fiel, wie eine Kathedrale. David hatte sich sehr geschmeichelt gefühlt, als eine Fachzeitschrift ihn als einen »Fotoartisten« bezeichnete, der es verstand, *aus dem Zusammenspiel von Licht und Schatten fantastische Fotoimpressionen zu schaffen.*

Zufrieden mit seinen Fotos vom Sonnenaufgang über der Skyline von Manhattan packte er seine Fotoausrüstung ein, hängte sich den Rucksack über die Schultern und ging den Fußweg über die Brücke zurück. An einem Kiosk am Ufer des East River holte er sich einen Kaffee und ein Sandwich, setzte sich auf eine nahe gelegene Bank, und während er seinen Kaffee trank, schaute er hinaus auf die Meerenge, wo die ersten Schiffe ihre Fahrt aufnahmen. Er genoss die morgendliche Ruhe, das Glitzern der Sonnenstrahlen auf dem Wasser und das Schreien der Möwen in der Luft. Seine Gedanken begannen, über das Meer zu wandern bis in die Heimat. Regelmäßig erhielt er Briefe von seiner Mutter, von Linda und von Hannah, und er wusste immer Bescheid, was es zu Hause Neues gab. In der ersten Zeit hatten noch vage Andeutungen in den Briefen gestanden, dass Melina sich wohl sehr schnell wieder von Ralph getrennt habe, und vor allem Linda und Hannah fragten immer wieder, ob er nicht bald heimkommen wolle. Hannah hatte sogar einmal anklingen lassen, ob es nicht sinnvoll wäre, wenn er und Melina noch einmal miteinander redeten. Doch was gab es denn da noch zu reden? Sie hatte sich gegen ihn entschieden, und er dachte nur ungern an die Zeit zurück. Den Schmerz von damals wollte er nicht noch einmal fühlen, dafür hatte es zu weh getan. Er erhob sich wieder von der Bank, denn er wollte noch weitere Fotomotive suchen, und nahm die U-Bahn nach Midtown. Als er dort durch die Straßen lief und immer wieder die Kamera hob, um einen Moment einzufangen, dachte er daran, dass Viktor seine Streifzüge durch die Stadt gern als Beziehungskiller bezeichnete. Wenn David tatsächlich einmal mit einer Frau ausging und sie eines Tages mitnahm zu einer Fototour, dann war in der Regel danach die Freundschaft vorbei. Die Frauen ließen ihn dann regelmäßig in dem Moment stehen, in dem ihnen bewusst wurde, dass das Fotoshooting nicht ihnen galt, sondern den Gebäuden und Häuserfassaden. Keine hatte es bisher länger als eine Stunde neben ihm ausgehalten, wenn er auf den richtigen Moment zum Fotografieren wartete, und er kannte inzwischen den beleidigten Gesichtsausdruck, mit dem die Frauen sich verabschiedeten und anschließend nichts mehr von sich hören ließen. Es gab nur eine Frau, die auf seine Fotos gedurft hätte, und sie hätte auch stundenlang mit ihm auf das richtige Licht gewartet, so wie sie ihm früher beim Zeichnen zugeschaut hatte.

Signor Alfredo Mancini begrüßte David mit einem herzhaften Händedruck und führte ihn an einen kleinen Tisch in der Ecke, als er um die Mittagszeit das italienische Delikatessengeschäft betrat.

»David, was darf ich dir bringen? Wieder deine Lieblingspasta oder heute einmal eine Pizza?«

»Ich nehme die Pasta, sie ist einfach unwiderstehlich«, antwortete David.

»Wo steckt dein Freund Vittorio?«, fragte Alfredo, als er David eine Karaffe mit Wein und eine mit Wasser auf den Tisch stellte. »Schläft er noch?«

»Das ist gut möglich. Aber heute Abend erwacht er bestimmt zu neuem Leben. Da wollen wir in das Musical ›Lili‹ im Imperial Theatre gehen.«

»Und wie viele *belle ragazze* hat Vittorio eingeladen?«

»Ich weiß es nicht genau. Ich lass mich überraschen, Alfredo.«

»Wenn dir keine gefällt, dann heirate meine Tochter Mariella. Sie kann gute Pasta machen!«, scherzte Alfredo, und David lachte. »Hast du wieder Fotos gemacht? Ich habe den Bericht über dich gelesen. *Bravo, ben fatto, giovanotto!*«

Der Nachmittag verging wie im Flug, und als David die Tür zum Apartment aufschloss, fragte er sich wieder einmal, warum Viktor und er immer noch zusammenwohnten. War es einfach nur Bequemlichkeit, weil keiner von ihnen Lust darauf hatte, sich auf dem heiß umkämpften New Yorker Wohnungsmarkt um eine neue Bleibe zu bemühen? Oder war es die Nähe zu ihrer Arbeitsstelle, da sie bei ihren Kampagnen oft bis spät in die Nacht in Meetings sitzen mussten, wenn es mal wieder drunter und drüber ging? Vielleicht scheuten sie auch einfach das Gefühl des Alleinseins, das sie überkommen konnte, wenn sie abends in eine einsame Wohnung zurückkehrten. David blickte auf seine Armbanduhr und stellte fest, dass es schon reichlich spät war. Als er durch den Flur ging, warf er einen sehnsüchtigen Blick auf die Dunkelkammer, die er in der Besenkammer hatte einrichten dürfen, nachdem er großmütig Viktor das größere Zimmer mit dem atemberaubenden Blick auf den Central Park überlassen hatte. Wie gern hätte er jetzt den Film aus der Kamera geholt und die Negative entwickelt. Doch das musste er auf morgen verschieben, denn er musste sich beeilen, um nicht zu spät zur Verabredung zu kommen. In der Küche lag ein Zettel von Viktor:

Warte auf dich vor dem Imperial. 19.00 Uhr, sei pünktlich.

Gut, es war noch Zeit zum Duschen und Umziehen, sagte sich David, ging ins Badezimmer und suchte dann in seinem Kleiderschrank im Schlafzimmer eine dunkle Hose und ein helles Hemd heraus. Eine halbe Stunde später nahm er an der

Garderobe seine Lederjacke vom Haken, strich sich noch einmal mit den Fingern durch das Haar und verließ die Wohnung.

Viktor winkte ihm bereits zu, als er am Imperial Theatre eintraf. Er hatte den Arm um eine dunkelhaarige Frau gelegt, die er mit dem Namen Becky vorstellte. Neben Viktor stand Sally, die Kollegin aus dem Büro, die ein sündhaft enges Kleid trug und einfach atemberaubend aussah.

»Stell dir vor, David, Sally hatte heute Abend noch nichts vor«, sagte Viktor. »Da habe ich sie gleich eingeladen!«

»Na, was für ein Zufall«, meinte David mit einem Seitenblick auf Viktor, da er den neuesten Verkupplungsversuch seines Freundes äußerst plump fand.

»Freut mich, dass du Zeit hattest«, sagte er dann freundlich zu Sally. »Das Musical soll sehr schön sein. Lasst uns mal reingehen.«

Als er in der Schlange an der Kasse neben Viktor stand und die Frauen abgelenkt waren, raunte er Viktor zu: »Was fällt dir ein? Warum Sally?«

»Bist du blind, David? Schau sie dir doch an. In dem Kleid sieht sie aus wie eine Göttin!«, zischte Viktor zurück.

»Mann, Viktor, wie soll ich denn weiter mit ihr zusammenarbeiten, wenn das schiefgeht?« Doch statt einer Antwort erhielt er von Viktor einen Stoß mit dem Ellbogen, da Sally sich zu ihnen umgedreht hatte.

Sie nahmen ihre Plätze ein und verfolgten die anrührende Geschichte von Lili, die ihr Glück erst auf Umwegen in Paul, einem Puppenspieler in einem Zirkus, fand, und alle folgten anschließend bereitwillig Viktors Vorschlag, noch ein Tanzlokal zu besuchen.

Das Black Tiger war um diese Zeit brechend voll, doch Viktor ergatterte noch einen Tisch für sie in einer Ecke neben der Bar. Die Band spielte Songs aus den aktuellen Charts, und nach der ersten Runde Bier ergriff Sally Davids Hand.

»Komm, lass uns tanzen«, sagte sie und zog ihn Richtung Tanzfläche.

David, der sich für einen leidlichen Tänzer hielt, nahm Sallys Einladung an und tanzte mit ihr einen flotten Swing. Er spürte bereits nach den ersten Schritten, mit welch großer Leidenschaft Sally sich der Musik hingab, und ließ sich ebenfalls von den Rhythmen der Band mitreißen. Eine Zeit lang vergaß er alles um sich herum, bis mit einem Mal ein langsames Lied erklang und er Sallys Arme um seinen Hals spürte, die sich an ihn schmiegte und ihn verträumt anschaute. Er konnte nicht leugnen, dass ihm ihr Verhalten schmeichelte und er das Knistern fühlte, das zwischen ihnen lag. Es wäre so einfach, ging es ihm durch den Kopf. Ein Kuss, ein paar nette Worte …

David war einen Moment versucht, der Situation nachzugeben. Doch es fühlte sich nicht richtig an. Das Gefühl, das er für Sally empfand, würde nicht lange reichen. Eine Woche? Vielleicht mehrere? Er würde sich schlecht fühlen, wenn sie nach der ersten Euphorie herausfand, dass sie nur ein Ersatz war. Ersatz für eine Frau, die sich gegen ihn entschieden hatte. Als sich die Tanzfläche um sie herum immer mehr füllte und sie von allen Seiten angerempelt wurden, nahm David dies zum Vorwand, den Tanz zu beenden.

»Es ist zu voll zum Tanzen«, sagte er und setzte ein bedauerndes Lächeln auf. »Trinken wir noch etwas?«

Sally zuckte enttäuscht mit den Schultern, und er führte sie zurück zu ihrem Tisch. Als auch Viktor und Becky von der Tanzfläche zurückkamen, bestellte David noch eine Runde für alle.

Irgendwann blickte er auf seine Armbanduhr. »Für mich wird es langsam Zeit«, sagte er.

»Warum? Kannst du morgen nicht ausschlafen?«, fragte Sally. David schüttelte den Kopf. »Ich möchte morgen früh fotografieren. Da muss ich zeitig aufstehen, denn das erste Tageslicht ist das beste.«

Sally schaute ihn interessiert an. »Ich habe den Artikel über dich gelesen, David. Die Fotos sahen fantastisch aus. Nimmst du mich zu einer deiner Fototouren mal mit?«

»Wenn du dich dabei nicht langweilst.«

Sally schüttelte den Kopf und lachte ihn an.

Es war nach Mitternacht, als sie das Tanzlokal verließen und Viktor für Becky und Sally ein Taxi rief. Sally gab David einen Kuss auf die Wange, bevor sie in den Wagen stieg, und winkte ihm beim Abfahren zu.

»Na, was meinst du?«, fragte Viktor, als er neben David die bunt erleuchtete Straße zur U-Bahnstation entlanglief. »So schlecht war meine Idee doch gar nicht, Sally einzuladen, oder? Ich hab doch gesehen, dass ihr eine Menge Spaß hattet.«

David lachte, schloss seine Jacke gegen den Nachtwind und steckte seine Hände in die Taschen. »Ach, Viktor, du wirst wohl nie aufgeben«, antwortete er.

* * *

»Es war ein schöner Abend, David«, sagte Sally, als sie am Montagmorgen in Davids Büro kam und ihm die Post auf den Schreibtisch legte.

»Ja, das fand ich auch.« David schaute den Stapel Briefe durch. »Was hast du denn Schönes für mich?«

»Die Fluggesellschaft hat den Präsentationstermin bestätigt, drei Firmen haben Folgeaufträge geschickt, und eine Neuanfrage ist dabei.«

»Welches Produkt?«

»Zahnpasta.«

David stöhnte. »Schon wieder? Sei so nett und bring die Anfrage rüber zu Viktor, er soll sie sich mal anschauen. Ich bin hier gleich mit den Entwürfen für die Airline fertig, dann kann ich dazukommen.«

Als Sally das Zimmer verließ, dachte David, wie gut der Samstagabend doch gelaufen war. Auch wenn er sich eine Beziehung mit Sally im Moment nicht vorstellen konnte, so hatte er sie dennoch nicht vor den Kopf gestoßen und damit ihr gutes Arbeitsklima verdorben. Und vielleicht würde er sie ja wirklich einmal mit zum Fotografieren nehmen.

Er schob den Gedanken beiseite und widmete sich wieder seiner Arbeit.

Es war kurz vor Mittag, als Sally noch einmal in sein Büro gelaufen kam.

»David, da ist eine Frau am Telefon, die ich nicht verstehe. Ich glaube, ihr Name ist Annie.«

David stand alarmiert von seinem Schreibtisch auf und folgte ihr in die Zentrale. Seine Mutter? Was hatte das zu bedeuten? Sie hatte doch noch nie hier im Büro angerufen, sie rief ihn höchstens dann und wann in seiner Wohnung an.

War auf dem Sandnerhof etwas passiert?

Er nahm den Telefonhörer in die Hand und vernahm Annies Stimme am anderen Ende der Leitung.

»David, bist du das?«

»Ja, Mama, ich bin es. Was ist geschehen, warum rufst du an?«

»Es geht um Opa«, sagte sie, und er hörte die Dringlichkeit in ihrer Stimme. »Er liegt im Sterben. David, er wartet auf dich!«

David spürte einen Stich in seinem Herzen. Opa Friedrich starb!

»Ganz ruhig, Mama, ich komme. Ich komme, so schnell ich kann«, sagte er tonlos in den Telefonhörer. »Wie viel Zeit bleibt mir?«

»Der Arzt gibt ihm nicht mehr lange. Aber ich bin sicher, es wird ihm Kraft spenden, wenn er erfährt, dass du auf dem Weg zu ihm bist.«

»Ich kläre hier alles und rufe dich zurück. Sag Opa, ich komme, und ich will ihn noch mal sprechen. Er soll durchhalten.«

»Danke, David«, sagte Annie, und er hörte, dass sie weinte.

»Sally, buch mir den nächsten Flug nach Frankfurt«, bat er. »Mein Großvater liegt im Sterben, und ich muss nach Hause. Ich gehe jetzt gleich zu Mister Johnson, um mit ihm zu reden.«

»Geh, David, du wirst jetzt zu Hause gebraucht«, sagte Mister Johnson, als ihm David in seinem Büro gegenübersaß. Er blätterte durch die Mappe mit den Werbeplakaten für die Airline, die David ihm hingelegt hatte. Flugzeuge über den Wolken, eine freundlich lächelnde Stewardess, eine Kompetenz ausstrahlende Flugzeugcrew.

»Gute Arbeit, David, wie immer. Die Fluggesellschaft wird begeistert sein. Flieg nach Hause, du hast sowieso noch überzählige Urlaubstage aus dem Vorjahr. Aber komm bloß wieder!«

Sally hatte ihm einen Platz in der Maschine am frühen Abend gebucht, und David packte in gedrückter Stimmung seine Unterlagen zusammen. Viktor ließ sich alle Arbeiten erklären, die noch zu erledigen waren, dann klopfte er ihm aufmunternd auf die Schulter.

»Ich weiß, wie viel dir dein Großvater bedeutet«, sagte er, und in seiner Stimme lag echte Anteilnahme. »Es stehen dir schwierige Tage bevor. Alles Gute, David. Komm bald wieder. Du fehlst mir jetzt schon.«

»Danke, Viktor. Natürlich komme ich bald wieder.« Er gab Viktor einen Zettel mit einer Telefonnummer.

»Ruf bitte meine Mutter an und sag ihr, wann ich in Frankfurt ankomme, damit Hans mich abholen kann.« Mit diesen Worten eilte er aus dem Büro.

Es musste alles so schnell gehen, dass David keine Zeit zum Nachdenken blieb. Mit dem Taxi fuhr er zu seiner Wohnung, packte einen kleinen Reisekoffer – wie viele Tage er bleiben würde, wusste er nicht – und rief wieder ein Taxi zum Flughafen. Erst als er endlich in der Maschine saß und das Flugzeug mit lautem Dröhnen vom New York International Airport abhob, kam David langsam zur Ruhe. Er sah die Stadt im Schein der Abendsonne unter sich immer kleiner werden.

Die höchsten Gebäude der Welt waren plötzlich nur noch so groß wie die Häuschen seiner früheren Modelleisenbahn und verschwanden bald gänzlich aus seinem Blickfeld. Die Maschine erreichte die Flughöhe über den Wolken, und Davids Gedanken schweiften ab. Mal eilten sie dem Flugzeug voraus und waren bereits auf dem Sandnerhof, wo ein alter Mann in seinen Kissen lag und versuchte, das Sterben so lange hinauszuzögern, bis sein Enkel eintreffen würde; mal kehrten sie zurück in die Vergangenheit, als dieser Mann mit ihm Schach gespielt, Drachen gebaut und Figuren geschnitzt hatte. Und bei all diesen Erinnerungen war an Davids Seite immer ein kleines Mädchen mit honigfarbenem Haar.

KAPITEL 33

Melina öffnete die Tür ihrer kleinen Wohnung in Berlin, die sie zu Fuß vom Städtischen Kinderkrankenhaus Wedding aus erreichen konnte, wo sie seit acht Monaten als Assistenzärztin arbeitete. Sie streifte ihre Schuhe ab, stellte ihre Einkaufstasche auf die Anrichte in der Kochnische, räumte die Lebensmittel in die Schränke und stellte Teewasser auf.

Sie hatte anstrengende Tage mit Nachtschichten hinter sich, daher freute sie sich sehr auf die freien Tage, die jetzt vor ihr lagen.

Melina goss ihren Tee auf, griff sich eine Schachtel Kekse und setzte sich aufs Sofa. Sie zog eine Fachzeitschrift, die sie sich mit nach Hause genommen hatte, aus ihrer Tasche und schlug den Artikel auf, der sie heute in ihrer Mittagspause schon gefesselt hatte: »Kindlicher Mutismus. Warum Kinder plötzlich nicht mehr reden«. Sie hatte das Gefühl, der Artikel handelte von ihr selbst, als sie vor Jahren nach der plötzlichen Trennung von ihrer Mutter verstummt war. Der Gedanke, dass seelischer Schmerz körperliches Leiden hervorrufen konnte, ließ sie nicht mehr los; auf diesem Gebiet der Medizin wollte sie gern arbeiten. Sie war so sehr ins Lesen vertieft, dass sie erstaunt aufsah, als es an der Tür klingelte. War das schon Linda?

Sie waren für heute Abend verabredet, um den neuen Italiener auszuprobieren, der in der Nähe von Melinas Wohnung ein Restaurant eröffnet hatte. Seine Spaghetti sollten sagenhaft schmecken!

»Linda!«, rief sie aus, als sie der Freundin die Tür öffnete. »Ich hab irgendwie die Zeit vergessen, aber ich bin gleich so weit!« Sie lief ins Bad, kämmte sich die schulterlangen Haare, zupfte ihr Kleid zurecht, zog ihre Schuhe an und griff nach ihrer Handtasche.

»Fertig!«, sagte sie lächelnd. »Es kann losgehen.«

Der Italiener war wirklich so gut wie sein Ruf, und die südländischen Schlager, die aus der Musikbox erklangen, taten ihr Übriges, um die Gäste in Urlaubsstimmung zu versetzen. Gerade besang Rocco Granata seine Liebe zu »Marina«.

»Wenn man das so hört, bekommt man richtig Lust, an die italienische Riviera zu reisen«, stellte Linda fest und rollte ihre Spaghetti auf die Gabel.

»Ich komme mit! Fahr bloß nicht ohne mich!« Melina bestellte sich einen Chianti zu ihrer Pizza.

»Dich kann man doch gar nicht aus deinem Krankenhaus loseisen. Du würdest es glatt fertigbringen, alle deine Patienten mitzunehmen.«

»Das wäre vielleicht gar nicht so verkehrt. Sonne, Strand und Meer – da wären alle schnell wieder gesund.«

»Vielleicht gibt es dann irgendwann die Italientherapie auf Rezept, was?«

»Du wirst es nicht glauben, aber eine Ausweitung der ärztlich verordneten Kuraufenthalte wird bereits diskutiert.«

»Na siehst du, dann eröffnen wir beide einfach ein Kurhaus am Mittelmeer. Ich betreue die Kinder, und du therapierst die Patienten.«

»Das klingt wirklich verlockend!«

»Jetzt mal im Ernst«, sagte Linda. »Du bräuchtest wirklich mal Urlaub. Du arbeitest seit Jahren viel zu viel. Erst deine Examen, die Praktika, jetzt die Stelle als Assistenzärztin – wie schaffst du das alles?«

»Du hast ja recht, Linda. Aber seit ich im Kinderkrankenhaus arbeite, weiß ich, dass sich die jahrelange Schufterei gelohnt hat. Mitzuhelfen, dass kranke Kinder wieder gesund werden, ist das Schönste, was ich mir vorstellen kann. Du kennst das doch, Linda. Du arbeitest ja auch für dein Leben gern mit Kindern.«

»Aber du musst auch mal ausspannen. Du siehst müde aus.«

Melina nickte. »Ich habe gerade mehrere Tage Nachtdienst hinter mir, aber dafür habe ich ab morgen den Rest der Woche frei.«

»Das brauchst du auch, bei der Hektik, die bei euch herrscht.«

»Im Moment halten uns die Kleinen wirklich ganz schön auf Trab. Wir haben ein paar Fälle von Scharlach und Diphterie, drei Neuzugänge in der Unfallchirurgie und einen akuten Blinddarmdurchbruch.«

»Dann lade ich dich jetzt auf einen Nachtisch ein. Magst du auch ein Eis?«

»Gern«, erwiderte Melina, und Linda gab bei einem Kellner die Bestellung auf.

»Was gibt es Neues von Tristan? Er hat sich schon eine Weile nicht mehr bei mir gemeldet«, erkundigte sich Melina.

»Er ist immer auf Achse. Mit seinem Jurastudium ist er ziemlich ausgelastet, und noch mehr mit seinem politischen Engagement. Er wohnt jetzt in einer bunt zusammengewürfelten Studenten-Wohngemeinschaft und bereitet ständig irgendwelche Kundgebungen und Demonstrationen vor. Ralph ist auch immer mit von der Partie.«

Melina zuckte bei der Nennung seines Namens schon Jahre nicht mehr zusammen. Sie wäre beruflich nicht da

305

angekommen, wo sie heute stand, hätte sie sich damals nicht von ihm getrennt.

»Da fällt mir ein, ich habe noch was für dich.« Linda öffnete ihre Tasche und zog ein Buch heraus. »Das neueste Werk.«

»Gutenachtgeschichten«, las Melina, »verfasst von Linda Hagen, illustriert von David Sandner«.

Melina schaute einen Moment wie gebannt auf den Namen. Um ihre Betroffenheit zu verbergen, blätterte sie durch das Buch und versuchte, beim Anblick der liebevollen Zeichnungen ein Lächeln zu zeigen.

»Wie geht es ihm?«, fragte sie wie nebenbei und vertiefte sich noch intensiver in die Seiten, um Linda nicht anschauen zu müssen.

»Er schreibt nicht viel«, sagte Linda und musterte Melina dabei eindringlich. »Ich habe ihn in meinem letzten Brief gefragt, ob er mal an Weihnachten zu Besuch kommt, aber er hat geantwortet, dass er noch nicht weiß, ob er es dieses Jahr schafft.«

Melinas Hoffnung sank. Jedes Jahr wünschte sie sich, dass David wenigstens an Weihnachten nach Hause kommen möge, und nun würde wahrscheinlich wieder ein Jahr verstreichen, ohne dass sie ihn sah. Er war seit seiner Abreise erst vier Mal nach Deutschland gekommen, und sie hatte immer erst im Nachhinein von seinen Besuchen erfahren. Sie hatte ihn in den acht Jahren nicht einmal wiedergesehen.

»Dann hoffen wir mal, dass er vielleicht nächstes Jahr kommt«, antwortete Melina betont fröhlich, um ihre Enttäuschung zu verbergen. »Also, dann lass uns doch mal einen Italienurlaub planen. Wann hast du Zeit, Linda?«

Als Melina abends in ihre Wohnung zurückkehrte, setzte sie sich auf ihr Sofa und machte die Leselampe an. Sie zog Lindas Buch aus der Tasche und schaute jede von Davids Illustrationen lange an. Sie kannte seinen Stil, die Art, wie er malte. Erinnerungen an den kleinen Jungen von früher kamen ihr in den Sinn, der immer irgendwo gesessen und seine Umgebung gezeichnet hatte. Sie hatte ihm dabei über die Schulter schauen und zusehen dürfen, wie ein Bild auf dem Papier Gestalt annahm, das nur er bereits in seinem Kopf sah. Zwischen der letzten Seite und dem Buchdeckel steckte ein Umschlag. Davids Brief an Linda. Sie erkannte seine Handschrift und las seine Adresse. Hatte Linda den Brief vergessen? Oder wollte sie ihr damit etwas sagen? Etwa, dass sie ihm einmal schreiben sollte? Auf alle Fälle würde sie Linda den Brief beim nächsten Treffen zurückgeben.

Sie spürte, dass in dem Briefumschlag eine Postkarte war. Die durfte sie sich ja sicher ansehen. Sie zog sie heraus und erblickte verschiedene Ansichten von New York. In der Mitte hob die Freiheitsstatue ihre Fackel in den Himmel, im Hintergrund sah sie verschiedene kleinere Bilder mit riesigen Wolkenkratzern, einer großen Brücke und einem Park. Dort war mit Kugelschreiber ein kleines Kreuz eingezeichnet. Was hatte David da markiert? Melina konnte nicht anders, sie musste die Karte umdrehen. Sie sah das gleiche kleine Kreuz und daneben die Erklärung:

Das ist der Central Park, hier wohne ich.

David hatte nur zwei weitere Sätze geschrieben:

Ich hoffe, es geht dir gut. Leider werde ich es dieses Jahr wahrscheinlich nicht mehr schaffen, zu kommen.

Melina stiegen Tränen in die Augen, als sie Davids Karte las. Sie ging zu ihrem Bücherregal und zog das Buch heraus, das er ihr vor Jahren geschenkt hatte.

In Erinnerung an einen unvergesslichen Tag, in Freundschaft, David Sandner, Berlin, 15. Juni 1953

Lange saß Melina in dieser Nacht unter ihrer Leselampe und hielt die Bücher auf dem Schoß. Sie suchte die Zeitschriften heraus, in denen Fotos von David mit beeindruckenden Impressionen aus New York abgedruckt worden waren. Ein Artikel lobte ihn als aufstrebendes Talent, als einen Künstler mit einer großen Zukunft.

David hatte es geschafft, er war auf dem besten Weg, berühmt zu werden, und mit Sicherheit hatte er sie längst vergessen. Melina stellte sich immer wieder die gleiche Frage: Warum nur war damals alles so gekommen? Sie hatte David verletzt, weil sie geglaubt hatte, in Ralph die große Liebe gefunden zu haben. Doch diese Liebe war nur ein kurzes Strohfeuer gewesen, das schnell erloschen war. Sie hatte in einem Traum gelebt, der nach ein paar Wochen zerplatzt war. Doch da war es schon zu spät gewesen. David war schon abgereist und hatte sich nie mehr bei ihr gemeldet.

Aber sie hatte sich auch nicht bei ihm gemeldet, sagte sich Melina und dachte an die unzähligen Briefe, die sie begonnen und wieder zerrissen hatte.

Sie war ihm eine Erklärung schuldig.

Sie hatte schon viel zu viel Zeit vergehen lassen und sich in ihre Arbeit gestürzt, um nicht an David denken zu müssen. Dann waren da noch Männer, attraktive Männer, die sich um sie bemüht hatten und sich immer noch bemühten. Doch außer einem Flirt, einem kurzen Eintauchen in aufwallende Gefühle, hatte Melina nichts empfunden, denn sie hatte immer wieder an David denken müssen. Sie konnte und wollte sich nicht auf einen anderen Mann einlassen. Sie hätte in jedem Mann immer nach David gesucht, und das wäre nicht fair gewesen. Melina wusste, sie musste etwas ändern, eine Entscheidung treffen:

endgültig loslassen, ohne Erklärung, oder einen letzten Versuch wagen – und ihm schreiben. Sie würde sich sonst nie einem anderen Mann öffnen können. Melina seufzte. Dabei war es das, was sie am wenigstens wollte. Ihr Herz sehnte sich nur nach einem Mann: David. Dieses Jahr würde sie ihm schreiben, es durfte nicht vorbeigehen, bevor sie David alles erklärt hatte.

KAPITEL 34

Hans steuerte den Ford Taunus, mit dem er David vom Frankfurter Flughafen abgeholt hatte, über die Landstraße und berichtete ihm alle Neuigkeiten vom Sandnerhof.

»Opas Kräfte lassen nach«, sagte er. »Der Arzt meint, dass er höchstens noch ein oder zwei Tage hat.«

»Hat er Schmerzen?«, fragte David besorgt. Er hatte zum Glück im Flugzeug ein paar Stunden Schlaf gefunden und fühlte sich trotz der Zeitverschiebung um mehrere Stunden frisch und ausgeruht.

»Der Arzt gibt ihm etwas, was ihm die Schmerzen nimmt. Die meiste Zeit schläft er friedlich in seinem Bett. Er scheint auf dich zu warten, David.«

David nickte. »Ich bin so schnell wie möglich gekommen, direkt aus dem Büro«, antwortete er und deutete auf seinen Anzug. »Ich hatte nicht einmal mehr Zeit, mich umzuziehen.«

»Steht dir aber gut«, sagte Hans und schmunzelte.

»Wie geht es Vater, ist er immer noch so schweigsam?«, wollte David wissen.

»Er ist sehr in sich gekehrt. Ich glaube, daran wird sich auch nichts mehr ändern. Er sitzt oft stundenlang mit Mutter auf der Bank im Garten und schaut vor sich hin. Aber er macht keinen unglücklichen Eindruck. Mutter hat eine Engelsgeduld.

Es macht ihr nichts aus, dass er so wenig redet, sondern sie ist einfach nur glücklich, dass er wieder bei ihr ist.«

»Ja, als ich sie das letzte Mal gesehen habe, war Mutter nicht wiederzuerkennen. Und Vater hat einfach vieles erlebt, was er mit uns nicht teilen kann. Dafür bräuchte er jemanden, der das Gleiche durchgemacht hat wie er. Und wie geht es dir? Und Esther?«

»Bestens. Esther geht es gut, sie macht noch immer die Buchhaltung für das Sägewerk. Hat ganz schön viel zu tun, denn wir können uns vor Aufträgen kaum retten. Mit der deutschen Wirtschaft geht es steil bergauf, da wird viel gebaut.«

»Und was macht euer Kleiner? Er ist doch schon drei Jahre alt, oder?«

»Lenni geht es super. Er ist der Liebling vom Sandnerhof. Alle verwöhnen ihn, vor allem Annie und Konrad. Und sein Cousin Georg. Den wickelt er jetzt schon um den kleinen Finger.«

David lachte. »Was gibt es Neues bei Georg?«

»Er macht sich prächtig im Sägewerk. Und er scheint ein Auge auf Matilda geworfen zu haben. Matilda ist aber auch ein hübsches junges Mädchen geworden.«

»Matilda und Georg, das würde mich nicht wundern. Sie waren schon als Kinder unzertrennlich. Höre ich da etwa schon die Hochzeitsglocken läuten?«

»Nein, so weit ist es wohl noch nicht. Aber es wäre mal wieder an der Zeit, dass ein Sandner heiratet. Es können doch nicht alle so eingefleischte Junggesellen sein wie du. Wenn Maria und ich nicht wären, würde es schlecht um die Nachfolge der Sandners stehen.«

Hans sah Davids betretenes Gesicht.

»Aber was nicht ist, kann ja noch werden, oder?«, fragte Hans. »Vielleicht gibt es ja in den Staaten schon eine zukünftige Mrs David Sandner?«

»Bei Gott, nein«, wehrte David ab, »da gibt es niemanden.«

»Man sollte niemals nie sagen«, erwiderte Hans.

Sie fuhren durch die Dörfer, die David so vertraut waren, erreichten Erlenthal und bogen ab zum Sandnerhof.

Das Auto hielt im Hof vor der Werkstatt, und David und Hans stiegen aus und liefen die Treppe hinauf zum Haus. Annie und Konrad kamen ihnen schon entgegen, und David umarmte seine Eltern.

»Gut, dass du da bist«, sagte Konrad, und Annie streichelte ihm über das Haar.

»Ich bin so schnell wie möglich gekommen«, antwortete David und drückte die beiden an sich. »Wo ist Oma Klara?«

»In der Küche, sie war die ganze Zeit bei Friedrich.«

David eilte in die Küche, wo Oma Klara am Tisch saß. Ihre verweinten Augen leuchteten auf, als sie ihn sah.

»Gott sei Dank, du bist da«, sagte sie, als David seinen Arm um sie legte und ihr einen Kuss auf die Stirn gab. Sie tätschelte seinen Arm. »Geh zu ihm, David. Er fragt immerzu nach dir.«

David ließ sie los und lief den Flur entlang zum Schlafzimmer der Großeltern. Als er vorsichtig die Tür öffnete, lag sein Opa Friedrich mit geschlossenen Augen in seinem Bett, und leise Atemzüge waren zu hören. David setzte sich auf einen Stuhl neben das Bett und nahm die Hand seines Großvaters.

»Opa«, flüsterte er, »ich bin da. David ist da.« Langsam schlug der alte Mann die Augen auf. Sein Blick schien aus weiter Ferne zu kommen, doch er wurde klar, als er David neben seinem Bett erkannte.

»David, mein Junge«, murmelte er kaum hörbar. »Ich hab dich rufen lassen.« David brachte sein Ohr ganz nah an den Mund des alten Mannes, um die Worte zu verstehen. »Und sie auch. Rede mit ihr, David.«

David verstand nicht, wovon Friedrich sprach. War der Geist seines Großvaters in seinen letzten Stunden verwirrt?

»Wen meinst du, Opa? Wen hast du rufen lassen?«, fragte er, doch der alte Mann sagte nichts mehr, sondern drehte seinen

Kopf langsam Richtung Tür, die sich gerade öffnete. David folgte seinem Blick und sah Melina im Türrahmen stehen.

Melina hatte den alarmierenden Anruf ihrer Mutter am frühen Morgen erhalten.

»Er will dich unbedingt noch einmal sehen«, hatte Hannah aufgelöst am Telefon gesagt.

»Oh mein Gott, natürlich, ich will Friedrich ja auch noch einmal sehen«, hatte Melina unter Tränen geantwortet. »Er war doch wie ein Großvater für mich. Ich habe diese Woche sowieso keinen Dienst mehr und nehme den ersten Zug.« Sie hatte schnell das Nötigste zusammengepackt, war zum Bahnhof geeilt und hatte den Frühzug gerade noch erwischt.

Und nun war sie hier, hatte leise die Schlafzimmertür geöffnet und schaute auf Friedrich, dessen Kräfte zu Ende gingen, und auf den Mann im dunklen Anzug, der neben ihm am Bett saß und sich jetzt langsam zu ihr umdrehte.

Melinas und Davids Blicke trafen sich für einen Moment, und sie hätte nicht sagen können, wer von ihnen beiden erstaunter war. David schien verwirrt und wandte sein Gesicht wieder Friedrich zu, und Melina trat an das Bett und streichelte die Hand des alten Mannes.

»Opa Friedrich, ich bin da«, sagte sie leise, mit Tränen in den Augen.

Der alte Mann schaute sie an, und die Andeutung eines Lächelns erschien auf seinem Gesicht.

»Melina, mein Engel! Bitte redet miteinander«, flüsterte er mit brüchiger Stimme und schloss schwer atmend die Augen. Das Sprechen hatte ihn angestrengt.

»Opa Friedrich, du musst jetzt schlafen, ich komme später wieder zu dir«, sagte Melina und wandte sich zur Tür.

David beugte sich zu seinem Opa hinunter, gab ihm einen Kuss auf die Stirn und folgte Melina aus dem Zimmer.

Vor der Schlafzimmertür herrschte betretenes Schweigen zwischen Melina und David. Er vermied ihren Blick ebenso wie sie den seinen. Melina atmete erleichtert auf, als Annie aus der Küche kam und zum Essen rief.

»David, du musst doch halb verhungert sein«, sagte sie, »und du, Melina, hast sicher auch noch nicht gefrühstückt.«

David löste sich als Erster aus seiner Erstarrung, folgte Annie in die Küche und setzte sich an den Tisch.

»Endlich wieder deutsches Brot!«

Er versuchte, die Anspannung in seiner Stimme zu überspielen, und legte sich eine Scheibe von Annies Schwarzbrot auf den Teller.

»Ihr glaubt nicht, wie sehr ich das vermisst habe!«

Melina stand unschlüssig in der Tür, griff dann aber nach ihrer Reisetasche und drehte sich um. »Ich schau erst mal nach Mama«, sagte sie und ging.

Melina wusste, wo sie ihre Mutter finden würde. Hannah saß in der kleinen Kapelle am Waldrand, in die sie sich immer zurückzog, wenn sie allein sein wollte.

»Melina«, sagte sie, stand auf und drückte sie an sich. »Gott sei Dank, dass du da bist.«

Sie zog Melina zu sich auf die Bank. »Friedrich war immer für uns da, er war in meinem Leben der Fels in der Brandung. Ich fühle mich, als ob mein eigener Vater stirbt.«

Melina nickte. »Ich bin auch so traurig. Ich kann mir den Sandnerhof ohne ihn überhaupt nicht vorstellen. Für mich war er immer mein Großvater.«

Nach einer Weile des Schweigens sagte Melina leise: »David ist gekommen.«

»Ich weiß.«

»Du hast am Telefon nichts davon gesagt.« Melina knetete ihre Hände. Wäre sie gekommen, wenn sie es gewusst hätte?

Ja, gab sie sich selbst die Antwort, denn es ging um Friedrich, den sie wie einen eigenen Großvater liebte. Und sie hatte sich ja auch vorgenommen, dieses Jahr Kontakt zu David aufzunehmen, denn sie schuldete ihm noch immer eine Erklärung.

»Friedrich wollte es so. Wir durften David auch nicht erzählen, dass du kommen würdest.«

Melina holte tief Luft. »Er möchte, dass wir miteinander reden. Aber ich weiß gar nicht, was ich sagen soll, Mama!«

Hannah ergriff ihre Hand. »Doch, du weißt es. Hör einfach auf dein Herz. Es wird dir die richtigen Worte eingeben.«

Melina schaute sie dankbar an.

Hannah nahm sie noch einmal in die Arme. »Es wird alles gut, Melina, du musst nur daran glauben. Und nun muss ich zurück«, sagte sie. »Pfarrer Petersen kommt gleich und spendet Friedrich die Letzte Ölung.«

Gemeinsam verließen sie die Kapelle. Sie erblickten David, der ihnen auf dem Feldweg entgegenkam und zögernd stehen blieb.

Hannah ging auf ihn zu.

»David, ich freu mich so, dich zu sehen«, sagte sie und drückte ihn fest an sich.

»Ich freu mich auch, Hannah. Es ist lange her«, antwortete er.

»Ich muss zu Friedrich. Pfarrer Petersen kommt gleich«, sagte Hannah, verabschiedete sich und schlug den Weg zum Sandnerhof ein.

Melina stand noch am Eingang der Kapelle und sah David unsicher an. Zum ersten Mal im Leben konnte sie seinen Gesichtsausdruck nicht deuten. Sie rang nach Worten. Wie sollte sie nur beginnen? »Opa Friedrich wünscht, dass wir miteinander reden, David, und ich würde ihm diesen Wunsch gern erfüllen, bevor er stirbt«, brachte sie schließlich heraus.

David nickte. »Wollen wir ein Stück gehen?«

Seine Stimme klang so anders, dachte Melina, als sie auf ihn zuging. Er hatte die Hände in den Hosentaschen vergraben und wirkte verschlossen und in sich gekehrt, als er schweigend neben ihr herging.

»Es scheint wohl zu einer Gewohnheit von uns zu werden, dass wir uns immer wieder mal acht Jahre lang nicht sehen«, hörte sie ihn sagen.

»Das erste Mal war es unfreiwillig. Beim zweiten Mal war es mein Fehler«, erwiderte sie.

»Ein Fehler?«, fragte er und warf ihr einen kurzen Blick zu.

Melina fasste sich ein Herz und begann zu sprechen. »Ich habe dich damals in Berlin furchtbar verletzt. Das warst doch du, am Abend in Lindas Hofeinfahrt, mit den Blumen in der Hand, oder?«

David nickte stumm.

Melina errötete und schlug die Augen nieder. »Dieser verflixte Tag! Wäre ich doch einen Tag früher zurückgefahren nach München, dann wäre alles anders gekommen.« Die Worte waren aus ihr herausgebrochen.

»Willst du mir davon erzählen?«, fragte David.

Melina schaute ihn an. »Willst du es denn hören?«, fragte sie hoffnungsvoll.

»Ja«, antwortete er, »ich würde es gern verstehen.«

Melina begann zögerlich zu erzählen. »Die Tage mit dir, Tristan und Linda in Berlin waren wunderschön. Und da war noch Ralph, der mich immer so nett angelächelt hat und um den ich mir Sorgen gemacht habe, als er nach dem Volksaufstand verletzt ins Krankenhaus gekommen war. Das hat mich alles sehr verwirrt, ich habe meine eigenen Gefühle nicht mehr verstanden. An meinem letzten Tag in Berlin war Linda sehr merkwürdig und hat so eine Andeutung von einer Überraschung gemacht, die du geplant hättest. Da habe ich kalte Füße bekommen, weißt du, wegen Effi …«

»Effi?« David runzelte die Stirn.

»Ja, Effi Briest. Ich hatte doch damals gerade Fontanes Buch gelesen. Effi hat sich mit siebzehn Jahren schon zu einer Ehe drängen lassen und damit einen großen Fehler gemacht. Ich fragte mich auf einmal, ob ich schon bereit war für eine feste Beziehung, denn ich habe damals angenommen, dass du mir an diesem Abend einen Antrag machen wolltest.«

David nickte. »Ja, das war damals meine Absicht.«

Melina seufzte tief. »Ich bin noch eine Weile spazieren gegangen, um meine Gedanken zu ordnen. Als ich zurückkam, stand plötzlich Ralph vor mir. Er sagte, Tristan hätte ihn im Krankenhaus ausfindig gemacht und ihm erzählt, dass ich am nächsten Tag abreisen würde. Da sei er aus dem Krankenhaus getürmt, um mich noch einmal zu sehen.«

David kniff die Lippen zusammen, sagte aber nichts.

»Das hat mich so ungeheuer beeindruckt«, fuhr Melina fort. »Er hat mich in die Arme genommen, und ich habe in diesem Moment gar nicht weiter nachgedacht. Ich dachte, ich hätte mich in ihn verliebt.« Melina schloss für einen Moment die Augen. Himmel, was redete sie denn da, fragte sie sich. Mussten ihre Worte nicht schon wieder sehr verletzend für ihn sein? Dabei klopfte ihr Herz so wild, weil sie spürte, wie sehr sie ihn vermisst hatte. Anstatt die alten Wunden wieder aufzureißen, hätte sie ihn doch am liebsten in die Arme geschlossen.

»Und?«, fragte David.

»Ich bin zurückgefahren nach München und habe mich um einen Studienplatz in Berlin beworben. Ich war glücklich, voller Vorfreude. Ich habe Ralph geschrieben und er mir. Dann kam ich im Herbst zurück nach Berlin – und stellte relativ schnell fest, dass ich mir etwas vorgemacht hatte. Ich hatte mir nur eingebildet, Ralph zu lieben. Wir hatten so wenig gemeinsam, er war mir völlig fremd. Er hat sich nie wirklich dafür interessiert, wer ich bin, was ich denke und fühle. Er war nie …«, sie suchte nach Worten, »… er war nie so einfühlsam wie du. Ich habe dich von Tag zu Tag mehr vermisst und erkannt, dass ich einen riesigen Fehler gemacht hatte. Aber mir fehlte der Mut, dich aufzusuchen. Mich meinem Fehler zu stellen.«

Melina beobachtete gebannt das wechselnde Mienenspiel auf Davids Gesicht.

»Eins verstehe ich nicht«, sagte er, blieb stehen und wandte sich ihr zu. »Du hattest Angst, meinen Antrag anzunehmen, und hast dich gleichzeitig an jemand anderen gebunden?«

»Glaub mir, was ich damals fühlte, ist mir heute unbegreiflich. Ich war jung und dumm.« Sie hatte Verliebtheit mit Liebe verwechselt, gestand sie sich ein, konnte es aber nicht aussprechen.

»Wie Effi«, stellte David fest, und Melina nickte.

»Dabei war ich doch gar nicht wie Baron von Innstetten«, sagte David. »Ich hatte keinen spukenden Geist eines verstorbenen Chinesen auf meinem Dachboden und kein ausgestopftes Krokodil im Haus.«

Sein Scherz löste die angespannte Stimmung zwischen ihnen. Melina musste lächeln. »Ich glaube, die Psychologie muss noch lange forschen, um zu verstehen, wie wir manchmal so kopflos handeln können«, meinte sie.

»Ich glaubte damals, dich für immer verloren zu haben«, sagte David.

Sie schüttelte den Kopf. »Nein, das hast du nicht. Ich habe schnell gemerkt, dass ich den wichtigsten Menschen in meinem Leben furchtbar verletzt hatte. Aber da warst du schon weg, auf dem Schiff in die Staaten. Ich habe dich all die Jahre so sehr vermisst. Jedes Jahr an Weihnachten habe ich gehofft, dass du zurückkommst und ich mit dir reden könnte. Und nun ist es zu spät.«

Bei ihren letzten Worten runzelte er die Stirn. »Warum zu spät?«, fragte er.

Fragte er das gerade wirklich? Konnte sie hoffen – nach so langer Zeit? Melina blieb stehen. »Na ja, du hast dir jetzt ein Leben in den USA aufgebaut, bist erfolgreich und hast bestimmt eine nette Freundin, die dort auf dich wartet, also ist es zu spät.«

Sie sah, wie David den Kopf schüttelte. »Ich lebe zwar jetzt in den Staaten, aber im Herzen bin ich immer hier«, sagte er. »Und eine Freundin gibt es auch nicht.«

Melina traute ihren Ohren nicht. Seine Stimme war sanft geworden bei seinen letzten Worten, der Blick seiner Augen hatte sich verändert, und sie spürte, wie ihr Herz begann, wild zu klopfen. »Und was heißt das? Ist es noch nicht zu spät für uns?«

Sie sah, wie ein Lächeln über sein Gesicht huschte, während er langsam auf sie zukam. Er griff nach ihren Händen, und in seiner Stimme lag eine grenzenlose Sehnsucht, als er sagte: »Ich habe dich so sehr vermisst.« Er zog sie an sich, und Melina empfand ein nie gekanntes Glücksgefühl. So sehr hatte sie sich nach David gesehnt, und nun war er wieder da, hier bei ihr, und sie würde ihn nie wieder gehen lassen. Sie schlang die Arme um ihn und spürte sein Herz heftig schlagen, als er ihr Gesicht in seine Hände nahm, sie mit seinen dunklen Augen innig ansah und sie zärtlich küsste. Die Jahre der Trennung waren mit einem Mal ausgelöscht, es gab nur noch David, der sie in seinen Armen hielt.

»Ich möchte dich nicht wieder verlieren«, sagte er, als er sich irgendwann von ihr löste. »Nie mehr. Wir lassen jetzt Opa Friedrich in Ruhe von uns gehen, und dann finden wir wieder einen Weg zueinander.«

Melina nahm seine Hand und ging mit ihm den Weg zurück zum Sandnerhof. Dabei schaute sie immer wieder in sein glückliches Gesicht.

»Ich frage mich gerade, ob ich das alles träume«, sagte David. »So wie damals in Rom, als ich dich gefunden hatte und nicht glauben konnte, dass es wirklich passiert war.«

Melina schüttelte lachend den Kopf. »Wenn, dann träumen wir beide gerade denselben Traum. Du bist hier, bei mir, und ich lass dich nicht mehr los.«

»Ich habe das Buch dabei, das du mir an Weihnachten geschenkt hast. Ich nehme es überallhin mit, wenn ich verreise, und ich glaube, da ist heute ein neuer Eintrag fällig.«

»Heute und morgen und übermorgen und alle Tage«, erwiderte Melina. »Allerdings wird dann auf jeder Seite das Gleiche stehen.«

»Und das wäre?«

»Ich liebe dich über alles, David Sandner!«

»Damit kann ich leben.« David lächelte sie glücklich an. Dann wurde er ernst. »Wir gehen jetzt zu Friedrich, damit er noch erfährt, dass er sich keine Sorgen mehr machen muss. Bis zu seinem letzten Atemzug denkt er an uns, und nun hat er uns wieder zusammengebracht.«

»Ja, David, lass uns zu ihm gehen.«

* * *

Es war ein tränenreicher Abschied von Friedrich Sandner, der in dieser Nacht verstarb. Es fiel David schwer, am Morgen die Stufen zum Dachboden hochzusteigen, um für den Großvater das Sterbeglöckchen zu läuten. Die Sägen im Sägewerk standen still, und aus den umliegenden Häusern kamen die Menschen herbei, um mit der Familie den Rosenkranz für den Verstorbenen zu beten. Es war ein sonniger Frühlingstag, als Friedrich drei Tage später auf dem Friedhof in Erlenthal beerdigt wurde. Pfarrer Petersen leitete die feierliche Zeremonie, und alle Anwesenden spürten, dass ihm diese Beerdigung sehr nahe ging, da auch er einen langjährigen Freund verloren hatte. David stand am Grab und legte einen Arm um seine Großmutter, Annie stützte ihren Mann. Friedrich hinterließ eine Lücke, und das Leben ohne ihn würde ein anderes sein. In all seiner Trauer spürte David aber auch das Glück, das in sein Leben zurückgekehrt war, wenn er in Melinas Gesicht schaute.

Nach der Beerdigung nahm er sie an der Hand und ging mit ihr den Waldweg hinter dem Friedhof entlang. »Melina, das war ein schwerer Tag heute, und ich habe ihn nur so gut durchgestanden, weil du da warst«, sagte er aufgelöst. »Versprich mir, dass es keine Trennung von acht Jahren mehr gibt, das würde ich nicht ertragen.«

Melina streichelte ihm über das Gesicht. »Nein, David. Du bist meine Liebe, mein Leben wäre kalt und leer ohne dich.«

David nickte und fasste sie fest an den Schultern. »Mach dir keine Sorgen, wie es weitergehen wird. Vertrau mir, ich finde einen Weg für uns. Gib mir Zeit bis Weihnachten, bis dahin werde ich einiges regeln, damit wir wieder zusammen sein können.«

»Was meinst du damit, David?«

»Ich kann dir noch nichts Genaues sagen, aber ich habe eine Idee im Kopf. Ich muss nur von dir wissen, dass du auf mich wartest.«

»Ich habe acht Jahre auf dich gewartet, David. Glaubst du wirklich, diese paar Monate machen da noch einen Unterschied?«

Er zog sie an sich. »Nein, das schaffen wir auch noch. Ich werde dir jeden Tag schreiben. Die Zeit wird wie im Flug vorbeigehen. Bis Weihnachten finde ich eine Lösung.«

* * *

»Er wird uns fehlen«, sagte Hans, als er David am nächsten Tag zum Flughafen fuhr. »Der Sandnerhof ohne Opa – das kann ich mir noch gar nicht vorstellen.«

»Umso mehr liegt es jetzt an uns, dafür zu sorgen, dass der Hof das bleibt, was er daraus gemacht hat.« David blickte nachdenklich aus dem Fenster. »Ein Ort, an dem Menschen gern leben und arbeiten, wo sie sich zu Hause fühlen. Ich werde ebenfalls versuchen, meinen Teil dazu beizutragen, und in Zukunft öfter hier sein.«

»Wirklich? Das würde mich sehr freuen, David. Und nicht nur mich«, sagte Hans. »Wenn ich das richtig mitbekommen habe, hat unser Opa dem Schicksal ein bisschen auf die Sprünge geholfen, als er dich und Melina zu sich gerufen hat. Mir scheint, sein Plan ist aufgegangen.« David sah den verschmitzten Seitenblick, den Hans ihm zuwarf.

»Ihr habt es alle gewusst? Daher deine Frage, ob in den Staaten jemand auf mich wartet, als du mich vom Flughafen abgeholt hast?«

Hans nickte. »Wir waren alle eingeweiht und haben gehofft und gebangt, dass du und Melina euch wieder versöhnt. David, du hättest sie sehen sollen, wie traurig sie war, wenn sie in den letzten Jahren zu Besuch kam. Sie hat immer wieder eure alten Lieblingsplätze aufgesucht – die Trauerweide vor der Werkshalle, unter der Bruno euch früher vorgelesen hat, die Brücke über den Bach, die Wiese unter dem Apfelbaum – aber du warst nicht da. Sie wollte sich zwar nichts anmerken lassen, aber dazu kennen wir sie alle viel zu gut. Wir haben gespürt, wie sehr sie dich herbeigesehnt hat.«

»Ich habe sie genauso vermisst und war in Gedanken ebenso oft an diesen Orten wie sie.« David schloss die Augen und dachte an den Moment, als Melina vor wenigen Tagen ganz unverhofft in Opa Friedrichs Schlafzimmertür gestanden hatte. Sein Herzschlag war aus dem Takt geraten, als er sie nach so vielen Jahren wiedergesehen hatte, und er hatte gewusst, dass er dieses Mal einer Begegnung mit ihr nicht ausweichen wollte. Als er sie gesucht und später an der Kapelle getroffen hatte, waren ihm keine Worte eingefallen, um auszudrücken, was er fühlte – unbändige Freude, sie zu sehen, und zugleich abgrundtiefe Angst vor dem, was sie ihm vielleicht sagen würde. Melina hatte das Gespräch begonnen, und er hatte ihre Verzagtheit gespürt, als sie händeringend versucht hatte, ihm ihre Entscheidung von damals zu erklären. Zum ersten Mal im Leben war er ihr nicht zu Hilfe gekommen, sondern hatte ihr einfach nur schweigend zugehört, und mit einem Mal war es wieder da gewesen, dieses Gefühl der Zusammengehörigkeit, das sie beide seit dem Tag verband, an dem Melina als kleines Kind auf den Sandnerhof gekommen war. Sie waren füreinander bestimmt, und sie endlich wieder in die Arme zu schließen, hatte sich angefühlt wie eine Erlösung von einem tiefen Schmerz, wie ein Heimkommen nach einer langen, beschwerlichen Reise. »Ich werde dich einmal heiraten, Melina!«, hatte er ihr als neunjähriger Junge zugerufen, als er an Marias Hochzeit mit ihr getanzt hatte. Er hatte immer gewusst, dass Melina zu ihm gehörte, und er würde alles daransetzen, um seine Vision von damals wahr werden zu lassen.

»Ja, Hans, du kannst dich darauf verlassen. Ich werde in Zukunft wieder öfter auf dem Sandnerhof sein«, versicherte er seinem Bruder, als sie den Flughafen erreichten und Hans das Auto parkte. Sie stiegen aus und holten den Koffer aus dem Kofferraum.

»Guten Flug, David. Ich freu mich schon darauf, wenn du an Weihnachten wiederkommst«, sagte Hans und verabschiedete sich mit einer Umarmung.

Kapitel 35

Zigarettenrauch schlug Tristan entgegen, als er die Treppe des Altbaus in Berlin-Wedding hinaufstieg und die Tür zu seiner Wohngemeinschaft öffnete. Er bahnte sich einen Weg durch den bunt gestrichenen Flur, in dem all das stand, wofür in den Zimmern der WG kein Platz mehr war. Man fand hier von Schuhen über Schallplattenspieler bis zu einem ausgedienten Kühlschrank alles, was die in wechselnder Zahl anwesenden Bewohner – wer gerade bei ihnen wohnte, konnte man nie so genau sagen – in den letzten Jahren angesammelt hatten.

In der Küche hockte eine Gruppe von Studenten beisammen und redete, rauchte und lachte. Conni, eine junge Frau mit schulterlangen glatten Haaren und Rollkragenpulli, saß hinter einer Schreibmaschine und tippte eifrig auf die Tasten.

Mehrere Zeitungen, politische Schriften und Pamphlete lagen auf dem Tisch, und Tristan griff nach dem neuesten Rundbrief des Sozialistischen Deutschen Studentenbundes, als er sich zu den anderen setzte.

»Tristan, schön, dass du kommst, wir könnten deine Hilfe gebrauchen«, sagte einer der jungen Männer.

»Was schreibt ihr?«, fragte Tristan.

»Einen Leserbrief zur Forderung des Warschauer Pakts nach einem Friedensvertrag mit beiden deutschen Staaten und der Entmilitarisierung Westberlins.«

»Mit dem die Sowjetunion den Viermächtestatus der Stadt aufheben und sich Berlin komplett einverleiben will«, sagte Tristan. »Bedaure, ich habe leider morgen Prüfung in Strafrecht, muss also noch ein bisschen lernen.«

»Ach komm«, entgegnete der junge Mann, »ohne dich sitzen wir morgen noch.«

»Lass mal, Theo«, sagte Conni an der Schreibmaschine. »Ist gar nicht so verkehrt, wenn einer von uns Anwalt wird. Kann man vielleicht mal gebrauchen.«

»Auch wieder wahr.« Theo grinste.

Tristan stand auf und holte sich ein Glas aus dem Küchenschrank.

»Im Topf sind noch Nudeln«, sagte Conni.

»Später«, entgegnete Tristan und ging in sein Zimmer.

Anders als in der restlichen Wohnung war es hier sehr ordentlich. Sein Bett war gemacht, seine Bücher standen in den Regalen, und es gab weder schmutziges Geschirr auf dem Tisch noch Wäschestapel auf den Stühlen. Auch wenn Tristan in dieser Beziehung anders war als seine Mitbewohner, so fühlte er sich seit seinem Auszug aus der Villa am Kurfürstendamm doch unglaublich wohl hier. Irgendwann hatte er die Streitereien mit seinem Großvater nicht mehr ertragen können und war in dieses Zimmer gezogen. Er konnte besonders gut lernen, wenn er in der Küche die Stimmen der anderen hörte, Conni auf der Schreibmaschine tippte oder Theo Gitarre spielte. Er liebte es, dass die Wohnung immer voller Leute war und er auch morgens um drei, wenn ein Albtraum ihn aus dem Schlaf aufschrecken ließ, noch jemanden zum Reden fand.

Tristan beugte sich über seinen Ordner und lernte Gesetzestexte auswendig. Im Hintergrund lief leise das Radio. Ein Name, den der Nachrichtensprecher aussprach, ließ ihn aufhorchen.

... begann heute in Jerusalem das Hauptverfahren im Prozess gegen den früheren SS-Obersturmbannführer Adolf Eichmann. Ihm werden fünfzehn Anklagepunkte zur Last gelegt, unter anderem die Verursachung des Todes von Millionen von Juden in Vernichtungslagern; Verfolgung von Juden aus nationalen, rassischen, religiösen und politischen Motiven; Kriegsverbrechen; Verbrechen gegen die Menschlichkeit ...

Tristan war bleich geworden. Er hatte mitbekommen, dass man Adolf Eichmann letztes Jahr in Argentinien aufgespürt und nach Israel gebracht hatte. Nun begann also der Prozess gegen ihn. *Millionenfacher Mord.* Tristan begann unwillkürlich zu zittern. Sein Vater hatte in dem Amt gearbeitet, das Eichmann geleitet hatte. Was hatte sein Vater gewusst? Was hatte er zu verantworten?

Tristan versuchte, die Gedanken beiseitezuschieben und sich wieder auf seine Unterlagen zu konzentrieren. Er blätterte seine Notizen Seite für Seite durch, murmelte Paragrafen vor sich hin und las Aufgaben aus früheren Klausuren. Doch immer wieder schweiften seine Gedanken ab. Was hatte sein Vater getan?

Irgendwann hielt er es allein in seinem Zimmer nicht mehr aus. Um den quälenden Gedanken in seinem Kopf zu entkommen, ging er in die Küche, nahm sich einen Teller kalte Nudeln und setzte sich zu den anderen an den Tisch.

»Wo seid ihr?«, fragte er.

»Chruschtschows Drohung, mit der DDR einen Separatfrieden zu schließen, falls seine Forderung nicht erfüllt wird«, antwortete Theo und reichte Tristan den Entwurf.

»Hier, lies mal.«

* * *

»Mutter, ich habe dir eine ganz einfache Frage gestellt!« Tristan war im Anschluss an seine Prüfung direkt zum Kurfürstendamm gefahren, um Clarissa aufzusuchen. Er stand in ihrem Zimmer und schaute sie ernst an.

»Und ich habe dir schon mehrfach gesagt, dass ich es nicht genau weiß.«

»Mutter, er war mit dir verheiratet, er war dein Ehemann. Wie kannst du da nicht wissen, was seine Aufgaben waren?«

»Es ist so, wie ich sage. Er hat mir kaum etwas von seiner Arbeit erzählt«, wiederholte Clarissa. »Und wenn, dann nur Dinge, die mich nicht beunruhigten. Das musst du mir glauben.«

»Nun ja, wie die Vergangenheit gezeigt hat, kann ich mich ja nicht immer darauf verlassen, dass du mir wirklich alles sagst. Immerhin war ich der Allerletzte, der erfahren hat, dass ich eine Schwester habe! Und nicht einmal von dir selbst, nein, ich musste ihr hier in Berlin über den Weg laufen! Was glaubst du, wie ich mich gefühlt habe, als ein fremdes Mädchen plötzlich meinen Namen rief und sich als meine Schwester vorgestellt hat?«

Clarissa schaute ihn schuldbewusst an. »Das stimmt, das muss schrecklich für dich gewesen sein. Ich hatte es selbst erst kurz zuvor von Hannah erfahren und war noch zu verwirrt, um mit dir zu reden. Und dafür habe ich mich auch schon mehrfach bei dir entschuldigt. Aber über Peters Arbeit wusste ich wirklich nicht sehr viel. Glaubst du denn, ich habe mich nicht selbst schon oft gefragt, wie viel ich hätte wissen müssen?«

Tristan schaute sie forschend an.

»Mutter, im Eichmann-Prozess ist die Rede von millionenfachem Mord an Juden. Denkst du, Vater …«

Clarissa schüttelte den Kopf. »Peter hatte zunächst nur mit Auswanderungen zu tun. Erst viel später fiel zum ersten Mal das Wort ›Deportationen‹. Doch er sprach immer nur von Arbeitslagern. Im letzten Jahr vor seinem Tod ging es ihm immer schlechter. Er hat nachts nicht mehr geschlafen. Ich vermute, dass er in dieser Zeit herausgefunden hat, dass die Juden dort nicht nur gearbeitet haben, sondern in den Lagern getötet wurden. Dann hat er den Plan gefasst, aus diesem System auszusteigen.«

Tristan seufzte, Tränen traten in seine Augen.

Clarissa ging auf ihn zu und fasste ihn am Arm. »Es hat keinen Sinn, dass du dich mit der Vergangenheit so quälst, Tristan. Peter ist da immer tiefer hineingeraten und wusste irgendwann keinen Ausweg mehr. Als er seine Arbeit nicht mehr verantworten konnte, hat er die Konsequenzen getragen. Er hat den letzten Schritt auch für dich getan.«

»Ach, Mutter«, sagte Tristan und legte seinen Kopf an ihre Schulter. Das hatte er seit Jahren nicht mehr getan, doch jetzt tat es gut. Tristan weinte in ihren Armen.

»Mutter, es tut so weh«, schluchzte er. »Ich habe das Gefühl, ich müsste seine Schuld wieder aus der Welt schaffen.«

»Tristan. Er wurde hingerichtet. Du bist nicht schuld an dem, was er getan hat.« Sie streichelte ihm über das Haar, bis er sich langsam wieder beruhigte.

»Ich hoffe, Peter hat seinen Frieden gefunden«, sagte Clarissa leise. »Und ich hoffe, wir finden ihn auch.«

KAPITEL 36

»David, hier!«

David schaute sich überrascht um, als er in die Ankunftshalle des New Yorker Flughafens trat und seinen Namen hörte. In einer Gruppe von wartenden Menschen entdeckte er Viktor, der ihm aufgeregt zuwinkte.

»Viktor, schön, dass du gekommen bist, um mich abzuholen«, sagte er und umarmte den Freund.

»Erst mal noch mein herzliches Beileid.« Viktor reichte David die Hand. »Ich weiß, was dein Großvater dir bedeutet hat.«

Er nahm David den Koffer ab und ging mit ihm Richtung Parkhaus.

»Und da du nach dem langen Flug sicher hungrig bist, dachte ich mir, ich hol dich ab und wir gehen noch eine Kleinigkeit essen.«

»Eine wirklich gute Idee!«, erwiderte David und klopfte Viktor anerkennend auf die Schulter.

Sie verluden das Gepäck, und Viktor steuerte sein Auto durch den hektischen Straßenverkehr.

»Erzähl mir vom Sandnerhof«, sagte er.

David berichtete über alle Neuigkeiten aus der Heimat, während sie durch die Stadt Richtung Upper West Side fuhren.

Das Restaurant, das Viktor ausgesucht hatte, lag in einer ruhigen Straße in der Nähe ihrer Wohnung. Sie fanden einen freien Tisch und bestellten ihr Essen.

Viktor drehte unruhig sein Glas in der Hand, und David ahnte, was ihn beschäftigte, hatte er doch bisher Melina in seinen Erzählungen nicht erwähnt. »Nun sag schon, was dir auf den Nägeln brennt«, forderte er Viktor auf.

Viktor ließ sein Glas los. »War Melina auch da?«

Hatte er es doch gewusst. David sah ihn lächelnd an.

»Oh nein«, sagte Viktor. »Nein, nein, nein. Ich kenne diesen Blick!«

David mimte Ahnungslosigkeit. »Welchen Blick?«

»Diesen verträumten Melina-Blick, den ich jetzt schon mein halbes Leben lang ertragen muss. Sag bloß, du hast sie tatsächlich wiedergetroffen? Ach, was frag ich denn. Natürlich hast du sie wiedergesehen. Ich kann es an deinem Gesicht ablesen.«

David nickte und lächelte vielsagend.

»Großer Gott, ist dieser Mann noch zu retten?«, rief Viktor so laut, dass sich die Leute an den Nachbartischen zu ihnen umdrehten. »Ich dachte, da gab es einen anderen. In dieser Nacht, als du dich verloben wolltest und sturzbetrunken bei mir aufgekreuzt bist.«

David schüttelte den Kopf. »Den hat es nie wirklich gegeben.«

»David, ich schaue nun seit Jahren zu, wie du wegen Melina keine Frau mehr wirklich an dich heranlässt. Nun hatte ich ein bisschen Hoffnung, dass vielleicht etwas aus dir und Sally wird – und nun das!«

»Tja, Viktor, da muss ich dich leider enttäuschen«, entgegnete David und hob bedauernd die Hände. »Ich habe mich mit Melina ausgesprochen, wir wollen zusammen sein, auch wenn ich sie erst an Weihnachten wiedersehe.«

Viktor schaute ihn entgeistert an. »Ich seh' es schon kommen, du gehst wieder zurück nach Deutschland und lässt mich hier allein«, jammerte er.

»Wer sagt denn so was? Wie könnte ich denn meinen künftigen Geschäftspartner hier in den Staaten zurücklassen?«

Viktor runzelte die Stirn.

»Zukünftigen Geschäftspartner?«, fragte er.

»Klar. Ich sehe alles schon vor mir. Wir werden eine gut gehende Werbeagentur mit einem schicken Büro im Herzen Berlins haben, mit Zeichnern, Designern, Sekretärinnen. Auf dem Türschild prangt in großen Lettern der Name ›Sandner & Bellheim‹.« David schaute Viktor forschend an und konnte in seinem Gesicht mitverfolgen, welche Gefühle sein Freund durchmachte, als er sich Davids unerwartetes Angebot durch den Kopf gehen ließ.

Viktors Mimik wechselte von Ablehnung zu Überraschung. »Und was ist mit Becky? Es läuft doch gerade so gut!«, warf er ein.

»Wirklich, Viktor? Wie oft habe ich diesen Satz in den letzten Jahren über eine Jenny, Mandy, Samantha, Alice und was weiß ich wen schon gehört. Und nach vier Wochen war es aus. Außerdem hast du nun ein halbes Jahr Zeit, um herauszufinden, wie gut es wirklich mit Becky läuft. Dann nimmst du sie eben mit.«

Viktor kratzte sich nachdenklich am Kopf. »Na ja, so schlecht klingt das Ganze ja gar nicht«, sagte er schließlich. »Ich könnte mich mit dem Gedanken anfreunden, wieder zurück in die Heimat zu gehen. Ich habe ja auch meine Familie dort. Aber am Namen der Agentur müssen wir noch feilen. Wenn schon, dann ›Bellheim & Sandner‹«, sagte er und reichte David die Hand über den Tisch.

»Abgemacht«, schlug David lachend ein.

* * *

David staunte nicht schlecht, als er bereits nach zwei Wochen einen mehrseitigen Brief von Melina erhielt, und von da an schrieben sie sich regelmäßig. Doch mit keinem Wort erwähnte er die Vorkehrungen, die er im Hintergrund traf, um den Plan zu verwirklichen, den er bei der Beerdigung seines Großvaters gefasst hatte. Er fürchtete, Melina würde sich schuldig fühlen, dass er hier so viel aufgab. Doch er war fest entschlossen. Er wollte wieder zurück nach Deutschland, und bald hatte er Viktor gänzlich von seiner Idee überzeugt.

Sie saßen auf einer Bank im Central Park und genossen die letzten Sonnenstrahlen des Tages.

»Ich muss immer wieder feststellen, dass du ein Mensch schneller Entschlüsse bist«, sagte Viktor. »Und die ziehst du dann auch durch. Damals vor acht Jahren hast du von einem Tag auf den anderen deinen Umzug hierher bewerkstelligt. Ich hatte schon Angst, dass dir die Zeit nicht mehr reichen würde, schließlich hast du deine Zusage an die Columbia University buchstäblich im letzten Moment abgeschickt.«

»Ja, das war schon sehr spontan.« David lachte und blinzelte in die Sonne. »Und weißt du noch, als wir hier zum ersten Mal ankamen, nach der ewig langen Schiffsreise?«

»Die ich die letzten Tage unter Deck verbracht habe, weil mir so speiübel war«, fügte Viktor hinzu.

»Ja, du hast das Beste verpasst. Es war schon ein erhebendes Gefühl, als die Freiheitsstatue am Horizont in unser Blickfeld kam und immer größer wurde. Ich hatte Angst, dass wir es hier nicht schaffen könnten. So gut war mein Englisch nicht, und dieses riesige Land hat mir ganz schön Respekt eingeflößt.«

»Und dann haben wir so gute Abschlüsse gemacht, dass sie uns gleich behalten haben.«

»Tut es dir leid, das alles hinter dir zu lassen?«

»Nein«, antwortete Viktor. »Im Grunde meines Herzens will ich auch nicht für immer hierbleiben. Und du hattest mal wieder recht, mit Becky ist es leider nicht so gut gelaufen. Jetzt ist der beste Zeitpunkt, in Deutschland etwas Neues zu beginnen.«

David schaute ihn an. »Gut. Und jetzt ist der Zeitpunkt, mal loszulaufen. Immerhin sind wir hier zum Sport verabredet. Also komm. Mal schauen, wer besser in Form ist.«

»Ich natürlich!«, rief Viktor und lief davon.

* * *

Melina konnte es kaum erwarten, bis ein neuer Brief von David im Briefkasten lag. Sie hatten sich so viel mitzuteilen, dass sie nie lange überlegen musste, was sie ihm zurückschreiben sollte.

Er wollte alles erfahren über ihr Studium und über ihre Arbeit mit den Patienten. Das war es, was sie an ihm so liebte. Er wollte wissen, wer sie wirklich war. Sie berichtete ihm von den vielen Prüfungen, die sie während des Studiums hatte ablegen müssen, und von der Nacht, in der sie beinahe in der Bibliothek eingeschlossen worden wäre, weil sie über ihren Büchern eingeschlafen war. Sie schrieb von ihrem Praktikum im Krankenhaus und ihrer Aufregung, als sie das erste Mal bei einer Operation assistieren musste. Sie erzählte ihm von ihrer Arbeit als Assistenzärztin auf der Kinderstation, und dass es ihr Wunsch war, Kinderärztin zu werden. Melina wusste, dass David jedes ihrer Worte mehrmals lesen und verinnerlichen würde, so, wie sie seine Briefe in jeder Pause ihres hektischen Klinikalltags aus ihrer Kitteltasche zog und immer wieder durchlas.

Nur eines machte ihr Sorgen. Er schrieb begeistert von seiner Arbeit in den Staaten und schickte ihr Fotos von der Stadt. Sie spürte, wie sehr er an New York hing. Er hatte hart gearbeitet für seinen Erfolg. Sie wusste nicht, was er damit gemeint hatte, dass er bis Weihnachten eine Lösung für sie beide finden wollte, doch eines wusste sie ganz sicher: Sie würde sich nie mehr von ihm trennen. Es wäre zwar schwer für sie, nach New York zu ziehen, ihre Patienten und ihre Kollegen hier aufzugeben und noch einmal neu anzufangen, doch sie war bereit dazu. Es gab nur eines, was es ihr wirklich schwer gemacht hätte, zu gehen. Sie hätte ihre Mutter schon wieder verlassen müssen.

»Für ihn würde ich ans Ende der Welt gehen«, sagte sie eines Abends zu Linda. »Aber es würde mir sehr, sehr schwerfallen, wieder so weit von meiner Mutter entfernt zu sein.«

»Aber du weißt auch, was Hannah dir antworten würde, wenn du ihr das sagtest.«

»Ja, Linda. Sie würde sagen: Dein Glück ist das Wichtigste.«

»Genau. Und Hannah könntest du keine größere Freude bereiten, als mit David glücklich zu werden. Sie hat unter eurer Trennung sehr gelitten.«

»Da ist sie nicht die Einzige. Und das wird nie wieder geschehen.«

KAPITEL 37

Niemand hat die Absicht, eine Mauer zu errichten!

Diese Stellungnahme des DDR-Staats- und Parteichefs Walter Ulbricht auf einer Pressekonferenz im Juni 1961 konnte man am nächsten Morgen im *Neuen Deutschland* lesen.

»Da bin ich aber mal gespannt, wie er seine Bürger aufhalten will, die in Scharen zu uns herüberkommen«, sagte Tristan zu Theo, als sie morgens beim Frühstück in der Küche saßen.

»Seit Kriegsende sind schon über drei Millionen Menschen in den Westen geflüchtet, allein in diesem Monat zehntausend. Das Lager in Marienfelde ist überfüllt.«

»Ist doch kein Wunder. Die Menschen dort haben keine politische Freiheit, die Versorgungslage wird immer schlechter, die privaten Unternehmen wurden verstaatlicht – was hält die Menschen denn dort?«, fragte Tristan.

»Aber Ulbricht kann doch nicht weiterhin zuschauen, wie ihm seine Leute weglaufen? Du wirst sehen, irgendetwas kommt da, fragt sich nur, was?«

Die Antwort auf ihre Fragen erhielten sie wenige Wochen später, als am Morgen des 13. August die Stadt Berlin erwachte und die Menschen feststellen mussten, dass über

Nacht die Sektorengrenze zwischen West- und Ostberlin mit Stacheldrahtverhauen und Barrikaden abgeriegelt worden war. Ungläubig beobachteten Passanten auf beiden Seiten der Abgrenzung, wie das Straßenpflaster mit Pressluftbohrern aufgerissen, Betonpfeiler eingerammt und Panzersperren errichtet wurden. Man hatte alle Bahnlinien für den Durchgangsverkehr gesperrt, mit Ausnahme des U-Bahnhofs Friedrichstraße, an dem eine Kontrollstation eingerichtet worden war. Am Bahnhof herrschte Chaos, vor dem Fahrkartenschalter bildeten sich Menschentrauben, doch nur Inhaber von ausländischen und Westberliner Ausweisen erhielten ein Ticket in die Freiheit. Hinter den Straßenbarrikaden standen Panzerspähwagen und Soldaten der Nationalen Volksarmee bereit, um ein Durchbrechen der Sektorengrenze zu verhindern und Proteste auf der eigenen Seite im Keim zu ersticken. Bautrupps begannen, entlang der Stacheldrahtverhaue Hohlblocksteine zu setzen. Es geschah, was sich niemand hatte vorstellen können: Vor den Augen der Welt begann die Deutsche Demokratische Republik, ihre Bevölkerung einzumauern. Die Menschen zu beiden Seiten der Grenzzäune fragten sich fassungslos, was mit ihnen geschah.

»Wie werden die Westalliierten auf diese Provokation der Sowjets reagieren?«, fragte Tristan, der neben Ralph am Potsdamer Platz stand und ungläubig das Treiben beobachtete.

»Sie werden stillhalten, um einen dritten Weltkrieg zu vermeiden«, entgegnete Ralph. »Der Eiserne Vorhang, der Europa in zwei Machtblöcke teilt, wird in Deutschland gerade zu einer Mauer.«

* * *

Mit der gleichen Anstrengung, mit der die Mauer errichtet wurde, wurden vom ersten Moment an Pläne geschmiedet, sie zu durchbrechen. Menschen sprangen über die Stacheldrähte, retteten sich mit einem Sprung aus den Fenstern der grenznahen Häuser in die Freiheit oder durchschnitten die Zäune in weniger gut bewachten Grenzabschnitten. Sie schwammen durch die Spree oder flohen durch die Tunnel der Kanalisation. Doch von Tag zu Tag wurde die Flucht schwieriger und die Planung komplizierter. Die Studenten in Tristans WG saßen beisammen und brüteten über Stadtplänen von Berlin. Unter ihnen war auch Ralph. Seine Schwester Uta lebte in Ostberlin. Ihre Ehe mit Erich war gescheitert, Uta hatte die Scheidung eingereicht und beabsichtigte, Erich zu verlassen und in den Westen zu fliehen, doch der Mauerbau hatte im letzten Moment ihre Pläne durchkreuzt.

* * *

Tristan fuhr im Auto durch die Stadt. Sie hatten noch immer keinen funktionierenden Fluchtplan für Uta. Ralph hatte von Leuten gehört, die planten, einen Tunnel zu graben; auch die Flucht durch die Kanalisation wurde besprochen, doch täglich wurden mehr und mehr Fluchtwege durch die DDR aufgedeckt und blockiert. Die Zeit drängte, und in Tristans Kopf drehten sich die Gedanken im Kreis. Er hatte an der Uni einen Tipp bekommen, demzufolge es einer Gruppe von Studenten gelungen war, DDR-Bürgern mit westdeutschen Pässen zur Flucht zu verhelfen. War der S-Bahnhof Friedrichstraße wirklich noch ein Schlupfloch? An der Kontrollstelle an einer der letzten S-Bahnstrecken, die noch zwischen Ost- und Westberlin in Betrieb war, wurden Personen mit bundesdeutschem oder ausländischem Pass durchgewunken, wohingegen Westberliner streng kontrolliert wurden. Er war heute dort gewesen und mit dem Pass eines befreundeten Mitstudenten aus Westdeutschland, der ihm sehr ähnlich sah, nach Ostberlin gereist und unbehelligt wieder zurückgefahren. Der Plan, der ihm dabei gekommen war, nahm mehr und mehr Gestalt an.

Konnten sie auf diese Weise Uta nach Westberlin holen? Und falls ja, wie lange noch?

Tristan wusste, welches Risiko damit verbunden war. Wenn er in eine Kontrolle geriet und der Schwindel aufflog, würde er für Jahre hinter den Mauern des Stasigefängnisses Hohenschönhausen verschwinden. Er klopfte nervös mit der Hand auf das Lenkrad, als er an einer roten Ampel halten musste. Im Autoradio ging eine Musiksendung zu Ende. Tristan horchte auf, als er die Stimme des Berichterstatters vernahm.

... vertagte sich am 14. August das Gericht in Jerusalem unter dem vorsitzenden Richter Moshe Landau im Verfahren gegen den früheren SS-Obersturmbannführer Adolf Eichmann. Die Urteilsverkündung wird für November erwartet. Eichmann ist wegen des millionenfachen Mordes an Juden, wegen Verbrechen gegen die Menschlichkeit, Kriegsverbrechen und Mitgliedschaft in einer verbrecherischen Organisation angeklagt ...

Tristan schaltete das Radio aus. Sein Entschluss stand mit einem Mal fest. Er würde das Risiko eingehen. Als er mit seinen Mitbewohnern seinen Plan besprach, waren alle Feuer und Flamme. Conni, die aus München stammte und die mit ihren langen glatten Haaren und ihrer Brille Ralphs Schwester ähnelte, überließ ihnen bereitwillig ihren westdeutschen Ausweis. Sie überlegten gemeinsam, welchen Lebenslauf Ralph seiner Schwester beibringen musste und welche Fragen die Grenzbeamten möglicherweise stellen würden. Sie redeten bis spät in die Nacht, um für alle Eventualitäten gerüstet zu sein. Doch eine Frage blieb bis zuletzt offen. Was, wenn die Grenzer das Schlupfloch, das heute noch funktioniert hatte, morgen schon entdeckten?

Nervös bestieg Tristan am nächsten Morgen am Bahnhof Zoo die S-Bahn Richtung Ostberlin. Am Bahnhof Friedrichstraße, dem letzten auf dieser Strecke, stieg er aus und bewegte sich in einer Gruppe von Menschen auf den Schalter der Grenzkontrolle zu.

Gestern war das alles so einfach gewesen, dachte er sich, aber da hatte er ja auch noch nicht Connis Ausweis im Strumpf gehabt. Tristan begann zu schwitzen. Seine Nerven lagen blank. Was, wenn der Grenzer ihn kontrollierte und Connis Ausweis bei ihm fand? Hatten sie etwas in ihrem Plan übersehen? Wenn ja, würde er für Jahre hinter Gittern landen. Aber sie hatten auch nicht länger warten können. Wer wusste schon, wann diese Lücke von den DDR-Grenzern entdeckt wurde?

Tristan vermochte kaum zu atmen, als er am Schalter den Pass seines Freundes vorlegte. Er bemerkte das Zittern seiner Finger und steckte sie rasch in die Hosentasche.

Der Grenzbeamte blätterte den Pass durch, warf Tristan einen prüfenden Blick zu – und gab ihn ihm zurück.

Tristan ging weiter und atmete erleichtert auf. Er lief zum Ausgang des S-Bahnhofs und stand in Ostberlin.

Eine halbe Stunde später traf er Ralph, der mit seinem Westberliner Ausweis genauer kontrolliert worden war, wie zufällig am vereinbarten Treffpunkt vor einem Geschäft an der Prachtstraße Unter den Linden. Die beiden täuschten ein überraschendes Wiedersehen vor, umarmten sich, und Connis Ausweis verschwand blitzschnell in Ralphs Jackentasche. Sie trennten sich wieder, und Tristan machte sich auf den Rückweg. Es war nun Ralphs Aufgabe, mit Uta für den Fall einer eventuellen Befragung ihre neue Identität einzuüben, darauf zu achten, dass sie unauffällige Kleidung ohne verräterische Markenzeichen trug und Westgeld in der Tasche hatte. Es lag an Ralph, Uta über die Grenze zu bringen.

Je näher der Abend rückte, desto mehr wuchs die Spannung ins Unermessliche. Tristan tigerte durch die Wohnung und schaute immer wieder auf die Uhr. Was dauerte denn da so lange? War Uta kontrolliert worden, hatte sie sich bei der Befragung in Widersprüche verstrickt, war sie etwa schon auf dem Weg ins Gefängnis? Hatte sie die Namen ihrer Fluchthelfer verraten? Und Ralph? Wo steckte er?

Er hatte das Klingeln kaum vernommen, als er auch schon die Tür aufriss und Ralph und Uta in die Wohnung eilten.

Uta fiel ihm strahlend um den Hals.

»Es ist alles gut gelaufen«, erzählte Ralph atemlos. »Zwischendrin dachte ich, mein Herz bleibt stehen, als Grenzbeamte Uta mitgenommen haben in einen Raum zu einer Leibesvisitation. Das waren die längsten zwanzig Minuten meines Lebens.«

»Aber ich hatte ja nichts Verdächtiges dabei und sie haben rein gar nichts bei mir gefunden. Ich hatte auf jede ihrer Fragen eine Antwort parat. Oh Gott, ich kann es nicht fassen, ich bin im Westen!«

»Das müssen wir feiern«, erklärte Ralph, holte eine Flasche Rotwein aus dem Küchenschrank, entkorkte ihn und schenkte drei Wassergläser voll. »Auf die Freiheit!«, sagte er und erhob sein Glas.

»Auf Tristan!« Uta lächelte.

»Auf uns!«, sagte Tristan, und die Gläser klirrten beim Anstoßen. Tristan war überglücklich. Er wusste schon jetzt, dass Uta nicht die Einzige bleiben würde, der er zur Flucht aus der DDR verhelfen wollte.

KAPITEL 38

Hannah fragte sich, wie oft am Tag sie feststellte, dass Friedrich fehlte. Ob es seine Hausschuhe unter dem Schemel in der Küche waren, seine Brille auf dem Fensterbrett oder das Kreuzworträtsel in der Zeitung, das man ihm immer hatte überlassen müssen, weil er es gern gelöst hatte, überall stieß sie auf Dinge, die sie an ihn erinnerten. Immer wieder hatte sie das Gefühl, er müsse gleich zur Tür hereinkommen und das Radio einschalten, eine Figur auf dem Schachtisch verschieben oder einfach nur nach seiner Tabakdose und Pfeife greifen. Dann ging sie zu Klara, die nun zumeist auf der Bank am Fenster saß, setzte sich zu ihr und ergriff ihre Hand. Klara fehlte Friedrich noch viel mehr. Zum Glück waren die Kinder da, denen es gelang, Klara ein bisschen aufzuheitern, und Pfarrer Petersen, der so oft wie möglich vorbeikam und mit ihr betete.

Als Hannah gerade das Unkraut in den Gemüsebeeten im Garten jätete und Schritte hinter sich hörte, schaute sie überrascht auf und sah Melina durch die Gartenpforte kommen.

»Melina!«, rief sie aus, richtete sich auf und rieb sich Erde von den Händen.

Melina eilte auf sie zu und fiel ihr in die Arme.

»Ich freu mich so, dich zu sehen«, sagte Hannah, »aber wir haben mit deinem Besuch gar nicht gerechnet.«

»Ich musste einfach kommen, Mama, ich habe etwas Wichtiges mit dir zu besprechen.«

Sie setzten sich auf die Gartenbank, und Melina begann, Hannah den Grund ihres Besuchs zu erklären.

»Was soll ich machen, Mama? Du weißt ja, dass ich David, jetzt, wo wir endlich zueinandergefunden haben, nicht noch einmal verlieren will. Ich lese aber in seinen Briefen, wie sehr er an New York hängt. Er ist dort erfolgreich, und ich kann nicht von ihm verlangen, dass er das alles für mich aufgibt. Ich bin so glücklich, dass David uns noch eine Chance gibt, aber New York ist so weit weg. Es würde mir schwerfallen, alles hier zurückzulassen, aber ich wäre bereit dazu – wenn es nicht schon wieder eine Trennung von dir wäre.«

Hannah ergriff Melinas Hand. »Du glaubst nicht, wie froh ich darüber bin, dass David und du endlich in Liebe zueinander gefunden habt. An seiner Seite wirst du glücklich werden.«

»Aber es wäre so weit weg von dir, Mama!«

»Glaubst du, es wäre besser, wenn du in meiner Nähe bist und dabei todunglücklich wirst? Nein, Melina, geh zu David.«

Hatte ihre Mutter recht?

»Melina, ich bin doch gar nicht allein. Du bist das Wichtigste in meinem Leben, aber es gibt ja noch Lorenz, Matys und Matilda und die komplette Familie Sandner. Und außerdem liegt New York nicht auf dem Mond. Lorenz und ich würden dich dort besuchen kommen.«

»Wirklich?« Wenn ihre Mutter es so leichtnahm, konnte es nicht falsch sein, David nach New York zu folgen.

»Natürlich, mein Liebling.«

»Dann werde ich es ihm an Weihnachten sagen.« Sie lächelte und lehnte sich an Hannah. »Alles wird gut.«

KAPITEL 39

Tristan betrat sein Zimmer, stellte die Aktentasche in die Ecke, lockerte seine Krawatte und ließ sich erleichtert in seinen Sessel fallen. Die letzte mündliche Prüfung dieses Semesters war erfolgreich bestanden, und er überlegte, wie er diesen Tag feiern sollte. Seine Kommilitonen hatten ein Fest geplant, Linda hatte ihn eingeladen, und in der WG war ebenfalls eine Party angesagt. Doch er konnte sich für keine der Möglichkeiten so richtig entscheiden. Als es an der Wohnungstür klingelte, erhob er sich aus dem Sessel, bahnte sich einen Weg durch den zugestellten Flur, wobei er sich fragte, wo eigentlich das Fahrrad herkam und wer es in den vierten Stock getragen hatte, und öffnete. Er traute seinen Augen nicht, als er die junge Frau vor der Tür erblickte. Er kannte dieses Gesicht mit den schönen dunklen Augen, denn er hatte das Foto des jungen Mädchens, das dem ersten Brief aus England beigelegen hatte, unzählige Male betrachtet.

»Davina!«, rief er überrascht aus.

»Tristan?«, fragte die junge Frau, und er erinnerte sich, dass sie ja gar nicht wissen konnte, wen sie vor sich hatte, denn er hatte in seinen Briefen kein Bild von sich mitgeschickt.

»Ja, ich bin Tristan«, antwortete er, und tausend Gedanken gingen ihm gleichzeitig durch den Kopf. Ihre kunterbunte

Wohngemeinschaft war in keinem Zustand, in dem man Gäste empfangen sollte. Konnte er die Frau hereinbitten? Was sollte er ihr anbieten?

Davina schien ihm seine Verwirrung anzusehen, denn sie lächelte und sagte: »Entschuldige, dass ich hier so unangemeldet hereinplatze.«

»Oh Gott, nein, du musst dich nicht entschuldigen, ich freue mich riesig«, stammelte er. »Es ist nur so – bei uns ist nicht aufgeräumt …«

»Tristan, ich wollte dich besuchen und komme nicht zur Wohnungsinspektion.«

Tristan nickte lachend. Das Eis war gebrochen. »Bitte komm herein. Aber brich dir kein Bein, wenn du dich durch den Flur kämpfst. Wenn du die Küche erreicht hast, bist du erst mal auf sicherem Terrain.«

Davina lachte und folgte ihm in die Wohnung.

»Wie viele Leute wohnen denn hier?«, fragte sie, während sie sich in den vollgestopften Räumen umsah.

»Ach, wer weiß das schon so genau.« Tristan führte sie in sein Zimmer, das im Vergleich zum Rest der Wohnung vor Sauberkeit strahlte, und bot Davina einen Sessel an, während er einen Stoß Bücher von einem Stuhl räumte, auf den er sich selbst setzte.

»Schön hast du es hier«, stellte sie fest, setzte sich und ließ ihren Blick über seine Bücherregale und die Bilder an den Wänden gleiten.

»Du hast nicht erwartet, dass ich in so einer heruntergekommenen Wohnung hause, nachdem du ja weißt, dass meine Familie vermögend ist und in eurer früheren Villa lebt.«

Davina nickte.

»Ich hätte auch schon längst ausziehen können, denn ich stehe kurz vor meinem letzten Juraexamen, arbeite bereits als Referendar in einer Anwaltskanzlei und könnte mir etwas Besseres leisten. Aber ...«

»Du möchtest nicht allein wohnen.«

»Woher weißt du das?«, fragte er erstaunt.

»Ich habe deine Briefe gelesen, die du mir in den vergangenen Jahren geschickt hast. Auch das, was zwischen den Zeilen steht. Da habe ich erfahren, dass du in der Villa sehr einsam warst und diese chaotische Bude hier liebst.«

Er lachte. »Genauso ist es. Auch wenn es manchmal schwer ist, ein sauberes Glas oder einen unbenutzten Teller zu finden, und es keinen Unterschied macht, ob man einen Putzplan aufhängt oder nicht, weil sich sowieso niemand daranhält, ist dies hier wirklich mein Zuhause geworden.«

Davina schaute ihn lange an. »Wie oft siehst du deine Familie?«, fragte sie.

»Ich versuche, alle zwei, drei Wochen bei meiner Mutter vorbeizuschauen.«

»Das ist nicht oft. Bei mir ist es anders. Ich habe liebevolle Pflegeeltern, die ich immer gern besuche. Vielleicht kann sich das Verhältnis zu deiner Mutter ja wieder verbessern?«

»Wer weiß. Ich würde dir gern die Villa zeigen, dabei wirst du sie vermutlich kennenlernen. Wie lange bist du in Berlin?«

»Ich bleibe übers Wochenende und habe mein Gepäck schon im Hotel am Zoo abgegeben. Mein Rückflug nach London geht am Sonntagabend. Hast du etwas Zeit für mich? Ich würde mich freuen, wenn du mich ein bisschen durch meine Geburtsstadt Berlin führen könntest.«

»Ich habe das ganze Wochenende Zeit! Ich zeige dir gern Berlin – zumindest das, was noch davon übrig ist. Du hast ja mitbekommen, dass die Sowjets gerade eine Mauer mitten durch die Stadt bauen.«

»Ich habe die unglaublichen Bilder im Fernsehen gesehen. Du musst mir alles zeigen!«

»Dann lass uns mit der Villa beginnen«, schlug Tristan vor. Er holte sein Jackett aus dem Schrank und verließ mit Davina die Wohnung. Vor dem Haus stiegen sie in sein Auto und fuhren durch die Straßen Berlins bis zur Villa auf dem Kurfürstendamm.

Davina stieg aus und schaute das imposante Gebäude im Jugendstil lange an. »Von außen kann ich mich nicht an das Haus erinnern.«

»Du warst ja auch noch klein. Gerade mal fünf Jahre.« Tristan öffnete die Haustür und führte Davina durch die Eingangshalle. Er hatte eigentlich damit gerechnet, seinen Großvater im Wohnzimmer anzutreffen, doch der Raum war leer, als sie eintraten. Davina ließ ihren Blick über die gepolsterten Möbel und die reich verzierten Schränke im italienischen Renaissancestil gleiten. Ihr Blick blieb an dem weiß lackierten Flügel hängen, der im hinteren Teil des Zimmers stand. Sie ging darauf zu und ließ ihren Finger über die schwarzen Buchstaben und das Emblem der Herstellerfirma in Form einer Lyra gleiten.

»Mamas Flügel. Hier hat sie immer gespielt. Sie hat Ruth und Rebecca unterrichtet, und mich hat sie dabei oft auf dem Schoß gehalten.«

»Das wusste ich gar nicht«, sagte Tristan. »Ich dachte, der Flügel wäre von uns gekauft worden.«

»Ich erinnere mich an die schwarze Schrift auf dem weißen Grund«, antwortete Davina. Langsam ging sie aus dem Raum und blieb im Flur stehen. Sie schien in Gedanken zurückzureisen in die Zeit, als sie hier mit ihren Schwestern herumgetollt war.

»Da hinten war unser Kinderzimmer«, sagte sie mit einem Mal und deutete auf die Tür, hinter der sich heute das Lesezimmer befand. Tristan führte sie hinein, doch sie erinnerte sich an nichts mehr darin.

»Zeig mir den Dachboden«, bat sie ihn.

Tristan ging mit ihr ins obere Geschoss und von dort über die Stiege hinauf unters Dach.

»Ruth und Rebecca haben mich immer an der Hand gehalten, wenn wir hier heraufgeklettert sind«, erinnerte sich Davina. Sie schaute sich um.

»Hier oben standen viele alte Möbel, da haben wir immer Verstecken gespielt«, sagte sie.

Sie ging langsam bis zu Tristans Lieblingsecke am Giebelfenster.

»Mamas Schaukelstuhl!«, rief sie aus, und nun standen Tränen in ihren Augen.

Tristan trat neben sie. »Wollen wir gehen? Ist das alles zu aufwühlend für dich?«

»Nein, nein, im Gegenteil. Sie sind plötzlich alle wieder da. Mir ist, als müssten Ruth und Rebecca gleich hinter einem Schränkchen vorspringen und rufen: ›Du hast uns nicht gefunden!‹ Und Mutter sehe ich wieder in ihrem Schaukelstuhl sitzen. Wie oft habe ich bei ihr auf dem Schoß gesessen und sie hat mir ein Lied vorgesungen!«

Tristan stand lange schweigend neben Davina, die ihren Gedanken nachhing.

»Ich glaube, wir sollten nun gehen. Lass uns an einem anderen Tag noch mal kommen.«

Davina nickte und folgte Tristan hinunter in die Wohnung.

»Tristan!«, erschallte eine überraschte Frauenstimme. »Ich wusste gar nicht, dass du da bist.«

Clarissa kam ihnen über den Flur entgegen, umarmte Tristan, dann musterte sie interessiert die junge Frau an seiner Seite. »Willst du uns nicht vorstellen?«

»Mutter, das ist Davina, eine Bekannte aus London. Davina, das ist meine Mutter Clarissa.«

Die beiden Frauen reichten sich die Hände.

»Sehr erfreut«, sagte Clarissa mit einem Lächeln. »Möchtet ihr nicht einen Tee mit mir trinken?«

»Ein anderes Mal gern, Mutter, aber heute haben wir noch viel zu besprechen. Wie wäre es am Sonntagnachmittag?«

»Gern. Ich freue mich«, antwortete Clarissa, und sie verabschiedeten sich.

»Du stehst deiner Mutter sehr reserviert gegenüber«, sagte Davina, als sie mit Tristan in einem Lokal saß.

»Ich komme bis heute nicht damit zurecht, dass wir in dem Haus leben, das noch immer dir gehören könnte.«

»Deine Mutter hat die Gesetze nicht gemacht, die uns Juden zur Ausreise und zum Verkauf unserer Häuser gezwungen haben.«

»Aber meine Familie hat Vorteile aus eurer Notsituation gezogen.«

»Kann es sein, dass du deiner Mutter insgeheim Vorwürfe machst, dass sie die ist, die sie ist? Die Frau eines ehemaligen SS-Mannes?«

»Was bist du eigentlich von Beruf, Psychologin? Ich habe das Gefühl, du kannst in meine Seele schauen.«

»Nein, du weißt, ich habe Jura studiert, wie du. Aber ich zähle eins und eins zusammen. Du hast mir jahrelang Briefe geschrieben und mir deine Familie geschildert. Nun wollte ich dich im realen Leben kennenlernen.«

»Und?«, fragte Tristan. »Sehr enttäuscht?«

Davina schüttelte den Kopf. »Du bist der sensible, freundliche junge Mann, den ich erwartet habe. Aber du bist auch der Mensch, der an seiner Familie verzweifelt. Daran kannst du eines Tages zerbrechen.«

Tristan seufzte. »Ich gebe zu, dass ich lieber der Sohn eines vom Naziregime verfolgten Sozialdemokraten wäre.«

»Aber du kannst es nicht ändern. Das ist das Erbe, das du hast, so, wie ich meines habe. Wenn du es nicht schaffst, deiner Familie zu verzeihen, wirst du dein Leben lang darunter leiden.«

Tristan sagte lange nichts.

»Das geht alles nicht von heute auf morgen. Denk darüber nach. Und danke, dass du mir heute die Villa gezeigt und dadurch so viele Erinnerungen zurückgegeben hast.«

Als der Kellner kam, bestellten sie das Tagesmenü, und während des Essens tauschten sie sich über ihr Jurastudium aus. Tristan stellte fest, dass sie ein wunderschönes Lächeln hatte, und wünschte sich, sie bliebe länger in Berlin als nur für ein kurzes Wochenende.

Davina lernte die schönen Seiten von Westberlin kennen – die Museen und Kirchen der Innenstadt, die Ufer des Wannsees und das verwunschene Schlösschen auf der Pfaueninsel, in dessen Park die majestätischen Vögel herumstolzierten.

Sie betrachteten auch die Mauer, die im Herzen Berlins entstand und sich wie eine Narbe durch die Stadt zog, und Davina schüttelte ungläubig den Kopf.

Am Sonntagnachmittag besichtigten sie noch einmal die Villa der von Schönwalds vom Keller bis zum Dachboden, und Davina nahm die Eindrücke in sich auf.

Als Clarissa sie ins Esszimmer bat, wo eine Kaffeetafel sie erwartete, nahmen sie die Einladung an. Auch Klaus und Therese saßen am gedeckten Tisch, und die Unterhaltung drehte sich hauptsächlich um das gemeinsame Studienfach von Tristan und Davina und ihre beruflichen Ziele.

»Ich finde das Thema sehr interessant«, sagte Klaus und schenkte Davina aufmerksam noch einmal nach, als ihre Tasse leer war.

Tristan sah seinem Großvater an, dass er Gefallen an der jungen, gebildeten Frau gefunden hatte. Wie würde Klaus wohl reagieren, wenn er erfuhr, wer Davina war?

»Tristan hat sich auf Strafrecht spezialisiert, und Sie?«, hörte Tristan ihn fragen.

»Mein Hauptgebiet ist Zivilrecht, und da speziell das Familienrecht«, antwortete Davina.

»Ein vielseitiges Gebiet«, meinte Therese.

»Ja«, sagte Davina. »Ich befasse mich in unserer Kanzlei mit Scheidungen, Fragen des Sorgerechts, Adoptions- und Pflegschaftsverhältnissen – eben mit allem, was Ehe und Familie betrifft.«

Es war Clarissa, die die alles entscheidende Frage stellte: »Und wie habt ihr beiden euch kennengelernt?«

Davina warf Tristan einen fragenden Blick zu, und als er nickte, sagte sie die vier Worte, die sogleich eine plötzliche Stille am Tisch nach sich zogen: »Ich bin Davina Morgenstern.«

Niemand sprach ein Wort. Tristan bemerkte die Bestürzung in den Augen seines Großvaters. Er sah ihm an, dass er sich an die Szene mit seinem damals fünfzehnjährigen Enkel erinnerte, der ihm entgegengeschleudert hatte: »Ich werde sie auch ohne dich finden!«

Und wieder war es Clarissa, die allen anderen passenden oder unpassenden Äußerungen zuvorkam, indem sie den einzig richtigen Satz in dieser Situation sagte: »Willkommen, Davina, ich freue mich sehr, dich kennenzulernen.«

Tristan schaute sie dankbar an. Er spürte, dass Clarissa diesen Satz nicht nur aus Höflichkeit geäußert hatte, und als sie sich kurze Zeit später verabschiedeten, damit Davina ihr Flugzeug nicht verpasste, nahm er seine Mutter kurz in die Arme.

»Danke, Mama«, flüsterte er.

Der Abschied am Flughafen fiel beiden schwer.

»Mein Besuch bei dir hat meine Erwartungen sehr übertroffen«, sagte Davina. »Ich habe jedes Jahr mit meiner Pflegemutter die Friedhöfe besucht, auf denen meine Schwestern begraben sind. Aber da stand ich an den Gräbern von Toten. Hier bei dir waren die beiden wieder lebendig. Ich habe ihr Rufen gehört, ihre Füße, die über die Holzdielen des Dachbodens gerannt sind. Sie haben mir aus jeder Ecke zugelacht.« Sie machte eine kurze Pause. »Berlin war nur eine der Reisen, die ich mir vorgenommen habe. Die schwierigste steht mir noch bevor. Ich will Auschwitz besuchen.«

»Ich würde dich gern begleiten, Davina«, sagte Tristan. »Möchtest du das?«

»Ja, Tristan, das möchte ich.«

Er nahm sie in die Arme und gab ihr einen Kuss auf die Wange, bevor sie zur Passkontrolle ging.

KAPITEL 40

»Du warst sehr tapfer, und nun hast du einen schönen Verband um deinen Arm«, sagte Melina zu dem kleinen Jungen und klebte das letzte Stück der Binde mit einem Heftpflaster fest. »Du hast großes Glück gehabt, dass nichts gebrochen ist. Aber auf das Klettergerüst steigst du die nächsten Tage erst mal nicht mehr, versprichst du mir das?«

Der kleine Junge, in dessen Gesicht noch Tränenspuren zu sehen waren, schaute sie dankbar an und nickte.

Melina warf einen Blick in den Impfpass des Kindes, dann schrieb sie etwas auf einen Block.

»Die letzte Tetanusimpfung war vor einem Jahr, das reicht noch«, sagte sie zur Mutter. »Hier ist ein Rezept für eine Salbe. Die tragen Sie dünn auf die Schürfwunde auf, wenn Sie den Verband wechseln. Sollte sich etwas entzünden, melden Sie sich bitte wieder.«

Melina verabschiedete sich von Mutter und Kind und schaute auf die Uhr an der Wand ihres Behandlungszimmers. Es war ihr letzter Arbeitstag in der Kinderambulanz vor ihrem Weihnachtsurlaub, und sie wollte heute pünktlich Schluss machen, um noch ihren Koffer packen zu können. Die Patientenkarten auf ihrem Schreibtisch waren alle abgearbeitet;

dennoch erhob sie sich, um nachzuschauen, ob nicht doch noch jemand wartete.

Sie öffnete die Tür und sah die leeren Stuhlreihen. Nur ein Mann in einem dunklen Mantel saß mit dem Rücken zu ihr auf einem Stuhl neben der Tür und blätterte in einer Zeitschrift.

»Haben Sie sich schon bei der Anmeldung gemeldet?«, fragte Melina den Mann.

Er erhob sich und drehte sich zu ihr um. Melina war vollkommen überrascht. »David!« Sie konnte nicht glauben, dass er auf einmal vor ihr stand. »Wie kommst du denn hierher?«

»Mit dem Flugzeug«, antwortete David und lächelte. »Ich habe ein starkes Leiden. Und ich habe von einer jungen, tüchtigen Ärztin hier in Berlin gehört, die dieses Leiden heilen kann.«

»Ach ja?«, ging Melina auf seinen Scherz ein. »Was fehlt dir denn?«

»Du fehlst mir«, sagte David, trat auf sie zu und zog sie in seine Arme. »Es hat mich einfach nichts mehr in New York gehalten.«

»Ich habe dich auch so sehr vermisst«, antwortete Melina und schmiegte sich an ihn. »Ich dachte, ich sehe dich erst morgen auf dem Sandnerhof. Was machst du hier in Berlin?«

»Das würde ich dir gern zeigen. An der Anmeldung sagte man mir, dass dein Dienst bald zu Ende ist. Wann bist du fertig?«

»Jetzt«, sagte Melina.

»Gut, dann komm mit.«

Melina ging in das Behandlungszimmer, holte ihren Mantel vom Kleiderhaken und nahm ihre Tasche. Hand in Hand lief sie mit David durch den Krankenhausflur, verabschiedete sich von Kollegen und Krankenschwestern und verließ zusammen mit ihm das Gebäude. Dabei schaute sie ihn unentwegt an, da sie nicht fassen konnte, dass er tatsächlich da war. Jeden Tag und jede Stunde hatte sie an ihn gedacht und das Weihnachtsfest auf dem Sandnerhof herbeigesehnt, und da tauchte er plötzlich wie aus dem Nichts auf. Was hatte das zu bedeuten?

David winkte ein Taxi herbei, gab dem Fahrer einen Zettel mit einer Adresse und setzte sich zu Melina auf die Rückbank.

»Wo fahren wir hin? Zu Linda?«, fragte Melina neugierig.

»Lass dich überraschen.«

Melina stellte fest, dass das Taxi nicht wie erwartet die Strecke zu Lindas Wohnung fuhr. Was hatte David vor? Wollte er sie zum Essen ausführen? Aber dafür war es noch zu früh, es war doch erst Nachmittag.

Sie sah, wie David sie beobachtete und sich anscheinend köstlich über ihre Verwirrung amüsierte.

Sie hielten in einer Straße in Charlottenburg, in der vorwiegend große Bürogebäude standen.

Melina stieg aus und schaute David fragend an. »Was machen wir hier?«

Sie sah das Lächeln in seinem Gesicht, als er zu ihr sagte: »Dreh dich doch einfach mal um.«

Melina wandte sich zum Eingang des Bürogebäudes, vor dem sie standen, und schaute auf die Messingtafeln, die dort angebracht waren. Eine Immobilienfirma, eine Rechtsanwaltskanzlei, ein Reisebüro, eine Werbeagentur … Melina konnte sich keinen Reim auf das alles machen.

Was wollte David hier? Plötzlich blieb ihr Blick an einem Namen hängen: »Sandner«.

»Werbeagentur Bellheim & Sandner« stand in schwarzen Lettern auf einem bronzefarbenen Schild.

Sie drehte sich langsam zu David um und schaute ihn ungläubig an. »Das glaub ich jetzt nicht«, sagte sie. »Du und Viktor, ihr …«

»Ja, wir sind wieder da, Melina! Wir sind wieder in Deutschland!«

Melina stiegen Tränen in die Augen, als sie wortlos auf ihn zuging und er sie in die Arme schloss. Sie konnte nicht fassen, dass er wieder da war, dass er alles hinter sich gelassen hatte und für immer bleiben würde. Er hatte ihr die schwere Trennung von ihrer Mutter erspart! Sie würde in ihrer Heimat bleiben können! »David, ich bin so unsagbar glücklich«, murmelte sie. »Ich wollte dir an Weihnachten sagen, dass ich bereit wäre, nach New York zu kommen, auch wenn es mir schwergefallen wäre.«

»Nein«, sagte David und streichelte ihr Gesicht. »Das wollte ich dir nicht antun. Ich hab' dir doch gesagt, ich finde eine Lösung.«

»Ja, das hast du schon immer. Du hast immer alle meine Probleme gelöst, und jetzt schon wieder.«

»Weil ich dich liebe, Melina. Komm mit rauf, ich zeige dir die Räume.«

Sie betraten das Gebäude, stiegen die Treppen hinauf in den dritten Stock, und David öffnete die Tür zum Büro. Ein Eingangsbereich führte in vier helle Räume, die teilweise schon mit Schreibtischen und Schränken ausgestattet waren.

»Es fehlt noch einiges«, sagte David und zeigte Melina die Zimmer für die künftigen Sekretärinnen, Werbetexter und Grafiker. »Hier sitzen Viktor und ich«, verkündete er, trat in einen der Räume und setzte sich an den Schreibtisch. Melina nahm auf Viktors Stuhl Platz.

»Erzähl mir, wie du das alles hier bewerkstelligt hast«, bat sie.

»Das waren ein paar anstrengende Monate«, erwiderte David und lehnte sich in seinem Stuhl zurück. »Unsere Agentur hat Viktors und meine Kündigung mit Bedauern aufgenommen, und umso wichtiger war es uns, dass wir die begonnenen Kampagnen gut zu Ende geführt haben.«

»Das kann ich mir vorstellen.«

»Wir haben eine Maklerfirma in Berlin beauftragt, geeignete Firmenräume und zwei Wohnungen für uns zu suchen, haben unsere gekündigt, unsere Sachen gepackt und sind gestern Abend ins Flugzeug gestiegen. Heute Morgen sind wir am Flughafen Tegel gelandet.«

»Ich bin sprachlos.« Melina schaute ihn mit strahlenden Augen an.

»Das wollte ich auch erreichen«, schmunzelte David. »Ich will dich nie mehr verlieren, Melina, und somit muss einer von uns umziehen. Ich weiß, wie schwer es dir fallen würde, dich wieder von Hannah zu trennen. Das möchte ich dir auf keinen Fall zumuten. Außerdem habe ich auch gemerkt, wie schwer es mir fällt, so weit weg zu sein vom Sandnerhof und meiner Familie. Und so habe ich schon bei meinem letzten Besuch hier entschieden, zurückzukehren.«

»Du bist unglaublich«, sagte Melina und lächelte ihn an. »Du wusstest es schon die ganze Zeit und hast mir nichts davon geschrieben?«

David lachte.

»Nein, Melina, du hättest sonst vielleicht versucht, es mir auszureden. Aber es hat mich riesig gefreut, als du vorhin sagtest, dass du sogar zu einem Umzug bereit gewesen wärest.«

David ging um den Schreibtisch herum, zog Melina hoch in seine Arme und küsste sie zärtlich.

»Und nun besuchen wir Linda«, sagte er nach einer Weile. »Ich habe sie vor ein paar Wochen in alles eingeweiht.«

»Linda wusste alles?«, fragte Melina erstaunt. David nickte.

»Da hat sie sich aber nichts anmerken lassen«, sagte Melina. »Das ist ihr sicher nicht leichtgefallen.«

»Dann auf zu Linda!«, rief David. »Und übermorgen feiern wir alle gemeinsam Weihnachten auf dem Sandnerhof.«

* * *

Davids Überraschung war gelungen, und die ganze Familie freute sich sehr, dass er gekommen war, um zu bleiben.

»Weißt du noch, was ich dir an Marias Hochzeit gesagt habe?«, fragte David, als er Hand in Hand mit Melina durch den winterlichen Wald ging.

Und wie sie sich erinnerte! Nur einmal, als Ralph kurz in ihr Herz geschlichen war, hatte sie es vergessen. »Ja, du hast gesagt, du würdest mich einmal heiraten«, antwortete Melina und schaute ihn an.

»Ich habe es immer gewusst«, sagte er leise, als er Melina in die Arme nahm. »Aber dieses Mal habe ich keinen Ring dabei. Ich möchte nicht noch einmal den gleichen Fehler machen und dich so sehr bedrängen, dass wir uns wieder für acht Jahre trennen. Den Hochzeitstermin bestimmst du.«

»Wie würde es dir morgen passen?«, fragte sie schelmisch.

»Jederzeit.« Er sah das Lächeln in ihren Augen, in denen er am liebsten versunken wäre, und küsste sie. Er vergaß die Welt um sie herum, denn in diesem Moment gab es nur noch Melina und ihn. Und es machte ihn unsagbar glücklich, dass sie sich niemals wieder trennen würden.

KAPITEL 41

Das Auto fuhr durch die Nacht. Alles lief nach Plan. Tristan hatte den abgelegenen Stadtteil am Rande von Ostberlin erreicht, fuhr durch unbeleuchtete Nebenstraßen, die nur von der Sichel des Mondes erhellt wurden, und erreichte einen einsamen Feldweg. Er parkte den Wagen, den er mit seinem gefälschten Pass gemietet hatte, am Wegrand und stellte den Motor ab. Dieser Teil der Aktion fiel ihm immer am schwersten. In der Dunkelheit auf den blinden Passagier zu warten, der mit ihm über die Grenze fahren würde, war für ihn eine Geduldsprobe.

»Warum machst du das, Tristan?«, hatte ihn Melina gefragt. »Du kannst schon längst im Visier der Stasi sein, deine nächste Fahrt ist vielleicht schon deine letzte.«

Er hatte sie angeschaut und zurückgedacht an jenen Tag im vergangenen August, als er sich entschlossen hatte, Uta bei ihrer Flucht zu helfen. Er hatte an dem Tag einen Bericht über den Prozess gegen Adolf Eichmann gehört, für den sein Vater gearbeitet hatte.

»Weil ich es muss, Melina«, hatte er geantwortet, »weil ich gar nicht anders kann.«

Er hatte noch einen Moment nachgedacht und dann hinzugefügt: »Ist dir schon einmal der Gedanke gekommen, dass wir alle etwas tun, um das Geschehene von damals wiedergut-zumachen? Du als Ärztin hilfst Menschen, so wie dir einmal ein Arzt geholfen hat; Linda schreibt Bücher für Kinder, um ihnen ihre Albträume zu nehmen, weil sie weiß, wie dunkel die Welt für Kinder werden kann, und David malt die Bilder dazu. Ich bin Strafverteidiger und versuche, Menschen vor Gericht zu ihrem Recht zu verhelfen. Nebenbei helfe ich Menschen über eine unmenschliche Grenze, die Familien, Verwandte und Freunde voneinander trennt. Wir alle können gar nicht anders, Melina.«

Er schaute auf die Uhr. Kurz vor zweiundzwanzig Uhr. Im Rückspiegel konnte er eine dunkle Gestalt ausmachen, die auf sein Auto zuging. Tristan stieg aus und gab dem Mann stumm die Hand. Sie hatten bereits vor Wochen den Fluchtplan ent-worfen und sich am Vormittag in einem belebten Ostberliner Kaufhaus getroffen, um so unauffällig wie möglich die letzten offenen Fragen zu besprechen. Er würde den Mann, der nur seinen Decknamen kannte, danach nie wiedersehen, denn die Spitzel der Stasi waren überall. Tristan sah trotz der Dunkelheit das Leuchten in den Augen des Mannes und die Hoffnung, die in seinem Blick lag, als er in den Kofferraum des Fahrzeugs kletterte.

Tristan schloss den Deckel über ihm. Er setzte sich in den Wagen, startete den Motor und fuhr los. Erst als er in eine belebtere Straße einbog, schaltete er das Licht wieder ein. Er erreichte den Stadtteil Prenzlauer Berg im Bezirk Pankow und steuerte sein Fahrzeug Richtung Grenzübergang Bornholmer Straße, über den er am Morgen auch eingereist war. Sein Tagesvisum lag griffbereit auf dem Beifahrersitz, zusammen mit seinem gefälschten Ausweis, der ihn als westdeutschen Geschäftsmann ausgab. Er reihte sich in die Schlange der Fahrzeuge vor dem Schlagbaum der Grenzstation ein und wartete.

Ein überdimensionales rotes DDR-Staatswappen mit Hammer und Sichel erhob sich über den Panzersperren, bewaffnete Grenzsoldaten bewachten die Kontrollstation. Die Trennungslinie, die sich durch die Stadt Berlin zog, war eine der am besten bewachten Grenzen der Welt.

Tristan hatte sich angewöhnt, in dieser Situation nicht mehr über die Risiken seines Handelns nachzudenken. Es machte ihn nur unnötig nervös, wenn er sich bewusst machte, dass er und sein blinder Passagier bereits mit einem Bein im Knast standen. Es war besser, entspannt zu wirken, um die Grenzbeamten nicht auf sich aufmerksam zu machen. Er dachte an Davina, die er vor einigen Wochen in London besucht hatte und die am nächsten Wochenende zu ihm nach Berlin kommen wollte. Seit ihrem Besuch bei ihm hatte sich sein Verhältnis zu seiner Mutter zum Positiven gewandelt, und auch seinen Großvater erlebte er verändert. Wie hatte Davina das nur geschafft?

Sie war eine bezaubernde junge Frau, in die er sich verliebt hatte, und wenn seine Träume sich erfüllten, würde sie eines Tages wieder in Berlin in ihrer Villa wohnen. Davina. Allein schon beim Gedanken an sie musste er lächeln.

Die Fahrzeugschlange bewegte sich vorwärts. Tristan fuhr vor, reichte dem Grenzposten im Kontrollhäuschen seinen Ausweis mit dem Tagesvisum und beantwortete alle Fragen so ruhig wie möglich. Der alles entscheidende Moment war gekommen. Hatte er dem Beamten gegenüber glaubhaft genug versichert, dass er auf dem Rückweg von einem Geschäftstermin war? Hatte in seiner Stimme ein Beben gelegen? Der Mann schaute ihm prüfend in die Augen. Tristans Puls beschleunigte sich, doch er zwang sich zur Ruhe. Würde er ihn herauswinken und das Fahrzeug kontrollieren lassen? Wenn, dann war alles verloren, denn ein Fluchtversuch war angesichts der bewaffneten Soldaten, die neben den wartenden Fahrzeugen patrouillierten, gänzlich ausgeschlossen. Tristan hielt dem Blick des Beamten stand, spürte aber, wie er langsam zu schwitzen begann.

Endlich! Der Grenzer wandte den Blick ab, winkte ihn weiter, und der Schlagbaum öffnete sich. Tristan atmete erleichtert aus, startete den Wagen, passierte die Grenze und fuhr über die Bornholmer Brücke. Hell erleuchtet lag der Westberliner Stadtteil Wedding vor ihm. Tristan jubelte laut auf und trommelte mit den Händen auf das Lenkrad. Er hatte es wieder geschafft! Er hatte wieder einen Menschen über die Grenze gebracht! Es war jedes Mal ein unbeschreibliches Gefühl, wenn er über diese Brücke fuhr. Es war ein Gefühl von grenzenloser Freiheit, das man mit keinem anderen Gefühl der Welt vergleichen konnte. So als würde man fliegen!

KAPITEL 42

»Schau, wie glücklich Melina und David aussehen«, sagte Lorenz zu Hannah und legte seinen Arm um sie, als das Brautpaar im Garten der Sandners den ersten Walzer tanzte.

»In ihrem weißen Kleid sieht Melina einfach wunderschön aus.« Hannah lächelte. »Endlich haben die beiden zueinandergefunden.«

»Für Emma und Kurt ist heute auch ein ganz besonderer Tag.«

»Oh ja, sie haben sich in den letzten Jahren genauso um Melina gesorgt wie wir.«

»Denkst du, es ist David schwergefallen, sein Leben in den Staaten aufzugeben?«

»Schau ihn doch mal an«, antwortete Hannah. »Sieht er vielleicht unglücklich aus?«

Lorenz blickte auf den jungen Mann im dunklen Anzug, der glücklich die junge Frau in seinen Armen anstrahlte.

»Nein, wirklich nicht«, antwortete er. »Ich glaube, für David geht heute ein Traum in Erfüllung.«

»Nicht nur ein Traum, sondern eine Vision. Er hat schon als kleines Kind gewusst, dass er Melina einmal heiraten würde.« Hannah lächelte Lorenz an.

»Schau dir Matys an. Er wirkt so erwachsen.«

Matys trug einen Anzug und eine helle Fliege, und das hübsche Mädchen, das er gerade zum Tanz führte, ein Kleid mit weit schwingendem Rock.

»In einigen Wochen macht er schon seinen Schulabschluss«, sagte Hannah. »Wir können stolz auf ihn sein.«

»Und auf die restlichen fünfzehn Schüler unserer ersten Förderklasse! Hättest du dir das vor ein paar Jahren vorstellen können, Hannah? Weißt du noch, wie wir damals begonnen haben?«

»Mit dem Gebärdenunterricht für Matys bei dir auf der Veranda«, antwortete Hannah.

»Damals hast du mit deiner Idee, Matys zu helfen, einen Stein ins Rollen gebracht.«

»Und du hast an die Idee geglaubt und sie umgesetzt. Dafür liebe ich dich.«

»Schau, dort drüben ist Matilda«, sagte Lorenz.

»Dann kann Georg ja nicht weit sein«, erwiderte Hannah und schaute sich um. Und wirklich, Georg trat zu Matilda ans Kuchenbüfett.

»Matilda ist eine Schönheit geworden, und Georg wird seinem Vater immer ähnlicher. Ich glaube, wir dürfen demnächst mit einer Verlobung rechnen.«

»Lorenz, unsere Kinder werden erwachsen.«

»Weißt du, was? Bevor wir jetzt sentimental werden, sollten wir lieber eine Runde tanzen«, sagte Lorenz, nahm Hannah das Sektglas aus der Hand und zog sie mit sich zu den Tanzenden. Als er sie in seinen Armen spürte, lächelte er vor sich hin.

»Die Kinder werden erwachsen und gehen ihre eigenen Wege. Aber wir haben uns, Hannah, und darüber bin ich unendlich glücklich.«

MUSIKTITEL

»Irgendwo auf der Welt« aus dem Film »Ein blonder Traum«;
gesungen von Lilian Harvey, begleitet vom Ufa-Jazz-Orchester
unter der Leitung von Gérard Jacobson; 1932; Musik: Werner
Richard Heymann; Text: Robert Gilbert.

HAT IHNEN DIESES BUCH GEFALLEN?

Möchten Sie informiert werden, wenn Margit Steinborn ihr nächstes Buch veröffentlicht? **Dann folgen Sie der Autorin auf Amazon.de!**

1) Suchen Sie auf Amazon.de oder in der Amazon App nach dem eben gelesenen Buch.

2) Klicken Sie auf den Namen der Autorin, um auf die Autorenseite zu gelangen.

3) Klicken Sie auf den »Folgen«-Button.

Noch schneller gelangen Sie zur Autorenseite, indem Sie diesen QR-Code mit Ihrem Smartphone oder Tablet scannen:

Wenn Sie dieses Buch auf einem Kindle eReader oder in der Kindle App lesen, wird Ihnen automatisch angeboten, der Autorin zu folgen, sobald Sie die letzte Seite des Buches erreicht haben.

Zeitfracht Medien GmbH
Ferdinand-Jühlke-Straße 7
99095 Erfurt, Deutschland
produktsicherheit@kolibri360.de

Druck:
CPI Druckdienstleistungen GmbH
im Auftrag der
Zeitfracht Medien GmbH
Ein Unternehmen der Zeitfracht - Gruppe
Ferdinand-Jühlke-Str. 7
99095 Erfurt